新时代外国语言文学
新发展研究丛书

国家出版基金项目

总主编　罗选民　庄智象

外国儿童文学新发展研究

A Study of Children's Literature Overseas:
New Perspectives and Development

张生珍　舒伟／著

清华大学出版社
北　京

内容简介

本书的主体内容由 7 章构成，聚焦于新时代外国儿童文学新发展命题的研究。本书按照两种范畴来描述儿童文学的学科研究：一是儿童文学的本体研究，即借助文学艺术理论及相关人文社科理论开展的研究；二是儿童文学的跨学科研究，即借助自然科学的认知话语和研究范式开展的研究。前两章揭示有自觉意识的现代儿童文学的缘起，并介绍当代儿童文学的学科研究发展进程；后两章考察外国儿童文学批评领域的最新发展和主流批评方法，尤其是 21 世纪以来围绕儿童文学展开的学理性阐释。本书尝试跟随儿童文学创作多样发展的进程，将儿童文学批评与其他学科相结合，促进外国儿童文学批评领域的学术探索与反思。

版权所有，侵权必究。举报：010-62782989，beiqinquan@tup.tsinghua.edu.cn。

图书在版编目（CIP）数据

外国儿童文学新发展研究 / 张生珍，舒伟著 . —北京：清华大学出版社，2022.12
（新时代外国语言文学新发展研究丛书）
ISBN 978-7-302-61107-3

Ⅰ.①外…　Ⅱ.①张…②舒…　Ⅲ.①儿童文学—文学研究—世界　Ⅳ.① I106.8

中国版本图书馆 CIP 数据核字（2022）第 111959 号

策划编辑：郝建华
责任编辑：郝建华　方燕贝
封面设计：黄华斌
责任校对：王凤芝
责任印制：沈　露

出版发行：清华大学出版社
　　　　网　　址：http://www.tup.com.cn, http://www.wqbook.com
　　　　地　　址：北京清华大学学研大厦 A 座　邮　编：100084
　　　　社　总　机：010-83470000　邮　购：010-62786544
　　　　投稿与读者服务：010-62776969, c-service@tup.tsinghua.edu.cn
　　　　质量反馈：010-62772015, zhiliang@tup.tsinghua.edu.cn
印　刷　者：大厂回族自治县彩虹印刷有限公司
装　订　者：三河市启晨纸制品加工有限公司
经　　　销：全国新华书店
开　　　本：155mm×230mm　　印　张：16.75　　字　数：253 千字
版　　　次：2022 年 12 月第 1 版　　印　次：2022 年 12 月第 1 次印刷
定　　　价：118.00 元

产品编号：089987-01

中国英汉语比较研究会
"新时代外国语言文学新发展研究丛书"
编委会名单

总主编

罗选民　庄智象

编　委

（按姓氏拼音排序）

蔡基刚	陈　桦	陈　琳	邓联健	董洪川
董燕萍	顾曰国	韩子满	何　伟	胡开宝
黄国文	黄忠廉	李清平	李正栓	梁茂成
林克难	刘建达	刘正光	卢卫中	穆　雷
牛保义	彭宣维	冉永平	尚　新	沈　园
束定芳	司显柱	孙有中	屠国元	王东风
王俊菊	王克非	王　蔷	王文斌	王　寅
文秋芳	文卫平	文　旭	辛　斌	严辰松
杨连瑞	杨文地	杨晓荣	俞理明	袁传有
查明建	张春柏	张　旭	张跃军	周领顺

总　　序

外国语言文学是我国人文社会科学的一个重要组成部分。自 1862 年同文馆始建，我国的外国语言文学学科已历经一百五十余年。一百多年来，外国语言文学学科一直伴随着国家的发展、社会的变迁而发展壮大，推动了社会的进步，促进了政治、经济、文化、教育、科技、外交等各项事业的发展，增强了与国际社会的交流、沟通与合作，每个发展阶段无不体现出时代的要求和特征。

20 世纪之前，中国语言研究的关注点主要在语文学和训诂学层面，由于"字"研究是核心，缺乏区分词类的语法标准，语法分析经常是拿孤立词的意义作为基本标准。1898 年诞生了中国第一部语法著作《马氏文通》，尽管"字"研究仍然占据主导地位，但该书宣告了语法作为独立学科的存在，预示着语言学这块待开垦的土地即将迎来生机盎然的新纪元。1919 年，反帝反封建的"五四运动"掀起了中国新文化运动的浪潮，语言文学研究（包括外国语言文学研究）得到蓬勃发展。中华人民共和国成立后，尤其是改革开放以来，外国语言文学学科的发展势头持续迅猛。至 20 世纪末，学术体系日臻完善，研究理念、方法、手段等日趋科学、先进，几乎达到与国际研究领先水平同频共振的程度，取得了令人瞩目的成绩，有力地推动和促进了人文社会科学的建设，并支持和服务于改革开放和各项事业的发展。

无独有偶，在处于转型时期的"五四运动"前后，翻译成为显学，成为了解外国文化、思想、教育、科技、政治和社会的重要途径和窗口，成为改造旧中国的利器。在那个时期，翻译家由边缘走向中国的学术中心，一批著名思想家、翻译家，通过对外国语言文学的文献和作品的译介塑造了中国现代性，其学术贡献彪炳史册，为中国学术培育做出了重大贡献。许多西方学术理论、学科都是经过翻译才得以为中国高校所熟悉和接受，如王国维翻译教育学和农学的基础读本、吴宓翻译哈佛大学白璧德的新人文主义美学作品等。这些翻译文本从一个侧面促成了中国高等教育学科体系的发展和完善，社会学、人类学、民俗学、美学、教育学等，几乎都是在这一时期得以创建和发展的。翻译服务对于文化交流交融和促进文明互鉴，功不可没，而翻译学也在经历了语文学、语言学、文化学等转向之后，日趋成熟，如今在让中国了解世界、让世界了解中国，尤其是"一带一路"建设、人类命运共同体构建，讲好中国故事、传递好中国声音等方面承担着重要使命与责任，任重而道远。

20世纪初，外国文学深刻地影响了中国现代文学的形成，犹如鲁迅所言，要学普罗米修斯，为中国的旧文学窃来"天国之火"，发出中国文学革命的呐喊，在直面人生、救治心灵、改造社会方面起到不可替代的作用。大量的外国先进文化也因此传入中国，为塑造中国现代性发挥了重大作用。从清末开始特别是"五四运动"以来，外国文学的引进和译介蔚然成风。经过几代翻译家和学者的持续努力，在翻译、评论、研究、教学等诸多方面成果累累。改革开放之后，外国文学研究更是进入繁荣时代，对外国作家及其作品的研究逐渐深化，在外国文学史的研究和著述方面越来越成熟，在文学理论与文学批评的译介和研究方面、在不断创新国外文学思想潮流中，基本上与欧美学术界同步进展。

外国文学翻译与研究的重大意义，在于展示了世界各国文学的优秀传统，在文学主题深化、表现形式多样化、题材类型丰富化、批评方法论的借鉴等方面显示出生机与活力，显著地启发了中国文学界不断形成新的文学观，使中国现当代文学创作获得了丰富的艺术资源，同时也有力地推动了高校相关领域学术研究的开展。

进入21世纪，中国的外国语言学研究得到了空前的发展，不仅及时引进了西方语言学研究的最新成果，还将这些理论运用到汉语研究的实践；不仅有介绍、评价，也有批评，更有审辨性的借鉴和吸收。英语、汉语比较研究得到空前重视，成绩卓著，"两张皮"现象得到很大改善。此外，在心理语言学、神经语言学和认知语言学等与当代科学技术联系紧密的学科领域，外国语言学学者充当了排头兵，与世界分享语言学研究的新成果和新发现。一些外语教学的先进理念和语言政策的研究成果为国家制定外语教育政策和发展战略也做出了积极的贡献。

习近平总书记指出："要着力推进国际传播能力建设，创新对外宣传方式，加强话语体系建设，着力打造融通中外的新概念新范畴新表述，讲好中国故事，传播好中国声音，增强在国际上的话语权。"为贯彻这一要求，教育部近期提出要全面推进新工科、新医科、新农科、新文科等建设。新文科概念正式得到国家教育部门的认可，并被赋予新的内涵和定位，即以全球新技术革命、新经济发展、中国特色社会主义新时代为背景，突破传统的文科思维模式与文科建构体系，创建与新时代、新思想、新科技、新文化相呼应的新文科理论框架和研究范式。新文科具备传统文科和跨学科的特点，注重科学技术、战略创新和融合发展，立足中国，面向世界。

新文科建设理念对外国语言文学学科建设提出了新目标、新任务、新要求、新格局。具体而言，新文科旗帜下的外国语言文学学科的发展目标是：服务国家教育发展战略的知识体系框架，兼备迎接新科技革命的挑战能力，彰显人文学科与交叉学科的深度交融特点，夯实中外政治、文化、社会、历史等通识课程的建设，打通跨专业、跨领域的学习机制，确立多维立体互动教学模式。这些新文科要素将助推新文科精神、内涵、理念得以彻底贯彻落实到教育实践中，为国家培养出更多具有融合创新的专业能力，具有国际化视野，理解和通晓对象国人文、历史、地理、语言的人文社科领域外语人才。

进入新时代，我国外国语言文学的教育、教学和研究发生了巨大变化，无论是理论的探索和创新，方法的探讨和应用，还是具体的实验和实践，都成绩斐然。回顾、总结、梳理和提炼一个年代的学术发展，尤其是从理论、方法和实践等几个层面展开研究，更有其学科和学术价值及现实和深远意义。

鉴于上述理念和思考，我们策划、组织、编写了这套"新时代外国语言文学新发展研究丛书"，旨在分析和归纳近十年来我国外国语言文学学科重大理论的构建、研究领域的探索、核心议题的研讨、研究方法的探讨，以及各领域成果在我国的应用与实践，发现目前研究中存在的主要不足，为外国语言文学学科发展提出可资借鉴的建议。我们希望本丛书的出版，能够帮助该领域的研究者、学习者和爱好者了解和掌握学科前沿的最新发展成果，熟悉并了解现状，知晓存在的问题，探索发展趋势和路径，从而助力中国学者构建融通中外的话语体系，用学术成果来阐述中国故事，最终产生能屹立于世界学术之林的中国学派！

本丛书由中国英汉语比较研究会联合上海时代教育出版研究中心组织研发，由研究会下属29个二级分支机构协同创新、共同打造而成。罗选民和庄智象审阅了全部书稿提纲；研究会秘书处聘请了二十余位专家对书稿提纲逐一复审和批改；黄国文终审并批改了大部分书稿提纲。

本丛书的作者大都是知名学者或中青年骨干，接受过严格的学术训练，有很好的学术造诣，并在各自的研究领域有丰硕的科研成果，他们所承担的著作也分别都是迄今该领域动员资源最多的科研项目之一。本丛书主要包括"外国语言学""外国文学""翻译学""比较文学与跨文化研究"和"国别和区域研究"五个领域，集中反映和展示各自领域的最新理论、方法和实践的研究成果，每部著作内容涵盖理论界定、研究范畴、研究视角、研究方法、研究范式，同时也提出存在的问题，指明发展的前景。总之，本丛书基于外国语言文学学科的五个主要方向，借助基础研究与应用研究的有机契合、共时研究与历时研究的相辅相成、定量研究与定性研究的有效融合，科学系统地概括、总结、梳理、提炼近十年外国语言文学学科的发展历程、研究现状以及未来的发展趋势，为我国外国语言文学学科高质量建设与发展呈现可视性极强的研究成果，以期在提升国家软实力、构建人类命运共同体过程中承担起更重要的使命和责任。

感谢清华大学出版社和上海时代教育出版研究中心的大力支持。我们希望在研究会与出版社及研究中心的共同努力下，打造一套外国语言文学研究学术精品，向伟大的中国共产党建党一百周年献上一份诚挚的厚礼！

罗选民　庄智象

2021 年 6 月

前　　言

在人类社会，有自觉意识的儿童文学的发生和发展是大文学系统的一件大事，也是人类文明进步的重要体现之一。事实上，有自觉意识的儿童文学不同于广义的儿童文学，后者的内涵和外延十分模糊，涵盖了从古到今所有为儿童讲述、传授的，并为他们喜闻乐见的故事、歌谣及任何其他语言材料。相比之下，有自觉意识的儿童文学的发生与成人社会的儿童观及童年观认识水平的提升密切相关，表现为成人作家和艺术家依据儿童及青少年的身心发展特征和审美接受特征专为他们创作各种形式的文学作品。究其根本，成人社会对儿童和青少年精神世界的有意识的关注、呵护和培育构成了儿童文学创作和研究的最高目标和最重要价值取向。

19世纪见证了有自觉意识的英国儿童文学的第一个黄金时代，这在世界儿童文学发展史上具有重要意义。在工业革命和社会变革浪潮的推动下，儿童文学从发端于清教主义的宗教训导式文学，走向真正意义的儿童本位的文学叙事。这一时期的儿童文学作品文类多样，题材丰富，包括以狄更斯作品为代表的现实主义童年叙事、以卡罗尔的"爱丽丝"小说为代表的幻想性童年叙事、儿童本位的幻想叙事、女性童话叙事、少年校园叙事和少年历险叙事等，形成了影响深远的儿童与青少年文学共同体。如果说，清教主义者开启了有意识为儿童写作的宗教训导式文学，按照预先设定的宗教理念或条件展开事件，那么出版家约翰·纽伯瑞（John Newbery）就把以"布道说教"为中心的儿童图书阶段向前推进了一大步。通过为儿童读者大规模地出版各种读物，纽伯瑞践行了哲学家约翰·洛克（John Locke）倡导的进步的儿童教育观念，一个重大变化就体现在这些读物对于儿童人物在特定生活环境中的选择性活动的描写，使其在特定意义上成为针对性地满足儿童独特精神需求的文学读物。而19世纪维多利亚时代异军突起的儿童文学共同体成为真正儿童本位的契合儿童审美意识与发展心理的童年文学表达。许多作品具有独特的双重性，既能满足少年读者审美和认知的阅读需求，又能吸引成年读者的目光，使他们流连忘返，并从中发现重返童年这一人类精神家园的哲理和情感诉求。这些具有经典艺术品质的作品构建了现代儿童文学创作的丰硕实体，从此成为儿童文学批评史关注和研究的重要对象。

20世纪以来，文学研究领域的批评家和学者对维多利亚时代儿童文学黄金时代及其经典作品进行了持续而深入的学术研究，从文学艺术的学理层面揭示了这一时期的儿童文学名篇佳作的经典性及其社会文化意义，由此开辟了当代儿童文学学科研究的道路。从哈维·达顿（Harvey Darton）的《英国儿童图书：五个世纪的社会生活史》(Children's Books in England: Five Centuries of Social Life, 1932）和汉弗莱·卡彭特（Humphrey Carpenter）的《秘密花园：儿童文学的黄金时代研究》(Secret Gardens：A Study of the Golden Age of Children's Literature, 1985）到彼得·亨特（Peter Hunt）主编的《插图版英语儿童文学史》(Children's Literature: An Illustrated History, 1995），这些具有开拓性的论著初步奠定了儿童文学学科研究的基础。20世纪60年代以来，以彼得·亨特、汉弗莱·卡彭特、佩里·诺德曼（Perry Nodelman）、杰克·齐普斯（Jack Zipes）、玛丽亚·尼古拉耶娃（Maria Nikolajeva）、约翰·斯蒂芬斯（John Stephens）、罗宾·麦考伦（Robyn McCallum）、罗伯塔·塞林格·特瑞兹（Roberta Seelinger Trites）、凯伦·科茨（Karen Coats）等为代表的一大批文学研究者，不仅将儿童文学视为整个文学领域的重要构成，更超越以往师法成人文学的批评体系，借鉴并融合人文学科前沿理论话语模式，对现当代儿童文学展开深入的学理性阐释。当然，人们应当看到，后起的儿童文学的学科研究与历史悠久的大文学系统的理论批评之间形成了一种既有共性又有特殊性的辩证关系。

自1949年以来，我国的外国文学研究获得了极大发展，无论是国别研究，还是比较文学研究，在各个研究领域都取得了丰硕成果，甚至达到了较高的水平。相比之下，我国学界的外国儿童文学研究仍然处于一个较为薄弱的水平，是外国文学研究学科领域的一个短板。放眼世界，不少国家的儿童文学创作和研究已经发展到相当成熟的阶段，超越了单纯关注题材、表现手法以及简单讲道理、传递某种道德价值的诠释层面，进入哲学、美学、心理学、法学和社会学等学科深层融合的批评阶段。反观国内相关领域，其在创作实践和理论研究上都比较薄弱。根据第七次全国人口普查统计，2020年我国0—14岁少年儿童人口总数已达2.53亿人，这样庞大的儿童群体的世界观、人生观和价值观的形成，更凸显出构建现代儿童理论和儿童文学理论的必要性和迫切性。"十年树木，百年树人"，儿童是国家的未来。在新时代，系统借鉴外国儿童文学理论与实践，建构中国自己的儿童文学理论并指导中国儿童文学写作实践，无疑成为当下一项重要而迫切的任务。

纵观国外儿童文学批评研究情况，主题研究成果取得了令人瞩目的成绩，主要包括种族、性别和阶级的研究。例如，《儿童文学中的古希腊和古罗马：英雄和老鹰》（*The Reception of Ancient Greece and Rome in Children's Literature: Heroes and Eagles*, 2015）、《帝国的孩子们：英国经典儿童文学中的帝国与殖民主义》（*Empire's Children: Empire and Imperialism in Classic British Children's Books*, 2000）、《儿童、国家、种族与帝国》（*Child, Nation, Race and Empire*, 2010）、《9·11儿童小说：种族、民族、国家身份和英雄主义》（*Children's Fiction About 9/11: Ethnic, National and Heroic Identities*, 2009）、《拉美儿童文学的后殖民解读》（*Postcolonial Approaches to Latin American Children's Literature*, 2018）、《培养青年人：19世纪美国儿童文学中的社会价值和文化渗透》（*Enterprising Youth: Social Values and Acculturation in Nineteenth-century American Children's Literature*, 2008）、《从儿歌到国家：儿童文学与加拿大认同》（*From Nursery Rhymes to Nationhood: Children's Literature and the Construction of Canadian Identity*, 2008）、《儿童文学中的非洲再现》（*Representing Africa in Children's Literature*, 2007）等都是相关的主题研究。此外，有一些研究关注到了中国儿童文学的发展情况，如《中国的儿童文学：从鲁迅到毛泽东》（*Children's Literature in China: From Lu Xun to Mao Zedong*, 1999）追溯了1919—1976年中国为5至15岁儿童撰写的文学作品，并介绍了中国儿童文学在中国革命和现代化框架下的主要著作和争论，展示出对作为国家未来的儿童进行政治引导的必要性，而这也成为中国儿童文学重要的指导原则。

史学视角的研究成果丰硕、历史悠久。具有重要影响力的《儿童文学：从〈伊索寓言〉到〈哈利·波特〉的读者阅读史》（*Children's Literature: A Reader's History from Aesop to Harry Potter*, 2008）从儿童文学发展史的视野，诠释了儿童和儿童文学的历史变迁和现代价值；《儿童文学的黄金时代》从儿童文学发展史的角度深入辨析影响儿童文学发展的内外机制与外部力量；《正确阅读：澳大利亚女孩阅读史》(*The Right Thing to Read: A History of Australian Girl-readers*, 2018) 则探讨女孩如何阅读书籍、成人如何概念化女孩的阅读以及如何构建女孩的阅读行为，并通过女孩阅读习惯的变化考察了家庭、朋友、教育、政府机构、图书馆和出版商对女孩阅读材料的影响，同时关注澳大利亚出版商与英国出版商对澳大利亚女孩读者的影响。

跨学科研究方法被广泛使用，新的阐释极具价值。儿童文学批评的发展在很大程度上受益于20世纪80年代起文化批评的繁荣，"文化"作为一种研究的视角和方法，帮助儿童文学批评从传统审美研究范式的约束中跳脱出来。毫不夸张地说，近一二十年间儿童文学研究领域的新著，几乎都离不开文化视角。在《儿童文学学会季刊》(*Children's Literature Association Quarterly*)、《儿童文学》(*Children's Literature*)、《狮子与独角兽》(*The Lion and the Unicorn*)、《教育中的儿童文学》(*Children's Literature in Education*) 等最具代表性的英语儿童文学研究书刊上，从文化批评角度切入特定作品分析或学术话题探讨的论文占据了相当大的份额，国际知名的劳特利奇出版社也组织出版了"儿童文学与文化丛书"。儿童文学批评也与不同时代主流的文学批评方法保持步调一致，如美国学者杰克·齐普斯从神话原型的角度先后出版了《冲破魔法符咒：关于民间故事与童话故事的激进理论》(*Breaking the Magic Spell: Radical Theories of Folk and Fairy Tales*, 1979)、《童话与颠覆的艺术：一种儿童文学经典文类与文明化进程》(*Fairy Tales and the Art of Subversion: The Classical Genre for Children and the Process of Civilization*, 1982) 和《作为神话的童话/作为童话的神话》(*Fairy Tale as Myth, Myth as Fairy Tale*, 1994) 等著述。也有从心理分析角度对儿童文学展开研究的著作，或将后殖民主义理论运用到儿童文学文本批评之中的著作，以此揭示儿童文学作品中隐藏的文化殖民内容，如尤利娅·曼迪 (Yulisa Maddy) 与多纳莱依·麦克坎 (Donnarae MacCann) 的《非洲题材儿童文学中的新帝国主义》(*Neo-imperialism in Children's Literature About Africa*, 2009)。进入21世纪后，更多的研究围绕这一议题展开，如2001年哈密达·波斯玛基 (Hamida Bosmajian) 的《饶恕孩子：儿童文学中关于纳粹主义与大屠杀的不可说之痛》(*Sparing the Child: Grief and the Unspeakable in Youth Literature About Nazism and the Holocaust*, 2002)、2007年薇薇安·叶尼卡-艾博格（Vivian Yenika-Agbaw）的《儿童文学中的非洲再现》，以及希拉·埃戈夫（Sheila Egoff）与朱迪斯·萨尔曼（Judith Saltman）合著的《新儿童共和国——加拿大英语儿童文学批评指南》(*The New Republic of Childhood: A Critical Guide to Canadian Children's Literature in English,* 1990）等陆续出版。

专门史和类型史等研究已有一些研究成果，包括《英国儿童文学中的奇幻和真实世界》(*Fantasy and the Real World in British Children's Literature,* 2014）。该著审视了三位杰出英国作家 J. K. 罗琳（J. K. Rowling）、戴安娜·韦恩·琼斯（Diana Wynne Jones）和特里·普拉切特（Terry Pratchett）的儿童奇幻文学作品，并探究他们如何运用叙事策略来吸引儿童，并教育其成长为更成熟的读者，获得独立。作者认为，这三位作家并没有把幻想作为单纯逃避现实或道德说教的工具，而是在现实世界的互动中展示了幻想和想象本身的伦理力量。书中展示了罗琳、琼斯和普拉切特如何以截然不同的方式为读者描写了现实世界的烦恼，并为他们提供生存策略；阐明了三位作家提供的阅读教育；展示了他们如何运用幻想小说批判策略来吸引读者，并鼓励读者思考身份和个人责任的本质和意义。《刘易斯·卡罗尔在儿童文学世界的地位》(*The Place of Lewis Carroll in Children's Literature,* 2014）就童话故事、成长小说、奇幻文学等进行深入研究和辨析。《全球和历史视阈下的跨界小说》(*Crossover Fiction: Global and Historical Perspectives,* 2009）以时间为线索，结合北美、日本、南非、拉美、澳大利亚以及欧洲国家的具体作品，梳理了当下引起普遍关注的儿童小说"跨界"现象的时空脉络。综合来看，在儿童文学研究领域，近年来跨学科研究成果卓著，儿童文学与人类学、文化学、教育学、语言学等的结合，拓宽了儿童文学的研究边界。

相比之下，现有的儿童文学相关研究主要以西方的话语模式和西方学者的研究立场为主导，而中国儿童文学研究成果的国际影响力仍有待进一步提高。在中国知网等学术平台上，可检索出上万条以儿童文学为研究对象的学术成果，可见国内学界对该领域的关切度和热情，但是能够产生重要影响力甚至国际影响力的成果却寥寥无几。当国外学术界结合文学及文化现象进行批评理论创新时，我国大部分研究力量尚消耗在封闭式、概论式、书评式的批评倾向中，对具体作品的研究较多，而对世界范围内儿童文学批评史的研究成果较少。国内研究缺乏总体的、学理性的归纳总结,对不同时代儿童文学批评文献的学术研究、历史传承与演变等,尚有待进一步考辨和阐释。我国学者若要在外国儿童文学批评领域发出声音,必须建立中国的话语体系,掌握该领域的话语权,这就要求学者必须跟上这一领域的主流和前沿,进行前瞻性研究,拓展研究边界。

本书的主体内容由 7 章构成,聚焦于新时代外国儿童文学新发展命题的研究。第 1 章和第 2 章揭示有自觉意识的现代儿童文学的缘起及当代儿童文学的学科研究发展进程。第 1 章主要阐释在特定历史时期和思想文化发展的影响下,具有儿童本位意识的现代儿童观的形成过程。在现代儿童观形成之前,儿童一般被视为社会的预备劳动力,是尚未长大的成人,儿童的独立社会地位和人格往往不予被认可。进入 20 世纪,伴随着自然科学和人文科学的迅猛发展,人们对儿童心智的形成有了更为科学的了解,而精神分析学和无意识理论的出现,更促使人们对以往种种儿童观念和衡量儿童文学价值的标准进行重新审视和思考,最终形成了具有儿童本位意识的儿童观。第 2 章对儿童文学这一概念展开了深入的探讨。虽然从广义上来看,凡是儿童能够理解并欣然接受的一切优秀文学作品都可以看作是儿童文学,但随着儿童观的更新与发展,专门被儿童和青少年阅读的文学作品成为一种独立的文学门类,儿童文学的概念逐渐形成。在探讨儿童文学概念的过程中,我们需要辩证看待当代西方儿童文学批评理论呈现出的双重性和复杂性问题,在努力创建研究繁荣发展格局的同时,注重跨学科理论运用的合理性和适用性。

第 3 章至第 7 章考察外国儿童文学批评领域的最新发展和主流批评方法,尤其是 21 世纪以来围绕儿童文学所展开的学理性阐释。第 3 章致力于阐述具有代表性的童话心理学流派及相关批评方法和理论视野,从发生论和认识论视野深入考察童话研究对心理学研究的接受与影响。第 4 章观照的是在新时期的历史文化环境中,跨越不同媒介形式来复现一部儿童文学作品的过程与特征,特别是近年来最为常见的把小说或漫画改编成影视作品的趋势。这种改编在莎士比亚作品的青少年版本中充分得到体现,更在新的时期呈现出跨媒介的特质。此外,儿童文学的翻译同样包含跨媒介的质素,在儿童文学的全球化传播过程中承载着重要的文化交流重任。与此同时，该章探讨了儿童文学对流行文化的影响以及两者之间的互动关系，不仅审视了儿童文学的流行趋势和最新发展，也考察了儿童文学与大众文化及流行文化的关系。第5章回归文本的表达方式，探讨以"黑暗物质"系列（His Dark Materials, 1995—2000）和"哈利·波特"系列（Harry Potter, 1997—2007）为代表的儿童文学作品的具体叙事策略，特别是基于新兴的双重叙事视角和文学伦理学批评研究，考量儿童文学的故事层面与话语层面的界限和融合。

第6章从比较儿童文学研究、儿童文学跨学科研究、跨界文学研究、审查制度、馆藏研究等维度，通过对不同研究范式的历史溯源及特质梳理，观照在新的社会环境与文化氛围下儿童文学研究的多元发展现状。在新的历史时期，特别是从后人文主义视角出发，该章着重探讨在青少年文学中虚拟现实等科技创新通过何种方式改变对人类主体性的重新认知。此外，借助后现代主义理论，该章对后现代绘本的形成条件和构成元素等问题进行综合阐述。与此同时，该章还探索了儿童文学对生态危机的凝视与思忖，探讨儿童文学如何将生态意识融入文本之中，从而帮助儿童或青少年学会应对环境挑战，成为积极的行动主义者。

第7章从彼得·亨特、杰克·齐普斯、约翰·斯蒂芬斯、凯伦·科茨、桑德拉·贝克特（Sandra Beckett）、爱玛·奥沙利文（Emer O'Sullivan）等六位外国儿童文学批评家切入，探讨以英语世界为中心的外国儿童文学批评家的不同研究路径和研究成果，综合呈现外国儿童文学理论的全新发展态势。

本书作为国家社科基金重大项目"《世界儿童文学百科全书》翻译及儿童文学批评史研究"的阶段性成果之一，由张生珍、舒伟根据外国儿童文学研究的发展状况和现有成果共同设计而成，希望可以为儿童文学的创作者、研究者和关注者提供一个概览世界儿童文学发展的窗口。其中，舒伟负责第1章至第3章的撰写，张生珍负责第4章至第6章的撰写。此外，第7章第1、3、4节由崔筱撰写，第2、5节由刘江撰写，第6节由刘贻丹撰写。此外，刘江对第5章第2节、崔筱对第5章第3节、舒伟对第6章第2节的撰写亦有所贡献。崔筱协助核对了部分书稿，刘江、张诗情、谭小玲、刘贻丹等协助整理了参考文献。在成书过程中，还要特别感谢庄智象教授、罗选民教授等专家学者给予的支持，清华大学出版社外语分社社长郝建华编审、文稿编辑方燕贝女士所做的工作。

少年儿童是国家的未来，是民族的希望。以儿童为本位，让广大的少年儿童拥有更好的成长环境与精神世界，是全社会的共同心愿与美好希冀。因此，大力发掘新时代儿童文学的全新特质，预先指明中国儿童教育的前进方向，成为每一位心系少年儿童和祖国未来的研究者需要肩负的重任。正是基于这样的使命责任，《外国儿童文学新发展研究》秉承中国立场和中国视野，运用唯物辩证法思想武器，从思维方式、方法论和价值观等纬度进行整合性的梳理和鉴别，对外国儿童文学批评史进行历时性和共时性的审视与阐发；基于新的学术资源、新的学术视野，包括相关的发生论和认识论等理论批评工具，考察 21 世纪外国儿童文学研究的全新发展脉络，尝试建构中国视阈的外国儿童文学批评研究的话语体系和学理体系。作为一次开拓性的尝试，本书还存在诸多有待完善和提升的空间，期待同行与读者多多批评指正。相信这一探索能够在某种程度上，展现中国学者在建构全球人类命运共同体的进程中，对中外儿童文学交流互鉴做出的积极贡献。

张生珍　舒伟
2022 年 5 月

目　　录

第1章　儿童的发现：随时代变迁、发展的儿童观和童年观 ………… 1

   1.1　儿童观是时代发展和观念进步的产物 ………… 2

   1.2　第一层面："儿童不应简单被视为尚未长大的成人" …… 3

   1.3　第二层面：当代儿童发展心理学与哲学的发现 …… 6

   1.4　第三层面：精神分析学和无意识理论的发现 ………… 7

第2章　儿童文学的发现：走向独立自洽的儿童文学学科研究 ………… 11

   2.1　有自觉意识的儿童文学主潮的形成与发展 ………… 12

   2.2　当代儿童文学理论研究发展进程：童话的本体论研究——理论与范式 ………… 27

   2.3　儿童文学学科研究的重要成果：《世界儿童文学百科全书》………… 34

第3章　童话研究学派 ………… 37

   3.1　童话叙事与童话心理学研究 ………… 37

   3.2　弗洛伊德与精神分析话语 ………… 39

   3.3　弗洛伊德之后：校正与批判性阐释 ………… 42

   3.4　弗洛伊德学派：贝特尔海姆的童话心理学 ………… 44

      3.4.1　心理意象的外化与投射 ………… 47

      3.4.2　童话故事的特点决定的艺术接受特点 ………… 48

3.5	荣格学派：玛丽·弗朗兹的童话心理学	49
3.6	童话人生心理学：艾伦·知念的童话心理学四部曲	51
3.7	当代童话心理学的拓展运用	56
3.8	童话政治学研究	60
3.9	童话语言学研究	66

第4章 改编、跨媒介与流行文化 — 73

4.1	改编的艺术	73
	4.1.1 从文本到文本的改编	74
	4.1.2 从文本到影视的改编	75
	4.1.3 从文本到虚拟现实的改编	77
4.2	莎士比亚儿童版改编	79
4.3	跨媒介与翻译研究	84
4.4	儿童文学与大众文化	87
4.5	儿童文学与流行文化	92

第5章 外国儿童文学叙事研究 — 97

5.1	双重叙事进程理论视野	97
5.2	"黑暗物质"三部曲的双重叙事研究	101
	5.2.1 英美经典儿童文学中的双重叙述声音	102
	5.2.2 隐藏于儿童自由选择之后的隐性进程	104
	5.2.3 隐性进程与情节发展的明暗相映	109
5.3	"哈利·波特"系列的文学伦理叙事	111
	5.3.1 旁观视角下的伦理聚焦	112
	5.3.2 空间建构中的现实隐喻	117

  5.3.3 善恶对峙结构中的伦理表达 ············· 123

第 6 章 多元视野下的儿童文学批评研究 ············· **131**

6.1 比较儿童文学研究 ························· **131**
6.2 儿童文学批评的跨学科研究 ··············· **136**
6.3 后人文主义视野下青少年小说中的科技与身份··· **139**
6.4 后现代批评视野下的绘本研究 ············· **143**
6.5 从生态批评到生态教育 ··················· **148**
  6.5.1 反乌托邦青少年小说中的生态危机 ····· 150
  6.5.2 从生态批评走向生态教育 ············· 153

6.6 跨界文学研究 ····························· **156**
  6.6.1 "哈利·波特"系列引发的跨界小说思考 ··· 157
  6.6.2 跨界小说的成因 ····················· 158
  6.6.3 跨界文学的影响 ····················· 161

6.7 儿童文学领域的审查制度 ················· **162**
6.8 儿童文学与馆藏研究 ····················· **167**

第 7 章 外国儿童文学代表性评论家研究 ············· **173**

7.1 英国儿童文学批评家：彼得·亨特 ········· **173**
  7.1.1 "儿童文学"概念的界定 ············· 175
  7.1.2 "儿童主义批评"的提出 ············· 176
  7.1.3 经典儿童文学作品的重读 ············· 177

7.2 美国儿童文学批评家：杰克·齐普斯 ······· **179**
  7.2.1 幻想的工具化：童话乌托邦的幻灭 ····· 179
  7.2.2 解放童话：重构乌托邦精神 ··········· 182

7.3 澳大利亚儿童文学批评家：约翰·斯蒂芬斯 ···**184**

- 7.3.1 儿童文学主体性叙事中的意识形态 ... 185
- 7.3.2 新世界秩序下的儿童文学视域拓展 ... 186
- 7.3.3 世界儿童文学的多元聚焦 ... 187

7.4 美国儿童文学批评家：凯伦·科茨 ... 190
- 7.4.1 儿童主体性的显现与在场 ... 191
- 7.4.2 儿童诗歌与认知诗学 ... 192
- 7.4.3 儿童文学中的文化批评 ... 193
- 7.4.4 儿童文学研究与教育 ... 194

7.5 加拿大儿童文学批评家：桑德拉·贝克特 ... 196
- 7.5.1 全球视野下的跨界文学 ... 196
- 7.5.2 多面《小红帽》 ... 200
- 7.5.3 面向全年龄读者的图画书 ... 201

7.6 德国儿童文学批评家：爱玛·奥沙利文 ... 203
- 7.6.1 爱尔兰儿童文学研究 ... 203
- 7.6.2 比较儿童文学研究 ... 205
- 7.6.3 儿童文学翻译研究 ... 207

结　语 ... 211
参考文献 ... 215

第1章
儿童的发现：随时代变迁、发展的儿童观和童年观

近现代世界文学史上，儿童文学的发生和发展可以被视为人类文明进步的重要体现之一。事实上，在人类社会，只要有儿童就会出现各种形式的"儿童文学"。历史记载表明，尽管古希腊《伊索寓言》、古希腊神话等早期文化遗产绝非为儿童创作，但其中能言会道的动物角色和天界人间的奇幻故事因其与儿童气质相适配的文学性和故事性，成为娱乐和教育儿童的重要文学资源。直至17世纪，对英国儿童图书出版事业产生重要影响的哲学家约翰·洛克在相关论述中还特意推荐《伊索寓言》作为成人为儿童讲述的内容。以此为参照，有自觉意识的儿童文学是成人作家和艺术家依据儿童及青少年的身心发展特征和心理接受特征专为他们创作的文学作品，其读者对象为18岁以下的未成年人，这些作品具有契合其审美接受意识与发展心理的艺术特征，是有益于儿童和青少年精神生命健康成长的文学表达。与历史悠久的大文学系统相比，有自觉意识的儿童文学的学术史研究和学科建设进程无疑是一个新兴的文学和文化现象。从本质上看，成人社会对儿童和青少年精神世界的有意识的关注、呵护和培育构成了儿童文学创作和研究的最高目标和最重要价值取向。当然，这一认识不是凭空产生的，而是伴随着社会文明的发展，伴随着人们对儿童心智发展和审美接受认知的逐渐深化而形成的，更与儿童观的形成与发展密切相关。

1.1 儿童观是时代发展和观念进步的产物

法国学者菲利浦·阿利埃斯（Philippe Ariès）从社会史视阈考察欧洲的儿童史和家庭史，为人们提供了一种从社会历史角度认识童年的理性范式。在《童年的世纪：旧制度下的儿童和家庭生活》（*Centuries of Childhood: A Social History of Family Life*,1962）中，阿利埃斯提出，在近代社会之前的中世纪，人们没有形成"童年"观念，处于"儿童"阶段的孩子没有被社会赋予任何具体形象和存在特征，他们不过是从婴儿走向成人这一过程中的小东西而已（Ariès，1962）。他认为，中世纪的人们完全无视童年的存在，也不明白童年的特殊意义，更没有因为这种特殊意义而把儿童与成人区分开来："我们以中世纪社会为研究的出发点，在那个社会，儿童观念并不存在。儿童观念与对儿童的爱护不能混为一谈：儿童观念是一种关于儿童特殊性的意识，这种特殊性可以将儿童与成人做出基本的区分。这种意识在中世纪并不存在"（Ariès，1962：128）。事实上，在进入近现代社会之前的漫长岁月里，儿童基本被视为"缩小的成人""预备劳动力""还未长大的人"，完全是成人眼中的"他者"，童年期特殊的生理状态和精神需求长期以来受到成人社会的忽视，更遑论得到关注和研究了。

在人类历史上，无论是有意识还是无意识的，成人群体对儿童及童年的普遍看法和态度构成了特定意义上的儿童观。其中，有自觉意识的儿童观的形成和演进，必定受到了特定时代的社会经济发展水平和思想文化发展状况，以及人们对所处的特定时代社会关系中人类自身认知发展状况的影响。根据马克思主义的基本观点，人类社会存在和发展的基础是物质资料的生产，人们只有在首先满足了衣食住行的需求之后，才能从事科学、艺术、宗教和政治等方面的活动。在漫长的人类社会发展进程中，有自觉意识的儿童观，尤其是有自觉意识的童年观一定是社会生产力发展到相当程度之后形成的。事实上，近现代儿童观正是在社会经济发展的基础上逐渐形成和演变的，这一进程的背后存在深刻的历史、社会和文化方面的原因，主要涉及有关儿童、童年、家庭的认识，以及随着社会发展而出现的家庭教育和学校教育等观念的产生和碰撞。19世纪维多利亚时代的儿童观就是生活在工业革命社会转型期的

第 1 章　儿童的发现：随时代变迁、发展的儿童观和童年观

人们对儿童及童年等观念的总体反映和新的理解。与英国历史上的其他时期相比，维多利亚时代的儿童观无疑经历了质的变化。从清教主义的"原罪论"儿童观，洛克和让－雅克·卢梭（Jean-Jacques Rousseau）的"童年纯洁"与"崇尚天性"这样的儿童教育观，浪漫主义文学思潮的"童心崇拜"，到工业革命时代"重返童年"思潮的出现，不同认识层面的儿童观导致了不同的儿童文学图书创作理念和童书出版实践，并且在全新的时代背景下发生激烈碰撞，最终引发了一场儿童文学革命。从历史文化语境审视，儿童观的发展经历了从"儿童"的发现，到儿童心理学与哲学的发现，再到儿童精神分析学和无意识理论的发现这几个阶段。

1.2　第一层面："儿童不应简单被视为尚未长大的成人"[1]

在现代儿童观形成之前，儿童一般被视为社会的预备劳动力，是尚未长大的成人，所以人们根本不会去思考儿童是否有独立的社会地位和人格。这种"预成论"儿童观认为儿童与成人的区别仅在于儿童的身体还没有长大，同时他们的知识还十分匮乏，需要成人的教导而已。既然儿童不是一个在身心发展上有别于成人的独立存在，人们自然不会想到儿童应该有自己独特的精神需求。在这种观念的主导下，自然不会有人去专门研究儿童的审美需求，更不会专门为他们创作与其身心发展相适应的文学作品。作为基督教教育哲学的奠基人，奥勒留·奥古斯丁（Aurelius Augustinus）从基督教观念出发研究真善美，通过柏拉图哲学和《圣经》等探讨善恶问题，他的教育思想对欧洲中世纪教育产生了较大影响，成为中世纪基督教教育的理论基础。奥古斯丁认为在上帝面前，没有人是纯净无瑕的，即使刚出生的婴儿也不例外，儿童表现出来的纯洁不过是肢体稚弱而表现出来的假象，而非本心纯洁，所以对于儿童的教育要采取惩罚手段，这也成为中世纪人们恐吓和鞭打儿童的理

1　有关成人社会儿童观发展的三个层面问题，参见《走进童话奇境》（舒伟，2011b）。

论根源。他还提出，为了获得未来天堂的幸福，人们应该无条件敬畏上帝，实行禁欲，特别是对于儿童来说，应当从幼年起就抑制他们嬉笑欢闹、游戏娱乐的冲动，并采取严厉措施来加以遏制。

16世纪以来，随着新教主义以及英国社会中产阶级的兴起，人们对儿童精神状态的漠视态度有所改观。不少人出于基督教的理念开始关注儿童心理，其出发点主要建立在基督教原罪观念之上：儿童不仅是还没有长大的小人，更被看作是心理不稳定的、具有邪恶冲动的、需要被救赎的个体，尤其儿童的灵魂应当得到救赎。例如，欧洲宗教改革家、基督教新教加尔文宗创始人约翰·加尔文（John Calvin）就承袭了奥古斯丁的"原罪论"儿童观，认为儿童是带着罪孽来到这个世界的，因此对于儿童的教育是十分必要的。清教徒（Puritan）一词源于拉丁文的 Purus，出现在16世纪60年代，在英国指信奉加尔文主义，将《圣经》（尤其是1560年的英译本）奉为唯一最高权威，要求清除天主教体系内旧有仪式的改革派人群。清教主义者大多看重家庭生活，关注子女后代，尤其关注孩子的精神和道德教化。正是受清教主义者注重儿童教育的理念影响，儿童图书成为独立的出版类型，主要包括宗教训诫类图书以及实用性、知识性图书。出于让儿童接受基督教教义的需要，人们开始关注儿童的读书识字教育，认为儿童读物能够影响儿童的人生，尤其是获得救赎、通往天国的虔诚人生。

1689年，英国哲学家约翰·洛克发表的《论人类的理解问题》（Essay Concerning Human Understanding），开始改变人们传统的儿童观和对待儿童的固有方式。洛克提出，人的心智的形成需要将观念与经验联系起来。他认为婴孩的心智犹如一块空白的书写板（tabula rasa），如同一张白纸，而非充满先天固有的思想，因此各种观念和习惯都可以填写在上面。这一观点在当时具有重要意义，因为它不仅肯定了童年的重要性，而且有助于推动人们摆脱清教主义原罪论的桎梏，解放儿童的心灵。洛克发表的《教育漫话》（Some Thoughts Concerning Education, 1693）主要涉及儿童的道德和人格教育，对英国18世纪的教育理论的发展产生了很大的影响。洛克在书中论述了如何通过三种独特的方法来培育儿童的心智：发展健康的体魄，形成良好的性格，选择适宜的教育课程。在培养方式上，洛克认为儿童的阅读应当具有愉悦性，而且儿童

第 1 章　儿童的发现：随时代变迁、发展的儿童观和童年观

的学习过程可以是愉快的。洛克的影响是划时代的，是深远的。他的观念在丹尼尔·笛福（Daniel Defoe）的《鲁滨孙漂流记》（*Robinson Crusoe*, 1719）中得到充分体现。例如，洛克对于特定知识的详情细节的强调，对于认知逻辑的细节的重视，在作者对鲁滨孙经年累月的孤岛生活经历的描述中得到生动细致的体现。他在岛上种植大麦和稻子，并制作能够加工面粉的木臼、木杵和筛子。有了面粉就可以烘烤出面包，尽管是非常粗糙的，但足以满足日常食用。他驯养野山羊，并在此基础上扩大规模，在荒岛的另一端建起了一个养殖场，以解决奶品和肉类的需求。他还制作陶器等生活器具，进一步提高了生活的便利程度。在荒岛漫长的岁月中，鲁滨孙不畏艰辛，尽心尽力地制作各种生活器具，缝制兽皮衣裳，打造交通工具，修建住宅，开拓种植园和牧场，过上了自给自足的生活。洛克的思想观念对英国儿童文学出版业的标记性人物——出版家约翰·纽伯瑞——也产生了重要影响。1744 年，纽伯瑞迁居伦敦，随即在圣保罗教堂的大院里开设了同时经营印刷出版和发行销售的书店，并致力于开拓儿童读物市场，不久便成为当时影响最大的专门出版儿童读物的出版商。从儿童图书出版史的角度看，这一事实具有重要的历史意义，因为人们把纽伯瑞开始出版发行儿童图书的 1744 年看作是真正意义上的英国儿童文学的开端。这也使纽伯瑞的名字日后与儿童文学紧密地联系在一起。1922 年，美国国家图书馆协会专门设立了以他的名字命名的年度最佳英语儿童文学作品奖："纽伯瑞"奖。他在 1744 年首次出版的儿童图书《精美袖珍小书》（*A Little Pretty Pocket-Book*）的序言中极力赞扬了洛克。中世纪和清教主义语境下的儿童图书主要依照宗教理念进行书写，而洛克则倡导表现儿童在特定生活环境中面临问题时做出自己的选择，并采取行动。纽伯瑞于 1765 年出版的《一双秀鞋》（*Little Goody Two-Shoes*）讲述了一个小女孩如何通过读书识字成为一名教师并改变自己命运的故事。

在洛克之后，法国思想家卢梭对改变传统儿童观念起到了很大作用。卢梭发表于 1762 年的《爱弥儿》（*Emile*）一书是一部描写儿童生活，尤其是儿童的教育与成长的传记体哲理小说。在这本书中，卢梭基于洛克的理性教育观提出了"自然教育论"，认为教育应该"归于自然"并服从自然的永恒法则，应该尊重并促进儿童身心的自然发展。卢梭提

出的自然开放的儿童教育观以及"高贵的野蛮人""理想的成人"等观念对改变传统的儿童观和儿童教育观产生了很大影响。可以说,卢梭的理念标志着人们发现了真正意义上的"有别于成人"的儿童。

1.3 第二层面:当代儿童发展心理学与哲学的发现

20世纪以来,随着自然科学和人文科学的突飞猛进,人们对儿童心智发展的认识也更加科学和深入。瑞士教育心理学家让·皮亚杰(Jean Piaget)提出的发生认识论,从儿童心理成熟的过程揭示了儿童的认知规律。根据皮亚杰的"儿童认知发展阶段论",6岁到8岁的儿童已经从"前运演阶段"(pre-operational level)进入"具体运演阶段"(concrete operations level),他们在语言运用方面已有很大进步,可以用词语和其他象征符号来表达较为抽象的概念,而经典童话的内容和形式正好呼应了这一年龄段的儿童感应世界的方式,所以对他们具有强烈的吸引力。皮亚杰的观念对于人们认识原始思维与儿童文学审美创造,探究儿童思维特征与儿童文学审美意识结构的深层因素,都具有很大的启迪作用。这有助于人们从前因果观念、任意结合的逻辑思维、儿童的自我中心思维等诸多视角去感悟和把握儿童文学的审美创作。另一方面,哲学家发现了当代社会出现的有关少年儿童学习知识与培育智慧的悖论现象。当代社会的学校教育十分注重知识因素,但在现实生活中,成人为少年儿童灌输知识的同时可能遮蔽他们的智慧,因为知识化不等于智慧化。美国哲学家加雷斯·马修斯(Gareth Matthews)曾这样表述这个两难问题:幼童必须学习常识(知识与经验)。但常识作为前人成熟化的认识结果,对它的汲取又可能遮蔽和消解幼童的思维智慧。马修斯探讨了儿童与生俱来的哲学思维,有助于人们从哲学层面去认识儿童。幼童的思维处于稚拙而神秘的"原始性思维"状态,难以用概念的语言来表现,只能用意象,用他们有意识和无意识心理能理解的特殊话语来表达、沟通。它的运作完全不受常识的支配和干扰,从而使天赋的智能处于无拘无束的自由飞翔之中,产生了独特的指向,获取了独特的发现。

幼童的天赋智能之所以能进入哲学的境域，是因为他们对世界和对生活表现出的疑惑和惊奇；疑惑之中蕴含着巨大的不解和猜度，惊奇之中蕴含着巨大的求索和发现，从而激发儿童进一步探究世界与发展自我的兴趣。

1.4 第三层面：精神分析学和无意识理论的发现

20世纪以来，人类经历了史无前例的灾难性危机，特别是两次世界大战给世界人民带来了前所未有的深重灾难，催生了各种人文思潮，也促使人们对以往种种的儿童观念和儿童文学的价值标准进行重新审视和思考，比如人们对西方传统的理性主义信念产生了深刻怀疑。以弗里德里希·尼采（Friedrich Nietzsche）、亨利·柏格森（Henri Bergson）、西格蒙德·弗洛伊德（Sigmund Freud）为代表的非理性主义思潮应运而生，蔚然成势，使文学家和批评家们或自觉或不自觉地关注人类的无意识领域。

20世纪初，就在心理学家致力于建立一种科学心理学的同时，精神病学作为医学的一个分支开始逐渐形成和发展起来。但是人们不久就发现，许多患有精神疾病的病人实际上并不需要医药或手术治疗，他们病痛的症结源自精神的苦闷、烦恼或焦虑不安。对于这些患者，精神病医生需要的不仅是医学领域有关人体生理机能的纯医学知识，更涉及大量关于人的心灵和精神世界的认知。但是以实验为依据的科学心理学并不能提供这方面的知识，事实上，人们的精神疾患是很难用科学实验数据或临床证据进行量化的，精神分析治疗的临床证据本身的真实性也是很难查证的。弗洛伊德脱离主流精神医学科学的原因就是他几乎没有掌握任何实验数据，他提供的案例在职业医学人士看来是近乎奇闻轶事的疗程。问题的本质在于，弗洛伊德探寻的是人类的精神世界这一独特领域，他就像侦探寻求破案线索一样致力于找出精神病患的"病因"，进而对患者实施心理疗法。这种心理疗法的可能性潜藏在人的意识和无意识活动及其显露出来的端倪（蛛丝马迹）之中，通过发现、分析和解释线索来披露"罪行",揭示隐情,最终使"病情"真相大白。尽管弗洛伊德精神分析学的这一"无以证伪性"使它难以被自然科学者所接纳,但是考虑到人类动机和行为、人类主观精神世界的奇异性以及人类具有奇特的且难以解释的创造和利用象征的能力,弗洛伊德精神分析学的探索有助于人们认识人类的心灵本质和无意识特征。与此同时,历史见证了弗洛伊德对于人们理解童话文学的深层心理意义做出的重要贡献。随着精神分析学说的发展,人们认识到,心理分析方法可以有效地被用于解析民间童话和文学童话中人类共同的某些隐秘的心理信息。在儿童文学语境中,童话关联着"梦"和"无意识",这正是来自现代精神分析学的重要发现之一。人类隐秘难解的各种心理动因,看似寻常但最奇崛,一旦触发,影响极大且深远,能从童年持续到成年乃至一生。

众所周知,人类作为个体,其童年是动态的、流逝的,是一去不复返的。而在哲学意义上,童年既是个体的,更是普遍永恒的,也是可以珍视、珍藏、追溯和重现的。在一般生命意义上,童年是生理的,也是心理的:一方面是由于生存的弱势,儿童不得不依赖作为成人的父母;另一方面是童年精神世界的异常活跃以及随之而来的天马行空、漫无边际的幻想。走进童年意味着认识儿童的特殊生命状态和特殊精神世界。作为人类个体生命中一段特殊的初始阶段,童年本身就具有与成年迥然不同的特殊性,尤其体现在生理发育程度、心智与精神活动差异等方面。以精神分析学为基础的童话心理学为人们解读童话与童年的文化心理联系提供了难能可贵的路径。根据当代童话心理学的研究,在人类的幼年期,儿童的内心感受和体验缺乏逻辑秩序和理性秩序,因此不宜过早让他们进入复杂的现实,像成人一样去理解现实。若用人们的日常话语来说,那就是让孩子过早懂事并非好事,这样做很容易使他们在成长过程中对现实生活感到失望。要求孩子过早懂事往往是以遏制童年的幻想为代价的,这意味着让他们失去幼年期应有的天真烂漫的任性,或者天马行空的想象力,从而压抑了内心深处的冲动,泯灭了天真的童心,也扼杀了走向未来的创造力。这就是为什么童话心理学研究者要大力倡导将富有积极心理意义的经典童话作为推动儿童健康成长的文化资源,提供激发内心成长的幻想来引导儿童超越幼年期。这有助于理解儿童文学的艺术特征:作为童年和童年特质的文学表达,优秀的儿童文学具有

第1章 儿童的发现：随时代变迁、发展的儿童观和童年观

既依托童年又超越童年的特殊双重性，力求在更高的艺术层面再现童年的奇特魅力和无限内涵。这正是科林·曼洛夫（Colin Manlove）所阐述的："那些为儿童创作的最优秀作品是由那些似乎忘记了自己在为谁而写作的作者创作出来的，因为话语的成人世界与儿童世界如此完美地融合起来；当刘易斯·卡罗尔（Lewis Carroll）驰骋想象，全神贯注于爱丽丝故事时，多少年的岁月流逝都不会使他的光芒暗淡下去"（Manlove, 2003：8）。由此可见，童话心理学是帮助人们认识童话世界和儿童世界的独特理论方法。

第 2 章
儿童文学的发现：走向独立自洽的儿童文学学科研究

人们的思维方式和认知能力往往受到时代语境的制约，特定的年代同样影响着论述者的思辨方式和表达方式。从恐吓震惊式宗教训诫、感化教育到健全的道德和人格教育，从一元到多元文化教育，从知识教育到公民教育和审美教育等，有关儿童教育的目的和理念经历了不断演进的历史进程。有自觉意识的儿童文学的发生和发展及其学科研究进程也反映了这一状况。从清教主义的"灵魂净化"式宗教儿童观和儿童教育观，到洛克的朴素唯物主义儿童教育观、皮亚杰的儿童心理认知发展观、精神分析学派的童话心理学，再到当代儿童文学的审美艺术观和教育功能观，人们对于儿童的精神生命状态、心理发展特征和身心成长过程，以及对于儿童文学的艺术特质与教育功能的认知始终处于不断变化与深化的进程中。因此，新时代的研究者需要从发展的眼光，通过新的理论视野和学术资源去审视和考察。他们应当看到，当代西方儿童文学批评理论呈现出独特的双重性：一方面是理论研究大发展、大繁荣的格局；另一方面是学派众多、理论纷繁，有些理论触角显得过于精细，需要贯通整合，对于儿童文学本体研究的适应性仍有待持续的考究。因此，唯物辩证法中的认识论与方法论，无疑可以为国内儿童文学理论研究者提供一个可靠的探究路径，以深入考察贯穿世界儿童文学批评史各个时期的理论建树、相互之间的交流与对话、受众的接受和影响情况。唯物辩证法的一个重要特征是抓住事物的主要矛盾，坚持事物的性质主要由该事物的主要矛盾的主要方面决定这一哲学原则。这与儿童文学研究史聚焦于人类如何认识儿童世界、认识童年人生、认识童年和青少年成长相关命题的文学表达等考察视域，以及所涉及的主观意识和思想评价，无疑十分契合。

2.1 有自觉意识的儿童文学主潮的形成与发展

从古到今，凡是儿童能够理解并欣然接受的一切优秀文学作品都可以看作是广义的儿童文学。从这一范畴来看，儿童文学包括直接为儿童讲述的成人经典文学、改编自成人经典文学作品的各种读物，以及专为儿童和青少年读者创作的各种文类的儿童文学作品。简而言之，为儿童及青少年读者创作和改编的文学作品，就是具有自觉儿童本位意识的儿童文学。从传统接受方式来看，儿童主要通过阅读与聆听这两种方式来接受文学作品或其他读物。儿童可以自己阅读包括图画书和插图书在内的所有适合他们的文字读物，更可以聆听成人为他们讲述或朗读的所有文学作品，包括故事和诗歌等。20世纪以来，随着现代影视技术的发展，人类进入了"世界图像的时代"，以电影为代表的影像叙事通过集声音、色彩、图像于一体的视觉模态创造了影响巨大的文化传播样式。因此，各种儿童文学经典被改编成影像并成为当代儿童与青少年接受文学的重要方式。与印刷文字呈现的图书相比，电影以更直接的视觉冲击力、情绪感染力和美感效应吸引着众多青少年观众，并影响他们的人格发展。例如，作为英国儿童文学经典之作的两部"爱丽丝"小说随着现代影视技术的发展，走过了从默片、有声、黑白、彩色到数码3D大片等阶段的百年改编历程。

与此同时，有自觉意识的儿童文学的形成与发展经历了成人作家和艺术家对大文学资源的改写与改编过程。首先是为少年儿童改写古典神话和文学经典作品。希腊古典神话和传说产生于公元前11世纪到8世纪，即史学家所称的"荷马时代"或"英雄时代"。希腊古典神话包括众神故事和英雄传说两部分，最初以口诵流传的方式在希腊各部落中传承，随后逐渐形成了被赋予人类形态的奥林波斯众神家族，他们居住在奥林波斯山上，但经常在人类生活的地面世界活

第2章　儿童文学的发现：走向独立自治的儿童文学学科研究

动，比如许多神不时地溜下山来追求人间的俊男和美女。学界一般认为，奥林波斯神话最终由传说中的诗人荷马和赫西俄德记述下来并整理编定，从而形成了内容相对稳定的神话材料。许多专家认为荷马在创编两部史诗《伊利亚特》(*Iliad*, 762 BCE)和《奥德赛》(*Odyssey*, 800 BCE)的过程中广泛地选用了当时流传的各种神话传说和史诗的素材。由此而论，"天才的诗人"荷马是古希腊神话的集大成者和最重要保存者之一。关于两部史诗，《伊利亚特》讲述了特洛伊战争的历程，《奥德赛》讲述了来自伊塔卡的英雄奥德修斯，如何在特洛伊战争后历经十年艰险的海上漂流返回故乡并重振家园的故事。这两位诗人在创编《伊利亚特》和《奥德赛》的过程中广泛地采用了当时已有的神话传说材料，使这两部荷马史诗不仅具有广博的资料性，而且由于作者强化了情节的故事性，因而具有极强的文学性。难怪有学者做了这样的论述："希腊神话只有两种主要类型，由荷马提到的神话和荷马以外的神话。后来的一切领域的艺术家们，从伟大的雅典悲剧作家到瓶画艺术家、作曲家和建筑家，无不尽力地从荷马的诗作中挖掘主题和观念"(McLeish, 1996: 229)。赫西俄德的《神谱》(*Theogony*, 730–700 BCE)继承了荷马史诗的神话传统，整合并确立了以宙斯为首的奥林波斯神系，其记述内容简约、脉络简明，而其中对于诸神起源的追溯尤为重要，被认为影响了古希腊自然哲学探寻世界之本源的取向。

由于荷马史诗的魅力及影响，荷马式的传奇故事已经成为儿童文学传统的一个重要组成部分。法国作家费朗索瓦·费纳隆(François Fénelon)根据《奥德赛》前四章创作了小说《忒勒马科斯历险记》(*The Adventures of Telemachus*, 1699)，叙述少年忒勒马科斯离开家乡，漂洋过海，历尽艰险寻找父亲奥德修斯的故事，这部改编自荷马史诗的作品成为欧洲儿童读物的重要组成部分，被认为是欧洲最早的儿童文学作品之一。英国作家威廉·葛德温(William Godwin)在1806年创作了《万神殿》(*The Pantheon*)，为孩子们叙述古希腊罗马神话故事。散文家查尔斯·兰姆(Charles Lamb)在1808年写了《尤利西斯历险记》(*The Adventures of Ulysses*)，故事中除人类以外，还有海神、巫婆、巨人、妖女等，他们象征着人类外在的力量和内心的诱惑。这些具有双重意义的艰难险阻是任何一个有智慧、有毅力的人必然会遭遇的。童话小说《水孩儿》(Water Babies, 1863)的作者查尔斯·金斯利(Charles Kingsley)根据希腊神话创作了《格劳库斯,或海岸边的奇迹》(Glaucus, or the Wonders of the Shore, 1855),著述了《希腊英雄传》(The Heroes, 1856),讲述少年英雄柏修斯、提修斯以及阿耳戈英雄们的故事。英国学者、诗人、荷马专家及翻译家安德鲁·朗(Andrew Lang),以编写童话故事和翻译荷马史诗而闻名于世,著有《荷马的世界》(The World of Homer, 1910)和12卷世界童话故事集。安德鲁·朗不仅自己动手翻译了荷马史诗《奥德赛》(1879)和《伊利亚特》(1883),而且还撰写了很受读者欢迎的《特洛伊与希腊故事》(Tales of Troy and Greece, 1907)。安德鲁·朗还与H.赖德·哈格德(H. Rider Haggard)合写了重述奥德修斯最后的漂流故事的《世界的欲望》(The World's Desire, 1890)。理查德·加尼特(Richard Garnett)创作了《众神的黎明》(The Twilight of the Gods, 1888),爱德华·怀特(Edward White)撰写了《海伦》(Helen, 1925),约翰·厄斯金(John Erskine)撰写了《海伦的隐秘生活》(The Private Life of Helen, 1925),索恩·史密斯(Thorne Smith)撰写了《众神的夜生活》(The Night Life of the Gods, 1931),罗伯特·格雷夫斯(Robert Graves)创作了著名的《金羊毛》(The Golden Fleece, 1944)、《白色女神》(The White Goddess, 1948)和《希腊神话》(The Greek Myths, 1955)等作品,玛丽·雷诺(Mary Renault)创作了关于英雄提修斯的作品《国王必须死去》(The King Must Die, 1958)、《来自海洋的牛怪》(The Bull from the Sea, 1962),理查德·格林(Richard Green)撰写了《希腊英雄的故事》(Tales of the Greek Heroes, 1958)和《希腊与特洛伊的英雄们》(Heroes of Greece and Troy, 1960),爱迪生·马歇尔(Edison Marshall)撰写了讲述关于赫拉克勒斯故事的《地球上的大力神》(Earth Giant, 1960),亨利·特里斯(Henry Treece)撰写了"希腊三部曲":《伊阿宋》(Jason, 1961)、《伊莱克特拉》(Electra, 1963)和《俄狄浦斯》(Oedipus, 1964),里昂·加菲尔德(Leon Garfield)撰写了《海里的神》(The God Beneath the Sea, 1970),帕德里克·科鲁姆(Padraic Colum)撰写了《孩子们的荷马》(Children's Homer, 1982)、《金羊毛的故事和阿喀琉斯之前的英雄们》(The Golden Fleece and the Heroes Who

第2章　儿童文学的发现：走向独立自洽的儿童文学学科研究

Lived Before Achilles, 1983）以及《奥德修斯的历险和特洛伊的故事》（The Adventures of Odysseus and the Tale of Troy, 1982），为儿童读者讲述荷马史诗里的故事，罗伯托·卡拉索（Roberto Calasso）撰写了颠覆性的《卡德摩斯与哈摩尼亚的婚姻》（Le Nozze di Cadmo e Armonia, 1988），罗斯玛丽·萨克利夫（Rosemary Sutcliff）撰写了《兵临特洛伊城的黑色舰队》（Black Ships Before Troy, 1993），希拉里·贝利（Hilary Bailey）撰写了《卡桑德拉：特洛伊公主》（Cassandra: Princess of Troy, 1994）等。凡此种种，都说明了希腊神话和荷马史诗历久弥新的美学价值和艺术魅力。希腊神话的儿童文学化现象成为英国儿童文学的一个组成部分，这表明了儿童文学依托童年又超越童年的基本审美特征。

除希腊神话的儿童版故事以外，成人文学名著的改写也是儿童文学的重要组成部分，如《天路历程》（Pilgrim's Progress, 1678）、《鲁滨孙漂流记》《格列佛游记》（Gulliver's Travels, 1726）、《莎士比亚戏剧故事集》（Tales from Shakespeare, 1807），其中最具代表性、改编版本最丰富的便是莎士比亚戏剧的儿童版改编。兰姆姐弟（Charles Lamb & Mary Lamb）的《莎士比亚戏剧故事集》是儿童版莎士比亚作品的先行者，该故事集从1807年出版，至今仍在印行。这本故事集的特点是内容忠于原著，保留了许多对白。它囊括了莎士比亚在各创作时期的不同类型的作品，包括《暴风雨》（The Tempest）、《仲夏夜之梦》（A Midsummer Night's Dream）、《皆大欢喜》（As You Like It）、《威尼斯商人》（The Merchant of Venice）、《第十二夜》（Twelfth Night）、《冬天的故事》（The Winter's Tale）、《罗密欧与朱丽叶》（Romeo and Juliet）、《奥瑟罗》（Othello）、《哈姆雷特》（Hamlet, Prince of Denmark）、《麦克白》（Macbeth）、《李尔王》（King Lear）、《无事生非》（Much Ado About Nothing）、《维洛那二绅士》（Two Gentlemen of Verona）、《辛白林》（Cymbeline）、《终成眷属》（All's Well That Ends Well）、《驯悍记》（The Taming of the Shrew）、《错误的喜剧》（The Comedy of Errors）、《一报还一报》（Measure for Measure）、《泰尔亲王佩里克利斯》（Pericles, Prince of Tyre）和《雅典的泰门》（Timon of Athens）。

里昂·加菲尔德的《莎士比亚的故事》（Shakespeare Stories, 1985）改写了莎士比亚的 12 部戏剧；杰拉尔丁·麦考林（Geraldine McCaughrean）改写出版了《莎士比亚故事集》（Stories from Shakespeare, 1994）；著名儿童文学作家伊迪丝·内斯比特（Edith Nesbit）改写的《孩子们的莎士比亚》（The Children's Shakespeare, 1897），被认为是有影响力的儿童版莎士比亚戏剧故事，它也囊括了莎士比亚的 12 部戏剧。《莎士比亚绘本故事》（Illustrated Stories from Shakespeare, 2010）收录了罗斯·狄更斯（Rosie Dickins）、莱斯利·西姆斯（Leslie Sims）、康拉德·梅森（Conrad Mason）和路易·斯托威尔（Louie Stowell）四人改写的莎士比亚戏剧故事，包括《第十二夜》《罗密欧与朱丽叶》《暴风雨》《仲夏夜之梦》《麦克白》和《哈姆雷特》。该书十分精美，每页故事开头都配有全彩的人物插图。《莎士比亚戏剧故事集》（The Shakespeare Collection, 2000—2002）是由多人共同改写的莎士比亚戏剧故事，作者包括安东尼·马斯特斯（Anthony Masters）、简·迪安（Jan Dean）、丽贝卡·莱尔（Rebecca Lisle）、克莱尔·贝文（Claire Bevan）、克里斯·博林（Chris Powling）、托尼·莫里斯（Tony Morris）和罗斯·柯林斯（Ross Collins）。该书插图颇具特色，彩色与黑白混搭，画风变化多端。

《莎士比亚在当今时代》（Shakespeare Today, 2009）也是由多位作者共同改写的青少年版莎士比亚戏剧故事，作者包括托尼·布莱德曼（Tony Bradman）、詹尼·奥德菲尔德（Jenny Oldfield）、罗伯特·斯温德尔斯（Robert Swindells）、休·普尔斯基（Sue Purkiss）、弗朗西斯卡·尤尔特（Franzeska Ewart）和迈克尔·考克斯（Michael Cox）。路易斯·布尔德特（Lois Burdett）的《莎士比亚也能带来轻松快乐》（Shakespeare Can Be Fun, 1995—2000）为儿童读者改写了《罗密欧与朱丽叶》《第十二夜》《麦克白》《仲夏夜之梦》和《暴风雨》。该书运用押韵对句的形式改写这些戏剧，并配有孩子们画的插图和说过的话。玛西亚·威廉斯（Marcia Williams）编著的《威廉·莎士比亚剧作集》（Mr. William Shakespeare's Plays, 2009）以连环漫画的形式呈现莎士比亚的戏剧故事，包括《凯撒大帝》（The Tragedy of Julius Caesar）、《麦克白》《罗密欧与朱丽叶》《仲夏夜之梦》《冬天的故事》《哈姆雷特》和《暴风雨》等。该书中的人物台词来自原著，每幅漫画都附有对情节的简要说

第 2 章　儿童文学的发现：走向独立自洽的儿童文学学科研究

明。著名儿童文学作家苏珊·库珀（Susan Cooper）创作的《影子之王》（*King of Shadows*, 1999）是一部重返莎士比亚时代的少年幻想小说，重构了莎士比亚这一人物形象。故事主人公纳特·菲尔德从美国赶赴伦敦，在重建的环球剧场里上演的《仲夏夜之梦》中扮演一个重要角色。不料他本人染上了热病，昏睡之后醒来发现自己已置身于莎士比亚时代的英国，而且要在《仲夏夜之梦》的首次公演中扮演普克，于是就这样和莎士比亚相遇了。

儿童文学作家安娜·克伯莱恩（Anna Claybourne）的《写给孩子的莎士比亚》（*Stories from Shakespeare*, 2004）为少年儿童改写了六部莎士比亚戏剧，主体内容包括幽默的故事讲述、相关历史的趣味性呈现、经典台词的赏析等。每个故事的标题后配有一个主题句，如《写给孩子的莎士比亚：哈姆雷特》的主题句是"生存还是毁灭？这是一个问题"；《写给孩子的莎士比亚：罗密欧与朱丽叶》的主题句是"我们叫作玫瑰的这种花，要是换了个名字，它的香味还是同样的芬芳"；《写给孩子的莎士比亚：仲夏夜之梦》的主题句是"通往真爱的道路从无坦途"；《写给孩子的莎士比亚：暴风雨》的主题句是"你微笑着，上天赋予你一种坚忍"；《写给孩子的莎士比亚：无事生非》的主题句是"静默是表示快乐的最好方法"；《写给孩子的莎士比亚：麦克白》的主题句是"世上还没有一种方法，可以从一个人的脸上探察他的居心"。

有意识地为儿童创作文学作品这一群体行为，或者说，具有群体自觉意识的儿童文学写作，主要肇始于清教主义，其中詹姆斯·简威（James Janeway）的作品成为以"圣经和十字架"为象征的清教主义儿童文学的代表作。除此之外，约翰·班扬（John Bunyan）的诗歌及寓言体小说和威廉·布莱克（William Black）的相关诗作是比较接近现代儿童文学的读物，同样受到了儿童读者的亲近。18 世纪 40 年代，约翰·纽伯瑞大规模出版发行儿童图书，逐渐改变了以"布道说教"为中心的清教主义儿童图书出版局面，成为文化意义上的英国儿童文学的开端。在 19 世纪工业革命的浪潮中，维多利亚时代异军突起的儿童文学共同体成为具有真正儿童本位的、契合儿童审美接受意识与发展心理的童年文学表达。这些具有经典艺术品质的作品构建起现代儿童文学的丰硕实体，影响深远，同时成为儿童文学史和批评史关注、研究的重要对象。

20世纪以来,相关领域的学者对维多利亚时代儿童文学黄金时代及其作品进行了持续而深入的学术研究,从文学艺术的学理层面揭示了儿童文学名篇佳作的经典性及其社会文化意义,由此开创了当代儿童文学独立自洽的学科研究道路。

应当看到,从早期的挽歌式宗教读物到约翰·班扬的《天路历程》的出现,基督教的天国叙述和天国想象对于日后逐渐萌生自觉意识的英国儿童文学产生了深刻影响。清教主义者认为,儿童可以通过阅读使幼小无助、摇摆不定的灵魂得到拯救,从而进入天国,不会堕入地狱。于是"圣经和十字架"成为那些奉行宗教恫吓主义观念的儿童读物的形象标志,而挽歌式的诗歌作品和宗教训诫故事则成为儿童读物的主流。此外,用于儿童读书识字的读物通常会采用《圣经》的内容,如伊利沙·柯勒斯(Elisha Coles)编写的拉丁语法书《无论情愿不情愿,拉丁都能学好的》(Nolens Volens: Or You Shall Make Latin Whether You Will or No, 1675)就按照字母顺序逐一呈现《圣经》的重要用语。在这一时期,詹姆斯·简威创作的《儿童的楷模:几位孩童皈依天主的神圣典范人生以及欣然赴死的全真事迹录》(A Token for Children, Being an Exact Account of the Conversion, Holy and Exemplary Lives, and Joyful Deaths of Several Young Children, 1671)成为清教主义儿童文学的代表作。该作品讲述了几个矢志追求"灵魂圣洁"的儿童通过诚心诚意的祷告来净化灵魂,继而在满足心愿后的狂喜中奔赴天国,以此呈现作者心中道德模范儿童的命运。很明显,作者的写作目的是以文学描写的方式警诫、恫吓读者,使他们心甘情愿地效仿这些同龄人的楷模人生,去接受这样的理念:儿童唯有如此才能体现对父母的爱心,才能保持圣洁的灵魂,才能免受地狱之火的煎熬,才能升上天堂。另一方面,17世纪后半叶英国王政复辟之后,一些激进的清教徒把自己看作英国社会中遭受压制、无处申述的弱势孩子,同时将这种遭受迫害的感觉和愤懑之情转化为吐露心迹的文学叙述。其中约翰·班扬的诗歌及寓言体小说《天路历程》和威廉·布莱克的《天真之歌》(Songs of Innocence, 1789)、《经验之歌》(Songs of Experience, 1794)等诗作就是在这样的时代背景下产生的,是在守望稚真童心和受到压迫的满腔义愤的共同作用下迸发出的心声。由于这些诗篇和文学寓言包含童心般的情感以及鲜明生动、夸张别致的意

第2章 儿童文学的发现：走向独立自洽的儿童文学学科研究

象，这样的文学表达成为比较接近现代儿童文学的读物，受到儿童的欢迎。

17世纪后期之后，英国中产阶级社会对于所有张扬幻想、顺应儿童天性的文学叙事（如传统童话、民间故事与传说等）采取的都是坚决禁忌与彻底压制的态度，目的是防止幼童陷入胡思乱想。此后从18世纪50年代到19世纪60年代，坚持布道说教、道德训诫和奉行理性至上的儿童图书在英国始终是占压倒优势的存在。而正是在清教主义观念盛行的年代，约翰·洛克等哲学家发出了不同的声音，对于冲破根深蒂固的清教主义观念、拓宽人们认识儿童和教育儿童的思路起到了振聋发聩、令人警醒的作用。洛克发表的《论人类的理解问题》《教育漫话》《基督教之理》（*The Reasonableness of Christianity,* 1695）等重要著作，成为阐述激进启蒙思想的政治哲学和教育学著述。这些著述论题丰富，涉及社会政治、宗教、哲学、心理学、教育学、神学、伦理学、文学、语言学等诸多领域，呈现了作者与众不同的思想表达。重要的是，洛克对长期流行的所谓"天赋观念"（innate ideas）提出了质疑，认为人类知识起源于感性世界的经验，而非其他。在17世纪欧洲和英国的历史背景下，洛克提出"人类的观念意识来自实践而非'天赋'"是难能可贵的，也是需要相当大勇气的。他强调了童年的重要性，并且提出人的心智的形成需要将观念与经验联系起来加以实现。洛克的观点无疑撼动了当时人们传统的儿童观和教养与教育儿童的固有观念，有助于推动人们摆脱清教主义原罪论的桎梏，解放儿童的心灵。与此同时，洛克对儿童的道德及人格教育的论述对英国18世纪教育理论的发展产生了很大的影响，并对英国儿童图书出版业的开拓者和标记性人物——出版家约翰·纽伯瑞——产生了重要影响，纽伯瑞在1744年首次出版的儿童图书《精美袖珍小书》的序言中极力赞扬了洛克。从此之后，原本经营成人图书和杂志出版的纽伯瑞决定开拓儿童读物市场，开始出版题材和内容均丰富多样的儿童读物，这成为儿童图书出版史上具有重要意义的一大事件。由于纽伯瑞使儿童图书从此成为图书出版行业的一个不可或缺的组成部分，人们把纽伯瑞大规模出版发行儿童图书的1744年视为真正意义上的英国儿童文学的开端。1922年，美国国家图书馆协会专门设立了以他的名字命名的年度最佳英语儿童文学作品奖，即"纽伯瑞奖"。出版家哈维·达顿在《英国儿童图书：五个世纪的社会生活史》中对纽伯瑞的行为给予高度评价，将1744年比作英国历史上"征服者威廉"入主英伦的1066年，并把纽伯瑞称作"征服者纽伯瑞"，对他在童书出版领域的历史性贡献给予了充分肯定（Darton, 1932/2001: 7）。就中世纪和清教主义语境下的儿童图书写作倾向而言，书中发生的事情基本是按照预先设定的、不能背离的宗教理念或条件进行的，事件进程的走向也是确定的、不能变化的，而洛克倡导的叙述是描写儿童在特定生活环境中对面临的问题采取行动，做出自己的选择。这是一个至关重要的区别，甚至是一个分水岭。进入19世纪，儿童图书写作领域里出现的争议是"为什么目的而写""怎么写"和"写什么"，随之形成了两种相互对立的创作倾向。这一问题的关键在于，出版商应当遵循理性和事实原则为儿童提供相应的读物，还是应当尊重童心、顺应儿童天性，为他们提供具有"幻想"精神的读物。对于19世纪的英国儿童图书出版商来说，这代表着两种价值取向，即人们应当致力于"教诲"儿童还是"娱乐"儿童。从今人的眼光来看，这两种倾向是可以整合起来的，但作为时代的产物，这两种对立和冲突的倾向反映了特定时代的不同认识和观念。在当时的时代语境下，这一分歧的关键在于，儿童文学应当为儿童提供能够真正吸引他们的内容，尤其是能让他们喜闻乐见的"奇思异想"，还是那些成人社会认为的儿童应当接受的内容，即按照成人的想法和要求为儿童提供纯粹的事实和训导（理性教育和道德训示）。这一特定时代的命题从本质上折射出人们有关儿童认知发展和审美接受特征、儿童文学本体特征和艺术追求的认识问题。

  1837年，亚历山德娜·维多利亚（Alexandrina Victoria）成为英国女王，英国由此进入工业革命引领的维多利亚时代。在工业革命和社会变革的浪潮推动下，英国儿童文学创作从发端于清教主义的宗教训导式文学表达走向真正意义上儿童本位童年精神的文学表达，并由此迎来了英国儿童文学的第一个黄金时代。工业革命一方面极大地推动了社会生产力的发展，另一方面引发了巨大的社会变化和激烈的社会动荡，以及由于传统思想信仰遭遇到前所未有的冲击，维多利亚人产生了深深的迷茫、失落乃至各种精神信仰危机。以达尔文进化论为代表的新思想带来了强烈的震荡和冲击，不仅动摇了传统宗教信仰的

第2章 儿童文学的发现：走向独立自洽的儿童文学学科研究

基座，而且撼动了英国清教主义思潮和中产阶级社会自17世纪后期以来对充满张扬幻想和游戏精神的文学表达的禁令与压制。与此同时，社会巨变催生了重返童年的时代思潮，推动了有自觉意识的儿童文学的长足发展。当维多利亚人面临因急剧的社会变化和严重的信仰危机带来的新问题，当长期习以为常的生活经验和文化感知经验受到猛烈冲击，乃至被阻断，人们需要获得新的解释时，敏感的文人作家及知识分子不得不竭力建构新的情感反应和思想认识体系，以寻求应对危机与迷茫的途径。"重返童年"的时代意义由此产生，并且前所未有地凸显出来，在文坛上表现为两种童年叙事走向：以查尔斯·狄更斯（Charles Dickens）作品为代表的现实主义的重返童年和以刘易斯·卡罗尔作品为代表的幻想性童年历险。无论是狄更斯浪漫现实主义的"磨难—成长"式童年书写，还是卡罗尔超越现实的"奇境历险"式童年书写，它们都殊途同归，是对在剧变、动荡年代里逝去的以"教堂钟声"为象征的、温馨的"古老英格兰"精神家园的追寻，以及对动荡不安的物化世界的抵御和反抗。这一时期的儿童文学代表性作品有：F. E. 佩吉特（F. E. Paget）的《卡兹科普弗斯一家的希望》（*The Hope of the Katzekopfs*, 1844）、约翰·罗斯金（John Ruskin）的《金河王》（*The King of the Golden River*, 1851）、威廉·萨克雷（William Thackeray）的《玫瑰与戒指》（*The Rose and the Ring*, 1855）、查尔斯·金斯利的《水孩儿》，刘易斯·卡罗尔的《爱丽丝梦游奇境记》（*Through the Looking-glass, and What Alice Found There*, 1865）和《爱丽丝镜中世界奇遇记》（*Alice's Adventures in the Glass*, 1871）、乔治·麦克唐纳（George MacDonald）的《乘着北风遨游》（*At the Back of North Wind*, 1871）、《公主与妖怪》（*The Princess and Goblin*, 1872）、《公主与科迪》（*The Princess and Curdie*, 1883），奥斯卡·王尔德（Oscar Wilde）的童话集《快乐王子及其他故事》（*The Happy Prince and Other Tales*, 1888）包括《快乐王子》（*The Happy Prince*）、《夜莺和玫瑰》（*The Nightingale and the Rose*）、《自私的巨人》（*The Selfish Giant*）、《忠诚的朋友》（*The Devoted Friend*）和《神奇的火箭》（*The Remarkable Rocket*），《石榴之家》（*A House of Pomegranates*, 1891）包括《少年国王》（*The Young King*）、《小公主的生日》（*The Birthday of the Infanta*）、《渔夫和他的灵魂》（*The Fisherman and His Soul*）

和《星孩儿》(The Star-Child)，约瑟夫·吉卜林（Joseph Kipling）的《林莽传奇》(Jungle Books, 1894—1895)、《原来如此的故事》(Just So Stories, 1902)，毕翠克丝·波特（Beatrix Potter）的《兔子彼得的故事》(Peter Rabbit, 1902)，伊迪丝·内斯比特的《五个孩子与沙精》(Five Children and It, 1902)、《凤凰与魔毯》(Phoenix and Carpet, 1904)、《护符的故事》(The Story of the Amulet, 1906)、《魔法城堡》(Enchanted Castle, 1907)，约翰·巴里（John Barrie）的《彼得·潘》(Peter Pan, 1904)，肯尼斯·格雷厄姆（Kenneth Grahame）的《黄金时代》(The Golden Age, 1895)、《梦里春秋》(Dream Days, 1898)、《柳林风声》(The Wind in the Willows, 1908)，以及狄更斯的《雾都孤儿》(Oliver Twist, 1838)、《老古玩店》(The Old Curiosity Shop, 1841)、《董贝父子》(Dombey and Son, 1846—1848)、《大卫·科波菲尔》(David Copperfield, 1849—1850)、《小杜丽》(Little Dorrit, 1855—1857)、《远大前程》(Great Expectations, 1860—1861)，托马斯·休斯（Thomas Hughes）的《汤姆·布朗的公学岁月》(Tom Brown's School Days, 1857)等。这些作品文类多样，题材丰富，主要包括儿童本位的童话小说、女性童话叙事、少年校园叙事和少年历险叙事等，形成了维多利亚时期的儿童和青少年文学共同体。这一时期的名家名作大多成为儿童文学经典，奠定了英国儿童文学创作的坚实根基，并且形成了影响深远的狄更斯传统、卡罗尔传统、内斯比特传统、格雷厄姆传统等。

从总体上来看，这一时期形成的儿童和青少年文学共同体成就斐然，令人叹为观止。其中，儿童幻想文学异军突起，女性童话创作构成半壁江山，校园小说和历险小说也取得长足发展，十分受欢迎。值得注意的是，众多杰出的成人文学作家为儿童和青少年读者进行"跨界"写作，童年叙事蔚然成风，名家名作影响深远，由此打造了现代世界儿童文学史上第一座美丽的大花园。如果说清教主义者开启了有意识为儿童写作的宗教训导文学，要求儿童故事按照预先设定的宗教理念或条件展开叙述，那么纽伯瑞在伦敦大规模出版发行儿童图书，则冲破了长期以来由清教主义思潮主导的儿童图书写作的清规戒律，迈出了走向儿童本位的图书写作与出版的重要一步。通过为儿童读者大规模地出版各种读物，纽伯瑞践行了洛克倡导的进步的儿童教育观念，一个重大变化就体

第2章　儿童文学的发现：走向独立自洽的儿童文学学科研究

现在这些作品中对儿童人物在特定生活环境下选择性活动的描写，使它们在特定意义上成为针对性满足儿童独特精神需求的文学读物。当然，纽伯瑞及其继承者的出版理念和出版的大部分图书内容还停留在理性常识的范畴，还恪守着道德与宗教训导等教育主题。而在工业革命和儿童文学革命的双重时代语境中，有自觉意识的、卓越的儿童文学作品的出现迎来了一个具有重要时代意义的儿童文学的黄金时代。在这股巨大的时代浪潮中，维多利亚时代异军突起的儿童文学共同体成为真正儿童本位的契合儿童审美意识与发展心理的童年文学表达。这些极富经典艺术品质的作品往往具有独特的双重性，既能满足儿童读者审美和认知的阅读需求，又能吸引成年读者的目光，使他们流连忘返，并从中发现"重返童年"这一人类精神家园的哲理和情感诉求。这些作品对现当代英国儿童文学的发展具有至关重要的推动意义，并从此成为儿童文学批评史关注和研究的重要对象。

两次世界大战前后的英国儿童幻想小说代表作有休·洛夫廷（Hugh Lofting）的"杜立德医生"系列（Doctor Dolittle, 1920），艾伦·米尔恩（Alan Milne）的《小熊维尼》（Winnie the Pooh, 1926），约翰·梅斯菲尔德（John Masefield）的《午夜的人们》（The Midnight Folk, 1927）和《欢乐盒》（The Box of Delights, 1935），约翰·布坎（John Buchan）的《神奇的手杖》（The Magic Walking Stick, 1932），P. L. 特拉弗丝（P. L. Travers）的"随风而来的玛丽·波平丝"系列（Mary Poppins, 1934—1936），J. B. S. 霍尔丹（J. B. S. Haldane）的《我的朋友利基先生》（My Friend Mr. Leakey, 1937），J. R. R. 托尔金（J. R. R. Tolkien）的早期作品《霍比特人》（The Hobbit, 1937），厄休拉·威廉姆斯（Ursula Williams）的《小木马历险记》（Adventures of the Little Wooden Horse, 1938），T. H. 怀特（T. H. White）的《石中剑》（The Sword in the Stone, 1938），希尔达·刘易斯（Hilda Lewis）的《飞船》（The Ship That Flew, 1939），阿利森·厄特利（Alison Uttley）的《时间旅行者》（A Traveler in Time, 1939）等。20世纪40年代的重要作品有皮·皮（B. B.）的《灰矮人》（The Little Grey Men, 1942）等。受战争的影响，这一时期的童话小说的重要主题之一是寻找避难所，这一倾向被一些批评家称为"逃避主义"。作为分别创作于两次世界大战期间的童话小说，休·洛夫廷的"杜立

德医生"系列和皮·皮的《灰矮人》就寄托着典型的追寻避难乐土的理想；托尔金的《霍比特人》则开创了英国儿童幻想文学变化之风气，它对寻宝历险的传统主题进行了拓展，注入了时代精神和作者思考。

20世纪50、60年代是英国儿童幻想小说创作的另一个重要发展时期，作家们探索了新的表现题材、叙事方式和表述话语，取得了丰硕的创作成果。代表性作品有玛丽·诺顿（Mary Norton）的《小矮人博罗尔一家》（*The Borrowers*, 1952），菲利帕·皮亚斯（Philippa Pearce）的《汤姆的午夜花园》（*Tom's Midnight Garden*, 1958），C. S. 刘易斯（C. S. Lewis）的"纳尼亚传奇"系列（The Chronicles of Narnia, 1950—1956）包括《狮子、女巫和魔衣橱》（*The Lion, the Witch and the Wardrobe*, 1950）、《凯斯宾王子》（*Prince Caspian*, 1951）、《黎明踏浪者号的远航》（*The Voyage of the Dawn Treader*, 1952）、《银椅子》（*The Silver Chair*, 1953）、《能言马和王子》（*The Horse and His Boy*, 1954）、《魔法师的外甥》（*The Magician's Nephew*, 1955）和《最后之战》（*The Last Battle*, 1956），J. R. R. 托尔金的"魔戒"系列（The Lord of the Rings, 1954—1955）包括《护戒使者》（*The Fellowship of the Ring*, 1954）、《双塔奇兵》（*The Two Powers*, 1954）、《王者归来》（*The Return of the King*, 1955），佩内洛普·法姆（Penelope Farmer）的《夏季飞鸟》（*The Summer Birds*, 1962），凯瑟琳·布里格斯（Katharine Briggs）的《霍伯德·迪克》（*Hobberdy Dick*, 1955）和《凯特与胡桃夹子》（*Kate Crackernuts*, 1963），琼·艾肯（Joan Aiken）的《雨滴项链》（*A Necklace of Raindrops*, 1963），罗尔德·达尔（Roald Dahl）的《小詹姆与大仙桃》（*James and the Giant Peach*, 1961）、《查理和巧克力工厂》（*Charlie and the Chocolate Factory*, 1964）和《魔法手指》（*The Magic Finger*, 1966），艾伦·加纳（Alan Garner）的《布里森格曼的魔法石》（*The Weirdstone of Brisingamen*, 1960）、《伊莱多》（*Elidor*, 1965）和《猫头鹰恩仇录》（*The Owl Service*, 1967）；露西·波士顿（Lucy Boston）的"绿诺威庄园"系列（Green Knowe）包括《绿诺威庄园的孩子们》（*The Children of Green Knowe*, 1955）和《绿诺威庄园的不速之客》（*A Stranger at Green Knowe*, 1961），海伦·克雷斯韦尔（Helen Cresswell）的《做馅饼的专家》（*The Piemakers*, 1967）、《路标》（*The Signposters*,

第2章 儿童文学的发现：走向独立自洽的儿童文学学科研究

1968）和《巡夜者》(*The Night Watchmen*, 1969)，罗斯玛丽·哈利斯（Rosemary Harris）的《云中月》(*The Moon in the Cloud*, 1968)、《日中影》(*The Shadow on the Sun*, 1970)和《闪亮的晨星》(*The Bright and Morning Star*, 1972)等。这一时期的作家对于时间的关注突出地体现在对过去时光的把握和思考方面，主要表现为两种重要的创作趋向：一是表现时间穿梭的题材，故事在过去与现在之间发生互动。例如，菲利帕·皮尔斯的《汤姆的午夜花园》讲述了主人公汤姆在午夜时分进入一个存在于过去的美丽花园，与一个名叫海蒂的小女孩一起玩耍，由此穿梭于现在与过去的时空之间；露西·波士顿的"绿诺威庄园"系列也是一个突出的代表，作者巧妙地运用"时间旅行"要素来讲述故事。二是历史奇幻小说的兴起，代表作家包括里昂·加菲尔德和琼·艾肯等人，他们从充满想象力的视角出发去改写历史，重写历史。此类题材的作品还包括艾伦·加纳的《猫头鹰恩仇录》、威廉·梅恩（William Mayne）的《草绳》(*A Grass Rope*, 1957)等。

20世纪70年代以来，英国儿童幻想小说呈现缤纷多彩的态势，代表性作品有苏珊·库珀在《大海之上，巨石之下》(*Over Sea, Under Stone*, 1965)之后的另四部系列作品：《黑暗在蔓延》(*The Dark Is Rising*, 1973)、《绿巫师》(*Greenwitch*, 1974)、《灰国王》(*The Grey King*, 1975)、《银装树》(*Silver on the Tree*, 1977)；彼得·迪金森（Peter Dickinson）的"变幻"三部曲（Changes Trilogy, 1968—1970）和《金色的城堡》(*City of Gold*, 1980)；海伦·克雷斯韦尔的《在码头上方》(*Up the Pier*, 1972)、《波利·弗林特的秘密世界》(*The Secret World of Polly Flint*, 1982)；佩内洛普·利弗里（Penelope Lively）的"阿斯特科特"系列（Astercote, 1970)和《托马斯·肯普的幽灵》(*The Ghost of Thomas Kempe*, 1973)；理查德·亚当斯（Richard Adams）的《兔子共和国》(*Watership Down*, 1972)；莱昂内尔·戴维森（Lionel Davidson）的《在李子湖的下面》(*Under Plum Lake*, 1980)；罗尔德·达尔的《查理和大玻璃升降机》(*Charlie and the Great Glass Elevator*, 1975)、《好心眼儿巨人》(*The EFG*, 1983)、《女巫》(*The Witches*, 1983)和《玛蒂尔达》(*Matilda*, 1988)；黛安娜·韦恩·琼斯的《哈尔的移动城堡》(*Howl's Moving Castle*, 1986)和"克雷斯托曼琪世界传奇"系列（The Worlds of Chrestomanci, 1977—

2006）等；迪克·金-史密斯（Dick King-Smith）的农场动物小说系列，如《狗脚丫小猪戴格》（*Daggie Dogfoot,* 1980）、《牧羊猪》（*The Sheep-pig,* 1983）和《哈莉特的野兔》（*Harriet's Hare,* 1994）；J. K. 罗琳的"哈利·波特"系列和菲利普·普尔曼（Philip Pullman）的"黑暗物质"三部曲等。其中，苏珊·库珀继承了托尔金开创的现代梦幻性幻想小说的传统，将托尔金的中洲神话世界转换成当代的威尔士乡村世界，并且富有创造性地采用了许多英格兰和威尔士民间文化和文学的传统因素。作为这一时期最重要的英国童话小说家之一，黛安娜·琼斯创作了30多部童话小说，其中最负盛名的是《哈尔的移动城堡》。与此同时，被称为"20世纪最具想象力的儿童文学作家"罗尔德·达尔自70年代以来仍然保持着旺盛的创作势头。她通过采用"人体特异功能"（《玛蒂尔达》）、能导致变形的化学药剂（《女巫》）以及新计谋（《了不起的狐狸爸爸》〔*Fantastic Mr. Fox,* 1970〕）等幻想因素拓展和强化了童话叙事的故事性。当然，20世纪后期英国童话小说创作的最大奇观是"哈利·波特"现象。"哈利·波特"系列始于哈利11岁时发生的故事，讲述了这个从小寄人篱下的孤儿在入住霍格沃茨魔法学校后的不平凡经历。在最后一部小说里，17岁的哈利终于在经历风雨后成为一位真正的魔法师。新马克思主义批评家杰克·齐普斯做了这样的评价：

"尽管并非"哈利·波特"系列小说使儿童文学回归其在文化版图中应有的地位，但它们确实巩固了儿童文学在文化版图中的地位，而且将继续使普通读者认识到儿童文学才是最受欢迎的流行文学。儿童文学是真正的民间文学，是为所有民众创作的文学，是无论老少都在阅读的文学，它对于儿童的社会化具有极其重要的作用，特别是对于发展孩子们的批判性和富有想象力的阅读能力具有非常重要的作用。"（齐普斯，2010：230）

与此同时，20世纪70年代以来，大量作家特别是女权主义作家意识到童话叙事及其想象力对意识形态的巨大"塑形作用"，因而在英、美等国出现了以创作或重写童话为中心的创作潮流，史称"童话文艺复兴"（Marchenrenaissance）。正如评论家伊莱恩·莫斯（Elaine Moss）指出的："20世纪70年代是一个教育领域以儿童为中心的时代；这是一

第2章　儿童文学的发现：走向独立自洽的儿童文学学科研究

个英国逐渐从后帝国向多元文化帝国角色转换的时代；这是一个女权主义者（不同于非性别歧视）的时代。所有这些事实都对这一时代的儿童文学内容有着影响。"（Moss，1980：50）

至于当下的儿童文学创作领域，无论是人类大脑被植入芯片后发生的故事，还是各种"反面乌托邦"式的幻想作品，这些作品更趋向于映射时代的焦虑和对未来进行拷问。就世界儿童和青少年幻想文学创作的基本趋向而言，从20世纪50年代的"魔戒"系列、"纳尼亚传奇"系列和20世纪至21世纪的"黑暗物质"三部曲、"哈利·波特"系列，到"饥饿游戏"（The Hunger Games, 2008—2010）、"记忆传授人"（The Giver, 1993—2012）、"分歧者"（Divergent, 2011—2013）、"移动迷宫"（The Maze Runner, 2009—2020）和"暮光之城"（Twilight, 2005—2008）等系列作品，作家们创作了格调更加阴暗的幻想作品。尽管如此，有自觉意识的儿童文学的根本属性没有改变，儿童和青少年仍是世界的希望和未来的建设者。儿童文学需要思考的是，如何让今天的孩子面对当今世界的客观现实时，在认知能力、情感审美接受和道德教育等方面获得健康充实的发展，进而有能力去发现解决困扰人类生存和发展的各种现实问题的钥匙。

2.2　当代儿童文学理论研究发展进程：童话的本体论研究——理论与范式

童话文学是现当代儿童文学创作领域最具代表性和影响力的文学类型，儿童文学的理论研究也是从童话文学研究开始的。19世纪后期以来，随着人类学和心理学研究的发展，西方学术界对神话的研究取得重要进展，多种社会科学视野的神话理论应运而生，成为人们更深入、更全面地研究神话的认知范式。根据罗伯特·西格尔（Robert Segal）的概括，各种社会科学学科的神话研究共同提出了三个最重要的问题："神话的起源、神话的功能和神话的主题"（Segal，2015：2）。西格尔还分别从神话与科学、哲学、宗教、仪式、文学、心理学、结构和社会等方面的相互关系出发，阐述了现代社会科学意义上的各种神话研究理论。把神话母题与自然现象联系起来进行解读是常见的早期研究方式，比如对阿多尼斯神话的解读就是典型的一个例子。阿多尼斯是希腊神话中的美少年，爱神阿佛洛狄忒爱上了他。后来爱神把他藏在一个箱子里，交给冥后珀耳塞福涅保管。冥后看到阿多尼斯后也爱上了他，于是拒不将少年交还给阿佛洛狄忒。为了解决两位女神的这一争端，宙斯提出了这样的解决方案：阿多尼斯每年花四个月的时间与阿佛洛狄忒待在一起，另四个月时间与珀耳塞福涅待在一起，余下的四个月则由他自己安排。于是阿多尼斯每年一度前往冥府与珀耳塞福涅住在一起，然后返回阿佛洛狄忒身边，这一神话旅程就与大自然植被的荣盛枯萎联系了起来。在一定程度上，学界神话研究的理论成果同样影响和带动了童话文学的学术研究。早期的童话研究大多是由语言学家、语文学家、象征主义者和神话研究者展开的，他们采用语言学的历史比较法，把童话理解为某种自然现象和社会现象的隐喻。以《小红帽》故事为例，小女孩与狼的遭遇可以被看作一种诱惑与被诱惑，而小女孩被恶狼吞食则象征着夜晚吞食黎明，甚至可以象征月亮吞食太阳、冬天取代温暖季节等，这些解读似乎受到了神话研究的影响。此外，宗教学家从童话故事里发现了许多宗教内容和宗教主题，认为许多西方童话故事都包含着基督教内容和意义。

从总体上看，自20世纪以来，人们从不同视角、用各种方法来研究童话，这些方法反映了受时代影响的批评、文化和历史语境，其中包括民俗学与民间文学研究、结构主义研究、文学文体学研究、精神分析研究、历史主义、社会政治和意识形态批评、女性主义批评等研究范式对童话及童话文学的认识。

民俗学和民间文学研究者注重童话的起源与流传研究。批评家们普遍认为，口传民间故事对童话故事的形成具有很大影响。对于为什么许多相似的童话母题或故事类型在世界范围内广泛流传，学者从民俗学和民间文学视野提出同源论、多源论以及同源异流论等学说。例如，劳拉·克瑞蒂（Laura Kready）在《童话研究》（*A Study of Fairy Tales*, 1916）中将早期童话的起源主要归纳为早期神话的遗留、雅利安神话起源说（太阳神话论）、印度起源说和对早期幻想的认同四种类型。从民俗学视角进行探讨的批评家往往洞隐烛微，从童话故事里发现了反映过去

第 2 章　儿童文学的发现：走向独立自治的儿童文学学科研究

时代的各种古老怪异的习俗信仰。他认为，童话故事里出现的奇怪设定实际上是古老的禁忌习俗的反映，如格林童话《十二兄弟》(The Twelve Brothers)中公主要拯救 12 个变成乌鸦的哥哥就必须做七年的哑巴，《熊皮人》(Bearskin)中主人公在七年里不得洗脸、不得梳理胡须和头发等。托尔金认为格林童话《杜松子树》(The Juniper Tree)中那些血腥的场面——炖人肉、留骨头、化作复仇之鸟的精魂——都是古代信仰的反映。在《白雪公主》(The Snow White)中，王后命猎人在林中杀死白雪公主，并将她的肝肺带回来作为凭证。当猎人放过公主后将一个野兽的内脏带回交给王后时，王后命厨子将其烹煮，再亲口吃掉。从民俗学的视角看，这反映了古人的观念或风俗习惯：一个人吃掉什么就会获得它的力量或者特征。民俗学家艾奥娜·奥佩 (Iona Opie) 和彼得·奥佩 (Peter Opie) 在《经典童话故事》(The Classic Fairy Tales, 1974) 中指出，现在的读者感到很浪漫和神奇的一些故事细节可能仅仅反映了童话故事所处时代的社会状况及人们的生活条件。例如，童话故事中继母的频繁出现反映出当时人们的生命相对短暂，婚姻的持续时间也相对短暂，失去配偶的一方一般会很快再婚。此外，在人类寿命普遍都不太长的年代里，生于显贵之家的女孩往往出嫁较早，比如睡美人与王子相遇并结合的年龄是在 15 岁左右。至于在许多故事里，主人公们通常会在水井旁相遇，这表明当时水井在人们现实生活中的重要性。用托尔金的话来说，这些探讨和认识"打开了通向另一个时代的一扇大门"(Tolkien, 2008：48)。

民间故事的比较研究包含跨国别、跨民族和跨学科（如故事与宗教、故事与民俗等）研究领域，因而它首先意味着拓宽文化视野，将民间故事置于民族文化和人类文化的广大时空背景之下进行考察。一种是使用流传学派的方法，它属于比较文学中的"影响研究"；而从故事中追寻各民族共同的原始信仰与民俗遗存，则是进化论人类学派的方法，属于比较文学中的"平行研究"。此外，芬兰历史地理学派的"比较研究"是很有影响力的民间文学研究方法之一，该学派通常从故事母题和类型入手，对流传于广大地域范围内的包括民间童话在内的数量巨大的民间故事进行综合性、概括性的辨析，把它们划分为若干大类及各种类型，编制出《民间故事类型索引》或《民间故事母题索引》。这些研究者们运用比较研究法，对各个故事的所有变体进行收集、编制索引和分析来重建特定故事类型的历史，对于民间童话和文学童话的类型研究而言具有很大价值。芬兰民俗学家安蒂·阿尔奈（Antti Aarne）按照故事类型对格林童话进行分析归类，将其分为"动物故事""普通民间故事"和"笑话与趣事"三大类，每一大类下面又分为许多小类，每一类型都有数字编号。阿尔奈的类型研究经过美国斯蒂思·汤普森（Stith Thompson）的补充修订成为1961年发表的《民间故事类型》（*The Types of the Folktale*），为人们进一步从微观到宏观研究童话故事提供了便利。这种研究方法为许多中国民间故事学家所借鉴，并在民间叙事文学的类型研究中得到了有效运用。刘守华等国内学者在借鉴中外故事学研究学术成果与方法的基础上，选取60个常见的中国故事类型进行解析，共分为五大类，60种类型，完成了《中国民间故事类型研究》。这五大类属包括"动物故事""神幻奇境""神奇婚姻""英雄传奇"和"人间百态"，其中有不少故事就是民间童话，这对于开展中西民间童话（幻想故事）类型的比较研究具有很大帮助。此外，从民俗学和民间文学研究视野探讨童话的有玛丽娜·塔特（Maria Tatar）的《童话故事与童年文化》（*Fairy Tales and the Culture of Childhood*, 1992）、鲁斯·博蒂格默（Ruth Bottigheimer）主编的《童话与社会》（*Fairy Tales and Society*, 1986）和詹姆士·麦格拉塞瑞（James McGlathery）的《格林兄弟与民间故事》（*The Brothers Grimm and Folktale*, 1991）等。

结构主义批评关注的重点是故事稳定的基本形式与关键的结构要素。其中，法国人类学家克洛德·列维-斯特劳斯（Claude Lévi-Strauss）的神话研究对结构主义批评产生了较大影响。他认为神话是一种思维方式，而在浩如烟海的神话背后存在着某些永恒的普遍结构，它们是神话叙事中的"深层结构"，任何特定的神话都可以被置换为这些结构。加拿大学者诺思罗普·弗莱（Northrop Frye）则干脆把文学看作神话的置换，归纳出五个连续的阶段：神话、传奇、高模仿叙述、低模仿叙述和讽刺叙述。在民间童话和文学童话的探讨方面，结构主义批评与民俗学和民间文学研究之间具有不少相似之处，两者都关注故事稳定的基本形式与结构。不同的是，民俗学和民间文学研究致力于确认特定故事类型的基本"故事"要素，而结构主义批评更多关注的是民间

第2章 儿童文学的发现：走向独立自洽的儿童文学学科研究

故事类型的基本结构要素。俄罗斯学者弗拉基米尔·普罗普（Vladimir Propp）的《民间故事形态学》（*The Morphology of the Folktale*, 1928）是结构主义研究的重要论著。他通过人物功能或行动范围去分析民间故事的结构，对事件的功能进行了明确分类，而与功能相对应的是故事的人物类型。普罗普对俄罗斯民间故事的分析表明：功能是故事中的稳定因素，无论这些功能是如何完成的、由谁完成的，它们构成了故事的基本成分；童话故事中已知的功能数量是特定的；功能的顺序总是相同的；民间童话故事的共同特点是具有自己独特的母题和故事形态（如普罗普列举的 31 个基本功能）、人物、情节和奇幻因素。普罗普将民间故事的人物角色分为七类，包括主人公、假主人公（与主人公相似，但不完成主人公的任务）、公主（被寻求的对象）、派遣者、施予者、帮助者和坏人。这样的划分对于分析传统童话故事中乃至早期的儿童文学作品中人物的基本类型是比较合适的，但对于 20 世纪 60 年代以来出现的注重人物性格发展和内心活动的作品就不太合适了。

出生于保加利亚的法国文艺理论家兹维坦·托多罗夫（Tzvetan Todorov）则对幻想文学进行了一种结构主义诗学的研究。他的《幻想文学：结构主义的研究》（*The Fantastic: A Structural Approach to a Literary Genre*, 1973）承接了俄国形式主义和布拉格学派的批评模式，对幻想文学进行了诗学观的结构主义研究。诗学研究涉及语言本身构建的文学性，从亚里士多德的诗学开始，文学创作的诗学研究关注的是作为过程与回应之编码的各种类型，而创作一部悲剧的目的就在于激起这样一种反应。托多罗夫探讨的正是由作家和读者所共享的使某种沟通交流得以产生的文学语码。他认为，一个文学文本就是一种语言行为，即一种非同寻常的、追求特殊效果的语言行为，而文学的编码与语言本身叠加在一起，共同产生特殊的审美效果。他致力于从幻想文学文本中的结构特征出发去寻求语言学的基础。托多罗夫在书中对幻想文学进行了界定，并用专章对"诡异与神奇""诗歌与寓言""幻想文学的话语""幻想文学的主题"和"自我与他者"等专题进行了研究。

罗宾·麦考伦指出，人们对民俗学和结构主义研究的批评在于，它们很少探讨故事的内容，而且回避了对童话故事的意义和历史性因素的探讨。普罗普承认民间故事的文化语境，但他更关注其稳定的结构因素，而不是其社会与历史的方面，以及形式与内容的多样性。尽管结构主义批评忽略了民间故事的多变的叙述成分以及文化语境，普罗普和汤普森的研究还是对童话研究方法论的形成产生了影响。麦卡伦认为，结构主义方法论有助于分辨童话文类关键的结构要素，而且能够与其他文学批评方法结合起来，致力于分析文本构建意义的各种可能方式，探讨社会、历史和文化语境对民间故事异文和故事重述的影响。从批评实践来看，结构主义批评模式有助于更清晰地洞察人物彼此之间的关系；从情节发展的角度分析人物，对故事的人物类型和情节单元的分析，也有助于批评家更好地把握童话文学的一般叙事特征。但对于深入分析人物的内心世界或心理特征，结构主义批评就显得力不从心了。相关批评论述见玛丽娜·塔特的《格林童话的冷酷事实》(*The Hard Facts of the Grimms' Fairy Tales,* 1987)、鲁斯·博蒂格默的《童话与社会》等论述。

文学性批评模式关注童话语篇的文体分析和其他文学要素研究。从文学视野探讨童话的批评家认为童话故事中那些古老的内容和成分之所以经历岁月的流逝而被保留下来，主要是与故事本身的文学效果，即故事的讲述效果有关。罗宾·麦考伦指出，如果说结构主义和民俗学研究模式在探讨形式和结构时忽略了对内容和意义的探讨，那么像麦克斯·卢塞（Max Lüthi）这样的批评家就致力于将童话语篇的文体分析和对意义的分析结合起来。卢塞在专著《很久很久以前：论童话的本质》(*Once upon a Time: On the Nature of Fairy Tales,* 1970)中运用"新批评"的方法探讨了童话类型的文体特征和主题意义，以及童话作为一种文类的历史发展。他认为童话故事包含着根本的深层意义，在形式和意义成为一个整体的条件下，通过童话的基本风格表现出来。卢塞注重探讨童话文类独有的那些形式上的文体特征，这些特征通过主题产生效果。卢塞通过对特定童话故事和它们的异文进行精密细致的文本分析来支持其理念。

20世纪以来，相关领域的批评家和学者对维多利亚时代儿童文学黄金时代及其作品进行了持续而深入的学术研究，从文学艺术的学理层面揭示了儿童文学名篇佳作的经典性及其社会文化意义，由此开创了

第2章　儿童文学的发现：走向独立自洽的儿童文学学科研究

当代儿童文学学科研究的道路。哈维·达顿的《英国儿童图书：五个世纪的社会生活史》是重要的英国儿童文学图书出版和史学研究及书目学著作，该书提供了描述性的书目，阐述内容涉及图书馆学、社会学、图文关系以及作为艺术品的图书整体效果等相关构成因素，首次清晰地描绘了独立于成人文学大系统的儿童文学版图。该书呈现了儿童文学的学科研究要素，奠定了后世儿童文学之史学研究的基础。达顿还通过翔实的史料和精炼的阐释，对英国儿童图书创作、出版的整个社会历史语境及发展进程，尤其是对维多利亚时期儿童幻想文学经典的出现与英国儿童文学第一个黄金时代的内在逻辑关联等命题进行了透彻的论述。汉弗莱·卡彭特的《秘密花园：儿童文学的黄金时代研究》借用女作家弗朗西丝·伯内特（Frances Burnett）的儿童小说名著《秘密花园》（*The Secret Garden*, 1911）为主标题，对19世纪中期至20世纪初年的杰出儿童文学作家及其创作进行了全面、深入的考察，认为这些作家的文学创作活动形成了相似的思想观念和主题的艺术模式。彼得·亨特主编的《插图版英语儿童文学史》是一部按年代和创作类型撰写的通史类论文集，重点探讨了英国儿童幻想小说兴起的社会历史和文化条件等因素。

值得关注的是，20世纪60年代以来，以彼得·亨特、汉弗莱·卡彭特、佩里·诺德曼、杰克·齐普斯、玛丽亚·尼古拉耶娃、约翰·斯蒂芬斯、罗宾·麦考伦、罗伯塔·塞林格·特瑞兹、凯伦·科茨等为代表的一大批文学研究者，以深厚的文学理论素养和长期积累的学术资源投身于由英国儿童文学黄金时代发展历程引导的现当代英语儿童文学研究，考察其发生的源流和发展的历程以及风格多样的文学艺术特征，研究对象从时代语境中的创作延伸到当代文化阐释和批评现象。他们的研究采用了多种人文学科视角，运用了不同的理论范式和文本解读方式，超越了以往师法成人文学的文化研究和审美研究的翻版，涉及文化学、传播学、儿童文学史学、意识形态理论、修辞学、女性主义、精神分析学、主体性理论以及语言学和叙事理论等，体现了研究者对人文学科前沿理论话语的创造性借鉴与融合。尤其重要的是，这些学者开展研究的共同特点是将儿童文学视为整个文学活动领域的重要组成部分，在相同条件下接受相同的评判标准。正如新马克思主义学派批评家杰克·齐普斯强调的:"儿童文学也应当遵循我们为当代最优秀的成人作家所设定的相同的高水平的审美标准和道德标准"(齐普斯,2010:230)。正是在这样的学术研究基础上,学者们将研究视阈拓展至世界儿童文学的学科研究,其重要成果体现为大型理论工具书《世界儿童文学百科全书》(*International Companion Encyclopedia of Children's Literature*, 1996)的出版。这部厚重的百科全书由英国儿童文学研究学者彼得·亨特主编,撰稿者全都是学养深厚的儿童文学和儿童文化研究者,通过对现当代世界儿童文学的发展和学术研究进行全方位的深入考察,呈现了20世纪以来儿童文学学术研究领域取得的丰硕成果。

2.3 儿童文学学科研究的重要成果:《世界儿童文学百科全书》

彼得·亨特早期任教于英国卡迪夫大学,是英语和儿童文学资深教授,长期致力于儿童文学研究,是儿童文学学术性研究的先驱之一。作为学养深厚且一直关注儿童文学的学者,亨特较早在英国大学开设儿童文学课程,还在23个国家的150多所大学讲授儿童文学。在学术研究领域,他以独著和合作方式出版了26本专著,发表了500多篇相关学术论文。其著述被翻译为中文、阿拉伯文、丹麦文、希腊文、日文、葡萄牙文等多种语言。亨特的贡献在于他将主流文学批评理论、考察范式和批评实践与儿童文学的独特性结合起来,创造性地提出"儿童主义批评"视角,并通过《批评、理论与儿童文学》(*Criticism, Theory, and Children's Literature*, 1991)、《儿童文学:当代批评》(*Literature for Children: Contemporary Criticism*, 1992)等编著对此进行了系统研究。在亨特的努力推动下,儿童文学的学科研究获得了原创性的途径和方法,拓展了研究的深度和广度,取得了丰硕的成果,并引发广泛的关注,使儿童文学研究突破了依附主流文学批评的束缚,也不再作为教育学科的附庸而存在,最终形成了独立、自洽的文学学科。

作为一部集大成的学术性著述,《世界儿童文学百科全书》主体可

第2章　儿童文学的发现：走向独立自洽的儿童文学学科研究

以分为三部分："理论、批评与应用部分"主要内容包括儿童文学的相关理论、批评以及应用；"文类部分"主要内容包括小说、诗歌、戏剧及其他文类；"世界儿童文学史论部分"，即儿童文学国别史论，阐述世界各国儿童文学的主要特点和发展历程。其中，"理论、批评与应用部分"梳理并汇总了儿童文学研究领域的批评实践，包括基本理论、核心概念以及各种批评路径，涵盖从儿童、童年和儿童文学的基本概念，历史和文化对儿童文学的形塑，意识形态问题，语言学和文体学对儿童文学创作影响等问题及具体的批评理论与范式，到20世纪70年代至今出现的性别批评、少数族裔和歧视问题，以及文学研究中的意识形态之争、结构主义、意识形态的价值基础、隐性读者和真实读者的关系等内容，应有尽有。此外，编撰者对儿童文学中涉及的语言学和文体学策略展开了剖析，对儿童文学批评方法如读者反应批评、精神分析批评、女性主义批评等进行了细致的阐释，并特别对图画书的发展给予充分关注。由此可见当代儿童文学研究达到的广度和深度，这些研究成果超越了最初的单向度关注作品题材、表现手法、如何把握适宜的教育方式、如何传递某种道德价值等传统的考察层面，进入哲学、文学、美学、心理学、社会学、教育学、人类学、神话学、法学等跨学科研究和交叉学科研究的纵深阶段。从总体上看，这部儿童文学百科全书全方位、多视角地呈现了世界儿童文学主体发生、发展的全貌和全过程，具有权威性、资料性、知识性、学术性和思想性，成为公认的、影响深远的世界儿童文学研究的重要资源。可以说，当代儿童文学学科研究的重要成果既揭示了优秀儿童文学作品的经典品性，呈现了理论批评的力度和深度，又捍卫和拓展了儿童文学的文学史边界和文化视野，确立了儿童文学的学科属性和社会价值，具有不可替代的评判价值和引领作用。当然，《世界儿童文学百科全书》呈现的主要是具有自觉意识的西方儿童文学发生期和发展期的创作主体和批评主体的研究成果，包括在不同历史时空中留下的作品、形成的格局和传承的脉络。

第 3 章
童话研究学派

本章着重阐述童话研究的主要学派及相关儿童文学理论，深入考察贯穿外国儿童文学批评史发展进程的不同理论之间的交流与对话、接受与影响。作为童话理论重要的支撑，童话心理学批评有效揭示了童话的深层逻辑结构，丰富了人们对童话精神魅力、审美价值和教育功用的认知。不同心理学研究学派为童话研究带来了多样化的研究路径，涌现出布鲁诺·贝特尔海姆 (Bruno Bettelheim)、玛丽·弗朗兹 (Marie Franz)、艾伦·知念 (Allan Chinen) 等具有广泛影响力的研究者。童话政治学和童话语言学作为童话研究的重要分支，为儿童文学的阐发提供了新的跨学科批评视角，同样取得了丰硕的研究成果。

3.1 童话叙事与童话心理学研究

童话是人类最古老、最有生命力的文学样式之一。据学界考察发现，人类创作的一些原型童话可以追溯到几千年前或青铜器时代，甚至史前时代，比经典神话故事的历史还要悠久。例如，童话故事《杰克与豆茎》可溯源至"偷走巨人宝藏的男孩"这一类型的故事，它们出现在5 000 年前印欧语系向东西方裂变的时期；《铁匠和恶魔》故事的主题是普通人如何运用计谋战胜恶魔，这个故事甚至可以追溯到 6 000 年前的青铜器时代。有研究表明，最早的文字记述童话当属公元前 1 300 年的古埃及故事《命有劫难的王子》(*The Doomed Prince*)。故事讲述的是，在一个王子降生之际，爱神哈索尔发出预言：王子命中注定将死于某种动物的伤害（鳄鱼、毒蛇或者狗）——这里有重要的童话母题，即有关主人公命运的预言。为避免预言中致命的危险，国王下令将小王子深藏起来，与世隔绝，但却无济于事。由于羊皮纸后半部分严重损毁，字迹无法辨认，王子最终的命运成为一个悬念，但童话中的远行历程和成长主题彰显无疑。由于能够满足不同时代人们的精神和艺术需求，童话一直经历着持续不断的重述和重写，并成为当代儿童文学创作不可或缺的重要类型。从早期口耳相传的民间童话到当代作家创作的文学童话（童话小说），现当代童话叙事以日臻精湛的文学手法和艺术成就确立了这一文类的独特美学品位。与此同时，童话政治学和童话语言学的洞察使人们认识到，在人类文明历史的进程中，文学童话不仅承载着人类的历史经验和文化记忆，而且越来越多地融入了作者独具的人生体验、生活感悟以及对社会发展与人的关系、人与自然万物关系等的认知。童话心理学研究表明，卓越的童话故事具有极其丰富的心理意义，恰如童话作家乔治·麦克唐纳所言，童话奇境是一个充满想象力的国度，"一旦从它的自然和物理法则的联系中解放出来，它潜在的各种意义将超越字面故事的单一性：童话奇境将成为一个隐喻性、多义性的国度，在这个奇妙的国度，艺术越真实，它所意味的东西就越多，所以能够唤醒那些潜藏在不可明说之领域的力量"（Mendelson，1992：33）。所以，童话艺术具有极大的艺术张力和叙事可能性，能够焕发无限的艺术生机和活力。20世纪童话研究学派的研究成果不约而同地指向了童话文学的现实主义诗学及艺术特征。

19世纪后期以来，随着人类学和心理学研究的发展，学术界对神话的研究取得重要进展，多种社会科学视野的神话理论应运而生，这影响和推动了童话文学的理论研究。20世纪以来，人们更是从不同学科视野、用各种方法研究童话。这些视野和方法不仅代表了人们对童话文学的各种认识范式，也反映了受时代影响的批评、文化和历史语境。本章主要关注的是童话心理学、童话政治学和童话语言学的研究，这些学派的研究成果从不同视域揭示了童话文学蕴含的丰富多样的社会历史文化信息和语言奥秘，以及深层心理结构与意义等对儿童文学理论研究十分重要的学术资源。

3.2 弗洛伊德与精神分析话语

童话心理学批评是20世纪60年代以来精神分析学对童话进行跨学科研究而形成的一种重要的儿童文学批评模式，这与弗洛伊德的精神分析理论话语密切相关。通过精神分析学视野考察童话世界与人类内心世界的关联，童话心理学批评揭示了童话的深层心理结构，丰富了人们对童话艺术历久弥新的精神魅力、心理意义、审美价值和教育功用的认知。

在特定意义上，20世纪往往被称为心理学的世纪，因为人们获得了一种全新的认识自己内心世界的方式。法国哲学家米歇尔·福柯（Michel Foucault）认为，弗洛伊德是精神分析学"话语性的创始人"（fondateurs de discursivité），是19世纪思想与话语模式的奠定者和标志性人物。弗洛伊德的话语构成了其他文本的可能性与规则，确立了相关话语的无限定的可能性。福柯指出，弗洛伊德的精神分析话语奠定了关于"梦"和"无意识"学说的基础，有助于探索那无法抵达却早已构成人类阐释动力机制的区域。弗洛伊德对潜意识的研究不仅开拓了心理学研究的新疆界，拓展了人们认识精神世界的视野，而且促使人们正视人性中的非理性因素，关注难以用实验数据来加以量化的心灵世界。

精神分析学一出现便与文学结下了不解之缘。众所周知，弗洛伊德脱离主流精神医学科学的原因是他几乎没有掌握任何实验数据，只是提供了一些近乎奇闻轶事的案例。精神分析的素材须来自临床的证据，但临床证据本身的真实性是很难查证的，所以精神分析学的这一无以证伪性成为它难以被自然科学接纳的重要原因。但是对于文学而言却不存在这样的问题。文学的特征之一便是虚构，没有必须被证明是真假的先决条件。正如亚里士多德提出的，艺术并不是像历史学家那样"叙述已经发生的事情"，而是"叙述可能发生的事情"，即"按照或然律或必然律可能发生的事情"（亚里士多德，1996：81）。事实上，弗洛伊德对人们理解文学的最大贡献并不在于他本人从精神分析学角度对某些文学作品做出了什么具体评论，而在于他提出了有关人类心灵本质和无意识特征的学说。在此之后，人们开始有意识地关注文学艺术作品的内在意义或心理意义。

从总体上看，以精神分析学为基础的童话心理学关注的核心问题是童话故事本身从产生到流传的漫长岁月里揭示出的心理信息，以及这些无意识的心理意义可能对现在的儿童产生什么意义。以贝特尔海姆为代表的弗洛伊德精神分析学派，作为一种人格心理学致力于探讨童话故事背后的心理意义，其个人无意识的内容大多与各种心理情结有关。以弗朗兹为代表的荣格分析心理学派的核心则是集体无意识学说，其内容主要是超越来自个人经验的原型，涉及最隐蔽、最根本的精神层次，致力于探讨童话中的原始意象可能存在的神话和原型。尽管关注的重点不同，但从整体上看，它们都属于童话的深层心理学研究，都致力于揭开那些被日常话语遮蔽起来的，但恰恰能在童话故事中得到最充分体现的无意识信息和心理意义。而且两者都认为，童话以象征的语言传达出人类千百年来积累起来的经验和智慧，揭示了许多有关人生和人心的基本真理。童话心理学对童话研究的独特贡献在于，它拓宽了童话研究的视野，使人们对童话的心理意义获得了更多、更深的理解。而且，探讨童话的精神分析学家往往都具有长期与心理障碍患者打交道的经历，正是这些经历使他们深知心理健康的重要性，深知心理疾病比身体疾病的危害更大，也更能体会到童话文学对于儿童心理和人格教育的重要性。

事实上，弗洛伊德的无意识理论对20世纪的文学产生了深刻的影响，他的精神分析学对20世纪的童话心理学研究更是产生了不可忽视的主要影响，客观上推动和深化了儿童文学学科研究领域的童话理论研究。如今，重新审视20世纪童话心理学意味着返回精神分析话语的创始之处，这一"返回"是为了更好地理解童话心理学的话语性创新，真正实现与话语性创始者的对话，通过"返回"原点来寻求童话和儿童文学研究的创新，生发出异质性的活力和有益思想。与此同时，这一"返回"促使人们对童话叙事文学进行溯源和探流，重新审视经典童话的本体特征与现当代童话文学的内在关联。这双重的"返回"既是重新审视历史语境中的童话心理学，更是从儿童文学的跨学科研究视域重新审视现当代童话叙事文学的认知和审美接受特征，这将成为推动儿童文学跨学科研究的一个重要途径。

历史上，精神病学作为医学的一个分支于20世纪初逐渐形成并发

第 3 章 童话研究学派

展起来,其首要任务是治疗患有精神疾病的人。这不仅需要医学领域的专业医学知识,而且需要更多了解潜藏在人们精神世界里的隐秘。在特定意义上,心理分析学家像现实生活中警局的侦探一样去寻找破案线索,不同的是,他们致力于探寻的是患者通过有意识和无意识的内心活动显露出来的"病因",从而对其实施心理疗法。有趣的是,弗洛伊德本人是一位侦探小说迷,他就像一个寻求破案的侦探,需要通过发现、分析和解释线索来破解隐情,披露"罪行",最终使隐藏至深的"病情根源"真相大白。此外,弗洛伊德热衷于收藏文物古董,甚至把精神分析比作考古学,认为两者都是从被湮灭或被掩盖的事物中挖掘出有价值的东西。与此同时,弗洛伊德在研究过程中将目光投向历史悠久的童话文学,从中发现了精神分析学理论构建所需的、有助于洞察人类内心世界的方式和重要的表达话语。他在《梦的解析》(*The Interpretation of Dreams*, 1899)中阐述道,成人将其无意识的担忧、内疚和愿望在梦中以象征的方式安全地表现出来,儿童则可以依靠犹如梦一样的童话,宣泄自己的不安、恐惧、仇恨等消极的情绪。当然,弗洛伊德对童话心理学研究的影响并非在于他对童话的梦幻性质的阐述,而是在于他对无意识和潜意识的原发性和创始性话语的建构。与此同时,弗洛伊德建立的人格理论特别关注童年的经验,认为它在潜意识里会形成强大的力量,会无意识地影响一个人成年后的精神活动与生活方式。根据弗洛伊德的释梦观,人类的梦在很大程度上是内心压力得不到宣泄的结果。所以,人类的梦包含了许多潜伏在无意识当中的信息。人在睡梦中正是意识相对松懈而无意识最为活跃的时刻,于是对梦的了解和分析成为学者研究无意识的最佳途径。通过"凝缩"可以将丰富繁杂的无意识内容简约为梦的外显内容;通过"移位或置换",可以用隐喻、暗示、较疏远的事物来替代无意识的中心内容;通过"表象"将梦的潜在内容表现为视觉意象。梦为无意识冲动提供了一个安全、健康的出口。当代神经学家的研究表明,梦出现在人们快速眼动(rapid eye movement,REM)的睡眠状态下,这种状态与大脑中一个叫做"桥"的原始部分有关;近来还有人发现,与梦相关的关键组织位于脑皮层附近的腹侧被盖区,那里似乎是产生"渴求"情感的区域。于是,建立在精神分析学基础之上的童话心理学认为,童话故事与梦之间存在着极大的相似性。刘易斯·卡罗尔的《爱丽丝梦游奇境记》、恩斯特·霍夫曼（Ernst Hoffmann）的《胡桃夹子与老鼠国王》(*The Nutcracker and the Mouse King*, 1816)、汉斯·克里斯汀·安徒生（Hans Christia Andersen）的《小意达的花儿》(*Little Ida's Flowers*, 1835)等就直接把梦幻与现实融为一体，巧妙地表现了儿童主人公从着迷到成幻的心理过程，艺术地表达了儿童的情绪和愿望。童话与梦的相似之处还在于它们都使用象征语言——使用无意识意象的语言，而不是有意识的、特别理性的语言，因为它们讲述的是心灵的活动而不仅仅是大脑的活动。

3.3 弗洛伊德之后：校正与批判性阐释

如同19世纪的达尔文进化论一经发表便引发了维多利亚时代人们的巨大争议和论战一样，弗洛伊德的无意识学说在20世纪的人文科学和社会科学各领域都引发了极大争议，同时催生了许多不同的心理学流派，如新弗洛伊德主义、人本主义、特质主义等，客观上推动了对文学的进一步探讨和研究。单就经典的精神分析文论而言，对弗洛伊德主义提出校正和创造性阐释的主要有瑞士的卡尔·荣格（Carl Jung）和法国的雅克·拉康（Jacques Lacan）。荣格针对弗洛伊德的"个人无意识"提出了"集体无意识"的概念。他认为人类的无意识或潜意识可以分为两个层面：一个是个体的无意识，其内容主要来自于个体的经验、思想、感觉和知觉；另一个是集体的无意识，它包含着人类共有的思想和观念。"原型"就是这种集体无意识的主要组成部分，它是人类原始经验的集结，像命运一样伴随着每一个人，并且赋予某些心理内容以独特的形式在人们的心灵深处发挥着重要的影响力。荣格认为艺术和文学作品是个人无意识和集体无意识关系的呈现，是远古象征、神话、原型的投射，是原始意象的积淀。很显然，荣格的"原型"概念无不包含着一种普遍的人类文化心理学的意义。从20世纪60年代初到80年代初，随着结构主义理论的兴起，拉康借助语言学、人类学、哲学和数学等学科的知识和认知话语来重新解读和阐释弗洛伊德的精神分析文本，赋予其科学的地位，由此形成了结构主义精神分析学。以拉康为代表的结构主义和后结构主义理论家对弗洛伊德精神分析学进行了重新阐释，提出了"语

第3章 童话研究学派

言无意识""政治无意识""读者无意识"等观念;还对弗洛伊德的无意识理论进行重新阐释,使精神分析学更趋向于理论化视野,进而成为人们借以认识和把握自己的精神生活和心理活动的探寻范式和表述话语。在拉康看来,无意识的结构像一种语言,由一连串表意元素组成;梦中的无意识活动可以用符号学法则加以解释。例如,弗洛伊德所说的"凝缩"就是语言符号中的"隐喻","移位"就是"换喻",所以任何心理上的扭曲都是"能指"的扭曲,能指在不断地漂浮,所指在漂浮的能指下不断滑动,无意识的"欲望"永远在"漂浮的能指"和"滑动的所指"这一链条中流淌。美国学者凯伦·科茨在《镜子与永无岛:拉康、欲望及儿童文学中的主体》(Looking Glasses and Neverlands: Lacan, Desire, and Subjectivity in Children's Literature, 2004)一书中就运用拉康理论探讨了童话小说"爱丽丝"系列和《彼得·潘》的意义。

可以说,弗洛伊德提出的无意识观念重新塑造了当代艺术、文学和医学。在他之后,众多职业精神分析学家及临床精神医学专家诸如荣格、拉康、爱利克·埃里克森(Erik Erikson)、艾瑞克·弗洛姆(Erich Fromm)、布鲁诺·贝特尔海姆、鲁道夫·阿恩海姆(Rudolf Arnheim)、玛丽·弗朗兹、河合隼雄(Hayao Kawai)、艾伦·知念等不约而同地在自己的相关研究中将目光转向神话、童话文学和经典文学中的艺术形象,以寻求灵感和资源。他们的跨学科研究前所未有地贯通了心理学与文学的学科界限。

精神分析学与儿童文学研究的关系始于童话文学的心理学研究。从总体上看,童话心理学批评主要包括弗洛伊德学派与荣格学派。值得注意的是,学者型作家J. R. R. 托尔金是20世纪较早从心理层面探索文学童话之功能的先行者之一。从古语言学研究到幻想文学的创作,托尔金形成了自己的童话观,包括从心理学视域探究童话功能的构成因素、幻想奇境的可能性和愿望的满足性及人类几种最基本愿望的满足。托尔金在《论童话故事》(On Fairy-stories, 1947)中指出:"幻想是自然的人类活动。它当然不会破坏甚或贬损理智,也不会使人们追求科学真理的渴望变得迟钝,使发现科学真理的洞察变得模糊。相反,理智越敏锐清晰,就越能获得更好的幻想"(Tolkien, 2008:13)。值得关注的是,托尔金率先对当代文学的童话价值与功能进行探寻,在他看来,童话故事不能局限于为儿童写作，它更是一种与成人文学样式密不可分的类型。托尔金认为，童话故事的卓越之处在于它对的人类特定基本愿望的满足："童话故事从根本上不是关注事物的可能性，而是关注愿望的满足性。如果它们激起了愿望，在满足愿望的同时，又经常令人难忘地刺激了愿望，那么童话故事就成功了……这些愿望是由许多成分构成的综合体，有些是普遍的，有些对于现代人（包括现代儿童）而言是特别的，而有几种愿望是最基本的"（Tolkien，2008：55）。其中，最基本的愿望满足包括探究宇宙空间和时间的深度、广度的愿望，与其他生物进行交流和沟通的愿望，探寻奇怪的语言和古老的生活方式的愿望。

作为童话文学的心理学研究，弗洛伊德学派和荣格学派都致力于揭开被日常话语遮蔽起来的，但恰恰能在童话故事中得到最充分表现的无意识信息。不同的是，弗洛伊德学派更偏重人格心理学的视角，以小观大、见微知著，侧重于探讨童话故事背后的心理意义，其个人无意识的内容大多与各种心理情结有关，只不过因为被遗忘或者受到压抑而从常识性的意识中消失了；荣格学派的集体无意识学说注重宏观的文化意义，关注的是童话中的原始意象、可能存在的神话和原型等内容，这些意象和内容并非来自个人的经验，而是涉及最隐蔽、最根本的精神层次。

3.4 弗洛伊德学派：贝特尔海姆的童话心理学

布鲁诺·贝特尔海姆出生于维也纳的一个犹太人家庭。青年时代的贝特尔海姆受到弗洛伊德思想的影响，对精神分析学说产生了极大兴趣。贝特尔海姆于1939年来到美国，在芝加哥大学任教，并在该校创建了一所心理治疗学校，收治具有心理障碍的儿童。他一生撰写了许多心理学专著，其中有关孤僻和自闭症儿童的著作受到公众的关注。他的代表作是1976年发表的《童话的魅力：童话的心理意义和价值》（*The Uses of Enchantment: The Meaning and Importance of Fairy Tales*），该书在发表后受到极大关注，也引发激烈的争议。法兰克福学派批评家杰克·齐普斯在《冲破魔法符咒：探索民间故事和童话故事的激进理论》中指出，贝特尔海姆写作这本书的初衷是他"对许多旨在发展儿童心智与个性的文学作品极为不满,因为这些作品不能激发和培育儿童最需要的资源和能力去应对那些困难的内心困扰"(Zipes, 2002a: 181)。事实上,贝特尔海姆探讨了童话故事蕴含的巨大潜力,因为"与儿童所能理解的任何其他类型的故事相比,从童话故事中我们能了解到更多的关于人类内心问题的信息,更多的关于正确解决在任何社会中都会遇到的困境的办法"(Bettelheim, 1976: 5)。贝特尔海姆还提出:"在许多童话故事的结尾,主人公拥有了理想的王国,成为国王或王后,但这个王国到底是怎么回事却不得而知。这正是童话的奇妙之处,它从来不告诉我们这些内容,甚至连国王和王后干些什么都无可奉告。成为国王和王后的唯一好处就是成为管理者,而不被别人管理,这象征着儿童希望获得的独立状态:安全、满意和幸福"(Bettelheim, 1976: 127-128)。

贝特尔海姆的这部童话心理学专著的主体内容由两部分组成:第一部分为"魔袋",阐述了作者的写作目的、研究方法和主要理论概念,内容包括童话与寓言、神话在精神分析学意义上的比较,以及通过阐述一些经典童话故事的心理意义而提出的理论见解;第二部分为"走进童话奇境",运用心理学的研究范式对一些经典童话故事展开详尽的话语分析。具体而言,贝特尔海姆童话心理学研究的两大组成部分是童话教育诗学和童话艺术论。贝特尔海姆发现,童话故事的魔力可以补偿那些有心理问题的青少年,他们在童年期由于过早接受"僵硬"现实而被剥夺了幻想能力。他认为,没有经历一个相信魔力的阶段,儿童长大后难以经受成年生活的疑难和困苦。据此,贝特尔海姆认为,童话故事是促进儿童人格发展的最好资源,尤其是那些基本保持着最初讲述形态或形式的民间童话,诸如《睡美人》《白雪公主》《灰姑娘》《穿靴子的猫》《小红帽》《汉歇尔和格蕾特尔》《青蛙王子》《美女和野兽》等最具童话原型意味的经典童话。贝特尔海姆童话教育诗学的支点是人的生命节律和成长节律,包括生理和心理两方面,涉及从幼儿到青春期少年的生理和心理成长的各个阶段。比如《汉歇尔和格蕾特尔》(*Hansel and Gretel*, 1812)就以令人难忘的童话形象表现了儿童在幼年期的心理活动和精神状态,尤其是"遗弃忧患"和"分离忧患"等焦虑,暗示了他们必然经历的成长过程。

此外,贝特尔海姆通过弗洛伊德的性学观念发展了童话的性教育理论，从经典童话中发掘出对儿童进行性教育的资源，使童话的性教育成为童话教育诗学的另一个重要内容。在成人看来，少年儿童的性教育似乎是一个十分敏感且颇有争议的问题。就儿童的发展而言，这实际上涉及如何恰当地解释和澄清孩子在生理成长和心理发展过程中产生的困惑与震惊。这需要理解孩子们的内心状态，找到令他们内心信服的特殊的表达方式，而童话故事可以成为帮助孩子了解性生理现象的理想途径。儿童并不明白"性"是什么，他们一开始往往把"性"看作极其厌恶的事情，而这一观念对他们无疑具有重要的保护作用。在许多童话故事里，孩子们的内心活动得到了默契的呼应。例如在《青蛙王子》(The Frog Prince, 1812)里，青蛙那滑腻腻、黏糊糊的触觉通常在潜意识里代表着儿童能够理解的性意识。用青蛙这样的意象作为性的象征，首先让儿童感到青蛙是惹人嫌恶的，从而赢得了他们的信赖。随着故事的推进，儿童读者会发现这只惹人嫌恶的青蛙在适当的时候会变成生活中最令人向往的伴侣。童话故事就是这样让儿童读者相信，即使像青蛙这样形象丑陋、令人生厌的动物（暗指人的动物本能），也能转变成某种美好的东西，只要这一进程以适当的方式发生在适当的时间。童话故事直接在孩子们的潜意识里引起反响，帮助他们接受适合其年龄的性表达方式，同时使他们逐渐形成这样的观念，即性发育是他们身体成长过程中必然经历并发生转变的阶段。绝妙的是，在表明这一道理的过程中，故事里根本就没有直接提到任何与性有关的东西（Bettelheim, 1976）。

童话教育诗学还发现童话中包含着有关人格发展阶段的道理，因此强调用童话对儿童和青少年的人格发展施加积极的影响。《灰姑娘》(Cinderella, 1812)以夸张的形式揭示了人们内心深处的情感波澜、困惑和危机以及如何解决这些问题。最重要的是，《灰姑娘》通过童话文学的象征语言和特有方式揭示了人格发展过程中必经的重要阶段。一个理想的人格正是经历人生发展各阶段中可能遇到的各种困惑、危机和冲突之后形成的。

《灰姑娘》的心理意义在于，它形象生动且令人难忘地揭示了埃里克森论及的人类生命周期中五个非常重要的人格属性。首先是基本信赖感(basic trust)，这是通过母亲无微不至的关怀和照料而凝结在儿童心里的信念，也就是灰姑娘与慈祥的生母相处的经历，造就她人格中对母爱的依恋与怀念；缅怀并忠实于从慈母处获得的基本信赖感，进而缅怀并忠实于生活中已经逝去的美好东西是人生的重要支柱。其次是自立自强（autonomy），恰如灰姑娘身处逆境而不屈，奋力抗争。她不依赖于任何人，而是自己独立。再次是主动精神（initiative），恰如灰姑娘亲手种下小树枝，用泪水和祈祷浇灌它，使它长成大树，在这一过程中培养了自己的主动性。第四是任劳任怨（industry），恰如灰姑娘历尽苦役，忍辱操劳。最后是人格认同（identity），灰姑娘一再从让自己大放异彩的舞会上逃走，一定要在获得"王子新娘"这一高贵身份之前，让王子亲眼看到并认可她作为"灰姑娘"的卑贱身份。换言之，灰姑娘赢得王子靠的是真实的自我，而异母姐姐弄虚作假，只能害人害己。最终，故事言明："真实的自我实在胜过外在的虚假和虚华。"(Bettelheim，1976：275）

3.4.1 心理意象的外化与投射

童话故事中的人物和动物角色被阐释为人们内心经历（无论是有意识还是无意识的）的外化和投射，即内心的冲动或者欲望外化为某种心理意象，并直观地显现出来。在《蜜蜂皇后》（*The Queen Bee*, 1812）中，蜜蜂的形象外化了人类最复杂的内心倾向，包括正面倾向和负面倾向。蜜蜂既能勤奋劳动，任劳任怨，酿出甜甜的蜂蜜，又能蜇人伤人，使人疼痛难忍——这两种对立的倾向通过蜜蜂而外化表现出来。从更广泛的视角看，《小红帽》的故事被看作一个处于青春期的小女孩内心经历的外化表现。为了理解男性世界包含的矛盾性质，小红帽必须经历几个阶段来感受男人本性的所有正反方面。于是大灰狼在故事中象征着男人自私的、离群的、暴躁的和反社会的破坏性倾向；而猎人则代表正直的、合群的、有理性的、救人脱难的建设性倾向。当然，大灰狼及其吞噬行为也外化了孩子自己内心的冲动或欲望。童话意象外化和投射各种各样的情感，包括童年期常有的或交替出现的焦虑、渴望、恐惧、欲望、爱与恨、好奇与迷惑、窥探与内疚等，这些情感大多是他们自己不太理解的、难以阐释的、源自对立的人格趋向或矛盾心理的。童话故事最重要的价值就是把儿童无法理解的内心活动所引起的各种压力以外化的形式投射出来，再把解决问题的方法投射出来。由于这种外化作用，童话故事的形象可以直接与儿童的无意识心理对话。

在童话故事中，按照一定因果关系发生的事以及主人公必须经历和学习的事是人类需要认识的人格本质特点的隐喻象征。人们要真正认识自己，就必须首先熟悉自己内心深处的无意识活动，从而整合那些固有的、不和谐的矛盾倾向。有些童话故事表现了这种整合的意愿和必要性。在《三种语言》(The Three Languages, 1819)中，这种母题通过主人公在不同时期经历各种矛盾倾向的过程得到体现。在不理解孩子内心无意识活动的父亲眼中，儿子简直是愚顽不化，什么也学不会。最后小男孩违背父亲的意愿，学会了青蛙、狗和鸟的语言，殊不知这三种语言包含着丰富的心理信息，提供了人类需要认识的人格本质特点的隐喻象征，成为小男孩未来走向成功的重要助力。

3.4.2　童话故事的特点决定的艺术接受特点

童话的魅力不仅来自于它丰富的心理意义，而且来自于它的文学特性。作为一种独特的艺术形式，童话像所有伟大的艺术一样，其最深刻的意义因人而异、因时而异。让儿童听童话故事并且吸收它富含的母题和意象好比往地里播撒种子。人们不能指望让所有的种粒马上生根发芽、开花结果。只有那些此时此地与儿童的兴趣和心理需求合拍的种子才能扎下根来；有些种子会立即在他们的内心意识中萌芽；有些将刺激他们的无意识活动进程；还有些种子需要休眠，直到有一天儿童的心理状态达到适合它们破土发芽的程度；还有些种子可能永远都不发芽；但那些落在适当土壤里的种子一定会绽放出美丽的花朵，长成茁壮的果树。用约翰·沃尔夫冈·冯·歌德（Johann Wolfgang von Goethe）本人在《浮士德》(Faust, 1829)序言中的话来说，"向人们奉献许多东西的人将向许多人奉献某些东西"（Bettelheim, 1976：154）。童话故事具有包容性和喻义性，可以表现具有更多普遍意义的事物，也预留了更多的不确定性，从而给读者留下更大的想象空间和创造余地，任凭每个人根据自己的生活体验去接受和创造意义。民间童话的模糊叙事特征可以揭示复杂的意义，巧妙地传达人类的内心感受，而且不要求读者或听者对号入座，它那最深刻的意义因人而异、因时而异。即使同一个人，童话故事的意义和信息在他生活的不同时期也是不一样的。它既能满足稚拙而富有想象力的儿童的心理需求，又能触动饱尝人生、老于世故的成人的心境。尽管贝特尔海姆的童话心理学引发了激烈的争议，但他的理论阐述对当代童话研究的影响是不容置疑的。

3.5　荣格学派：玛丽·弗朗兹的童话心理学

卡尔·荣格是瑞士心理学家、精神医学医师，早年在巴赛尔大学主修医学，对论述精神现象的书籍很感兴趣。毕业后，荣格选择学习精神医学方面的课程，并进行临床实习。1900年，荣格在苏黎世的伯戈尔茨利精神病院获得助理医师执照，在导师保罗·布雷勒（Paul Bleuler）的指导下，他开始接触弗洛伊德的精神分析学说。1905年，荣格升任苏黎世大学精神医学讲师，同年成为精神科医院的资深医师，主讲精神心理学，同时也讲授弗洛伊德的精神分析学。1907年3月，荣格在维也纳见到了弗洛伊德，两人从此开始了长达六年的紧密交往与学术合作。1910年，荣格被推选为国际心理分析学会会长，此时他开始撰写论文《无意识心理学研究》，其中阐述了他与弗洛伊德在心理学研究方面的差异，两人之间的分歧日益显现。1912年，荣格出版了《无意识心理学研究》（*Psychology of the Unconscious*），这标志着他与弗洛伊德的分道扬镳。在《童话中的精神现象学》（*The Phenomenology of the Spirit in Fairytales*, 1948）和《被遗忘的语言：梦与童话》（*Traum und Märchen*, 1965）等著述中，荣格对梦、童话和神话等进行心理分析，通过童话、神话资源来诠释自我生命故事。与此同时，荣格提出了有别于弗洛伊德学说的心理分析话语体系，包括一些重要的心理原型：阴影（shadow）、阿尼玛（anima）、阿尼姆斯（animus）、大母神（The Great Mother）等。艾瑞克·弗洛姆在《被遗忘的语言》（*Forgotten Language*, 1951）中拓展了荣格的相关研究，认为童话是"被成人遗忘的语言"，但仅被意识所遗忘，童话所包含的民间智慧已经植根于儿童的无意识之中。童话通常以儿童可以理解的方式解释社会习俗，使儿童在无意识层面深刻地习得了人类的智慧、社会习俗和种种美德。童年语言的核心是保守秘密,找到一种相互沟通的方式,而不让大人们知道孩子们说了些什么事情,从而创造出一种用于隐秘沟通的语言。

玛丽·弗朗兹是一位颇具代表性的荣格学派童话心理学研究学者。她出生在德国慕尼黑,在瑞士接受教育并获博士学位。弗朗兹自1934年起与荣格共事,直到荣格1961年去世,时间达几十年之久。弗朗兹在瑞士苏黎世的荣格研究院度过了大半生,深受荣格思想的影响,致力于用荣格分析心理学理论研究神话和童话等,成为很有影响力的荣格学派心理学家之一。弗朗兹在《童话的解读》(The Interpretation of Fairy Tales, 1970)和《童话故事的原型模式》(Archetypal Patterns in Fairy Tales, 1997)等专著中描述了用荣格分析心理学理论研究童话的方法和步骤。1970年用英文发表的《童话的解读》是根据她在荣格研究院所做的讲稿整理的,1996年再次作为专著出版。该书以一系列诸如《美女与野兽》(Beauty and the Beast, 1740)、《强盗新郎》(The Robber Bridegroom, 1812)、《三根羽毛》(The Three Feathers, 1812)等欧洲经典童话进行了详尽的分析。该书还专门用一章篇幅讨论了与荣格提出的"阴影""阿尼玛"和"阿尼姆斯"等人格原型有关的母题,认为童话是集体无意识的最简洁、最纯真的表达形式,从而提供了对人类心灵基本模式的最清晰的了解,而每一个民族都有自己独特体验这种精神现象的方式,因此通过对童话的研究可以获得大量对人类原型经历的洞见。弗朗兹认为民间故事和童话故事代表着具有原型意义的心理现象,是集体无意识精神活动的表达。她意识到将童话故事转换成心理学语言可以看作用一种神话替换另一种神话,是一种阐释的循环。《童话故事的原型模式》也是根据弗朗兹在荣格研究院所做的讲稿整理出版的。该书选取丹麦、西班牙、中国、法国、非洲以及格林童话集的六个童话故事进行深入探讨,涉及跨文化的母题研究。她把视野拓展到不同的国家来探寻童话的类型而非具体的某一主题,并有意挑选了一些不同寻常的故事,希望以此揭示在它们多样性的背后潜藏着的相似性,即所有的文明和所有的人类都具有相同的东西,从而表明荣格分析原型幻想材料的方法能够用于分析这些形形色色的故事。与具有普遍的人类文化性质的弗朗兹童话心理学研究相比,贝特尔海姆的童话心理学特别强调童话对于作为个体的儿童的心理和人格教育的重要性，而童话的价值就在于其绝妙的心理意义和艺术特质。

3.6 童话人生心理学：艾伦·知念的童话心理学四部曲

艾伦·知念的童话心理学四部曲具有重要的引领性价值。作为精神分析学家和精神病临床医生，知念在长期的心理医学实践中洞察到，历史悠久的童话资源对人们在不同人生阶段的心理健康和精神状态具有独特的观照和认知作用。如果说贝特尔海姆的童话心理学聚焦于经典童话表达和童年人生的心理关系，那么知念的童话人生心理学研究则继往开来，将探索视野拓宽到童话与整个人生历程的关系，尤其是中年阶段和老年阶段的心理问题，以及女性生命历程中的心理成长问题，从而开辟了新的童话心理学研究空间。知念撰写的有关童话心理学研究的著述有以下主要特点：首先为读者呈现经过精心挑选、分类的童话故事原文，之后按照心理成长主题/母题等分别对其进行心理分析阐释。其代表作就是被称为"童话心理学四部曲"的四本专著：《从此以后：童话故事与人的后半生》（*In the Ever After: Fairy Tales and the Second Half of Life*, 1989）、《童话中的男性进化史：寻求灵魂的男人》（*Beyond the Hero: Classic Stories of Men in Search of Soul*, 1993）、《拯救王子的公主：唤醒世界的女性童话故事》（*Waking the World: Classic Tales of Women and the Heroic Feminine*, 1996）和《人到中年：经典童话和神话故事对中年人生的启迪》（*Once upon a Midlife: Classic Stories and Mythic Tales to Illuminate the Middle Years*, 2003）。

经典童话往往这样讲述王子和公主的结局："从此以后，他们过上了幸福美满的生活……"。然而在现实世界，王子和公主不会永葆青春，生活还将继续前行，从少年、青年走向中年和老年。为写作《从此以后：童话故事与人的后半生》，知念从世界各地4 000多个民间故事中挑选出与"老人"和"老年"相关的故事，之后借助人类发展心理学学说，尤其是卡尔·荣格和爱利克·埃里克森的发展心理学对这些故事进行阐释，进而探讨了人在中年阶段和老年阶段所面临的心理任务。通过解读这些故事的心理意义和精神意义，知念发掘出这些故事所蕴含的深邃的民间智慧，从而使人们能够对这一人生阶段的发展特征获得新的洞察。书中对15个具有代表性的老人童话故事进行了心理分析，探讨了大多数普通人的现实生活困境与其追求的人生理想之间的矛盾冲突，揭示了人们在自己的整个生命历程中必须完成的心理发展任务：如何通过童话的启迪和观照，使读者获得超越凡俗和苦痛的生活智慧与魔力，恢复被逐渐遗忘的天真无邪和人生奇迹。

为写作《童话中的男性进化史：寻求灵魂的男人》，知念阅读了5 000余篇世界各地的童话故事，从中挑选出身处中年的主人公的故事。通过对精灵、巫师、国王等男性主人公形象的精妙解析，知念挖掘出尘封于时间与心灵深处的古老男性原型，带领读者去重新认识男性行为背后的深层缘由，为已经或即将踏上内心成长之旅的男性提供一幅地图。知念挑选的被称为"男人的童话"包含着值得成年男性认真思考的心理信息和真理。这些故事经过了无数人的口耳相传，凝结着漫长岁月传承下来的人生智慧。一开始，知念运用荣格心理学和成人发展研究的理论来解读男人童话，但发现还不足以挖掘出这些故事的深层意义，于是他转用人类学和古生物学等理论去探寻这些故事中有关男性秘密社团的记述、狩猎部落的传说以及史前人类的艺术。最后，他领悟到，有关男人的童话是对某些生活基本问题的心理投射，包括主人公与父亲之间的矛盾和冲突、主人公内心对自己男子气概的怀疑、主人公对女性怀有的既恐惧又着迷向往的两难心态，以及投射出人类对男性心灵世界隐秘的求索和对男性内心深处能量的向往（Chinen, 1993）。知念进而提出，有关男人的童话蕴含着深邃的人生经验，超过了任何一个男人一生中能够获得的经验。知念通过童话心理学解读世界各地有关成年男性的童话故事，将它们联通起来，成为一部富有启示意义的男性心理进化史。他认为这些童话要解答的问题是，生活中作为一个男人究竟意味着什么，如何才能洞察自己身上存在的矛盾的对立面，包括阳刚与阴柔、坚强与软弱、善良与邪恶、创造性与破坏性，以及如何才能获得深层的男性本源力量，获得更丰富、更神圣的男性气概和更完善、更纯正的人性，找到超越绝望、羞耻和困惑的精神家园。

《拯救王子的公主：唤醒世界的女性童话故事》是知念有关女性童话心理学的重要研究成果。这部历经八年方才完成的女性童话心理学解读，在当代女性生活的重要方面提供了深邃的洞察。知念揭示了在漫长的岁月里女性如何通过童话将她们的生活编织起来，创造出一匹匹女性生活和成长的织锦。这些织锦包含了以不同方式编织起来的基本主题，因此每一个故事都具有独特的心理意义。这些女性童话故事具有包容性特征，通常涵盖了少女时代和成年期，以及母女两代，甚至几代人和几个生命阶段。在这些女性童话故事中，读者可以看到女性如何战胜艰难困苦的逆境，并重新获取她们在这个世界上的恰当位置。这让人信服，女性童话故事不仅具有重要的普遍心理意义，而且蕴含着关于女性个体发展的洞察。此外，这些故事涉及广泛的社会和文化问题，为社会提供了父权制传统以外的前瞻性的关系范式。正如该书标题"唤醒世界"所表明的，女性的解放就是人类的解放。全书根据女性童话故事的重要主题分为五个部分：第一部分介绍了大多数文化界定的"权力"；第二部分集中阐释了女性的内心智慧，这种智慧往往被女性个人所遗忘，为社会所忽视或者压制；第三部分的主题是作为女性的庇护所和愈合之源的自然；第四部分集中阐释了姐妹之情或姐妹共同体这一古老的母题；结语部分归纳了全书各部分呈现的主题，阐述了女性与男性之间相互理解和沟通的重要性。通过知念的阐述，读者能够更好地认识这些故事所揭示的女性从饱受挫折到自我觉醒这一艰苦卓绝的历程。他同时洞察了女性童话故事对传统童话的颠覆，在诸如《睡美人》这样的经典童话故事中，一个少女在邪恶魔咒的作用下陷入了百年沉睡，直到一个勇敢无畏的青年勇士用爱将她唤醒。而在该书收集的女性童话故事里，陷入沉睡之中的是国王（象征着处于无意识状态的男权社会），只有王后才能把他唤醒，而且只有王后才能将王国从魔咒中解脱出来。当代女性作家的文学叙事延续了这一颠覆性，如安吉拉·卡特（Angela Cater）的短篇故事集《血淋淋的房间及其他故事》(*The Bloody Chamber and Other Stories*, 1979）以女性中心的方式颠覆性地重写了夏尔·贝洛（Charles Perrault）童话集中的六个经典童话：《蓝胡子》《美女与野兽》《白雪公主》《睡美人》《小红帽》《穿靴子的猫》。在这本故事集中，卡特颠覆了经典童话中英雄救美的原型模式，让陷入生命危险的女主人公最终被她剽悍且多谋的母亲拯救。

知念认为，对于当代读者而言，这些女性童话故事揭示了潜藏在每个女人心灵深处的那些重要资源，象征性地表明了女性面临的四个艰巨任务：反抗魔怪、找回真实的自我、与狂野的姐妹共舞和唤醒世界。魔怪象征着男权文化施加在女人身上的所有压迫和贬斥。在女性童话故事中，女主人公的任务就是重新找到她的真实自我，找回她内心和外在的力量，获得她在这个世界上理所应当的位置。至于姐妹之情这一古老的主题，人们发现故事中这些狂野不羁的姐妹们将母女关系转变为一种姐妹般的平等和互助关系。女性童话故事表明，女人和男人之间的新型关系促成了一种新的世界秩序的建立。从总体上看，女性童话故事既是一种精神感召，又是一种挑战；既是一种诺言，又是一种警告。这些故事敦促女性去倾听自己内心的声音，去重振自己的聪明才智。只要她们锲而不舍、坚持到底，无惧任何个人的和社会的艰难险阻，她们就能唤醒内心深处的真实自我和深邃的女性特质，而且在这一过程中唤醒处于沉睡中的整个世界。知念的童话心理学研究再次表明，童话蕴含着人类学、民俗学、心理学和教育学等诸多学科的信息。尽管童话故事最丰富、最深刻的意义因人而异、因时而异，但它们总是通过象征语言与意象在不同层面呈现的永恒的心理意义，以多种方式丰富着读者的内心生活和人生历程。

从当代心理学解读女性童话故事，读者能够发现其蕴含的非凡智慧，找到应对当代社会中人际关系困境的解决之道。这种智慧既具有跨越时空的永恒性，又具有现实的批评价值。无独有偶，从维多利亚时代至爱德华时代（1830—1914），关注童话叙事的英国女性作家异军突起，构成了该时期童话文学创作的半壁江山，为英国儿童幻想小说突破道德说教的藩篱和英国儿童文学第一个黄金时代的到来做出了不容忽视的重要贡献。因此，对维多利亚时代女性作家群体成就斐然的童话叙事作品进行研究无疑是一个重要的课题。这批女作家包括伊迪丝·内斯比特、毕翠克丝·波特、萨拉·柯尔律治（Sara Coleridge）、凯瑟琳·辛克莱（Catherine Sinclair）、弗朗西斯·布朗（Frances Browne）、安妮·伊莎贝拉·里奇（Anne Isabella Ritchie）、马洛克·克雷克（Mulock Craik）、

第 3 章　童话研究学派

玛丽·莫尔斯沃斯（Mary Molesworth）、朱莉安娜·霍雷希克·尤因（Juliana Horatia Ewing）、克里斯蒂娜·罗塞蒂（Christina Rossetti）、玛丽·德·摩根（Mary de Morgan）、哈里特·路易莎·蔡尔德－彭伯顿（Harriet Louisa Childe-Pemberton）、露西·莱恩·克利福德（Lucy Lane Clifford）和伊芙琳·夏普（Evelyn Sharp）等。从社会历史文化视角看，女性童话作家的文化身份具有某种特殊性：与成年男性相比，她们对工业革命以来社会转型期产生的困惑和痛苦有着不同体验，对由缺乏想象力和丧失道德感的商业资产阶级所主导的社会现实有着独特的体验和担忧。在唯利是图的商业社会里，女性更难以摆脱各种旧的和新的束缚，更渴望道德关怀、审美情趣和天伦之乐（这些都在追求"进步"速度的拜金主义和商业主义浪潮中被席卷而去），更需要诉诸奇异的想象。从民俗文化视野看，女性与童话文学之间存在一种天然的密切联系。从社会政治角度看，置身于一个性别歧视的男权社会里，女性作家有更多的精神诉求和情理表述，有更充足的理由去寻求对心灵创伤的慰藉、对社会不公的鞭挞，有更急迫的需求去获得自我生命的超越，去构建一个理想的乌托邦。从文学表达的意义看，女性童话作家特有的敏感和直觉的性别感受使她们更具有细腻而浪漫的审美想象，更具有自如地讲述童话故事的"天赋"才能。无论是对人性本真的诗意表述和至善追求、对道德情怀的抒发，还是对社会现实进行反思和批判、对传统的男权文化主导的叙事话语进行颠覆和重塑，女性童话作家都具有得天独厚的优势。

《人到中年：经典童话故事和神话故事对中年人生的启迪》是知念从世界各地数以千计的民间童话中挑选出来的、聚焦于中年生活的童话和神话故事，以及对它们进行的分析心理学阐释。该书阐述了人们在中年时期出现的心理问题，解读了这些童话故事能够为人们提供的相关心理意义和要解决的相关心理问题。作为关于中年的童话故事，它们讲述的是男人女人都要面对的问题。知念通过分析心理学的理论视阈来透视童话富含的生命隐喻，揭示出深藏在童话底层的心理意义和信息，以观照和反思人们成长过程中的行为模式。

3.7 当代童话心理学的拓展运用

一个值得关注的事实是，无论是弗洛伊德学派的童话心理学还是荣格学派的童话心理学，它们分析和阐释的童话资源都来自经典童话以及年代久远的民间童话。布鲁诺·贝特尔海姆用以说明问题的童话资源主要是包括乔瓦尼·斯特拉帕罗拉（Giovanni Straparola）的童话故事集《欢乐之夜》（*Le Piacevoli Notti*, 1580）、吉姆巴地斯达·巴西耳（Giambattista Basile）的童话故事集《五日谈》（*Pentamerone*, 1635）、贝洛童话和格林童话等在内的经典文学童话。玛丽·弗朗兹在相关著述中主要围绕一系列诸如《美女与野兽》《强盗新郎》《三根羽毛》这样的欧洲经典童话展开阐述，尤其是对格林童话进行荣格分析心理学的阐释。而河合隼雄语境中的童话是以格林童话为代表的经典童话，他的著述《童话心理学：从荣格心理学看格林童话里的真实人性》（*Mukashi no Shinso Yungu Shinrigaku to Gurimu Douwa*, 2017）聚焦于来自格林童话的10个故事，通过这些故事来阐述童话的深层结构如何指向人类的心灵结构这一心理过程。艾伦·知念的人生童话心理学和女性童话心理学研究所依据的资源是来自世界各地的大量民间童话故事。这一现象表明，20世纪70年代以来兴起的童话心理学所要探寻的就是这些经过岁月沉淀形成的经典童话和民间童话的心理意义和价值，为人们提供一种认识上的参照系。这需要我们重返童话文学的原点和支点，重新审视童话文学的源流与边界等重要相关问题。

从当代儿童发展心理学看，对于幼年期的孩子来说，培育道德的基础是美好的情感而不是理性的规范。事实证明，基于规范伦理学和知性说理的理性教育总是收效甚微。而以经典童话为代表的童话文学具有独特的审美接受功能，能够将有关基本人性、基本内心情感、基本伦理和基本现实认知的命题传递给少年儿童。当代童话心理学的拓展能够揭示许多重要的当代意义，比如体现从传统童话到当代文学童话叙事所蕴含的现实主义诗学特征。这主要表现在两个方面：一是童话幻想与物质世界、童话世界与现实世界的对应关系；另一个方面是童话叙事与精神世界的关系，表现在揭示人类生活的本质与真相、人类精神世界的奥秘等方面。通过童话心理学视野，人们同样可以审视当代童话叙事文学的心

第3章 童话研究学派

理意义和审美接受特征。

在艾伦·米尔恩的经典童话小说《小熊维尼》里,那百亩森林如同爱丽丝遭遇的地下奇境和镜中世界一样,出现在里面的人物和情景都具有原型的意味。从象征意义看,百亩森林包容了童年的一切:游戏、打闹、贪食、恶作剧、白日梦、探险、脱险、怀旧、永不长大等;而小猪、小老虎、袋鼠妈妈和小袋鼠,以及整天愁眉苦脸的灰毛驴"咿唷"等象征着各种类型的儿童,比如兔子和猫头鹰象征着怪异且自命不凡的成人。批评家弗雷德里克·克鲁斯(Frederick Crews)在《阿噗的谜团》(*The Pooh Perplex*, 1963)一书中通过多种批评视野阐释了小熊维尼·阿噗的多层面的性格特征,包括从弗洛伊德精神分析学、利维兹理论、马克思主义理论等视野进行的解读。科林·曼洛夫认为,米尔恩的小熊维尼故事里的所有动物角色都可以看作精神分析治疗中的病患:小熊阿噗患有记忆丧失(失忆)和神经功能症;小灰驴"咿唷"患有躁狂抑郁症;跳跳虎患有好动亢奋症;猫头鹰患有诵读困难症;小猪患有妄想偏执狂(Manlove, 2003)。

试以肯尼斯·格雷厄姆的童话小说《柳林风声》为例,从童话心理学视野看这部作品如何利用童话艺术形象和主人公的行为方式投射出能够让少年儿童认知和效仿的理想的人格特征和心理倾向,尤其是对成长中的儿童及青少年的各种互补的人格心理倾向以及其理想的人格特征的形象化投射。约翰·格里菲斯(John Griffith)和查尔斯·弗雷(Charles Frey)认为,《柳林风声》具有的张力主要通过鼹鼠和河鼠这两个人物表现出来:

> 他们既不是真正的儿童,又不是真正的成人;既没有全然沉迷于家庭生活,也没有全然热衷于历险活动;既非致力于追求沉稳和安宁,也非致力于追求成长和变化;格雷厄姆试图给予他们这两种世界的最好的东西,正如许多儿童文学作家所做的一样,为他们创造了这样的生活:既获得了成人的快乐享受和惊险刺激,又避免了相应的成人工作和养育孩子的艰辛;他们的生活像孩童般贴近自然,但不会直接感受真实世界的动物的野性或痛苦。作为儿童文学作品,该书魅力的一个奥秘就在于幻想的微妙和包容。(Griffith & Frey, 1987: 900)

批评家苔丝·科斯勒特（Tess Cosslett）在《英国儿童小说中能言会道的动物：1786—1914》（*Talking Animals in British Children's Fiction 1786–1914*, 2006）中这样论及《柳林风声》中动物主人公的人格特征：

> 虽然这四个动物表面上都是成人，但他们分别演绎了儿童和成人的角色：鼹鼠和蛤蟆在故事中主要表现为孩子（好孩子和坏小子），河鼠在特定意义上是一个母亲，狗獾的行为表现为一个严厉的、保护性的父亲。在故事的结局，鼹鼠得到了狗獾的肯定和赞许。（Cosslett, 2006：174）

的确，从特定意义上看，鼹鼠和河鼠的人格特征代表了许许多多处于成长中的儿童及青少年的性格特征。鼹鼠敏感害羞，有些柔弱，但内心深处潜藏着强烈的叛逆冲动，因此向往改变一成不变的地下隐居生活去追求冒险刺激的生活。在象征意义上，鼹鼠是一个成人期待视野中的乖孩子——谨慎本分，心地善良——但需要进入社会结识良师益友（他冲出地下的狭小居所后漫步于河岸地区的广阔世界就是一个象征），学习和掌握必要的社会习俗和规则，掌握生存和享受生活的必要知识，从而健康地成长起来。至于河鼠，他可以被看作生活中不可多得的益友：思想和人格都相对成熟，对人真诚友好，善解人意，乐于助人。他一方面非常务实、精明能干，具有丰富的生活常识以及为人处世的经验，无论是水上的营生（游泳、划船等）还是家务操持（家常膳食、居家度日等），他都得心应手，象征着家庭中的母亲角色；另一方面，他是一个有诗人气质的人，或者说就是一位诗人，时常写些诗句抒发所思所感（这在某种程度上折射了作者本人的影子）。当然，这个具备理想人格的河鼠也有精神迷茫、灵魂"出窍"的时候。在一个季节更换、迁徙性动物纷纷离别河岸地区的时节，河鼠遇见一只来自海外的海老鼠。在听了海外来客讲述的远游经历和海外风光之后，河鼠黯然神伤、失魂落魄，陷入了短暂的精神危机。好友鼹鼠及时地阻止了河鼠的离家出走。

河鼠缺失的人格因素恰恰在蛤蟆身上得到最充分的体现，但蛤蟆却由于随心所欲和无所顾忌乃至频频逾规越距而走向极端。从社会寓意看，蛤蟆无疑是一个典型的富二代，因继承了庞大家产而在河岸地区远近闻名。他居住的蛤蟆庄园就是阔佬的显赫象征：一幢漂亮、豪华的建筑，红墙绿地，分外醒目；室外的草地经过精心的整修，一直延伸到河边。但是从童话象征意义看，蛤蟆代表着一种顽童的人格形象，同时体现了童年的无边想象力。在人格特征方面，蛤蟆一方面具有强烈的自我中心意识，渴望成为众人瞩目的焦点，虚荣心和好胜心非常突出，喜欢听赞扬话（"英俊的、成功的、人见人爱的蛤蟆"）；另一方面，蛤蟆又是性情中人，率直纯真，对待朋友真心实意，一片坦诚。与此同时，蛤蟆追求刺激，追求新奇，追求生命乐趣的彻底张扬，具体表现为"喜新厌旧"式的追新求异（包括新时尚、新运动、新产品等）。换言之，蛤蟆代表着追求"新的地平线"的渴望，追求"变化的地平线"的远游历险冲动，对于某些更遥远的理想目标的追寻，无论在现实中还是在想象中，只有离家漫游的孩子才能抵达这个目标。若用心理分析话语来说，顽童蛤蟆代表着人格心理结构中的原发"伊底"(id)，充满原始能量，既富有旺盛的创造力，也具有强烈的破坏性。在广泛的意义上，蛤蟆代表着不愿循规守矩的淘气儿童的心理倾向和深层愿望，包括建设性的积极因素和破坏性的消极因素：一方面蛤蟆致力于实现追求"不断变化的地平线"的理想；另一方面蛤蟆由于随心所欲而频频逾规越距，不仅在人类社会遭受重罚、经历磨难，还被河岸动物世界的不良之徒（黄鼠狼、貂鼠、棕鼬等）夺走了家产。所以蛤蟆的人格倾向必须得到整合，在强化积极因素的同时消除消极因素，由此来争取尽可能实现美好的理想目标。

如果说蛤蟆象征着人格心理结构的"伊底"倾向，河鼠象征着"自我"（ego）倾向，那么狗獾则象征着"超自我"（superego）的心理倾向。从经济地位看，狗獾是河岸一带颇有地位和名望的富裕乡绅，他的生活状况反映了英国中产阶级绅士的经济状况、阶级地位，乃至性格、爱好、日常活动等特征。他是河岸地区的权威人物，同时是超然在上的神秘人物。虽然他很少露面，但河岸一带包括野森林地区的所有居民都能感受到他的影响。在四个动物角色中，作为蛤蟆已故父亲的生前至交，狗獾的辈分最高，但他仍然与其他人平等相处，堪称良师益友。他既是严厉的，又是慈祥的；既是威严正直的，又是深思熟虑的。事实上，他的人生经验和睿智具有重要作用，每每在关键时刻体现出来。在夺回蛤蟆府的战斗中，鼹鼠、河鼠和蛤蟆都一样同仇敌忾、英勇无比，且同样战果辉煌、难分高下；而作为"领袖"人物（家长）的狗獾在战斗结束后单单肯定和赞扬了鼹鼠（同时让他去完成两个重要的善后工作）。这一方面表明鼹鼠在成长过程中已经成熟了（以受到长辈或家长的肯定为标志），另一方面这对蛤蟆和河鼠来说是一种激励。蛤蟆一开始感到非常伤心，因为狗獾夸奖了鼹鼠，说他是最棒的，却没有给自己一句好话。但这样做恰恰是狗獾的高明之处，因为蛤蟆的性格弱点是骄傲自负、虚荣心特强，只表扬鼹鼠对蛤蟆（包括更为成熟的鼹鼠）来说是一种进行竞争的激励。结果是蛤蟆和河鼠无不积极地打扫战场，同时四处收集食物，为激战后饥肠辘辘的几位勇士准备晚餐。当鼹鼠完成两项重要的善后工作回到餐桌旁吃东西时，蛤蟆抛开了全部的嫉妒，诚心诚意地感谢鼹鼠为攻打蛤蟆府的战斗所付出的辛苦和劳累，尤其感谢他当天早上聪明地对敌人实施了恐吓行动。狗獾先生听后很高兴，当即说道："我勇敢的蛤蟆说得真好！"这是狗獾在恰当之时对蛤蟆恰到好处的肯定和赞许。"纳尼亚传奇"系列的作者刘易斯·卡罗尔在论及这位狗獾先生时，认为他体现了一种非同寻常的组合："高贵的地位、武断的态度、火爆的脾气、离群索居和正直善良。凡是见识过狗獾先生的孩子，都会深刻地认识人性，认识英国的社会历史，而这是通过其他方式难以做到的"（Lewis, 1980: 212-213）。从总体上看，这部童话小说呈现的动物角色蕴含着丰富的心理意义，它们所映射的人格心理倾向形成了相互观照和相互补充的关系。

3.8 童话政治学研究

童话政治学研究学派主要以德裔美国学者杰克·齐普斯的研究为代表。齐普斯是德国法兰克福学派研究学者，美国明尼苏达大学德语与比较文学终身名誉教授。他早年对德国新马克思主义学者赫伯特·马尔库塞（Herbert Marcuse）、西奥多·阿多诺（Theodor Adorno）、麦克斯·霍克海默尔（Max Horkheimer）、于尔根·哈贝马斯（Jürgen Habermas）和恩斯特·布洛赫（Ernst Bloch）等人的著作进行了深入研究，加上他本

第 3 章　童话研究学派

人对德国童话尤其是格林童话的深切体悟,所以他的童话文学研究方法论受到德国新马克思主义学派理论家以及德国童话作家的深刻影响。齐普斯以极大精力投身于儿童文学和童话文学的研究,不仅主编了《牛津童话故事指南》(The Oxford Companion to Fairy Tales, 2000)和《牛津儿童文学百科全书》(The Oxford Encyclopedia of Children's Literature, 2006)等工具书,而且撰写了一系列童话研究专著,包括《童话与颠覆的艺术:一种儿童文学经典文类与文明化进程》《当梦幻成真:经典童话故事和它们的传统》(When Dreams Came True: Classical Fairy Tales and Their Tradition, 1999)、《魔棍与魔法石:从邋遢的彼得到哈利·波特》(Sticks and Stones: The Troublesome Success of Children's Literature from Slovenly Peter to Harry Potter, 2000)、《别把幸福寄托在王子身上:当代北美和英国的女性主义童话故事》(Don't Bet on the Prince: Contemporary Feminist Fairy Tales in North America and England, 1986)、《格林童话:从魔法森林到现代世界》(The Brothers Grimm: From Enchanted Forests to the Modern World, 1988)、《童话为何长盛不衰:一种文类的演进及其意义》(Why Fairy Tales Stick: The Evolution and Relevance of a Genre, 2006)、《不懈的进程:儿童文学、童话故事和故事讲述的重构》(The Reconfiguration of Children's Literature, Fairy Tales, and Storytelling, 2008)等。《作为神话的童话/作为童话的神话》从社会历史发展的视野探讨了童话的起源,对传统民间童话进行了分析,涉及现代艺术童话与神话故事的关系、童话与社会的关系、电影和文学作品对童话故事的阐释以及文化工业与迪士尼化现象。《从此就幸福地生活下去:童话、儿童和文化工业》(Happily Ever After: Fairy Tales, Children and the Culture Industry, 1997)论述了经典童话故事对儿童的社会化具有的作用与价值,同时探讨了童话文本走上影视屏幕的现象。《冲破魔法符咒:探索民间故事和童话故事的激进理论》从社会政治语境探讨了民间故事及其向文学童话的演进,探讨对象包括格林兄弟、安徒生和 J. K. 罗琳等作家的作品,以及恩斯特·布洛赫、J. J. R. 托尔金、贝特尔海姆等重要童话理论研究者。近年来,齐普斯致力于主编"儿童文学与文化"(Children's Literature and Culture)系列丛书,涉及当今儿童文学和儿童文化研究的方方面面,对了解当今儿童文学和童话文学的研究状况具有重要的参考价值。该系列同时编辑并出版精选集，涵盖诸如国家、区域、性别、种族、宗教、科技、童年和图画书等主题，对既定主题的动态干预和对新兴主题的创新研究具有引领作用。

齐普斯提出的童话政治学揭示了文学童话是如何在17世纪至18世纪从流行的民间故事中汲取社会变革的力量。他认为这些故事表现出对平民的关注，即对抗统治势力和统治阶级的残酷压迫；其中的魔法与奇迹隐喻下层阶级获取权力的有意识和无意识的欲望。齐普斯重视文学艺术作品被创造出来的社会—政治—文化的语境。从童话政治学视野看，在漫长的岁月中，童话故事不仅映照出人类内心世界的无意识活动，而且映照出民族文化的时空背景，映照出时代的风貌与变迁乃至社会生产关系的转变；与此同时，童话具有非常积极的建构性社会功能，具有鲜明的社会意义。事实上，童话故事的政治学解读揭示了童话幻想与现实世界之间的重要联系，有助于人们认识童话幻想根植于人性和映射社会现实的本质特征，而不是什么虚无缥缈的或者逃避主义者无中生有的虚幻故事。

齐普斯致力于在社会政治语境下考察民间童话和文学童话，侧重于童话故事与历史、文化和思想观念变化之间的关系，尤其是童话故事的意义如何在历史进程中随着各种社会和文化机制对它们的利用而发生变动。他认为，法国作家夏尔·贝洛等人的童话反映了他们通过童话故事为人们设立道德规范标准的努力，如格林兄弟的童话折射出童话故事作为社会化和政治化叙事隐喻的功能，安徒生的童话反映了被压迫者的话语，乔治·麦克唐纳、奥斯卡·王尔德和莱曼·鲍姆（Lyman Baum）的童话故事是用希望去对抗和颠覆旧秩序的努力。作为从政治学和社会学视野研究童话的学者，齐普斯在他1987年翻译出版的英文版《格林童话初版全集》(*The Original Folk and Fairy Tale of the Brothers Grimm*)中提出，格林童话让人们通过认同故事中的主人公来表达自己乌托邦式的向往，展示对幸福的追求和向往。正如评论家梅·希尔·阿巴斯诺特（May Hill Arbuthnot）所言，格林童话"丰富了读者对生活、人类关系、道德准则和伦理选择的认识。它们是幻想，又是现实，而且具有极大的娱乐性"（Arbuthnot，1965：260）。这些故事洋溢着童话的幻想精神，但并没有远离现实，而是更深刻地洞察了现实的本质和真相。诚如齐普斯

第 3 章　童话研究学派

所说:"幻想文学所包含的现实性并不亚于现实主义小说。当然,幻想文学作家采用的规范和叙事策略不同于历史小说作家或社会现实主义小说作家,但童话故事和幻想文学所表达的意义中总是具有隐含的社会意义,而且它们隐喻式的叙事是有关作者及读者直接面对的现实的充满想象力的投射和评论"(齐普斯,2010:232-233)。

试看齐普斯对格林童话《侏儒怪》(*Rumpelstiltskin,* 1812)的社会政治视野解读。齐普斯认为这个故事的费解之处在于民俗学专家、心理分析学者和文学评论家关注的焦点是侏儒怪的名字及其所扮演的故事角色,但却忽略了这个故事的实质属性。他提出,故事中的侏儒怪并非人们通常认为的帮助者,而是一个勒索者、压迫者和魔鬼。磨坊主女儿的生活完全受男性的支配:吹牛惹事的父亲、逼迫她纺出金线的国王、对她进行勒索的侏儒怪,以及作为拯救者的男侍者,无论她的困境还是命运都是由男性决定的。所以这个故事代表了 19 世纪初关于妇女和纺织的男性视角。他认为,侏儒怪类型的故事表现的关键母题是纺织的价值和对纺织的控制。在欧洲,作为生产力的纺织为一切文化活动提供了基础,而且"纺织不仅是家庭、宫廷和庙宇间的基本生产模式,也为古代的商品交换市场提供了最初的产品"(齐普斯,2008:47)。所以,纺织活动和纺织业是女性生产力的根本象征。随着纺织机器的出现,纺织工作逐渐从女性手中转移到男性手上,人们对纺织的社会态度因此发生了变化,女性作为纺织者的地位也随之发生了变化。《侏儒怪》故事不仅表现了年轻女性受到的迫害,也表现了亚麻纺织业中商业资本家的日益强大及其对年轻女性赖以为生的生产方式的侵占。齐普斯从社会—历史的范畴探索《侏儒怪》故事的起源,指出这一类型故事的中心母题是女性生产力的变迁和女性遭受的迫害。这个故事表明,到 19 世纪初,纺织和女性生产力对维系文明的重要价值"面临着消失的危险",女性手中的丝线被夺走了,"她们再也无法纺织自己的命运了,只能更加依赖男性了"(齐普斯,2008:58)。

至于王尔德的童话,齐普斯认为它是对圣经和经典童话的重新利用和改造,涉及叙述风格、表现主题等因素,以此来表达王尔德追求基督教社会主义乌托邦的理想。由此而论,王尔德的童话中富有诗意和哲理的凄美结局既表达了他追求基督教乌托邦理想的破灭,也是他唯美主义的一种归宿。当然,王尔德唯美主义叙事的背后仍然透露出敏锐的观察:对社会现实的控诉,对统治阶层和富人的冷酷残暴和功利自私的谴责,对贫困无产者和弱者的同情,以及对善良之人的自我牺牲精神的颂扬。王尔德的童话汲取了传统童话的三段式叙述模式,但其唯美主义的叙述,包括绚丽的文笔、细致入微的心理活动描写、凄美的结局等因素,使王尔德的童话成为维多利亚时代晚期具有突出特质且别具一格的代表。

齐普斯等学者的研究弥补了以文本为中心的批评模式的不足之处,因为这些批评模式在关注童话语篇本身产生的意义时,往往忽略了社会与文化语境对童话意义变迁产生的影响。在一般人看来,出现在童话里的奇异王国似乎远离人们所处的真实现实社会,但如果从社会政治的视野去考察,会发现它们同样充满了各种各样的政治斗争,"包括争夺王国的斗争,争夺属于自己的统治权的斗争,争夺钱财、女人、子女以及土地等;人们将清楚地认识到,这些故事的真正魅力来自于那些戏剧性的冲突,它们的最终解决让我们得以从中发现创造这个世界的某种可能性。也就是说,按照我们的需要和意愿去改造这个世界的可能性"(Zipes, 2002c: 230)。

齐普斯的批评实践揭示了童话的社会意义,也揭示了政治分析视野的批评魅力。但人们在关注童话文本的社会历史语境的同时,不能忽略童话故事内在的文学因素及其特殊魅力,以及文体风格和语篇形式等艺术特征。童话文学本体的丰富内涵与多元化的象征意义使其具有超逸而深邃的特征。因此,童话文学的研究应当是开放、多元互补和包容的,而不是单向的或者排斥性的,更不能因为强调某一方面而否定另一方面。从某种意义上看,齐普斯的社会政治与文化批评模式可能赋予了童话文学过多的历史使命,使其承担了过多的意识形态功能。从社会政治批评视野出发,齐普斯对贝特尔海姆的童话心理学研究、哲学家恩斯特·布洛赫的童话观和托尔金的童话观及创作的批评解读是深刻的,但同时存在一些值得商榷之处。例如,他认为贝特尔海姆的童话精神分析论过分夸大了童话对儿童具有的精神治疗价值,但

第 3 章　童话研究学派

反过来看，人们也可以对这种童话的社会批判意识和改革功能是否存在过度阐释之处进行质疑。如果说所有的童话创作者最初都有打算用童话做武器来批判和改良社会，都意识到自己必须在社会文明化的进程中扮演"社会评判"的重要角色，即向儿童和成人传授特定的价值观和规范观，那又难免绝对化了。事实上，作为当代西方童话文学研究的一个重要批评流派，齐普斯的理论对于人们从意识形态视野认识童话的社会本质属性具有不可或缺的启迪意义。齐普斯揭示的童话背后的政治学意义和社会历史意义，与贝特尔海姆揭示的童话的心理意义和精神分析学意义一样体现了童话的魅力和价值。无论是童话政治学视野、童话心理学视野，还是童话美学视野，拟或是童话语言学视野，它们都代表着不同的认识范式，它们的发现本身都具有独特的阐释力量，都体现了新视域的开启，都具有多元互补的理论范式的认知价值。

从总体上看，历史主义、社会政治和意识形态批评关注童话文学与社会现实的关系。当代历史主义和社会学研究模式采用了一种折中且高度理论化的综合方法对童话故事进行探讨。齐普斯致力于运用与文学、社会和历史理论相关的批评材料来详尽地探讨童话故事在文学史和社会发展史中的地位和功能。杰克·齐普斯和鲁斯·博蒂格默都拓展了结构主义的分析方法，揭示了童话的结构要素与社会历史条件之间的联系。政治和意识形态的批评视野还为 20 世纪 80 年代以来的女性主义童话研究提供了批评话语，使批评家开始关注童话故事中出现的性别差异和性别不平等现象。女性主义批评家的态度往往具有选择性，有些人以呈现了"负面的"女性角色模式（被动的、屈从的、无助的形象）的童话故事作为批评对象，有些人则对表现为"正面"形象的女性角色模式（有主见的、有计谋的和主动进取的女性）进行探讨。包括玛丽娜·沃纳（Marina Warner）、玛丽娜·塔特、鲁斯·博蒂格默等在内的批评家通过将女性主义批评视野与其他批评模式和批评方法结合起来，如精神分析批评和结构主义批评、话语分析和文化分析等，同样取得了富有成效的成果。

3.9 童话语言学研究

众所周知，著名的格林童话是从语言学研究中诞生的，这在特定意义上构建了童话语言学的研究视野。雅各布·格林（Jacob Grimm）和威廉·格林（Wilhelm Grimm）是德国语言文化研究者和德国民间文学的收集整编者。作为德国及欧洲民间童话收集整理的集大成者，一部闻名遐迩的《儿童与家庭故事集》（*Children's and Household Tales*, 1812）使"格林兄弟"的名字永远与童话联系在一起。格林兄弟俩毕业于马尔堡大学，后来在格廷根大学分别担任图书馆工作人员和教授。作为专攻历史语言学的语言学家，格林兄弟刚开始把收集童话故事当作一项学术研究工作，主要为自己的语言学研究搜寻所需的德语语料。雅各布是19世纪首先用理论阐释词语声音在历史中的迁移现象的语言学家，他逐渐在田野考察中成为童话收集家。1812年，格林童话首次以《儿童与家庭童话集》为名出版。初版共收录近100篇故事，包括许多著名的童话故事，如《青蛙王子》《灰姑娘》《小红帽》《勇敢的小裁缝》(*The Brave Little Tailor*)、《白雪公主》《睡美人》《狼和七只小山羊》(*The Wolf and the Seven Young Goats*)等，而且他们在童话集的附录里注明了故事的来源、出处以及同类型的故事，使这本书同时具有儿童读物和学术文献两种性质。这部后来又被称为《格林童话集》的著作起初并没有在德国文学评论界获得特别的反响，但受到了儿童读者和家长们的欢迎。这是一个意外的发现：作为语言学研究的成果，格林童话竟然成为儿童阅读和聆听的对象，因为儿童读者们无须大人的帮助就可以阅读格林童话，于是在许多书店的儿童图书专架上，《格林童话集》通常是被翻阅得最多的图书。接下来，在第二版到第七版的出版过程中几乎所有的故事至少都经过重要的修改和校订。在整理过程中，格林兄弟通过增加形容词、插入古老的谚语、使用人物的直接对话等形式使故事显得更加生动和栩栩如生。他们还强化了故事情节中的行为动机，增加了具有心理意义的母题，并基本上使故事保留了具有乡村基调的成分。在1819年以后，威廉主要承担起这部童话集的修订与编撰工作，他精简了故事的情节线索，强化了情节行为，还把民谣、儿歌、古老的韵文谚语等编织进故事里，这样既可以抒发情感，又给故事增添了诗意，从而形成了独特的格

第 3 章　童话研究学派

林童话色彩。作为历史语言学家，格林兄弟很早就致力于研究民间故事，雅各布的《德意志神话》(*Deutsche Mythologie,* 1835) 是系统的民俗学和民间文学研究。对民间童话的收集整理成为格林兄弟的民俗学和民间文学研究重要课题，殊不知这一语言学研究成果使童话故事成为孩子们的重要读物。对于格林兄弟而言，对语言学的热爱和追求最终通过童话叙事的表达得以实现，他们的语言学研究成果和田野考察行动在童话文学的叙事中获得了永恒的生命力。

在西方现当代文学研究领域，有关 J. R. R. 托尔金创作的研究已经成为一门显学。"魔戒"系列小说自 1954 年问世以来，在欧美国家受到青少年读者的热烈欢迎，几乎成为家喻户晓的作品。20 世纪 90 年代后期在英国举行的大众投票评选中，"魔戒"系列小说被选为"世纪之书"，托尔金也被评为"20 世纪最有影响力的作家"。作为本科生进入牛津大学以后，托尔金接受的教育和专业训练是成为一名语言学家，一名研究独自存在之词语的历史语言学家，但他真正感兴趣的是如何把这些词语串联起来讲述一个故事。在掌握了中古英语和盎格鲁-撒克逊语后，托尔金开始阅读用这种语言写出的重要史诗《贝奥武甫》(*Beowulf,* 1815)。在后来成为研究古代语言和古代文学的学者的教学生涯中，他希望学生们也能欣赏古代撒克逊人和冰岛人的故事叙述，所以努力教学生如何掌握记载这些故事的古老语言。除用盎格鲁-撒克逊语写作的《贝奥武甫》以外，托尔金还研读了中古英语诗歌，悉心体会古诗作者苦心孤诣、精心营造的语言文学世界；研读了拉丁语、希腊语和哥特语有关的文学作品，他的想象力越来越被北欧和日耳曼语系的语言所吸引。在热衷于比较语文学的研究过程中，托尔金不仅创造了大量的词汇，而且为这些词语构建了虚构的词根，恰如语文学家重新构建现代英语词语的印欧语系的词根一样。托尔金还致力于学习和探索古威尔士语，探究威尔士词语的具体意义。他由此涉足了奇异多彩的中世纪威尔士文学世界，在那里人可以变成鹿、野猪、狼，还可以再恢复为人。他还探讨了威尔士语言中声音和词语的聚集如何唤起意象，而不是阐释诗人想表达的意思。威尔士语成为他后来的文学幻想世界中辛达林语 (Sindarin) 的基础，即精灵之语，其语法几乎与中世纪威尔士语的语法完全相同。托尔金的精灵族诗歌中神话式呼唤的感召力，以及诗歌中那神秘声音的力量,似乎就是当今如此多的新异教主义将威尔士语推崇为一种仪式性语言和神话的原因之一。在阅读了托尔金的诗歌并且熟悉了附录中有关辛达林语的语言信息之后,威尔士语听上去会令人倍感亲切,而且它的发音已经被赋予了一种"魔法般"的气质韵味。

托尔金自学了芬兰语,以便阅读芬兰的民族史诗《卡勒瓦拉》(Kalevala)。作为一种非印欧语系的语言,芬兰语不仅与匈牙利语及西伯利亚北部的一些语言有关联,而且与土耳其语及其他某些中亚语言有关联。托尔金关注的是芬兰语具有显著音乐性的特征,它由较长的、跳跃奔放的词语构成,这些词语听上去就像一条奔腾着冲过岩石的河流。他以芬兰语为基础创建了另一种精灵语言,并最终将其称为昆雅语(Quenya)。人们对托尔金作品中的古英语进行了专题研究,揭示了盎格鲁-撒克逊英雄史诗《贝奥武甫》与"魔戒"系列中《双塔奇兵》的关系。作为语言学家的托尔金对古冰岛诗歌《埃达》和古芬兰神话史诗《卡勒瓦拉》等在内的欧洲古代神话传奇和史诗进行了认真研读和深入研究,这些古代作品为他提供了创作现代幻想文学作品的灵感和素材。对托尔金而言,语言不是一个抽象的概念,语言之存在就在于有人阅读它,或者用它来说话,乃至谈天说地——用它来讲述故事。他致力于创造自己的语言,而且自然而然地产生了无法抑制的创作冲动:他必须运用这些语言来创造故事。在中洲世界,恩特族是一种树人,其外形酷似真正的树,他们能在地上行走,具有沉稳、坚韧、朴实、温和的性格。他们热爱植被和森林,悉心、尽力地保护它们的成长,被称为"树的牧人"。他们善于学习语言,最崇尚纯种小精灵古语。为了呈现复杂而严谨的中洲历史,托尔金专门在附录列举了有关中洲的历史、居民的语言和民族等资料,内容十分详尽细致,从历代诸王的情况、流亡者的领地、北方和南方各家系情况、王族后裔、历代国王年表等,到中洲的大事纪年、"魔戒"系列故事发生时第三纪的语言和民族的介绍,如小精灵、人类、霍比特人以及包括恩特人、奥克斯、巨怪、小矮人在内的其他种族。

众所周知,19世纪末至"二战"前后,现代主义文学之潮兴起于英国文坛。在现代主义作家眼中,昔日的理想主义、浪漫主义和美好的传统价值已经支离破碎,作家笔下的主人公成为精神孤独和猥琐平庸

第 3 章 童话研究学派

的"反英雄人物"。许多作家不再看重传统的叙事技巧,而是追求标新立异的实验性和别出心裁的感受性、重组性、复杂性和反讽性。就在这一时期,托尔金却怀着童心写出了童话小说《霍比特人》以及之后赫然问世的"魔戒"系列,它们呼应了人们超越时代的焦虑,以期在一个亦真亦幻的世界获得心灵解脱的渴望。面对读者的追随热潮,托尔金感到十分纳闷,人们怎么会在没有坚实语言基础的情况下喜爱中洲世界呢?1966 年发表在《星期六晚邮报》(*The Saturday Evening Post*)上的一篇关于"托尔金现象"的文章指出,托尔金对各类有关"魔戒"系列小说的学术论文不以为然,但他赞同那些按图索骥的探索者和系谱学研究者。托尔金笔下的主人公是一些小人物,他们不得不竭尽全力去应对所遭遇的各种各样的艰难困境,而且在这一过程中他们可能遭受难以挽回的毁灭,但他们锲而不舍、顽强抗争,因为别无选择。托尔金为当代幻想文学增添了狄更斯传统中对小人物的"崇高的温情",也为营造自洽自足的幻想世界提供了写作范式,以及表明了这个世界存在多种语言现象的创作理念。由于托尔金本人对中古语言和语言学的执着追求,他利用神话思维和童话艺术创造的中洲世界具有独特的逼真性,以至于走进这个世界的人们希望在自己的生活中重建这样的世界。

随着时光的流逝,文学批评家们对托尔金在当代文学史上的地位愈加重视,对其文学成就展开了全方位的研究。一方面出现了对托尔金作品进行注解和提供导读的各种工具书或词典性质的百科全书。例如,《〈魔戒〉插图导读》(*The Illustrated Guide of The Lord of the Rings*, 1979)、《托尔金:插图版百科全书》(*Tolkien: The Illustrated Encyclopedia*, 1991)、《托尔金指南》(*Tolkien Companion*, 1995)等对托尔金幻想世界的资料和资源进行整理汇编,包括托尔金为中洲各魔幻家族以及野兽、妖怪、种族、诸神、植物等创造的各种语言。2005 年出版的《魔戒:读者指南》(*The Lord of the Rings: A Reader's Companion*)编撰了有关"魔戒"系列作品的历史资料、相关名词术语的相互参照,甚至包括印刷错误和最新更正等,还有尚未发表的有关材料、注解,如与作品内容有关的作者信件等。另一方面,专家学者从各个层面开展托尔金学术研究。自 20 世纪 60 年代末以来,学者们出版了大量有关托尔金的研究专著,如《托尔金与批评家》(*Tolkien and the Critics*, 1968)、《托尔金的世界》

（*Tolkien's World*, 1974）和《中洲的神话世界》（*The Mythology of Middle-Earth*, 1978）等。《托尔金世纪大会成果汇编》（*The Proceedings of the J. R. R. Tolkien Centenary Conference*, 1995）收录了许多重要的研究成果，包括托尔金作品中的时间试验、古英语运用、女性权威人物形象，甚至还有物理学等诸多方面。2004年创办的《托尔金研究》年刊（*Tolkien Studies*）则是世界幻想文学研究的一个重大事件。这是对托尔金思想和作品进行全方位学术研究的年刊，每年四月或五月出刊，由美国西弗吉尼亚大学出版社出版。其宗旨是致力于发表有卓见、有深度的托尔金学术研究的最新成果，同时大力收集相关的研究信息、评论、注解、文件以及有关作家生平的材料。在该刊上发表的文章经过了众多专家、学者的严格评审，具有很高的学术性和权威性。

托尔金于1892年1月出生于南非。他的父亲亚瑟·托尔金（Arthur Tolkien）原是英国伯明翰的一个银行职员，19世纪90年代被任命为位于布隆方丹的劳埃德银行分行的经理，从而来到南非。1895年，母亲带着托尔金和他的弟弟返回英国，而留在南非的父亲不久后因病去世，从此母亲独自抚养两个孩子。托尔金于1915年从牛津大学毕业，1919年获牛津大学硕士学位。第一次世界大战期间，托尔金在军队服役，其间由于患"战壕热"而被送进医院治疗。正是在抱病住院的这段日子里，托尔金开始了他最初的写作生涯。托尔金于1924年成为利兹大学的英语语言学教授，1925年成为牛津大学的盎格鲁-撒克逊语教授，1926年组织了一个古斯堪的纳维亚语言文化研究小组来研读一门古老的语言。1931年，托尔金写了《隐秘罪孽》（*A Secret Vice*）一文，进一步表明了自己对语言与语言应用的兴趣，而这体现在他努力探寻各种语言在文学创作中的可能性。托尔金梳理了自己创造的语言，尤其是用小精灵语言写出的诗歌，包括他早期的精灵语诗歌（elvish poetry），这表现出托尔金期望运用自己创造的语言来建构宏大的当代神话体系的兴趣，清晰展现了他幽默风趣的叙事风格，因此这一创造被称作"新荒诞语"（Nevbosh）。1937年9月，托尔金创作的童话小说《霍比特人》出版。作为盎格鲁-撒克逊语言学教授，托尔金十分担心学院同事们的反应，因为他没有按照通常对学术教职教授的要求出版相关学术著作，而是出版了一本儿童文学作品。1954年至1955年，《霍比特人》的续作"魔戒"系列问世，成为现代小说语境下幻想文学的史诗级鸿篇巨制。这部巨作创造了一个怪诞离奇的幻想世界，但人们读起来感觉极为真实。这个世界里的各种语言、传说、历史和地理是如此得真实可信——读者甚至可以将中洲世界当作一个拥有各种语言和传说的真实世界而沉浸其中。1955年，在"魔戒"系列之《王者归来》出版后的第二天，托尔金应邀在牛津大学做演讲，宣读了名为"英语和威尔斯语"（"English and Welsh"）的文章。这篇文章的内容涉及英语中凯尔特语的语言因素和特征，以及关于英语与日耳曼语、威尔斯语之间在地名、人名、某些动词构造形式等方面的相互影响，表达了托尔金对语言运用的特殊兴趣和关注。他讲述了威尔斯语在这些语言中的特殊地位，以及自己对辛达林语的热情。1959年，退休之际的托尔金在牛津大学墨顿学院发表告别演讲，对自己在牛津大学34年的教学和研究生涯做了一个回顾，这再一次体现他为了弥合文学研究和语言研究之间长期存在的鸿沟所做的学术努力。

　　以上事实的陈列旨在表明古代语言及其承载的古文献文化和文学信息对于理解中古英语学者托尔金的幻想文学创作的重要性，理解他如何通过研读古代语言来解读神话思维和神话想象，最终通过童话艺术的表达创造了如此离奇又如此真实的中洲世界。

第 4 章
改编、跨媒介与流行文化

本章观照的是在新时期的历史文化环境中，跨越不同媒介形式来呈现一部儿童文学作品的发展与特征，特别是近年来最为常见的把小说或漫画改编成影视作品的趋势。这种改编在莎士比亚作品的青少年版本中得到了充分体现，更在新时期呈现出跨媒介（transmediation）的特质。此外，儿童文学的翻译过程同样会包含跨媒介的质素，并在儿童文学的全球化传播过程中承担着重要的文化交流重任。与此同时，本章探讨了儿童文学对流行文化的影响以及两者之间的互动关系，不仅审视了儿童文学的流行趋势和最新发展，而且考察了儿童文学与大众文化及流行文化的关系。

4.1 改编的艺术

改编是以新的形式或媒介复现一部作品。近年来最常见的改编形式是将小说或漫画改编成电影或电视剧，例如"哈利·波特"系列小说全部由美国华纳兄弟娱乐公司改编成电影，由美国漫威娱乐公司发布的奇幻片《美国队长》（*Captain America*, 1941）、《绿巨人》（*The Incredible Hulk*, 1962）、《蜘蛛侠》（*Spiderman*, 1962）、《X战警》（*X-Men*, 1963）、《复仇者联盟》（*Avengers*, 1963）等改编自同名系列漫画。

改编并非只有小说到电影、漫画到电影或电视剧这两种形式，也并非只存在于现代文学之中。换言之，除上述形式以外，改编还存在其他多种形式，如诗歌、舞蹈、绘画等形式之间也可以相互转化；古代文学与现代文学之间的转化，如古希腊时期的戏剧和莎士比亚的戏剧都经历了从剧本到舞台剧的改编。当下,电子媒介等形式的介入使改编的形式更为多样化,如由文学衍生而来的主题公园、虚拟现实等。当然,这些改编现象也存在于儿童文学之中。儿童文学的改编通常有三种形式:从文本到文本的改编、从文本到影视的改编以及从文本到虚拟现实的改编。

4.1.1 从文本到文本的改编

《圣经》是最早为青少年读者改编的书籍之一,以袖珍版、诗歌、字母表或画册等形式发表。例如,依从法国王室的命令,希腊语或拉丁语《圣经》译本被改写为专门"供太子御用"的版本,目的是给予王位继承人适当的古典教育。18世纪下半叶之后出现了畅销成人小说的删减本,如英国小说家丹尼尔·笛福的冒险小说《鲁滨孙漂游记》、爱尔兰作家乔纳森·斯威夫特(Jonathan Swift)的讽刺小说《格列佛游记》等,这些书籍后来均成为儿童文学经典。其中,《鲁滨孙漂流记》一经问世,便涌现出大量的改编版和翻译版,如欧洲儿童文学早期经典之一、德国作家约阿希姆·坎普(Joachim Campe)1779年出版的《年轻的鲁滨孙》(*Robinson der Jüngere*)。坎普的改编更是触发了一系列类似作品的出版,甚至形成了"鲁滨孙式传统"(Robinsonade)这一文学品类,指代类似《鲁滨孙漂流记》的遇险小说(Müller,2013)。

文本到文本的改编最常见的三种形式为节略(abridgment)、删改(expurgation)和复述(retelling)。节略通常涉及对作品的缩短简化,包括以同一语言简化或者用另一种语言实现跨语言翻译过程中的简化(Oittinen,2000)。这类作品原本为成年人而写,但其中部分内容被认为适合孩子阅读,或是让孩子感兴趣。也就是说,改写者"有意识地使用更短的句子、更简洁的词语、更简单的句法、丰富的对话、直白的情节、有限的人物和较少的抽象概念,使这些故事更容易被年轻读者所接受"(Nikolajeva & Scott,2001:48)。例如,《格列佛游记》中有些荒诞描写,包括格列佛在小人国撒尿排便而引发了一系列麻烦这样的情节,在数个节略本中被删除(Oittinen,2000)。

删改,即删去或替换不适合青少年读者阅读的词汇或内容。例

第 4 章　改编、跨媒介与流行文化

如，托马斯·鲍德勒（Thomas Bowdler）在《莎士比亚系列》（*Family Shakespeare*, 1818）一书中修订了莎士比亚的作品，甚至产生了"鲍德勒化"（Bowdlerize）这个词语，意为"任意删改文句"。马克·吐温（Mark Twain）的《汤姆·索亚历险记》（*The Adventures of Tom Sawyer*, 1876）和《哈克贝利·费恩历险记》（*Adventures of Huckleberry Finn*, 1885）由于其中的种族主义倾向而备受争议，2011 年亚拉巴马州的图书出版商在重新出版这两部作品时，将原作中的 219 处 nigger（黑鬼）替换为更为中性的 slave（奴隶）。出版商们认为，"替换了这一词语的版本才更适合新世纪青少年读者阅读"（Lefebvre, 2013：1）。

复述主要应用于神话、传说和童话。原本为儿童写的书也可以成为改编的对象，一个著名的例子就是瓢虫出版社出版的英国女作家毕翠克丝·波特的简化版《彼得兔》（*The Tale of Peter Rabbit*, 1893）。现今书店销售的大部分早期经典著作都是改编的版本，例如《木偶奇遇记》（*The Adventures of Pinocchio*, 1883）和《爱丽丝梦游奇境记》。改编版本还包括绘本，其中最重要的是插画的质量，尤其是在安徒生的作品中。

改编原本为成人书写的经典作品的目的是通过改写较复杂的作品，以适合青少年的认知、语言和兴趣水平，使他们有机会参与文化传承（Müller, 2013），但是这种改编常由道德观念驱动，一定程度上受审美或教育理念的影响。法国启蒙思想家卢梭肯定了儿童阅读《鲁滨孙漂流记》的积极意义，认为儿童通过阅读能习得掌握自然技术的重要性，并学会独立自主。而很多成人文学作品改编为儿童文学版，其目的也在于引导小读者们回归成人文学作品原作，以获得充分的审美体验（Müller, 2013）。作为一种廉价的、面向穷人的书籍，通俗读物也成为经典文学广泛传播的重要载体。通俗读物的出现说明了特定读者、商人、父母和教师对这些书籍的态度，即图书富有教育价值和娱乐性。

4.1.2　从文本到影视的改编

从小说到影视作品的改编是一种较为普遍的跨媒介改编形式。电影、电视等这些传播媒介自诞生之初，便开始从文学作品中汲取故事灵感，或者说，文学作品一直是影视作品的素材库。此类改编形式最早期的例子之一是，在作者刘易斯·卡罗尔去世五年后，《爱丽丝梦游奇境记》于1903年被改编为长度仅为八分钟的一段默片，这段默片将作者荒诞的想象以可视化的形式呈现出来，观众对其中爱丽丝变大又缩小的情节尤为关注（Collins & Ridgman, 2006）。虽然这种电影手法对现代观众来说不足为奇，但对当时的观众来说确实新奇有趣。

当代最伟大的电影改编者之一当然是华尔特·迪士尼（Walt Disney）。20世纪30年代，美国掀起了一股改编浪潮，迪士尼出品了三部改编自经典儿童文学的电影：《白雪公主和七个小矮人》（*Snow White and the Seven Dwarfs*, 1937）、《格列佛游记》（1939）和《木偶奇遇记》（*Pinocchio*, 1940）。20世纪50、60年代，动画短片迅猛发展，吸引了大量电视观众，迪士尼趁势于1953年推出了《彼得·潘》。之后，迪士尼制作的半真人版动画电影《欢乐满人间》（*Mary Poppins*, 1964）又大获成功。当迪士尼电影在美国迅猛发展之时，法国、德国、英国等欧洲国家的改编电影也在稳步发展。许多经典儿童文学作品都经过多次改编和翻拍，如《爱丽丝梦游奇境记》《鲁滨孙漂流记》《雾都孤儿》《匹克威克外传》（*The Pickwick Papers*, 1836）、《金银岛》（*Treasure Island*, 1883）、《汤姆·索亚历险记》和《王子与贫儿》（*The Prince and the Pauper*, 1881）等。随着有声电影时代的到来，雷电华营业股份有限公司（RKO）、联美公司（United Artists）和米高梅（Metro-Goldwyn-Mayer）开始主导家庭电影的改编，如RKO于1933年出品的《小妇人》（*Little Women*）成为一部里程碑式的改编电影；联美公司的《野性的呼唤》（*Call of the Wild*, 1935）、《象男孩》（*Elephant Boy*, 1937）、《小毛孩》（*Little Lord Fauntleroy*, 1936）等也成为永恒的经典；米高梅的《绿野仙踪》（*The Wizard of Oz*, 1939）、《乱世佳人》（*Gone with the Wind*, 1939）、《圣诞颂歌》（*Christmas Carol*, 1938）、《大卫·科波菲尔》（*David Copperfield*, 1935）等也都成为观众最喜爱的改编剧。

电影改编的情况较为复杂。正如琳达·哈琴（Linda Hutcheon）所称，改编是"非复制的重复"，改变是无可避免的，"无论是改编作品还是改编过程，都不存在于真空之中：它们都出现在某个特定的时代、特定的地点,处于某种社会和文化背景中"(Hutcheon & O'Flynn, 2013: xvi)。比如,罗伯特·路易斯·史蒂文森(Robert Louis Stevenson)的《化身博士》(*The Strange Case of Dr. Jekyll and Mr. Hyde*, 1886)这部小说已经被改编多次搬上荧幕:1920年和1971年的改编电影改变了海德外在的邪恶,使其符合所处时代的历史和政治需求;1920年的电影拍摄于禁酒令时期,因此电影版展现了酒精引起的堕落;1971年的电影则表现了20世纪60年代之后女权主义运动带来的困惑。电影改编往往基于经济利益和商业效益展开,如华尔特·迪士尼本人制作的经典动画电影《木偶奇遇记》虽然大获成功,但他本人既没有读过《木偶奇遇记》,也不了解原著。迪士尼选择将这部小说改编成电影的动机是职员们对这一故事的喜爱,由此发现了这部作品的潜在商业价值。

随着电影改编的不断发展,其中存在的问题也不断涌现。电影和小说是借助不同的媒介来讲述故事的,两种媒介往往形成对立关系。为了获得震撼的视觉效果,电影改编会将原著内容肤浅化,把人物形象去个性化。此外,随着数字时代的到来,人们对经典作品进行了天马行空的改编,将其上传至互联网,以便触及更多的受众群体。然而,这些改编往往是对原著的戏谑,比如《傲慢与偏见与僵尸》(*Pride and Prejudice and Zombies*, 2009)、《小妇人与狼》(*Little Women and Werewolves*, 2010)、《理智与情感与海怪》(*Sense and Sensibility and Sea Monsters*, 2009)、《绿山墙的安妮:小精灵杀手》(*Anne of Green Gremlins: Pixie Slayer*, 2011)、《哈克贝利·费恩历险记与僵尸吉姆》(*Adventures of Huckleberry Finn and Zombie Jim*, 2009)等。这些作品虽然从侧面反映出21世纪的读者对作者、改编和还原性之间复杂关系的认识,但大多只是对原作的玩笑式模仿,很大程度上破坏了原作所传达的审美价值和道德价值。

4.1.3 从文本到虚拟现实的改编

许多经典儿童文学文本已经被改编成网络游戏,如"哈利·波特"系列、《小王子》(*The Little Prince*)、《怪物史瑞克》(*Shrek*)、"黑暗物质"

三部曲之一《黄金罗盘》(The Golden Compass, 1996), 还有由托尔金小说衍生而来的"龙与地下城"(Dungeons and Dragons)等, 这些虚拟游戏因逼真性和互动性等特征深受孩子们的喜爱。在游戏过程中, 参与游戏的儿童要做出选择, 这一选择并不一定能帮助主人公获得小说中的最后胜利, 但是这种张力在为儿童提供乐趣的同时, 帮助他们形成了对某一问题的独立思考, 这种新的文化形式促使他们探索身份、权力等问题(Collins & Ridgman, 2006), 同时改变了他们对文本的阐释和理解。

在数字化时代的大背景下, 我国儿童文学的发展也与网络游戏等流行现象相结合。近些年, 我国研发出了大量适合儿童的网络游戏, 如"赛尔号""奥比岛""功夫派""小花仙""哈奇小镇""洛克王国"等。随着这些网络游戏的成功, 依其改编的儿童文学读物也成了销量黑马并占据儿童文学销售之首, 如"功夫派"系列、"奥拉总动员"系列、"植物僵尸学校"系列、"洛克王国探险笔记"系列等。这些改编自网游的儿童文学虽然能够帮助儿童重拾阅读乐趣, 但仍存在一些隐忧。首先, 我国此类儿童文学生产模式是"网游—文学", 而非欧美国家的"文学—网游"生产模式, 前者的是以娱乐性和游戏性为前提来满足儿童的观感, 后期的文学创作作为迎合儿童的阅读趣味会延续这些游戏特质, 从而造成儿童文学的浅显化。其次, 这些经由网络游戏改编的儿童文学仍处于边缘位置, 不被主流文学认可。因此, 这类儿童文学在向主流文学靠拢的过程中, 还应思考如何保持自身的独立性和特色。最后, 此类儿童文学并未产生跨界效应。欧美国家的网络游戏受众的范围往往更广, 吸引了儿童、青少年、成人等不同群体。但我国为儿童设计的网络游戏往往只满足14岁以下儿童的需求, 14岁以上的青少年群体和成人群体并不在考虑范畴之内。网络游戏的低龄化直接导致改编文学的低幼化, 其只能在少数儿童群体中产生影响, 难以产生"哈利·波特"系列这样具有世界影响力的儿童文学作品。

儿童文学的改编并不局限于上面三种形式, 还有歌剧、舞蹈、主题公园、漫画等多种形式。经典文本的改编一直在儿童文学史上扮演着重要角色(Müller, 2013)。对原著文学的不断改编, 往往会促使人们去重读原著, 这有利于保持原著的生命力, 使文学经典在新的历史语境下得以流传、获得新生, 甚至促成某些文学作品跻身经典之列。同时, 通过电影、电视和其他新媒体进行的改编，儿童文学得以重新定位，成为一种文化驯化的文学形式（Collins & Ridgman, 2006），并为当代文化交流和交互作用提供平台。以欧美奇幻文学的成功改编为例，奇幻文学通过改编从本土化走向全球化，促进了不同文化之间的了解，有助于共建人类命运共同体。例如"哈利·波特"系列电影的成功，不仅使奇幻文学风靡世界，同时还产生了全球性的粉丝文化（fandom）——各国粉丝在互联网上分享他们的感受，增强了交流与互动。伴随着粉丝文化的产生，改编现象不仅衍生出更多的文学创作模式，丰富了文学创作的品类，如在原有小说、漫画、动画或者影视作品中的人物角色、故事情节或背景设定等元素基础上进行二次创作的同人文或同人小说（fan fiction或fanfic），还催生了以令人惊异的产品、电影、音乐和游戏引领潮流时尚的极客文化（geek culture）。

4.2　莎士比亚儿童版改编

儿童文学的重要力量是促使隐含读者和目标读者成为当代文化所认可的对象，而叙述者鼓励年轻读者放弃自我去参与自身的"重塑"过程就是实现教育目的的过程。从某种程度上来说，儿童文学并不仅是通过隐晦的方式启发读者，更是通过积极、直接的过程来建构对象，更在无形中证实，确有一股强大的力量正在控制并形塑着儿童读者。随着儿童文学的发展，其中有关娱乐和教育之间的竞争逐渐演变成复杂的合作关系。莎士比亚作品在儿童文学领域的流行，同样内在地表明了娱乐与教育之间的张力，并在莎士比亚作品衍生的娱乐价值（情节）和莎士比亚作品适用于教育价值的特性（语言）之间的逻辑竞争中得到彰显。

这种在故事和语言之间的持续张力主要通过情节的再现出现在儿童版的莎士比亚作品之中。通常情况下，莎士比亚作品的戏剧语言较为深奥，似乎并不适合儿童读者阅读，但随着儿童文学领域的逐渐延伸，越来越多的人们开始注意到莎士比亚作品对于青少年读者的积极影响，特别是其中戏剧化的情节设置与清晰严谨的结构安排，不仅符合儿童读者的审美趣味，更在一定程度上有助于将孩子们培养成为莎士比亚戏剧的未来读者。

尽管莎士比亚已经在儿童文学领域存在了近两个世纪，但儿童文学研究与莎士比亚研究之间仍少有交叉，"把莎士比亚的作品交给儿童"这一构想仍然缺乏足够的关注。"儿童版莎士比亚作品被莎士比亚研究界所忽视，除兰姆姐弟之外，其余的大多数甚至在儿童文学的历史记载里是无名的。儿童版莎士比亚作品相当于是在蒸蒸日上的儿童文学领域缺席了。"(Morse, 2004: 194)

由纳奥米·米勒（Naomi Miller）编纂的论文集《儿童和年轻成人的莎士比亚再幻想》(Reimagining Shakespeare for Children and Young Adults, 2003)一书，囊括了文学评论家、儿童小说作者和教育评论家的文章，讨论了80余篇儿童读物以何种方式"重新想象"莎士比亚，认为儿童在阅读改编版本之后有可能会受到鼓舞，为进一步阅读作为西方文化与美学价值宝库的莎士比亚作品奠定基础。2007年，凯特·切德佐伊（Kate Chedgzoy）、苏珊娜·格林哈勒（Susanne Greenhalgh）和罗伯特·肖内西（Robert Shaughnessy）三人合编出版了论文集《莎士比亚与童年》(Shakespeare and Childhood)。作为一部权威性的研究著作，该书认为"童年的观念以及莎士比亚的观念，本质上是与意识形态问题，尤其是与阶级、经济和文化特权层面的问题息息相关"(Greenhalgh, 2009: 118)。约翰·斯蒂芬斯和罗宾·麦考伦的《故事重讲、框架形成中的文化：儿童文学中的传统故事和元叙事》(Retelling Stories, Framing Culture: Traditional Story and Metanarratives in Children's Literature, 1998)一书，则用政治性解读的方式，探讨儿童文学对莎士比亚文本的"挪用"(appropriation)，并在此基础上归纳出儿童版莎士比亚文本的重述与改编主要有三个相互关联的文化功能：第一，使莎士比亚作品更为通俗易懂并在传播领域发挥积极作用；第二，在莎士比亚经典化的过程中发挥了重要作用；第三，在向儿童传递文化核心价值观方面发挥了重要作用。这三个文化功能构成了莎士比亚源于西方主流价值观念的文化资本(Stephens & McCallum, 1998)。

20世纪60年代晚期，罗兰·巴特（Roland Barthes）和米歇尔·福柯（Michel Foucault）二人都试图质疑"作者"的主导地位，并向作者身份和读者身份模式发起挑战。实际上，儿童文学作为一个特殊的话语生产和传播场所，同样可以有效诠释莎士比亚儿童改编本中的话语形式

第4章　改编、跨媒介与流行文化

和话语权威。从这一维度上看,莎士比亚在他的作品中通常以父权主导的模式进行运作,赋予男性文化主体性特权而限定女性文化主体性地位,因而莎士比亚作品的改编中同样将儿童视为未来性别观念的承载者。

除此之外,作为商品的儿童文学取决于"成人将文本分配给儿童和年轻人"所产生的"交流不对称"(O'Sullivan, 2005: 14)。换言之,儿童文学是由成人发起和监督的儿童"空间"。爱玛·奥沙利文指出儿童文学中成人参与的全面性:"在作者和出版社的创作、出版和营销中,评论家、图书馆员、书商、教师和其他人扮演中间人的角色——在文学交流的每一个阶段,成人在为儿童表演"(O'Sullivan, 2005: 13),这一点在儿童版的莎士比亚故事中表现得尤为明显。当莎士比亚出现在儿童文学作品中时,文化资本的"价值"得以体现,同时可以投射出未来的"高文化素养",更使文本中的"性别主体性"问题伴其左右。儿童文学作为教育工具,一方面"铭刻"了儿童"看待世界的方式",另一方面"重述了故事中呈现的文学和文化形态所承载的对(政治的、社会的和个人的)权力、等级制度、性别、阶级和种族等事物的明确态度"(Stephens & McCallum, 1998: 21)。因此,对莎士比亚作品的挪用是出于政治动机,目的是影响潜在读者。此时,儿童版莎士比亚作品的改编将文化资本的运用和操纵视为儿童作者使用的一种特定策略,如性别化的教育文本。这种改编在一定程度上仍是莎士比亚戏剧文本作为物化的文化资本实质意义的延伸,所改变的仅仅存在于理解或阅读这些戏剧的方式上。

"意识形态和权力叙事表现可以在与其他文本的相互对话中进行探索,特别是复本和续篇。"(Stephens, 1992: 45)因此,在儿童文学和更广泛的文学文化之间,在莎士比亚作品和对莎士比亚作品的改编之间,在过去和现在的文本之间,性别均成为一个关键的形成性话语,不仅通过叙事的"因果关系的运作和走向封闭的运动来显现,还表现在人物、行为和结果之间的关系上……对文本中视角和观点的聚焦,隐含读者构建的主体位置、语域的选择以及互文性的影响"(Stephens, 1996b: 20)。因为儿童文学有助于性别的确立,"性别既是一种隐藏的文化资本形式,又是一种倾向,一种不对称的资本形式"(Stephens,

1996b：23）。

　　挪用不同于改编，因为莎士比亚作品的改编往往采用简化的形式来复述一部或多部戏剧的情节或故事。相比之下，对莎士比亚作品的挪用不仅为隐含读者提供了对剧本的理解，而且还提供了阅读剧本的模式。例如，《麦克白》的改编会为读者交代剧本的情节，而对《麦克白》的挪用将会加深读者对剧本的理解，包括关于如何以及为什么阅读该剧的说明。挪用是一种互文用法，是对某些关键目的的解释与对话。对互文与挪用的认识将带给读者对当代文本和原文的"新"理解，实际上这种认识同样取决于读者的能力水平。就莎士比亚作品的挪用而言，这种互文往往取决于文化价值的内在循环逻辑。通过参考特定的文化和文学价值，儿童版莎士比亚的互文与挪用有助于从话语上反映和产生规范行为（Hateley，2009），并最终灌输一种文化资本。同时，互文和挪用呈现出特定的性别立场。这种文化和文学功能的实现是由大众对儿童文学的广泛期望所推动的，即教育和娱乐功能。对戏剧情节、语言和人物的挪用，往往伴随着对戏剧中性别话语的挪用。因此，在广泛的流行文化中，莎士比亚被视为性别认同的文化权威，这一理念也会在潜移默化中传递给儿童读者。

　　以19世纪的改编版本为例，通过审视查尔斯·兰姆和玛丽·兰姆、玛丽·考登·克拉克（Mary Cowden Clarke）、伊迪丝·内斯比特的《麦克白》儿童改编版本可以看出，他们的创作"构成了一部简要的文化史，再现了莎士比亚作品的情节和人物如何适应社会发展，在向年轻读者传播经典的同时，承担起了陶冶情操和提供行为榜样的责任"（Rozett，1994：153）。当然，儿童读者和莎士比亚改写作家从来都不是政治上中立的主体。例如，兰姆姐弟的《莎士比亚戏剧故事集》直接受到浪漫主义政治理想的影响，其中想象力创造可以作为一种非异化劳动的形象，诗意心灵的直觉和超凡视野受到了被事实所奴役的理性主义或经验主义意识形态的批评。因此，文学已经成为一种全新的意识形态，而想象本身就成为一种政治力量，它的任务是以艺术的能量和价值来改造社会（Eagleton，2006）。

　　与此同时，《莎士比亚戏剧故事集》反映了这种理想与出于教育和娱乐目的为儿童创作文本的现实之间的张力。兰姆姐弟的文本反映了一

第4章 改编、跨媒介与流行文化

种挪用的意图,而克拉克和内斯比特似乎也十分认同莎士比亚作品中的性别冲突。鉴于改编者们将作为隐含读者的"女性"和"青年"混为一谈,年轻女性因其文化定位而存在双重差异,成为成人(不论男女)和男孩的附庸。由此可见,即使是女性作家,她们在叙事上也在无形之中鼓励女孩认识自身的他者和从属地位,并引导女孩在成为成熟的女性之后仍然屈从于莎士比亚和他所代表的父权文化。这些文本利用了莎士比亚式价值和权威的循环文化逻辑:女性读者必须立即认识这种价值和权威,同时在父权秩序中保持从属地位。

作为后现代和后结构主义文化的一种特征,当代莎士比亚作品的儿童改编更倾向于复杂的文学重写模式,与19世纪的文本一样反映了自身独特的文化背景。作为更广泛的儿童文学趋势的一部分,玛丽亚·尼古拉耶娃认为,"今天所有的叙事层面都在朝着复杂和成熟的方向发展"(Nikolajeva, 1996: 207)。但在考虑将莎士比亚作品的挪用作为儿童文学的"子流派"时,尼古拉耶娃提出的文学发展的四个阶段似乎是适用的:"改编现有的成人文学;直接为儿童创作有说教和教育意义的故事;儿童文学作为一个具有不同体裁及模式的文学体系;创造了儿童文学经典、复调或多声部儿童文学"(Nikolajeva, 1996: 95-97)。诚然,随着19世纪莎士比亚版儿童文学重写的大量涌现,儿童文学进入前三个阶段,即改编/教学教育/儿童文学,通常这三个阶段是同时发生的。

改编作品中的性别构建是默认读者性别而产生的,所以当以女孩作为阅读者时,挪用《麦克白》的儿童文学几乎完全专注于女巫的形象,此时的她是一个具有鲜明女性气质但不被接受且受到必要控制的典型代表。同样,对《仲夏夜之梦》的挪用往往偏爱浪漫情节而非特定的角色,而对《暴风雨》的挪用则更密切关注女性的家庭身份,以及其对家庭义务的自发服从。相比之下,《麦克白》的主人公为男孩读者提供了一个理想化的男性榜样,《仲夏夜之梦》聚焦于认同自由的可能性,而《暴风雨》则讲述了帕克与父亲必要的分离,以期在未来扮演父亲的角色。这一切为青少年读者提供了主体性等级模式,从性别的视角揭示了获得文化颠覆和主体性的途径。儿童读者接触到的不是莎士比亚,而是改编后的"莎士比亚",是一种适合特定语境和意识形态的话语,而接触不仅是传递文化资本的一种形式,更是决定其意义和价值的一把钥匙。在当代儿童文学中,"莎士比亚"已经成为规范性别、主体性和行为的自然化、历史化和授权化话语的载体。

在 21 世纪,虽然戏剧改编仍在继续,但在最近几十年内出现的大量挪用现象同样值得关注。事实证明,这种日益增加的复杂性不仅是尼古拉耶娃指出的发展的产物,也是由对"作者"的塑造和功能焦虑所影响的文化产物。一系列莎士比亚儿童版文学将莎士比亚的权威合法化,他被明确设定为家长式的导师和父亲的角色。因此,21 世纪的莎士比亚儿童版作品与早期改编的最大差异就在于"威廉·莎士比亚"成为一个虚构的角色存在。这些作品更以一种怀旧的方式回归过去,使剧作家与他的戏剧同时出现。

4.3 跨媒介与翻译研究

跨媒介即跨越或转换不同的媒介,与翻译是两个相互联系的领域。翻译通常会包含跨媒介,跨媒介则可以被看作翻译的特殊形式。不同语言、流派和媒介方式的儿童文学,如何发挥翻译和跨媒介的作用就成为值得探讨的问题。翻译的过程不仅是将意思(语义信息)从一种语言翻译成另一种语言,而是将一种文化转化为另一种文化(文化符号/意义),将对世界的不同看法、思考方式、社会角色和背景知识等连接在一起,将阻碍交流的差异达成一致。研究者注重通用语与少数族群语言、地域性方言、理想化和政治正确话语之间的紧张关系和转换。

跨媒介叙事是通过跨越不同的媒介平台、形式和技巧来创建一个原始但可塑性强的故事世界。它在受众听故事或听重述的故事时创造了许多切入点,同时邀请受众在此过程中充分发挥主观能动性,就像拼图一样将故事的含义拼起来。在创作和接受的过程中,全新而独立的文本经过重述、改编和再定义的转变之后,得以重新建构。尽管改编作品中原作的影子不够明显,就像迪士尼动画作品《小美人鱼》的粉丝不一定要读过安徒生童话一样,跨媒介叙事对人们熟悉的故事进行独特、有价值的改编时,倾向于以原作为互文性文本。

跨媒介叙事具有即时性和不同步性,此外,不管跨媒介是不是故事

第 4 章　改编、跨媒介与流行文化

的概念化和最初产出模式的组成部分，还是随着时间发展而推进的一个过程，它本身对作品并没有很大影响，就像在《爱丽丝梦游奇境记》和《霍比特人》这两个故事中呈现的状态一样。从读者和观众的角度出发，跨媒介故事就不会仅局限于权威版本，它还会出现在不同的媒体上，超越单一形式或语言。跨媒介注重观众的参与，促使观众和读者沉浸其中，并进行改编、混合、再利用和分享，促使由多样化和重复性驱动的全球性、合作性的行为付诸实践。简而言之，跨媒介叙事的本质是拼合碎片化内容、添加润色，并进行编辑、改编和翻译。

翻译与跨媒介的研究领域主要包括"文化间和文化自身的转换""图像-文字交互""跨图像交流的可能性""数字媒体转化"和"代际传承"等领域。这些跨媒介研究的共同点是以年轻受众为中心，通过多模态、跨语言、图像语言、跨叙事/图像和代际多样性等方式，丰富创新性原文的意义，赋予其更为复杂的内涵。

跨媒介和翻译都是创造性行为，均对原文内容和形式进行不同程度的修改。杰伊·博尔特 (Jay Bolter) 和理查德·克鲁森 (Richard Grusin) 认为，新媒体通过"再次中介"来实现自身的文化意义，在尊重原作的基础上挑战和改变之前的媒介，如绘画、摄影、电影和电视等，从而有效凸显原文跨界表达方式的独特魅力。与此同时，改编、翻译或改写等媒介形式同样可以促使人们重新评估文学理论的诸多问题，如文本性、作者、受众、叙事等，并突出文本之中的教育和道德意识。而相同故事的译本、改编、重述和修订版本大量出现在不同的语言环境、媒体平台和社交渠道中，通过鼓励或利用他者视角进行共情思考，塑造人们理解过去和未来的共同记忆认识，强调对不存在但是可能出现的世界进行想象构建，借以展现人类命运共同体的美好政治愿景。

翻译与跨媒介叙事都涉及符号系统的转换现象。尽管翻译后的口头文本除原文之外并不需要其他媒介，翻译与跨媒介包含了二次诠释，并提供原文的一个或多个新版本。不仅于此，对于双语读者来说，读原文和译文就像体验跨媒介叙事一样，因为翻译提供了替代和补充原文的版本。于是，翻译也为跨媒介叙事提供了不同的叙事切入点。读者读到的第一个版本并不一定是原文，他们可以先读译文，再沉浸另一语境中阅读原文。跨媒介叙事是一种由网络粉丝社群中的二次创作者和捧场的

读者组成的具有参与性的文化表演。翻译与此类似，也是一种必须通力合作的表演。通过把旧文本转变成新文本，翻译与跨媒介也能把部分文本从被遗忘的境地中拯救出来。在此过程中，儿童文学翻译也被赋予了跨文化交流的意义，以同理心来探索文化差异，寻找基于跨越国际的理解、团结、信任和想象等。"阅读就是翻译，翻译融入了第二次再翻译的过程……翻译过程包含在它的本质当中，即人类理解世界和社交活动的全部秘密。"(Schulte，2021：2)

由于儿童文化产品暗含对道德说教的期待，翻译选择中道德双重性的呈现是值得探索的。翻译跨媒介叙事也包括其他方面，如叙事连续性、语言和技术约束等，这些方面由于目标受众的特殊需求变得更加具有挑战性。例如，巴西语译本"星球大战"系列（Star Wars）跨媒介故事中呈现的伦理问题就曾受到学界的关注。特别是随着它的知识产权归属从卢卡斯电影变成了迪士尼，"星球大战"系列推出了以儿童观众为主的巴西葡萄牙语翻译版本。词组明与暗的翻译象征性地代表了面向儿童观众的"星球大战"漫画、小说、电视节目、动画和游戏中善与恶的冲突碰撞。

当成人为儿童读者讲授不同语言的儿童文学译本时，如何将意义传达给小读者，如何解决跨界小说中以成年读者为目标读者的译本，从而同时满足不同年龄读者的需求等问题，也成为代际传承过程中翻译研究的重要领域。例如，图画书一般以文字和插图的关系来定义并凸显其特点，读者在文字和视觉素材之间的摇摆可以称之为"跨媒介"，即理解图画书的过程。但是，这类内容一旦进入成人世界，理解过程会变得更加复杂。因此，在儿童文学文本及其翻译中同样需要使不同的声音，如叙述者的声音、译者的声音和后加入其中为儿童朗读的成人声音和谐共存。

事实上，"翻译转向"与21世纪的"数字转向"密切相关。随着数字信息技术的迅速发展和电子设备的广泛普及，购买文化产品的年轻"生产消费者"成为对电脑数字语言、手机应用、网上社交平台、游戏和电子书了如指掌的人(Manovich, 2007)，这使儿童和青少年的阅读行为和阅读体验同样发生了巨大的转变。因此，对儿童文学的翻译研究不仅需要考量作品在不同语言、文化环境中的翻译活动，还应注意到文本

第 4 章　改编、跨媒介与流行文化

在新媒体、新改编过程中呈现出的全新特质。

在当今多模态环境下，文字与动静不定的图像、图表、页面排版、声音、音乐或实体展示之间的交叉融合实现了宣传、展示和传递信息等目的。因此，科技翻译者、文学翻译者、广告文案者、出版人士、教师以及其他专门从事语言和文字工作的人员必须要学会阐释丰富多元的符号元素，从而帮助儿童读者接触世界范围内的文化精华，为他们提供丰富多彩的阅读体验 (O'Sullivan，2005)。

4.4　儿童文学与大众文化

在文化研究领域，大众文化暗含着一种权力关系，即精英阶层对通俗文化的排斥，而流行文化并不是按照精英与通俗二元对立方式进行划分的，而是一种包含着一些褒义色彩且为大众喜闻乐见的文化形式。从大众文化到流行文化的过渡，使文化研究实体转向生活层面。在现代西方，流行文化是指具有大众可及性、被大多数人消费的文化产品，主要与音乐、艺术、文学、时尚、舞蹈、电影、网络文化、电视、广播等方面相关。

研究者大多将儿童文化与大众文化联系起来，特别是与流行文化联系在一起，认为儿童文学是连接儿童与大众的桥梁。他们的研究主要聚焦于儿童流行文化中的成人意识形态对儿童的压迫与塑造，以及儿童流行文化全球化的利弊等，往往涉及性别、种族、阶级、经济、游戏、战争、宗教等问题。随着儿童小说风靡世界以及儿童文学研究的不断深化，流行文化成为研究儿童文学的重要理论视角。儿童文学引领了流行文化的发展，如粉丝文化和极客文化等。例如，"哈利·波特"系列掀起的全球热潮促使粉丝文化的形成，构筑了一个专属儿童的乌托邦世界。然而，这些潮流引起了学校与家长的担忧，担心这些新媒介促成的文化会影响儿童形成正确的价值观。此外，流行文化同时推动了经典儿童文学的传播。《小妇人》《鲁滨孙漂流记》《格列佛游记》等经典儿童文学不断被搬上银幕，这不仅体现了经典儿童文学经久不衰的文化魅力，也促使观影者产生重读儿童文学经典的冲动。

最能阐释儿童文学和大众文化关系的作品之一就是《鲁滨孙漂流

记》,其广泛传播与大众文化密不可分。据统计,到20世纪后期,《鲁滨孙漂流记》已经出版了700多种版本,译本几乎涵盖了世界上所有的书面语言,包括速记语言和世界语(Crowley, 1998),同时形成了一种对后世影响深远的"鲁滨孙式传统"叙事。《鲁滨孙漂流记》还激发了来自不同阶层的不同类型的读者的持续性阅读需求,因而被改编成诸多媒介形式。该书首次出版后,不列颠群岛和美洲就出版了大量小册子,这些小册子对笛福的原作进行了大量删改,有的甚至只保留了与原作相似的框架。童话剧、滑稽戏、浪漫闹剧等其他舞台改编剧应运而生,20世纪下半叶甚至出现了《鲁滨孙漂流记》的冰上表演。以鲁滨孙为主题的歌曲都倍受欢迎,相关的改编电影作品也是不计其数。两个世纪以来,鲁滨孙成为日常家庭用品中的常见形象,他不仅出现在盘子、马克杯、香烟卡片和黄铜纽扣等普通日用品上,也常见诸于银质或铜质书立、餐桌装饰品、丝绸手帕等高端商品上。

可以这么说,丹尼尔·笛福仅凭《鲁滨孙漂流记》就足以树立声誉。塞缪尔·柯勒律治(Samuel Coleridge)在小时候就沉迷于笛福的小说,成年后他称赞"笛福作品的普世性体现在为了大多数人而牺牲了少数人的趣味,鲁滨孙可以被当作人类的代表,任何读者都能从中看到自己"(Coleridge, 1984: 165)。企鹅、牛津大学等著名出版社以"经典名著"或"世界经典名著"的名头不断再版《鲁滨孙漂流记》,这也印证了其与文化领域的精英系作品的相关性。事实上,笛福的作品很早就与儿童读者和普通大众读者联系在一起了,无论过去还是现在,这两类读者都与精英文化相去甚远。《鲁滨孙漂流记》不仅早就在精英人士和受过良好教育的读者中确立了较高的文化地位,还成为大众文化追捧的对象,这一事实证明了这两种力量(儿童文学与大众文化)之间存在着一定的联系。

18世纪后期,儿童文化和大众文化逐渐受到作家、学者和特权阶级知识分子的关注,逐渐脱离被当作"他者"对待的境地。在这一时期,教育家、作家和民俗研究者都认同儿童与大众之间的普遍相似性,将普通民众和儿童当作需要保护、极度无知的群体,以合法化精英阶层的统治(O'Malley, 2012),因此儿童和大众这两个类别之间产生了话语上的重叠。与此同时,来自不同背景的中产阶级教育理论家、医学专

第 4 章 改编、跨媒介与流行文化

家、小说家以及其他人士用不同的眼光来了解儿童身上的特质,构想着使用新的方法来教育和训练孩子(主要是来自中产阶级家庭的孩子),使孩子保持健康,并进一步教给他们成年以后应当承担的职责和扮演的角色,从而更有效地培养他们。

儿童与大众这两个群体之间有一种本体相似性,即天真和单纯(O'Malley,2012)。出于教育目的,自 18 世纪起,儿童文学就有借鉴民间文化元素并加以改良,以支持大众和儿童的同化。如果大众具有儿童的无知,那么儿童也具有成为未开化民众的倾向。儿童与成人世界的分离是"为了儿童朝着成年人的梦想努力,并将儿童教化为文明人"(de Certeau,1986:132-133)。儿童和大众在此阶段与一些消极意象联系在一起,如无能、依赖、无知、未开智等,这些都与怀恋过去的浪漫主义想象紧紧结合在一起,因为他们都是属于过去的群体,与现代世界格格不入,与占据主导地位的成年人相去甚远。近年来学术界非常关注怀旧这个主题,尤其是它对启蒙运动产生至关重要作用的发展观和对现代性话语产生的潜在挑战性。正如琳达·奥斯汀(Linda Austin)所说,至今仍被广泛接受的"儿童生来纯真"的浪漫主义理想是怀旧冲动的产物,即"最浪漫主义的心愿是对童年的渴望"(Austin,2003:75)。怀旧的短暂出现将儿童文学与正在消亡的大众文化联系在一起,儿童和大众成为与过去紧密相连的形象。在维多利亚时期,一旦他们成为远离进步、现代化和成人世界的典型代表,儿童和大众就变得渺小,就会成为成年人利用和消费的对象。大众文化故事会被贬低为孩子看的童话故事和民间故事,尽管这两者都是极受欢迎的小册子和装饰性系列图书。

《鲁滨孙漂流记》之所以能融入儿童文化与大众文化交汇处的叙事,原因在于内容与童年的联系。"童年是现代化进程中最令人难忘的时光,也是最值得期待的时光。"(Gillis,2002:33)童年是现代社会关于起源和命运的神话,能解释我们是谁和我们将成为何种人。作为一部同时包含过去和未来的作品,《鲁滨孙漂流记》以其独特的力量阐述了现代思想。或许人们在 18 世纪就开始关心儿童教育、认可儿童的潜能了。几乎从最初出版时起,《鲁滨孙漂流记》就被赋予了教育价值,人们将其当作一种精神教育实践。因为鲁滨孙成为卢梭笔下爱弥尔所要模仿的理想人物,而笛福的小说(不包括上岛前及离岛后的结局部分)成为卢梭认为

的唯一一本值得被纳入经验学习和实践学习系列的书。18世纪的儿童教育成为公认的头等大事，像这样一本恰好符合当时主流教育思想的作品就在儿童文学和文化甚至更广泛的领域中发挥举足轻重的作用。

由于其独特性，《鲁滨孙漂流记》的故事进入大众文学和文化领域，甚至能与英雄传说、民间传说等相提并论。普通读者很容易将一本用中产阶级语言创作的、表达新兴资产阶级情感的小说翻译成其所属阶级的话语范式。在18世纪，给下层阶级看的《鲁滨孙漂流记》廉价散装小册子比完整版的销量多出三倍，这表明普通读者渴望阅读这部关于生存和冒险的故事书。事实上，儿童也经常读《鲁滨孙漂流记》的小册子或专门为他们订制的版本，还经常听改编成童谣的关于鲁滨孙的歌曲，这些均充分表明普通大众和儿童都是该书的读者群体。漫画书在大众文化和儿童文化中交替发展，是一种补充故事的自然手段。《鲁滨孙漂流记》于1947年首次改编成经典插画，自此拉开了以漫画故事形式重新创作鲁滨孙故事的序幕。浪漫主义者和古物（古籍）学家提出的"儿童就是民众"在20世纪早期已经演变成"改造过的顽童"标志（Cross, 2004：64），比如电影《小捣蛋》（*Our Gang*, 1922）。在这部电影中，脸上脏兮兮、衣衫褴褛但可爱天真的库根被"驯化"，这让人容易接受甚至喜爱，标志着鲁滨孙故事与中产阶级幻想的孤儿形象的契合。

鲁滨孙被当作时代美德的典范。18世纪英国儿童（以及欧洲大陆上的儿童）的形象都在鲁滨孙历险记的重演或表演中体现出来，例如约阿希姆·坎普的《年轻的鲁滨孙》和德根尼斯夫人（Madame de Genlis）的《孩之岛》（*The Children's Island*, 1869）。这些模仿《鲁滨孙漂流记》的描写契合了当时的教育原则，强调了以身作则而不是训斥的教育理念。人们鼓励孩子们"扮演"鲁滨孙，并学习他身上的美德，但与此同时，部分教育者认为鲁滨孙危险的流浪癖以及对父亲的不敬已经威胁到家长权威。为儿童读者改编的《鲁滨孙漂流记》暴露了儿童主体性建构的核心矛盾，即儿童必须自给自足，但同时强调其对成人的依赖和服从。维多利亚时代男孩们的冒险故事与鲁滨孙式的冒险故事非常相似，它们只是在复述原作中的精英思想。鲁滨孙式文学故事以及为儿童和学校设计的版本和删减本均体现了现代批评中的主导意识形态结构，即个人主义、殖民主义以及新兴的资本主义精神。因为鲁滨孙式故事倾向于

第 4 章　改编、跨媒介与流行文化

在年轻男性读者中传播，与女性相关的鲁滨孙式故事极少引起批判性关注，尽管 18 世纪中期同样出现了与女性漂流者相关的故事。男孩、女孩或两类群体同时作为主角的鲁滨孙式儿童故事通常是一个家庭，或者是由一群孩子组成的家族。这些故事与原作孤岛漂流的故事相差甚远，因为它们强调的是家庭生活以及小家庭的中心地位，所以在这种模式中儿童的独立就受到了某种限制。

毫无疑问，《鲁滨孙漂流记》是最常被改编成小册子的小说之一。这些主要面向普通读者的版本如何重新配置和利用精英资源来适应社会底层读者的需求和兴趣的，便成为有价值的研究问题。小册子中的鲁滨孙被描绘成一个像民间英雄的人物，而不是中产阶级个人主义的英雄，符合了大众道德经济及大众文化的期望与期待。由于儿童被认为与底层社会民众有着相似的品味和心智，儿童和大众这两种话语模式正在走向某种自然而言的同质性，而二者的接近引起了熟谙教育思想的作家们的极大焦虑。原先儿童小册子与市场上流通的其他小册子是共同存在的，而现在以《鲁滨孙漂流记》为蓝本改编的这类儿童小册子帮助减弱了其他流行小册子和庸俗文学的负面影响。

《鲁滨孙漂流记》也进入大众舞台，先是成为皇家剧院以及其他剧院在晚间上演的压轴喜剧，后来成为 19 世纪圣诞节童话剧巡演的保留剧目。此外，童话剧作为一种具有颠覆性和戏仿性活力的流行街头戏剧，被维多利亚时代的人们重新改编成一种儿童娱乐活动，并与圣诞节这一节日联系在一起，因此它成为以逐渐被简化和被驯化的形式重新定义儿童文化的突出例子。以《鲁滨孙漂流记》为原型的圣诞童话剧等，作为一种有适当不足的大众文化媒介，帮助巩固了维多利亚时代人们想象中的童年和怀旧情感。与此同时，童话剧尽管已经成为孩子们的娱乐节目和家长们怀旧的圣诞狂欢，但却拒绝被赋予纯真的色彩。它永远不可能摆脱一直以来的粗俗和混乱，而是继续以狂放的歌曲、俏皮的双关以及奇装异服的主角为特色，如"女扮男装"或"马裤"角色，而儿童和大众都非常喜欢这些叛逆或"不得体"的行为。

到 20 世纪和 21 世纪，《鲁滨孙漂流记》与儿童文化的联系依然十分密切。以鲁滨孙为主题的消费品和娱乐活动的范围急剧扩大，涵盖了漫画、电影、动画、真人表演以及电子游戏等，这些包含鲁滨孙名字和

形象的产品促使消费者产生联想。在一定程度上，这些消费品是为了刺激人们的怀旧感而生产出来的，而这种怀旧感是与人们的童年观紧密联系在一起的。童年被描述为一个起点，因为每个孩子都重启了世界。沉船以及漫长的孤独让鲁滨孙有机会重塑周围的世界，努力挣脱社会或历史的负担，开始全新的生活。这一生活对许多人产生了强烈的吸引力，这也是《鲁滨孙漂流记》被称为神话的原因之一。在现代人有关童年的理解中，童年由浪漫主义时期的怀旧情感所塑造，就像神话般的起点一样，是正常事件发展之外的时间和想象空间，因此它在久远年代大众文化中的故事、歌曲、习俗和庆典之中高频出现，彰显童年作为人生"黄金时代"的独特魅力。在儿童文化和大众文化的互补领域扮演了重要身份的《鲁滨孙漂流记》，揭示了人们对失去的可能性的共同渴望，而童年正代表了这种可能性。

4.5　儿童文学与流行文化

"流行文化"一词最早出现于19世纪中期，指的是与"官方文化"（official culture）相对的、受人民大众喜爱的文化形式。第二次世界大战后，在大众传媒（mass media）和资本主义市场营销的共同运作下，流行文化被各阶层群体所接受，开始包括大众文化、消费文化等含义，同时成为肤浅和庸俗的代名词。到20世纪，许多理论家开始为流行文化正名，比如皮埃尔·布尔迪厄（Pierre Bourdieu）将流行文化视为文化场域中被压迫和被界定的一方；法兰克福学派的理论家们则将流行文化视为一种积极的文化形式，使其从边缘走向中心。浸润在流行文化中的儿童和青少年，呈现出与以往不尽相同的精神面貌，并在重新定义后现代语境下的童年和青春期概念。因此，研究者纷纷将目光投向儿童文学与流行文化之间的互动和对话上：一方面，将《鲁滨孙漂流记》《爱丽丝梦游奇境记》《小妇人》等世界文学经典置于儿童文学批评话语之下，关注儿童文化如何等同于流行文化，以及这些经典儿童文学在当今时代依旧经久不衰的原因；另一方面，聚焦新生儿童文学，如"哈利·波特"系列、"暮光之城"系列等原著和改编作品，如何受到全世界范围内的青少年读者的热烈追捧，进而引领潮流文化的发展走向。

第 4 章 改编、跨媒介与流行文化

露意莎·梅·奥尔科特 (Louisa May Alcott) 的《小妇人》以美国南北战争为背景，讲述了新英格兰地区一个普通家庭的四姐妹如何从少女步入成年的故事。该书内容真实可信、语言平实、情节有趣，一经发表即引起读者的阅读兴趣和共鸣。女主角乔·马奇努力担当、成就自我的故事，激励着一代又一代的读者去寻找真正的自我和梦想。《小妇人》已经改编成电影七次，最新版由葛丽塔·葛韦格 (Greta Gerwig) 执导，于 2019 年 12 月上映，由此可见其经久不衰的魅力。2019 年版本的特别之处在于，结尾提醒观众《小妇人》并不是关于乔最终和谁在一起的故事。该书同样激励了许多女性走向创作的道路，或者坦率地说，成为她们想成为的任何一类人，2019 年的改编版也承认这一点，因此在结尾处采用了两全其美的方法：西尔莎·罗南 (Saoirse Ronan) 饰演的乔·马奇在电影结束时未婚无子，并且幸运地出版了自己的小说；在她的书中，以自己为原型的女主角最终结婚生子，这本书因此得以成为大众畅销书。影片的最后一个镜头是乔看着自己的小说出版——这也是故事的真实结局。这部电影的结局是一种双赢，也是葛韦格改编这部受人喜爱的小说的又一成功之举。

但事实证明，葛韦格的电影结局可能是作家奥尔科特一直想要的结局。奥尔科特没有像乔·马奇一样结婚生子，同样从未想过让自己的女主人公步入婚姻殿堂，但是出版商和读者说服了作家，因为在那个年代，故事中的成年女性只有两种选择：要么死去；要么结婚。为了让这本书畅销，尔科特必须让乔结婚生子。用她自己的话说，她想让乔·马奇继续做一个文学上的"老姑娘"。2019 年的改编电影巧妙地融入了作家奥尔科特的理念，让人们感受到这位作家的初衷和真实的意图。经典儿童文学的电影版本往往是电影制作时期的产物。过去几十年，《小妇人》的电影改编是为了迎合当时普通观众的需求。葛韦格对《小妇人》的解读符合当代世界的女权主义价值观，因为她重视人们如何书写自己的生活，如何讲述和重述人们怎样成为现在的自己以及如何成为真实的自己；而奥尔科特的小说则与 19 世纪中期的价值观相联系。尽管奥尔科特具有强烈的女权主义意识，但她的思想仍受到所处时代的束缚。

作为当代儿童文学的代表之作，"哈利·波特"系列小说的出版改变了儿童图书出版的商业模式，特别是与电影产业的密切互动，使其

迅速成为一股势头强劲的流行风尚。"哈利·波特"系列电影改编的成功，再次确认儿童文学作为好莱坞灵感源泉的重要意义。在此之前，儿童文学作为一种独特的艺术形式，凭借令人难忘的人物形象和精巧别致的情节构思成为表演艺术和影视改编的素材宝库。这一传统最早可追溯至无声电影时代，而根据童话故事或儿童故事来制作歌剧、芭蕾舞、戏剧和音乐剧的传统则更为古老，玩具、游戏、玩偶、服装和其他获得商业许可的衍生产品同样与其有着漫长的历史渊源。在"哈利·波特"系列电影之前，由青少年文学改编而成的电影并没有产生多大的影响力，是哈利·波特这个小巫师和他的朋友们改变了整个电影行业。像漫游仙境里的爱丽丝那样，人们认为现实世界中无法解释的事情是"越奇越怪"，而因"哈利·波特"系列，人们拥有一个完美的词——"麻瓜"，用来称呼旅行时可能遇到的无趣之人或粗鲁的人。此后，电影公司在儿童畅销书排行榜上寻找能够成为下一个"哈利·波特"的作品，于是有了"暮光之城""饥饿游戏""分歧者"系列等备受全球瞩目的青少年电影。由"哈利·波特"引发的文化现象，无疑证实了书籍本身及其创造的广阔而奇妙的世界可以使文化转变成为可能。"哈利·波特"系列通过讲述一个新奇而生动的神奇故事，不仅把千百万的读者从现实世界带入一个庞大的魔法世界之中，更让整整一代人认识到读者同样可以与自己喜爱的流行文化互动，甚至可以参与到这种文化的研究和再创作的活动中。因此，"哈利·波特"系列影响了青少年的阅读并创造了一种文化景观，它的粉丝圈为粉丝文化和极客文化的主流化铺平了道路，展现出这一系列作品的巨大文化影响。

另一个成功的儿童文学影视化改编是美国迪士尼娱乐公司的动画电影作品。迪士尼会讲故事，善于把国际化与本土化结合起来，擅长在原作基础上进一步创作改编。为了吸引更多观众，迪士尼会简化儿童文学原作，比如《小飞侠彼得·潘》(*Peter Pan*，1953)和《花木兰》(*Mulan*，1998)有很多与原作不一致的地方，但这些改编作品不仅人物形象饱满、情节有趣，还具有极强的感染力。可以这么说，迪士尼让经典儿童文学国际化的核心秘诀就是故事。

以1998年版的电影《花木兰》为例。16岁的木兰从弱不禁风到独当一面，其中的艰辛和努力令人感叹。她能文能武，最主要的是有智

第 4 章　改编、跨媒介与流行文化

慧。在前线作战时,木兰凭借智谋重挫侵略者,之后在皇宫中再次击败敌人,保护了皇帝与国家。当皇帝提出嘉奖木兰时,她的要求不是封官加爵,而是回乡与家人团聚。电影把木兰这一形象塑造得有血有肉,诠释了"成为真正的自己"的价值,因而备受一代又一代读者的喜爱。由此可知,孩子们对这部作品的喜爱正是因为其拥有内涵丰富的故事,而不仅是华丽的场景和风趣的角色。

　　总的来说,儿童文学的改编促进了经典作品的生命和活力,诠释了儿童文学作品无尽的阐释空间,影响甚至引领了当代流行文化。迪士尼善于把世界各民族的故事经典化、本土化,以其强大的叙事能力使经典保持青春活力。以儿童文学为基础的好莱坞电影改编,体现了儿童文学强大的文化生命力和生产力。"哈利·波特"系列等奇幻文学引发的极客文化、同人书、漫画等也在不断地在影响和型塑流行文化。从历史的维度来看,儿童文学反映了不同时代的社会价值、观念以及历史的演变过程。儿童文学和文化是"完全多元以及相互交叉的关系"(Allan,2012:2),因此儿童文学肯定会受到当下文化的影响,并且已经渗透到儿童文学叙事的形式、结构以及相关主题中。

第 5 章
外国儿童文学叙事研究

儿童文学的艺术形式与成人文学不同，所以儿童文学与一般意义上的文学在叙事方式上存在差异。随着文学活动的不断发展以及作者的创作理念、表达方式和审美偏好的不断调整，儿童文学的叙事方式也随之不断翻新，呈现出全新的艺术审美特质。特别是借助新近受到关注的理论模式来阐释当下具有典型代表性和广泛影响力的儿童文学作品，无疑可以有效揭示文本内在的精神意蕴与审美特质，破译其受到成人与儿童读者共同认可和喜爱的核心密码。"黑暗物质"系列作品的双重叙事路径，形成了同时吸引儿童读者与成人读者阅读的跨界现象；"哈利·波特"系列作品则借助独特的叙述策略，重述历史和命运两大主题，从而实现对伦理道德教诲的有效传递。

5.1 双重叙事进程理论视野

申丹的"双重叙事进程"（dual narrative progression）理论一经提出，便受到了国内外学者的普遍关注。比如，《外国文学》在 2022 年第 1 期上刊登了四篇专栏论文，既对双重叙事进程的理论建构和研究范式展开宏观探究，又通过对具体文学文本的细读来推动双重叙事进程的理论发展。申丹（2022b）对"隐性进程"的概念进行了精准界定，并重点关注隐性进程与情节发展的差异，进而探索隐性进程为叙事学、文体学和翻译学等领域带来的理论突破和革新。申丹（2022a）则呈现了来自 9 个国家的 16 位学者对隐性进程理论的质疑与认同，以及申丹对此做出的应答。周小仪（2022）审视了双重叙事进程理论对文学理论发展的贡献，强调这一理论不仅在叙事学领域取得突破，还推动了马克思主义批评的前进。还有学者肯定了双重叙事进程的理论概念、理论体系和研究模式的完善，通过对詹姆斯·乔伊斯（James Joyce）小说的批评实践，推进隐性进程与情节发展关系的研究。此外，还有学者尝试将双重叙事进程理论与其他文学批评理论相结合，以期拓展理论批评空间。

双重叙事进程研究颠覆了由古希腊亚里士多德开创的仅关注情节发展的单一叙事运动，认为在情节发展背后暗藏着一股隐性叙事进程，即"指涉一股自始至终在情节发展背后运行的强有力的叙事暗流。情节发展和隐性进程的并列前行表达出两种不同的主题意义、两种相异的人物形象和两种互为对照的审美价值"（申丹，2019：82）。显性叙事与隐性叙事之间存在着两种互动关系：要么在相互对照中互为补充，要么截然对立、互为颠覆。在论述过程中，申丹引用段枫的文章，将"针对儿童的童话情节和针对成人的隐性进程"视为互补关系，"就其童话情节而言，目标读者是儿童和保持着童真的成年人；而在显性情节背后，还存在针对了解和同情同性恋的成年作者创作的隐性进程"（2021：46）。这类双重叙事进程之间的张力体现的是一种非冲突性的反讽，帮助读者完整地了解作品的主题意涵、人物塑造等。申丹的这一研究更为合理、有效地解释了儿童文学中"隐藏的成人"的存在，为儿童文学的理论发展提供了新视野和新方法。

由于儿童文学作品是经由成人作家创作、成人经销商运营，以及教师、家长、图书馆员等成人的审查之后，才会进入儿童手中，成人意识形态难免渗入其中。在以往的儿童文学研究中，研究者们关注儿童文学中两种叙事声音的存在：成人叙事声音和儿童叙事声音。成人叙事声音往往隐藏于假想的儿童叙事声音之后，引导儿童读者接受为其预设的主体地位。在这一关系中，成人叙事声音（成人作者操控的叙事声音）与儿童叙事声音（成人作者塑造的叙事声音）之间形成了不可调和的矛盾关系，儿童读者成为成人观念的被动接受者。而双重叙事声音恰恰形成了双重叙事进程，儿童文学中复杂的叙事关系使"单一'隐含作者'和目标读者——包括'隐含读者''作者的读者'(authorial audience)、'理想读者'——的概念拓展为双重的"（申丹，2019：92），儿童文学自然

第 5 章　外国儿童文学叙事研究

形成了双重叙事动力。

成人叙事声音隐藏于构建的儿童叙事声音之后，可分为三种目的：躲避审查、怀念童年和教化儿童，由此构成与主题表达的互补关系。有些作家为了躲避严苛的政治审查，将自己的政治思想隐藏在儿童寓言故事里。除躲避审查之外，儿童文学为成人提供了表现自己真实情感的可能之机。奥斯卡·王尔德将自己的隐秘情感藏于儿童叙事之中，不仅可以蒙蔽审查者们，还可以宣泄自己无法言说的同性之爱。约翰·巴里塑造的彼得·潘这一人物原型源于其 13 岁去世的哥哥，他以儿童口吻构建了儿童叙事声音，讲述了这个永远长不大的男孩与温迪姐弟在永无岛上的冒险经历。但当温迪姐弟回家之后，彼得·潘只能在窗外注视着这一温馨场面，成人叙述者忍不住跳出来向儿童读者阐述家庭的重要。永无岛的快乐与彼得·潘对温馨家庭的羡慕所构成的叙事张力，表现了作者对童年逝去的无可奈何。亚瑟·兰塞姆（Arthur Ransome）创作了"燕子号与亚马逊号"系列（Swallows and Amazons, 1930）故事，但这些故事并不是兰塞姆为儿童创作的，而是写给他自己的，以缅怀逝去的童年，"他只是把自己放在所写孩子的位置上，描述他们的所见所闻、所感所想"（Wall，1991：30），拥有童心的成人读者才是兰塞姆创作的真正受众。由此可见，成人作者只是借由儿童文学表现自己的思想，正如佐哈尔·沙维特（Zohar Shavit）在《儿童文学诗学》（Poetics of Children's Literature, 2009）中观察到的，成人读者才是儿童文学信息的真正接收者，儿童读者只是"伪接收者"，接收的只是文本传递出的道德教化信息。申丹认为儿童文学中的这种双重叙事进程之间没有体现解构的关系，但本质上，儿童叙事声音与成人叙事声音所构建的双重叙事进程之间形成了一股相互颠覆的张力关系，儿童叙事声音形成的显性叙事只是一层虚假叙述，成人叙事声音在其背后构成的隐性叙事进程颠覆了欢乐的故事情节，形成了更为阴暗忧郁、意欲向儿童读者灌输成人思想的真正叙事。真正实现双重叙事进程之间互补关系的是 20 世纪末期以来的儿童文学。

于是，成人作者成为藏匿于儿童文学背后的"隐藏的成人"。正因如此，在研究者们看来，儿童文学中存在着成人和儿童双重叙述声音，成人叙述声音往往隐藏于其想象的儿童叙述声音之后，向儿童读者进行道德说教或向成人读者传递真正的文本信息。双重叙述声音决定了儿童文学中存在着分别面向儿童读者和成人读者的不同表意轨道，两者之间通常构成相互矛盾的叙事张力，"成人拥有权力、声音和能动性，儿童读者并不拥有这些"（Gubar，2013：452）。然而，自"哈利·波特"系列小说引发的跨界热潮以来，研究者们关注到儿童文学与成人文学之间的界限愈发模糊，儿童文学产生了能够同时吸引儿童和成人阅读的跨界写作文类特征。桑德拉·贝克特从作者创作的角度出发，"用cross-writing child and adult 来指代儿童文学中出现的跨界现象"（Beckett，1999：33）。在这一儿童文学新趋势中，成人作者不再利用假想的儿童叙述声音与儿童读者交流，但这并不意味着成人叙述声音的消失，而是以更隐蔽的方式出现，实现与儿童读者的平等对话。

"隐藏的成人"理论似乎难以解释21世纪以来儿童文学作品中成人叙述声音的隐退。不同于之前儿童文学中成人叙述声音与儿童叙述声音之间的压制与颠覆关系，在这一时期的儿童文学中，两种叙事声音达成共谋。申丹的双重叙事进程理论为儿童文学研究提供了新视野和新方法。一些评论家聚焦于儿童文学中的双重叙事声音，比如指控成人作者对儿童读者进行操控这一问题。佩里·诺德曼的《隐藏的成人》（*The Hidden Adults*, 2008）一书，更是引起人们对这一问题的关注，成人叙事声音成为儿童文学文本中的霸权存在。在对其他评论家的回应中，诺德曼称自己在批判成人绝对权威的同时并未否定儿童的能动性，儿童能够做出自己的选择。在21世纪儿童文学的创作过程中，作者们开始更有意识地隐藏成人叙事声音，读者甚至很难觉察到它的存在。但成人叙事声音并未完全隐退，而通常是在故事中以成人人物的话语方式存在：成人叙事声音在引导儿童主人公成长的同时，与儿童叙事声音形成了一种对话关系；儿童主人公辩证地接受成人话语，具有了自主选择的权利。在特里·普拉切特的《猫和少年魔笛手》（*The Amazing Maurice and His Educated Rodents*, 2001）中，叙述者只是在客观叙述事情的发展走向，呈现主人公的行为、思想，成人叙事声音隐藏在一只会说话的猫身上，这只猫的形态、语言无不体现着成人特征，它总是在对男孩指手画脚，命令他如何去做。男孩虽然在行动中会肯定猫咪建议的合理性，但仍然按照自己的想法行动，即使在危急情况下也要坚持自己的正义行为原则。在"哈利·波特"系列小说中，从整个故事情节发展来看，哈利被迫接受命运成为拯救人类的英雄，校长邓布利多引导其逐渐走上英雄之路。但潜藏在这一背后的隐形叙事进程则体现了哈利的反英雄特质，因此在战胜伏地魔之后，哈利选择放弃拥有死亡圣器，成为一个平凡的人。从故事情节发展来看，"黑暗物质"三部曲讲述的是莱拉作为个体的自主选择，但在整个选择过程背后暗藏着成人人物对其行为的引导，指引其走向作者普尔曼为其预设的命运，即成为新的夏娃来拯救人类命运。但在面对这一引导时，莱拉发现阿斯里尔勋爵建立的天堂共和国与民主政体相去甚远，只是一个暴政政权，因此她做出自己的选择：将两个世界间的缺口留给死人世界，放弃与威尔相守的机会。

一些当代儿童文学家将儿童和成人均视为自己的目标读者，认为叙述者是以第三人称有限视角在进行客观叙述，成人教化的叙事声音似乎不存在了。但事实上，成人叙事声音以更隐蔽的形式隐藏在成人人物话语背后，与儿童主人公之间形成对话关系，因此双重叙事进程之间形成了互为补充的关系。儿童读者在阅读过程中，跟随儿童主人公冒险、成长，做出自己的价值判断。这类儿童故事所传递的价值观念在无形中引导儿童读者做出自己的选择，潜移默化地影响其价值观的形成。

5.2 "黑暗物质"三部曲的双重叙事研究

"黑暗物质"三部曲的作者菲利普·普尔曼一直致力于平衡儿童文学中的双重叙述声音，反对成人作家将其思想直接灌输给儿童读者，也不认为成人叙述者要伪装成儿童叙述者。他希望成人作者能够以更为隐蔽的姿态呈现，与文本保持距离，只是客观地呈现和描述事件，而不多加评论，因为"意义要靠读者自己去发现，而不是由故事讲述者强加于人的"（Pullman, 2017: 127）。在普尔曼作品中，成人作家尝试建构起与儿童读者之间的平等对话，这恰是儿童文学中双重叙事进程互为补充的最佳例证。

5.2.1 英美经典儿童文学中的双重叙述声音

儿童文学中通常存在成人和儿童双重叙述声音,研究者们普遍认为成人叙述声音往往隐藏于被塑造的儿童叙述声音之后,形成了天然的双重叙事进程模式。在儿童文学中,面向儿童读者的儿童叙述声音构成显性叙事情节,能够传达作者真正意图的成人隐性叙事往往隐蔽起来。但儿童文学因肩负引导儿童社会化的责任,因此作者与读者之间形成了一种不平等的权力关系,文本中叙述者与受述者之间的交流也受到此种权力运作的影响。成人思想借由成人叙述声音不可避免地渗透到儿童文学作品之中。儿童文学往往被认为是在传递隐藏于文本之后的成人作者意识,佩里·诺德曼由此将儿童文学定义为"可被理解为通过参照一个未说出来但隐含着复杂的成人知识而进行交流的简单文学"(诺德曼,2014:215)。由此可见,在儿童文学中,儿童处于一种被操控的状态,儿童的主体意识被成人意识所主导,这意味着儿童文学中必然存在着一股满足成人读者需求的隐性叙事暗流,它解构了表层儿童叙事。

佐哈尔·沙维特在《儿童文学诗学》中指出,儿童文学中存在着儿童和成人双重受述者。尽管成人叙述者以儿童叙述、儿童话语和儿童语调来掩盖成人叙述声音,但读者仍能敏锐地捕捉到成人作者想要借此传递说教思想的意图。成人读者才是儿童文学作品真正的信息接收者,儿童只是一个"伪收件人"(Shavit,1986:94)。同沙维特观点一致,芭芭拉·沃尔(Barbara Wall)认为当代儿童文学由于受到后现代主义思潮的影响,"已经由成人叙述者为主导的双重读者(double address)模式转向以儿童叙述者为主导的单重读者(single address)模式"(Wall,1991:9)。沙维特和沃尔都认识到双重叙述声音中的矛盾性,认为两种叙述声音之间是不平等的,成人叙述声音对儿童叙述声音的压迫导致儿童读者自主能力的缺失。

刘易斯·卡罗尔的《爱丽丝梦游奇境记》、约翰·巴里的《彼得·潘》和罗尔德·达尔的《查理和巧克力工厂》等经典儿童文学中都存在着双重叙述声音。在爱丽丝进入兔子洞经历一番奇幻冒险的过程中,"隐藏着对卡罗尔同时代读者所熟知的诗歌或流行歌曲的拙劣模仿"(Gardner,1974:38),这些模仿不仅吸引了成人读者阅读,也暗暗讽刺了当时流行的道德说教式儿童文学。彼得·潘这个拒绝长大的男孩成为了儿童文学中的经典形象之一,但在快乐、天真的儿童叙述声音之后经常会有一个成人叙述者跳出来表达自己的观点:"但是没有人看见,只有一个男孩隔着窗户朝里望。他体验过别的孩子不可能知道的数不清的喜悦,然而此刻他隔着窗户看到的快乐,他却注定永远被挡在外面"(巴里,2018:174)。

童年冒险带来的快乐表象之下,表现出的是作者对童年易逝的无可奈何以及对亲情的渴望。《查理与巧克力工厂》中成人叙述声音时常伴随着奥帕-伦帕人的歌声出现,告诉读者除查理以外其他参观者的问题所在,并暗示他们应当受到惩罚。成人叙述者或成人作者将主人公塑造为他们理想中的形象,借助儿童叙述声音直接将这些形象推到儿童读者面前。正如彼得·亨特所认为的,成人作者塑造的是"人们可以接受的童年的一种样子,是占据统治地位的成人文化所允许的一种'温和的反叛'"(亨特,2017:242)。

然而,儿童文学的创作与研究并非止步于此,许多儿童文学作家和批评家仍在努力探索缩短成人作者与儿童读者之间距离的方法。芭芭拉·沃尔认为儿童文学作者在创作时面对的应是双向读者(dual address),也就是说,作家应在创作时放弃预设隐含读者,而是面向儿童和成人创作。当代儿童文学作家都积极实践这一创作理念,目的是希望成人叙述声音呈现完全隐蔽的状态,使读者很难从文本中发掘出说教意味明显的成人叙述声音。J. K. 罗琳的"哈利·波特"系列同样"在宏大的外聚焦叙事框架之下嵌套着许多微观的内聚焦叙事,通过表层文本与潜藏文本的互动,形成一边建构一边解构的双重叙事运动"(姜淑芹,2020:32)。汉弗莱·卡彭特和玛丽·普里查德(Mari Prichard)的《牛津儿童文学指南》(*The Oxford Companion to Children's Literature*, 1984)将 T. H. 怀特的"永恒之王"四部曲(Once and Future King, 1938—1958)中的《石中剑》列为儿童文学经典,因为怀特是借助成人语言与儿童语言之间的差异制造笑话,从而重塑了亚瑟王故事。菲利普·普尔曼是这一文学理念的最佳实践者,他希望自己的作品能够同时吸引儿童读者和成人读者:"实际上,我并不为观众着想。我根本不考虑我的读者……如果你问我想要什么样的观众,我会说是混合型的。儿童读者会让你的注意力集中在故事上,因为你想把故事讲清楚,从而没有人想要停止阅读。成人读者则提醒你不要自以为高人一等或低估孩子的才智"(Pullman, 2022)。普尔曼想要在儿童与成人两种叙述声音之间,甚至是成人作者与儿童读者之间形成平等的对话关系,于是采用不同于传统儿童文学的更为隐蔽的叙述方式,来表现成人作者的创作意图。普尔曼不再将成人叙述声音隐藏在想象的儿童叙述声音之后,阻止成人叙述者时常跳出来对事件进行评述,而是以第三人称有限视角聚焦主人公行为,进行客观的详尽描述,呈现其所见所闻。但这并不意味着成人叙述声音的彻底消失,普尔曼将作者意图直接隐藏于成人人物形象身上,通过与儿童主人公的对话来引导儿童主人公的成长,最终实现其自由选择。

5.2.2 隐藏于儿童自由选择之后的隐性进程

20世纪下半叶以来,儿童文学中的成人叙述声音更为隐蔽,成人作者的道德教诲不再显性呈现。叙述者紧紧追随主人公,客观展现其行为、对话和思想,成人叙述声音隐藏于长者智慧、新闻报道等成人话语之后。厄休拉·勒古恩(Ursula Le Guin)"地海传奇"系列(Earthsea Cycle, 1968—2001)的第一部《地海巫师》(A Wizard of Earthsea, 1968)聚焦于主人公格得战胜黑影的冒险经历,肯定了青少年主人公的能动性,但其背后仍潜藏着成人叙述者干预其行为的叙事暗流:格得经由启蒙老师的引导选择战胜黑影,承担责任以弥补自己的过失。

2010年"国际安徒生奖"获得者大卫·阿尔蒙德(David Almond)的奇幻现实主义创作通常以青少年主人公的第一人称内聚焦视角展开描述,成人叙述声音似乎完全隐退,青少年主人公做出的选择更多是基于其客观观察。但事实上,成人叙述声音依然存在,它隐蔽于新闻报道等大众传媒声音之后,与青少年主人公的思想意识碰撞,引导其反思政府主导的意识形态。《吃火的人》(The Fire Eaters, 2003)以小主人公罗伯特的观察视角展开,描述了他认识能够吃火的麦克纳尔蒂的过程,展现了他在这一过程中的好奇心。在好奇之后隐藏着成人叙述声音对战争的控

第 5 章　外国儿童文学叙事研究

诉，引导主人公形成对战争的批判意识："我们把电视机打开准备看看新闻。结果电视里播放的新闻却让我们不禁打了一个寒战。苏联的船只并没有打道回府，而美军准备击沉它们。所有美国的核部队均已进入警戒状态。想必苏联也已经做好了准备"（阿尔蒙德，2017：177）。作者有意选取这段新闻报道让罗伯特观看，激起他对战争的厌恶与恐惧，从而同情麦克纳尔蒂的战争创伤。

菲利普·普尔曼隐蔽成人叙述声音的方法更富技巧性，他把整个故事聚焦于主人公莱拉的行为和思想上，吉卜赛国王、女巫和马隆博士等成人则被赋予了成人叙述声音，这些人物在推动故事情节发展的同时，引导莱拉做出符合伦理规范的选择。在"黑暗物质"三部曲中，莱拉自由选择的显性叙事之后暗藏着一股命定成长的叙事暗流。普尔曼以第三人称有限叙事视角聚焦莱拉的行为与思想，使读者跟随莱拉一同成长、共同选择。作者的声音与成人人物的声音合二为一，并与莱拉形成对话。但成人思想和意识形态的干预颠覆了儿童的自由意志，形成了不同于故事情节的命定论成长历程。"隐性叙事进程和情节发展暗明相映，并列前行。两者互为对照、互为排斥或互为补充，在矛盾张力、交互作用中表达出丰富深刻的主题意义。"（申丹，2021：38）

虽然普尔曼将故事设置在多个平行空间之中，但三部曲的情节结构清晰、明确，内容讲述了少女莱拉"从天真到经验"的成长经历：莱拉穿越平行空间之后，认识到尘埃的本质，最终阻止了给予万物意识的尘埃的泄露，从而拯救了人类世界。普尔曼也称自己的"黑暗物质"三部曲是一个成长故事，比如他将人的自主选择视为成长过程中的必要因素："我们来到这里可能是由于一连串的意外，但从现在起，我们必须掌握自己的命运"（Pullman，2022）。因此，许多研究者认为肯定人的自由意志是"黑暗物质"三部曲中的一个重要主题：汤米·霍斯多夫（Tommy Halsdorf）和凯瑟琳·巴特勒（Catherine Butler）认为对人类自由意志的肯定贯穿于普尔曼的整个创作生涯："普尔曼故事的核心是相信儿童主人公的自我决定力量，儿童能够为自己找到出路，直面自身选择和行为后果"（Halsdorf & Butler，2014：5）；杰罗德·塞德迈尔（Gerold Sedlmayr）则指出自由意志是普尔曼创作"黑暗物质"三部曲中的关键议题。由此可见，研究者们的研究仅关注到故事的情节发展，忽视了显性表意轨道之后的隐性叙事进程。

《黄金罗盘》中出现了关于女主人公莱拉的第一个预言:"莱拉会参与到整个过程中,而且是主要角色。具有讽刺意味的是,她必须在完全不知情的情况下去做这一切"(普尔曼,2019:27)。这一部的故事情节紧紧围绕莱拉解救好友罗杰而展开,讲述她带领好友逃离母亲的"邪恶"计划,并寻求父亲的庇护。从整个故事的情节发展来看,在莱拉发现母亲库尔特夫人才是诱拐儿童和切割他们精灵的幕后黑手之后,她自然要摆脱母亲的恶毒控制。在这一过程中,莱拉似乎是自愿选择相信父亲的。但是,如果我们将目光投向隐藏于显性叙事之后的隐性叙事进程,就会发现莱拉的选择并非出于自愿,而是由成人引导其走向作者设定的命运的。

莱拉对阿斯里尔勋爵英雄形象的认同完全源于他人对其形象的话语建构。在得知阿斯里尔勋爵是自己的父亲时,莱拉对自己被抛弃的事实心存不满。但救过莱拉的吉卜赛人国王约翰·法阿将这一事实的所有责任都归咎在库尔特夫人身上:"至于你母亲,她不想跟这件事有任何联系,也不想跟你有任何关系,她对这些完全不管不顾"(普尔曼,2019:101)。在法阿国王看来,阿斯里尔勋爵不应对抛弃莱拉的行为负任何责任。之后,法阿国王又在吉卜赛人的集会上历数阿斯里尔勋爵对吉卜赛人的帮助,运用"说情""允许""挫败"和"全力抗击"等一连串动词来彰显其英勇行为。这样的辩护在一定程度上消除了莱拉对阿斯里尔勋爵的不满与质疑,但她的疑虑并未消失。当莱拉发现乔丹学院院长向阿斯里尔勋爵投毒,并因此犹豫是否应将真理仪送给阿斯里尔勋爵时,法阿国王再一次纠正了莱拉的想法:"也许他(乔丹学院院长)想让莱拉把它还给阿斯里尔勋爵,作为给他下毒的一种补偿"(普尔曼,2019:105)。但事实并非如此,乔丹学院院长正是为了阻止阿斯里尔勋爵的研究波及莱拉,才会选择投毒,而且并未觉得应该做出补偿。在小说中,乔丹学院院长对阿斯里尔勋爵的评价被打断了三次:

"我不想让她去北方跑这一趟,最重要的是,我希望能有机会向她解释……"(普尔曼,2019:27)

第 5 章　外国儿童文学叙事研究

> "这是真理仪。世界上一共制造了六个,这是其中之一。莱拉,我再次要求你,要保密,最好不要让库尔特夫人知道。你的叔叔——"(普尔曼,2019:61)
>
> "几年前,你叔叔把它赠送给了乔丹学院,他也许——"(普尔曼,2019:61)

第一次被打断是乔丹学院院长在向图书馆长解释自己向阿斯里尔勋爵投毒的原因:出于保护莱拉的目的,阻止莱拉走向遭受背叛的命运。后两次被打断的场景是乔丹学院院长在向莱拉解释真理仪,他未说完的话并不一定是对阿斯里尔勋爵的肯定,可能是在叮嘱莱拉要小心阿斯里尔勋爵。既然阿斯里尔勋爵将真理仪送给乔丹学院,而非莱拉,可见其对真理仪并不重视,因此没有必要将真理仪交给他。但是,法阿国王对阿斯里尔勋爵的认识影响了莱拉的判断,他将院长的行为解释为一种两难的伦理选择:

> "当他给阿斯里尔勋爵下毒的时候,他一定认为阿斯里尔勋爵的所作所为将使他们陷入危险,也许还包括我们,或者是整个世界。我觉得院长面临着艰难的选择,不管他做出什么选择都会造成伤害。但是,如果他做出了正确的选择,那么结果可能比错误选择带来的伤害要轻一些。"(普尔曼,2019:105)

法阿国王做出这一论断的前提是阿斯里尔勋爵的行为是正义的、高尚的,但是这样的行为触犯了"他们"的利益。也就是说,伟大愿景的实现必然会损害某些个体或团体的利益分配。法阿国王用"也许"和"或者"两个表示不确定概念的词,将"我们"和"整个世界"都包含进阿斯里尔勋爵所要对抗的一方,暗示了反抗过程的艰难。他将院长的犹疑转化为自私的伦理选择,认为院长为了维护小团体和个体的利益而迫害阿斯里尔勋爵这样的革命者。法阿国王再一次利用话语将阿斯里尔勋爵建构为英雄,彻底颠覆了莱拉对父亲的印象。在这之后,莱拉开始"讲述她那厉害爸爸的传奇故事,以及他现在被毫无道理地关了起来"(普尔曼,2019:107)。莱拉甚至将阿斯里尔勋爵的受害者形象无限放大,塑造成符合自己想象的英雄形象。法阿国王利用自己的话语权威将莱拉引向了注定的命运：莱拉遭受了阿斯里尔勋爵的背叛，因为他为了获得通往另一世界的强大能量而杀死了她的好友罗杰。

在第三部《琥珀望远镜》（*The Amber Spyglass*, 2000）中，莱拉身上的第二个预言得以揭示：莱拉是新夏娃，她要带领人类建立此在的天堂共和国。在整部系列故事的结尾，莱拉最后选择回到自己的世界，放弃和威尔相守，研究者们将莱拉的这一选择视为自由意志体现的代表。普尔曼虽然沿用了约翰·弥尔顿（John Milton）《失乐园》（*Paradise Lost*, 1667）的故事架构，但人类的"堕落"不再是原罪的开始，而是人类成长的必然过程。因此，普尔曼将人类的堕落叙事改写为人类的成长叙事，"从天真到经验"意味着"人类获得了自我选择的权利"（Arasu，2018：44）。从故事的显性进程来看，莱拉的选择的确是出于自己的意志：当得知只能留下一条通往其他世界的出口时，莱拉选择将这条出口留给死人世界，让幽灵得以再次成为世界的一部分。成人引导者虽然并未直接干预莱拉的选择，但是将莱拉留在其他世界的危害一一展示出来，这无形中再一次限制了莱拉的选择，确保她不偏离命定轨迹。

当莱拉想要选择前往威尔的世界时，女巫塞拉芬娜·佩卡拉引导莱拉和威尔的精灵："必须告诉他们你们所知道的一切"（普尔曼，2020：377），也就是要莱拉和威尔回到他们自己的世界。精灵是人类真实自我的化身，女巫在向他们提出要求与命令时，仍借用自由选择的表层话语来掩盖她们的真实意图："我知道你们会做出最佳的选择，但那是你们自己的选择，不是别人的"（普尔曼，2020：378）。这意味着，威尔和莱拉需要为了人类的崇高利益放弃个人利益。同样，天使告诫他们，每开一个口子就会产生一个妖怪，它们会吞食人类的思想，还会造成尘埃的泄露。威尔的父亲也警告他们一定要回到自己的世界，只有这样才能建立天堂共和国。这些成人向导并未直接干预莱拉的选择，而是将其选择存在的可能后果展示出来，因此造成最终选择权仍在莱拉手中的假象，而莱拉回归此在世界建立天堂共和国的选择正是成人作者理念的体现。

5.2.3 隐性进程与情节发展的明暗相映

儿童文学作家尽管认同人类自由意志的重要性，但仍强调成人规范在儿童成长过程中的引导作用。在隐性进程与情节发展的共同作用下，儿童主人公们辩证地接收成人引导，实现自身成长。在洛伊丝·劳里（Lois Lowry）的《记忆传授人》(*The Giver*, 1993) 中，主人公乔纳思成为新一代的记忆传授人，他在学习过程中了解到历史真相，选择反抗封闭的社区。乔纳思的自主选择受到上一代记忆传授人的引导，他是逐渐形成反抗意识的，从懵懂少年成为对固有规范的质疑者。马克·哈登（Mark Haddon）的《深夜小狗神秘事件》(*The Curious Incident of the Dog in the Night-time*, 2003) 讲述了自闭少年阿弗侦破小狗威灵顿死亡之谜的故事，他最终发现父亲才是真正的杀狗凶手。从故事情节发展来看，阿弗经历了离开父亲到原谅父亲的选择。但在阿弗选择的背后是成人引导的伦理选择，老师和父母都在帮助阿弗走出自闭的世界，与现实世界达成和解。

在"黑暗物质"三部曲中，双重叙事进程之间的互动关系更为复杂，它们在矛盾冲突中互相补充，共同构建了辩证否定的自由意志观念。成人在引导女主人公莱拉走向既定命运的同时，也在帮助她学会否定既有规范的不合理，承担起责任。作者菲利普·普尔曼向儿童和成人读者指出植根于欧洲文化传统中的绝对自由的危害，表明人们所追求的绝对自由并不存在。

一些研究者认识到普尔曼创作中的隐性叙事进程，因此并不赞同之前研究者们对普尔曼创作颠覆意义的肯定，而是认为故事描述的莱拉成长过程恰是对"儿童纯真论"的呼应，否定了儿童的主体意识。莱拉最终回归自己的世界，这意味着她失去选择的自由，只能遵循成人的伦理规范，放弃与威尔相守的机会。整部小说体现的仍然是成人作者的道德思想，以满足成人读者的需求（Moruzi, 2005）。研究者们之所以否定普尔曼的创作，是因为他们关注到命定论成长叙事暗流的存在，但因此将普尔曼的自由意志理解为一种非此即彼的选择，这样一来就会得出普尔曼完全否定人类自由意志的结论。这一结论与普尔曼对主人公所作所为的关注相对立。事实上，在普尔曼的小说中，隐性叙事进程并未解构显性进程，命定成长与人的自由选择互为补充，共同构建了儿童的成长脉络，重新定义人的自由意志。因此，在普尔曼看来，"自由并不是在两个既有条件之间进行选择，而是对既有条件的否定：既是对自身既有条件的否定（作为动物或作为传统的化身），也是对非既有条件的否定（自然和社会）"（Kojève，1980：222）。自由意志是一种辩证的否定，在否定既有事物的同时，也在不断地丰富和完善它，这实际上是在进行创造。故事中的隐性叙事进程，在某种程度上既否定了人的自由意志，也对其进行了重新定义。人的自由是有限度的，儿童在成长过程中必然要学会承担起责任和使命，正如普尔曼建立天堂共和国的期盼一样，儿童应获得帮助他人、理解他人的道德力量。

在故事中，莱拉的选择尽管受到成人的干预和影响，但她始终在发挥自身的能动性，使自己的选择基于自身认识之上。女巫、天使和加利弗斯平人都不断向莱拉强调阿斯里尔勋爵行为的正确性和合理性，指出实现民主共和是他建立天堂共和国的伟大愿景。但莱拉此时已经认识到阿斯里尔勋爵的冷漠、自私，是一个为实现个人目的而不择手段的人：为获得前往其他世界的能量，阿斯里尔勋爵牺牲了无辜的罗杰；利用罗杰的能量炸开的两个世界的缺口造成了严重的生态危机，如北极冰川融化、尘埃泄漏等。当尘埃泄漏殆尽时，不仅依赖种荚树生活的穆尔法会随之灭亡，人类赖以生存的宇宙也将不复存在。而阿斯里尔勋爵对自己带来的这些后果视而不见，而是忙于征服天堂。莱拉意识到以自我为中心的阿斯里尔勋爵并不会建立真正的民主天堂共和国，而只会建成一个暴政政权。因此，莱拉拒绝认可阿斯里尔勋爵个人利益至上的自由观念。在这一选择过程中，莱拉既没有被亲情所遮蔽，也没有盲目顺从成人引导者们的论断，而是做出了自己的价值判断。

之后，莱拉选择接受马隆博士基于爱的自由意志。在小说中，马隆博士是最后的成人引导者，助力莱拉走向成熟。马隆博士向莱拉讲述了自己从修女到物理学家的转变过程，这一职业变化带来了信仰的转变，使她不再相信上帝权威的存在。虽然马隆博士对上帝的质疑与威尔和莱拉所了解的上帝创世谎言吻合，但他们并未立即接受她的思想，而是对她抛弃上帝而获得幸福的言论心存疑虑，因此询问马隆博士："有没有停止相信善与恶？"（普尔曼，2020：352）当莱拉与威尔陷入爱河，尘埃停止泄漏时，莱拉相信人的本性之爱的拯救力量。但当莱拉选择将仅有的窗口留给死人世界的鬼魂时，她将从马隆博士那里学到的人性之爱升华为以利他精神为主导的博爱。至此莱拉完成了真正的成长，承担起了对世界的责任。

儿童文学承担着引导儿童走向社会化的责任。成人作家往往以隐蔽的方式主导着儿童文学的叙事进程，如文本中的角色塑造、主题呈现、叙事结构等。成人作者将其叙述声音隐于显性的儿童叙述声音背后，引导儿童主人公和儿童读者接受成人为其预设的身份，从而实现成人作者操控儿童读者的目的。在20世纪末期以来的儿童文学中，成人叙述声音更为隐蔽，也更加复杂。儿童读者在追随主人公成长轨迹的同时，可能会质疑或挑战主流价值体系。这一倾向有助于促成成人叙述者与儿童叙述者之间对话机制的形成，构成儿童文学独有的叙事特征。扣人心弦的故事情节背后暗藏着关涉儿童成长、善恶选择、重塑自我等问题的宏大叙事暗流。被赋予深度叙事特征的儿童文学在吸引儿童阅读的同时引发了成年人的阅读兴趣，形成吸引成人读者阅读儿童文学的跨界现象。

5.3 "哈利·波特"系列的文学伦理叙事

英国儿童文学自诞生之日起便格外注重对儿童读者的教育功用，特别是对儿童道德方面的积极引导和劝勉，"有着比其他国家的儿童文学更加悠久的教诲传统和更加厚重的伦理价值"，且"表现出更加强烈的社会责任担当意识，大多数英国儿童文学作家极力通过自己的创作肩负起教化儿童的社会使命"（王晓兰，2016：3）。进入到20世纪后，这一教育传统仍然在绝大多数的儿童文学作品中得到了延续和保留，成为其重要的文化底色，特别是对儿童本位原则及伦理教诲功用的坚守，无不带有鲜明的"英伦风格"。正是基于对英国童话传统和《爱丽丝梦游奇境记》、"纳尼亚传奇"系列、"魔戒"系列、"黑暗物质"系列等英国经典奇幻儿童小说的承袭、整合与拓展，风靡全球的"哈利·波特"系列作为一部体量厚重、影响广泛、采用多种叙事方法并涉及复杂伦理问题的儿童文学作品，更在某种程度上可以作为一个典型的代表，集中展示了英国儿童文学作品独具特色的叙事方式和思想意蕴。因此，以"哈利·波特"系列的个案分析为中心,透过其视角选择、空间建构、叙事结构三个角度,探讨其独特的艺术表现手法和多元的主旨精神传达,无疑可以在一定程度上揭示出英国儿童文学创作的国族意识表达和伦理道德价值旨归的艺术特质。

5.3.1 旁观视角下的伦理聚焦

在儿童文学作品的批评中,叙事视角作为一个重要切入口,不仅可以有效揭示文本的独特叙事策略,更承载着文本伦理价值具体呈现的重任。透过"哈利·波特"系列作品的叙事视点选择及其移动轨迹,观照其叙事进程中的伦理聚焦,对于厘清其伦理主题的表达具有重要的指向意义。作者J. K. 罗琳在"哈利·波特"系列作品中选用了儿童文学普遍采用的第三人称有限全知视角进行叙事,并在此基础上融合了对主人公哈利的内聚焦视角。具体而言,文本故事情节的发展以及对以霍格沃茨魔法学校为代表的魔法世界的建构,主要是透过哈利在魔法世界中的成长经历和情感体验推进和展开的,即透过主人公的感觉和意识进行内视角聚焦进行叙事,"好像一个家养小精灵拿着微型摄像机坐在哈利的肩头"(格兰杰,2012:20)。这种综合了第三人称和内聚焦的独特叙事视角,不仅可以发挥第一人称较强代入感的优势,"告诉我们哈利想到和感受到的一切",使人物形象尤为真实、自然、生动、亲切,更在第三人称叙述的帮助下,使读者超越了哈利个人视野的范围限制,可以"比哈利自己讲述时看到的情况更全面些"(格兰杰,2012:20)。在此基础上,通过第三人称有限全知叙事视角和内聚焦叙事视角的综合运用,作者不仅生动还原了主人公的成长与冒险经历,让读者能够直观而真切地进入文学现场,观摩人物的行为活动,获取人物在不同状态下的情感体验,进而有意识地思考其背后的伦理选择,从而引发儿童读者对伦理教诲的接受。

"哈利·波特"系列作品选择了有限全知的第三人称视角,即全文虽然都是追随主人公哈利的步伐进行冒险经历的,但仍然保留着第三人称的叙述视角,而非以第一人称的哈利口吻展开。这一叙事视角的

第5章 外国儿童文学叙事研究

选择，让读者不被局限于主人公哈利个人的行动轨迹和心路历程，而是可以拥有更为开阔的视野范围和接受范围，能够站在一个近乎"旁观者"的角度，从而"通过不带偏见的观察达到对主人公的同情与认同"（格兰杰，2012：21）。主人公哈利英雄身份的自我确认过程，同样说明了个体的成长不仅是一个能力或技能层面的提升过程，更是一个道德的确认和选择过程。读者在追随主人公完成各种惊险刺激的冒险经历而获得各方面成长的同时，又拥有一定相对独立和客观的审美空间来对主人公的行为进行思考，并随着主人公收获诸多情感与道德方面的成长，实现从旁观者的视角对文本中呈现出的具体问题进行有效的伦理聚焦。

这种以旁观者的身份进行伦理教诲的聚焦和接受，充分展现在主人公哈利在冒险经历中接受周围人，特别是师长的引领与指导过程中，其中最具代表性也最为重要的一位便是霍格沃茨魔法学校的校长邓布利多。从哈利的婴儿时期起，邓布利多就格外关注着哈利的成长，并尽其所能予以他无限的保护和帮助。在"哈利·波特"系列作品中，作者采用的都是具有相似结构的情节设置，即在哈利结束冒险经历之后，邓布利多会出现在哈利身边，为他耐心诠释事件的前后因果以及他得以获胜的成功秘诀，并对哈利在伦理层面展现出的高尚品质和精神力量予以肯定和赞赏。除此之外，作者精心安排的每个学期结束后举办的年终晚宴活动，更是由邓布利多主导、面向更广泛群体进行的伦理教诲活动，其道德方面的教育受众不仅是魔法学校的全体同学，更包括文本的目标读者，目的是对整部作品进行一个整体性的回顾与总结。为了让自己有意设置的对以道德教育传统为核心的民族意志以及伦理主题的教诲，能够被认知能力有限的儿童读者有效接受，作者在具体的叙事过程中，借助邓布利多精炼而深邃的总结进行精准表述，从而将相应的教诲内容进行直观表述。此时，文本的目标读者与书中的人物一样成为伦理接受的客体，共同接受作者借邓布利多之口直接表达的伦理教诲。相比于直白的伦理说教，读者通过旁观哈利受教的完整过程，无疑更能够在无形之中完成对伦理教诲的接受。

"哈利·波特"系列作品的第三人称有限全知视角，还体现在部分章节透过主人公哈利之外的人物视角展开叙事。这种视角的调整和转换不仅使整部作品的叙事声音更加多元、立体，而且作为读者的旁观者立场和全知性视野得以凸显。这一叙事视角转换的叙事策略主要出现在第一部、第四部和第六部的开头部分，即在引入主线故事、回顾以往核心情节或交代事件发生背景的时候。例如，在第一部《哈利·波特与魔法石》（*Harry Potter and the Philosopher's Stone*, 1997）的第一章中，作者先借弗农姨父之视角与口吻，表现这个平常的星期二的种种古怪之处。在他入睡之后，读者则被拉到女贞路上，透过邓布利多、麦格和海格三人的对话，对之前出现的一些超乎寻常的古怪之处予以简单解释，并由此引出全书的主角——大难不死的男孩哈利·波特。尽管此时的哈利只是一个毫不知情的婴儿，但透过作者择取的两个移动的视点，使读者得以站在一个"全知"的位置，为后文中哈利身上所发生的一系列传奇经历做好铺垫。随着读者对魔法世界的不断了解，全知视角的择取不仅用于交代具体的背景，更将麻瓜世界和魔法世界两个空间维度、过去的一年和即将开始的新学期两个事件维度进行连接，使整个系列作品的叙述声音更加丰富而立体，也让读者对具体故事情节的前因后果有了较为整体性的综合认知。例如，在第四部《哈利·波特与火焰杯》（*Harry Potter and the Goblet of Fire*, 2000）的第一章中，出现了一个全新人物弗兰克，以他的视角对伏地魔的生活状况进行直接叙述，并将这一情节中的某些关键要素进行抽象化处理后置于哈利的梦境中。作者借助视点的游移和转换，不仅将《哈利·波特与火焰杯》与此前小矮星彼得逃脱的情节进行联结，从而表现出黑暗势力再次崛起的具体态势，更与全书情节的主要发展脉络，即哈利的冒险经历进行有机关联，使读者对故事情节的发展阶段和前因后果有了更加整体的认知和感受。值得注意的是，此时处于视角核心的弗兰克并不具备任何与魔法世界相关的认知，因此他是难以理解伏地魔与彼得之间对话的，而此时的读者通过前三部作品已经对文本的"魔法叙事"十分熟悉。因此，这一麻瓜视角的择取，极大地提升了读者的"全知体验"。也就是说，在很大程度上，作者借助叙事视点的切换丰富了读者的阅读体验。同样，在第六部《哈利·波特与混血王子》（*Harry Potter and Half-blood Prince*, 2005）的前两章中，作者通过对正邪两个阵营各自行动的客观呈现，再次予以读者一个全知的视角。这样的叙事策略不仅帮助读者进入到大战在即的紧张气氛，更将其置于

第5章　外国儿童文学叙事研究

一个全知的旁观者立场，以此来把握故事和事件的整体走向，进而在潜移默化中完成对主题思想的表现与传达。

在具体的情节设置中，以旁观者视角展开伦理教诲的叙事策略同样得到了巧妙的运用。邓布利多作为全书中最为重要的精神导师和指路明灯，在对哈利进行善恶观教诲的过程中采用了十分特别的教学方法。在《哈利·波特与混血王子》中，邓布利多开始对哈利进行单独的课外辅导，但传授的并非某种独特的魔法技能，而是借助神奇的冥想盆，将哈利带入不同人的记忆之中，通过回顾伏地魔的个人成长经历来探究伏地魔"黑化"的偶然性与必然性缘由。作者借助大胆的想象，巧妙地设计了冥想盆这一能够"储藏、展现思想和记忆"（罗琳，2005：154）的魔法器物，能够让人以旁观者而非亲历者的心态和身份回到特殊的历史现场，从而更容易排除情感的干扰，"更容易看出事情的形态和彼此之间的联系"（罗琳，2001：356）。相比于一般文学作品中回忆片段的穿插叙述，借助冥想盆来展现过去的某一段特殊经历，不仅有效保证了历史的现场感，更侧重于发掘具体事件发生背后隐含的因果逻辑与具体关联。于是，当主人公哈利在邓布利多的引导下完成对伏地魔行为轨迹的认知和理解时，他逐渐接受了邓布利多向自己传递的有关善恶选择问题的价值取向。此时与哈利站在相同"旁观者"位置的读者，在获得伏地魔成长经历这条潜在的叙事线索的同时，也与主人公共同接受了有关善恶选择这一伦理问题的教诲。由此可见，这一旁观者视角的选择，使潜移默化的道德言说更为表达明晰、贴近生活、易于接受，从而切实发挥儿童文学作品对读者的伦理教诲功用。

除此之外，"哈利·波特"系列作品选用作为理性化身的第三人称外聚焦的旁观者叙事，对通过人物内聚焦叙事表现出来的非理性因素进行积极引导和理论教诲，从而彰显人物内心"斯芬克斯因子"的斗争过程。在文学伦理学批评理论的视域中，"斯芬克斯因子"作为人性和伦理的联结点，是破译作品中人物形象伦理关系和道德意蕴的重要依据。"'斯芬克斯因子'的不同组合和变化，会导致文学作品中人物的不同行为特征和性格表现，形成不同的伦理冲突，表现出不同的道德教诲价值。"（聂珍钊、王松林，2020：11）因此，通过解读"斯芬克斯因子"在"哈利·波特"系列中对不同人物形象塑造的具体呈现，特别是人物在成长过程中对自身伦理身份的确认，无疑可以成为一条切入文本善恶观念的路径，从而直观揭示作品中的伦理意识。因此，哈利作为全书的主人公，不仅串联起整个系列作品的情节发展，更象征着个体对自身英雄身份和伦理身份的觉醒与确认的关键角色。他在成长中面临的诸多抉择，无不指向"斯芬克斯因子"中"人性"与"兽性"的相互对抗。其中，"人性因子"以分辨善恶的伦理态势呈现，它所不断抵抗的"兽性因子"，则象征着偏激、傲慢、无知、蒙昧等非理性因素。在此过程中，非理性因素代表的哈利内心真实而丰富的情感体验往往是通过内聚焦的叙事视角显现出来的，此时作为旁观视角的第三人称有限全知叙事，则在推动故事情节发展的基础上，通过冷静、客观的陈述，彰显理性因素对非理性因素的抑制和引导。其中，最具代表性的便是哈利与体内伏地魔灵魂碎片之间的抗争过程。受伏地魔灵魂碎片的影响，哈利在二年级时，即第二部《哈利·波特与密室》（*Harry Potter and the Chamber of Secrets*, 1998）阶段就已经显露出一些"恶"的端倪——掌握蛇佬腔这一黑巫师的技能。随着正邪双方之间对峙状态的日趋显露，第五部《哈利·波特与凤凰社》（*Harry Potter and the Order of the Phoenix*, 2003）中哈利内心的自我抗争也愈发明显。在体内"恶"的控制下，哈利梦到自己以蛇的视角攻击他人，甚至在与邓布利多对视的时候，"心中升起一股强烈的憎恨，毫无来由，但强烈得可怕，他那一刻只想攻击——想咬——想把他的尖牙插进前面这个人的身体"（罗琳，2003：319）。这引起了哈利极大的惶恐，并产生了一系列可怕的念头。在这一过程中，叙事视角不断变为第一人称对自我的审视和猜测，无不流露出哈利内心的纠结与矛盾。最终，哈利并没有通过对内的自我审视，而是借助作为旁观者的金妮、赫敏和罗恩从不同方面给出的确定性论证，最终确认自己并非是攻击者的蛇方才如释重负，"心里涨满了快乐和解脱的感觉"（罗琳，2003：335）。由此不难看出，借助内聚焦叙事视角体现出来的非理性因素在第三人称的旁观视角的引导下，逐渐趋近于理性的转换，彰显出自身"人性因子"的伦理胜利，并最终实现人物的伦理选择。换言之，理性因素与非理性因素之间的相互抗争，为读者提供了一个从整体上考量主人公行为、性格、品行的观察角度和参考尺度，使作者试图通过文本进行的伦理引导和道德教育直达儿童内心，展现出一个在"斯芬克斯因子"双面纠缠过程中逐渐成长起来的主人公形象哈利。

5.3.2 空间建构中的现实隐喻

通常情况下,为了使文本的表现手法和思想内涵避免流于肤浅直白,作者往往会在文本中设置一定的留白,从而造成一定的阐释空缺,以此来增加读者的阅读难度,达到延长审美过程的叙事效果。受制于儿童的心理状态与审美能力,儿童文学作家创作过程中的阐释空缺设置需要格外慎重,以谋求文本的意蕴深度和接受效果之间的巧妙平衡。基于这样的创作要求,一些儿童文学创作者在文本之中,往往会针对成人与儿童这两个不同阅读群体特意巧妙地安排双重读者,这一方面保证了文本的通俗易懂和寓教于乐,另一方面则将作者对伦理问题和伦理危机的深邃思考,隐于文本浅层的情节发展之下,从而形成了对伦理阐释的隐喻叙事。这一叙事策略在以"哈利·波特"系列为代表的英国儿童文学作品中得以广泛运用,并在很大程度上突破了文体的限制,使其虽为儿童文学却包含一定的思想深度和伦理指涉,颇具后现代主义意味。特别是在文本的空间建构中,隐喻策略的广泛运用对文本伦理主题的表达起到了一定的拓展作用。

根据托尔金在《论童话故事》中提出的奇幻理论,童话需要建立在一个完整、陌生而可信的"第二世界"之上。"哈利·波特"系列同20世纪以来颇具代表性的《霍比特人》、"纳尼亚传奇"系列、"黑暗物质"系列等奇幻小说一样,都是通过设置一个与现实世界平行的"第二世界"来展开奇幻探险路程的。主人公哈利作为一个寄居在姨母家、生长在麻瓜世界的"普通小孩",在他 11 岁生日当天突然收到了一封来自魔法学校的录取通知书,从此进入了这个神奇的魔法世界。通过哈利进入魔法世界之后的探索和体验,作者对这一"第二世界"的大胆建构得以直观展示。因此,透过刚刚接触魔法世界的主人公的视角对魔法世界进行呈现,无疑更符合儿童读者自身对于新鲜事物的接受能力和感知路径,使这一宏大的魔法世界能够被他们全然接纳和理解。

在此过程中，作者借助这一独特想象空间的建构，巧妙地对现实生活中的伦理秩序和伦理问题进行映射，促使读者直面借助虚构的"第二世界"折射出来的现实问题，从而表达对自身所处"第一世界"的客观思考。"'哈利·波特'系列通过将'第一世界'与'第二世界'在时间与空间上并置来突出魔法是恶的可信性，因而能够以戏仿的叙事策略来反映'第一世界'，从而达到虚幻又真实的阅读效果"（姜淑芹，2010：148），并"通过对魔法世界中方方面面的细致描写和精准定义，增强了魔幻乌托邦的真实可感性；试图通过回归童话的本质，展开对现实的批判，引导读者在正义与邪恶的斗争中和英雄的成长过程中感受人物心理，并直面自身的阴暗面，体验内心的完善和成长过程"（唐澜，2014：120）。正是在这个充满着美好想象的"乌托邦世界"中，"哈利·波特"系列作品借助叙事的力量，实现了伦理主题的深刻表达和直接教诲。

在英国儿童文学作品中，家庭作为儿童生活的重要空间，同样隐含着成人与儿童之间微妙的权力关系对峙。在哈利生活的"原生家庭"，即弗农姨父和佩妮姨母的家中，同样处处充斥着成人对儿童的控制。作为一家之主，除外出工作之外，弗农姨父经常一边坐在餐桌前看报纸或读信，一边向其他家庭成员讲述和评论新近发生的新闻或事件。他对哈利的言行举止拥有绝对的话语权，不允许哈利提问或谈论任何稀奇古怪的事情。更有甚者，这对夫妇一直努力让哈利被忽视、被遗忘、被边缘化，不仅试图抹掉哈利存在的痕迹，否认哈利与魔法世界有任何的关联，甚至当哈利在场时会竭力无视他的存在，"经常这样当面谈论哈利，仿佛哈利根本不在场，甚至认为他是一个非常讨厌的听不懂他们讲话的东西"（罗琳，2000：14）。在家庭空间的分配上，作为家长的德思礼夫妇更是拥有绝对的控制权，尽管家中有四间卧室，但是哈利一直住在楼梯下的碗橱中，最后还是因为担心被人注意到他们的虐待行径，才勉强决定让他搬到作为储物室的房间里居住。不仅如此，哈利在家中的生存空间不仅格外狭小，而且往往被视作是用于惩罚的"牢房"。哈利在家中不仅要承担一定的家务，还需要遵守各种各样的行为规则，稍有不慎就会受到严厉的惩罚。每当哈利"犯错"或者德思礼一家外出的时候，哈利就会被锁在碗橱或房间之中。不难看出，哈利在他

第5章　外国儿童文学叙事研究

的"原生家庭"中不但生存状况堪忧，而且"得到的只是忽视和经常性的虐待"（罗琳，2005：42），始终处于被压迫和边缘化的境遇。这促使他渴望获得更大的生存空间、更多的话语权，以及更广阔、更自由的外部世界。正如在"纳尼亚传奇"中，孩子们为了逃避惩罚进入通往纳尼亚王国的魔衣橱一样，哈利在自己的姨母家受到诸多虐待而无力反抗、渴求一个逃避现状的空间时，一封入学通知书的出现直接将他带入了神奇的魔法世界，使他得以摆脱现实的残酷与桎梏，获得自由和新生。因此，哈利毫不留恋地离开姨父姨母家，投入新生活之中。作者借德思礼一家中鲜明的权力主宰和空间操纵所映射的，正是成人对儿童话语权的剥夺和垄断性控制。而哈利在收到入学通知书后，义无反顾地追随自己亲生父母的步伐进入魔法世界，并在霍格沃茨魔法学校的学习和生活过程中对那里产生浓浓的眷恋，视之为真正的"家"。虽然哈利在"离家出走"后进入"第二世界"的行为，在某种程度上，仍然属于一种在亲生父母、精神导师邓布利多和引路人海格的指导下的被动选择，甚至是受到"宿命"牵引而获得的结果，但在一定程度上，同样隐喻着个体渴望并践行对原生家庭话语权力的反叛，渴望对其进行纠偏和改善，故而积极拓展生存空间、捍卫个人自由、为争夺话语权而努力寻求家庭之外的空间。换言之，哈利进入"第二世界"这一行为是一种儿童本位的现代儿童观念的积极表达，所揭示的正是儿童个人意志的觉醒和对以成人为中心的传统空间话语权力的反叛和破坏，作者意图在公平、合理的前提下，重构更加适合儿童茁壮成长和健康发展的家庭伦理秩序。

此时包裹在魔幻外衣下的霍格沃茨魔法学校，成为哈利叛逃现实生活的避难所，带有鲜明的"乌托邦"特质。虽然随着哈利对这一神奇世界的了解逐渐深入，他遇到的社会性、政治性和历史性问题如现实世界一般复杂和棘手，特别是在伏地魔复活之后，魔法世界中逐渐暴露出的诸多弊病，令哈利在对抗邪恶的过程中经历了大量的嘲讽、打击和排挤，甚至是迫害。但这并不妨碍哈利每年都在翘首期待新学期的开始，重返霍格沃茨魔法学校这一温馨港湾。在"哈利·波特"系列的前六部中，霍格沃茨魔法学校所代表的魔法世界，不仅为哈利提供了一个能够遮风挡雨的庇护所，更点燃了他的生活热情，激发了他的无限潜能，帮助他在探险经历中逐渐习得新知和技能、获得情感与道德的成长，最终走向成熟并步入社会，这一成长的路径与作品之外生活在现实世界中的儿童生长过程保持着高度的一致性。由此可见，"哈利·波特"系列作品在讲述英雄人物冒险经历的同时，隐含着普通个体的成长过程，与儿童读者的现实境遇保持一定的同步，所满足的正是儿童读者对成长的理想与渴望，包含着他们心中美好的乌托邦想象。除此之外，这个乌托邦式的魔法学校，同样遵循着作者理想化的教育方针和伦理秩序。除各式神奇魔法课程的教授之外，这里的老师虽然同现实世界一样承担着传授新知和管理监督的职能，但在学生的学习过程中，特别是在探险经历中，他们往往处于隐身的位置，完全让学生自主完成，或是只有在最后的紧要关头才会出现并提供有限的帮助。在这样的环境下，儿童的独立自主意识得到了充分的认可与尊重。此外，当学生认为老师无法承担相应教育职责的时候，他们同样具有反向选择的权力：在第三部《哈利·波特与阿兹卡班的囚徒》（Harry Potter and the Prisoner of Azkaban, 1999）中，好学的赫敏毅然放弃了毫无用处的占卜课程；在《哈利·波特与凤凰社》中，哈利与同学组建了自学黑魔法防御实操课程的"邓布利多军"；在《哈利·波特与混血王子》中，哈利选择信任混血王子的"指导"，而非教授指定教材上的指示……更有甚者，在这一乌托邦式的平行世界中，儿童不仅成为世界的中心，甚至以"保护者"的身份肩负起了捍卫整个魔法世界未来的重任。在第七部《哈利·波特与死亡圣器》（Harry Potter and the Deathly Hallows, 2007）中，生活着大量未成年人的魔法学校成为正邪双方决斗的最终战场，技艺高超的成年巫师尊重并听从哈利的安排，只起到了辅助的作用。由此不难看出，在对霍格沃茨魔法学校这一乌托邦世界的建构中，作者为像哈利一样在原生家庭中并未获得足够尊重、关爱和自由的儿童，提供了一个全新的生活空间，帮助他们摆脱种种束缚，得以充分挖掘个人潜能，从而找寻真正的自我，最终完成"社会化"的转向。学校是儿童获得个人发展的重要环境，因此一个学校的环境和氛围是否有助于儿童的成长、是否尊重儿童的个性发挥和自由意志，对儿童的教育效果会产生重要的影响。作者借这一乌托邦世界的巧妙安排，通过提供一个理想化的儿童成长空间，在吸引儿童读者注目的同时，更将个体的深邃思考融入其中，与当下儿童

第 5 章　外国儿童文学叙事研究

的生长与教育环境形成鲜明的对照,以此来引导儿童读者对当下的教育环境及教育模式进行思考,鼓励他们对家庭和学校空间中显露出来的伦理秩序问题进行批判,从而实现文本的教诲功用,推动更为合理化的教育伦理模式的建构和发展。

在魔法学校的理想化建构之余,"哈利·波特"系列作品还通过对魔法世界场景的理想化建构,映射现实社会中政治制度、经济体制、教育制度等诸多方面,形成一个集想象性与批判性于一体的叙事空间。最具典型性的便是"魔法部"和"古灵阁"两个重要机构,它们是作者对现实社会中多个领域所存在的丑陋面目进行的批评和反思。在《哈利·波特与凤凰社》中,作为魔法部的部长福吉为了巩固个人的政治地位,对假想中的"政敌"邓布利多进行了猛烈攻击。首先,他试图借助行政权力来干涉司法独立,并借助法律手段试图将哈利逐出魔法世界。紧接着,他不断扩大对霍格沃茨魔法学校的干涉,试图借乌姆里奇来插手学校的各个方面,从而达到赶走邓布利多的目的。在此过程中,他还不断发起舆论攻击,通过长期对哈利等人形象的扭曲和丑化,影响其在普通公众眼中的形象。读者站在哈利这一受害者的视角,自然可以真切体会到福吉为达到个人政治目的无所不用其极的虚伪和丑陋面孔。而这些不义行径,正是当下诸多政客为实现个人利益最大化的真实写照。作者通过塑造福吉、乌姆里奇等的"政客"形象,隐喻现实生活中政治问题的复杂与丑陋一面,并对它予以无情的揭示和猛烈的抨击。如果说对以魔法部为代表的政治制度的批判是《哈利·波特与凤凰社》中重要的主题设置,那么借助古灵阁对现代社会中金融规则和经济制度的隐喻,则表现得更为分散和隐蔽,所包含的思想内核也更为深刻。作为魔法世界银行的古灵阁,其背后的操纵者并非巫师,而是由更加精明、拥有独立价值观念的妖精把持。他们一方面始终试图以"中立"的态度立足,不愿卷入巫师之间的斗争,愿意为各方势力提供安全、可靠的金融服务。被诬陷为在逃通缉犯的小天狼星同样可以通过猫头鹰远程订购的方式从古灵阁提取现金为哈利购买礼物,这便是一个重要的佐证。这种看似公正客观的行为态度背后所隐含的,正是妖精无限追求财富的贪婪、自私和无情。在妖精眼中,物品的"所有权、报酬和补偿与人类的不同",对他们来说,"任何一件东西的正当主人都是它的制造者，而不是购买者"（罗琳，2007：379）。尽管作者用不同物种之间差异化的价值标准作为一种合理化的诠释，但究其本质，妖精对于器物归属权问题的看法是其贪婪、虚伪的占有欲的显性表达，所映射和隐喻的正是物欲横流的现实社会环境中被金钱物化而不自知的社会群体。相比于《爱丽丝梦游奇境记》中对国家秩序的想象性重构，特别是对人类历史和未来命运的隐喻，"哈利·波特"系列作品通过对现实世界中不同领域更加细致的精准映射，在"恢复"现实世界的基础上完成对魔法世界运行方式的独特建构，并在很大程度上仍与现实世界保持高度的一致性。作者借助想象的力量，对现实世界进行变形，将自身对社会问题的反思与批判隐喻其中，帮助读者从现实世界的视野中跳脱出来，能够站在一个旁观者的角度对发生在身边的问题和危机进行反思与批判，从而获得更为清晰、客观的伦理认知，进而有效实现文本的伦理教诲意图。

值得特别注意的是，"哈利·波特"系列中的这一想象世界不仅是对现实世界的理想化映射，更是一个与现实世界之间保持一定关联的平行世界。相比于其他奇幻小说中的"第二世界"建构，"哈利·波特"系列作品所建构的魔法世界不仅在运行规律、机构设置、生活状态等方面与现实世界之间极为相似，更时刻与现实世界保持着高度、密切的联系：魔法世界中行政机构的设立是为了将魔法世界隐藏于以麻瓜世界为代表的现实世界之中；通往魔法世界的每一个入口都隐匿在普通的现实环境中，魔法世界中的人物不可避免地要与现实世界产生关联；魔法世界中发生的重大事件同样会对现实世界产生影响，并且解决这些事件需要两个世界的协作与配合。最重要的是，文本中展现的权力争夺的根源，同样来自魔法世界与现实世界之间的对照和冲突，成为"哈利·波特"系列作品内部叙述展开的原动力，所指向的正是当下现实社会中暴露出来的伦理危机和伦理问题。基于此，作者在努力展现现实伦理危机的同时，将善良和正义作为解决问题的方案。这些美好的伦理构想，同样可以引领读者自觉接受道德的拯救和救赎，最终实现伦理教诲的有效接受。由此不难看出，"哈利·波特"系列作品所择取的隐喻叙事策略，不仅将虚拟的幻想世界与当下的现实世界密切关联在一起，更成为文本叙事内容与作者意欲传递的伦理教诲之间的联结。这样的叙事方式使文本的叙事空间与现实世界进行巧妙的联结，使读者在阅读过程中获得文本的精神输出并融入其中，实现伦理教诲的自觉接受。

"哈利·波特"系列作品通过隐喻的叙事策略，将虚拟世界和现实社会之间建立起紧密的联系，以此表达对现实、历史和社会问题的深切反思，引导读者通过判断幻想世界的荒诞性与合理性，获得对现实社会的认知和理解。如果说爱丽丝在梦幻奇境中的经历隐喻的是在英国维多利亚时期这一黄金年代背景下，人们对理性、秩序和道德无上自信的颠覆和警醒，那么"哈利·波特"系列作品重新将伦理主题置于崇高的地位，这正是对英国儿童文学教诲传统的延续，以及在新的时代背景下对道德的强烈呼唤。而结尾的象征性和开放性，在某种意义上，同样暗指根植于儿童文学这一文体的浪漫主义和乐观主义精神。正如学者姜淑芹提出的，在"哈利·波特"整个系列作品中，"故事惩恶扬善的宏大主题和英雄人物形象，一起构成了对读者集体无意识的召唤，暗含着读者内心的期待，使他们在阅读过程中产生了很强的安全感与认同感"（姜淑芹，2010：77）。双重叙事结构丰富了文本的叙事层次，使这一为儿童读者创作的文学作品中包含了一定的思想意蕴，并帮助他们在阅读过程中通过对情节和主旨的认同，在潜移默化中实现自觉的伦理教诲。

5.3.3 善恶对峙结构中的伦理表达

关于"哈利·波特"系列这部极具商业价值的儿童文学作品在伦理道德维度的影响与价值，很多人持有不尽相同的看法。一些激进人士认为，"哈利·波特"系列在"宗教""巫术"等方面给儿童读者带来一定的误导性影响，甚至对基于基督教文明而形成的宗教伦理和现代道德规训产生了一定程度上的"实质损害"，是应该予以查封的"禁书"（张生珍，2021a：28）。但有很多证据表明，这部作品对读者的积极引导作用仍然占据着更为主要的方面，特别是在道德方面的指导与教诲，是能够为包括具有基督教教育背景的儿童在内的广泛读者所理解、认同和接受的（Putri et al., 2020）。不难看出，关于儿童文学中的伦理教诲问题，特别是基于文本对儿童读者产生的道德引导，始终是备受关注的重要议题。而一部作品的伦理教诲功用的施展情况，更成为作品审美价值的重要构成。从这一角度来看，"哈利·波特"系列作品借助善与恶的二元对立这一特殊的叙事结构，并结合在核心框架之外的话题拓展与补充，有效揭示出在具体呈现过程中所蕴含的伦理教诲思想时历史与命运两大主题之间复杂而紧密的关联，在丰富文本思想内涵的同时，更促进其伦理主题的有效接受。

同其他的儿童文学，特别是儿童奇幻小说一样，"哈利·波特"系列作品的核心主题是正义与邪恶之间存在对抗并且最终由正义战胜了邪恶，具有一定的道德导向型作用，表达的是带有指向性的道德伦理输出。为了能够适应儿童读者的心智结构和接受能力，从而实现文本教诲功用的有效传达，作者在对具体伦理问题进行探讨的过程中，不仅对抽象的伦理问题进行具象化转换，并在此基础上，将一些具有多重层面、多个角度的复杂问题，简化为相对易于辨别的、"非黑即白"的二元对立形态，以此来展现伦理问题中难以调和的矛盾态势。特别是在划分和确认正邪两个对立阵营的过程中，作者时刻注意儿童读者的接受能力和审美偏好，意图通过叙事策略的巧妙设置与不断翻新，来推进伦理教诲的有效传达。

作者在对正义一方的确认和树立中，并没有执着于直接塑造出一个"英雄人物"的完美形象。相反，在"哈利·波特"系列中绝大多数的正面角色，往往都带有一些无法回避或难以被世俗接受的重大缺陷。这些缺陷有的源于不幸的出身环境，如哈利自幼父母双亡、海格的母亲是位巨人；有的则是在成长过程中遭遇重大的不幸，如邓布利多家庭突遭变故、卢平被袭击转变为狼人、小天狼星被陷害入狱十余年。即便是像赫敏和罗恩一般成长在幸福家庭中的儿童，也会由于出身不够高贵、家庭不够富裕而或多或少地受到歧视。不幸的出身虽然使他们承受了世人偏见眼光的审视，但这些愚昧的歧视与诘难未曾影响他们向善的内心，他们更是在追寻自我解放、实现自我价值的过程中，自觉肩负起保护大众的社会使命。在对这些正面人物刻画的过程中，作者着重关注的是他们人物性格与品行中"善"的一面，率先确认其正义阵营的归属，再揭示他们不被信任与尊重的原因，以此来证明这种偏见和歧视的荒诞与错误。最具代表性的便是哈利的重要伙伴与守护

第5章 外国儿童文学叙事研究

者——海格的塑造。作为带领哈利进入魔法世界的引路人,海格外表凶恶但内心单纯,真诚又讲义气,因此他自然成为哈利在魔法世界的第一位挚友。随着情节的发展,海格憨厚善良的美好形象却遭到诸多"打击"和"破坏":在《哈利·波特与密室》中,海格被学校开除的原因被揭露,甚至一度在毫无证据的情况下被送进监狱;在《哈利·波特与火焰杯》中,海格混血巨人的身份被揭穿,一时间更受到舆论刻薄的人身攻击和百般羞辱;在《哈利·波特与凤凰社》中,海格更是遭到魔法部雇员的暴力袭击。究其本质,海格为人诟病的问题,完全是基于世俗的偏见和被刻意扭曲的"新闻报道"而产生的,真正了解他品性的人很难认同这些抨击性和歧视性言论。文本的读者追随哈利的感知路径,首先通过"亲身接触"接受了海格"友善"形象的人物设定,自然可以轻易识别那些对他疯狂抨击的荒谬性言论,并真切感受到"未见全貌"的偏见与攻击是一种多么肤浅而错误的行径,从而在无形中深化他们对于"道德第一性"的确认。通过这样的叙事路径,作者以哈利的认知过程为中心,塑造了大量如海格一般虽然拥有一定被人诟病的问题,但由于高尚的道德品质而成为正面人物的角色,从而潜移默化地向读者传递了"道德先行"的伦理教诲。相对于人物、行为和事件正义立场的塑造,在表现人物或行为的"邪恶"时,作者明确提出,"非正义行径的本质是一种无知、偏激和排除异己"(崔筱,2015:94),是一种可以被切身感受和深度认知纠正和改变的偏差。这样的叙事路径不仅符合儿童从"无知"到"已知"的学习过程,更在无形之间向正处于探索个人价值取向阶段的儿童读者传达了包容待人、尊重事实、消除偏见的伦理教诲。

为了更好地实现这一伦理教诲的有效传递,作者特意让哈利和他的两个小伙伴——罗恩与赫敏分别站在不同的角度展开论辩,帮助读者从不同的维度逐渐实现伦理的确认。罗恩出身于魔法家庭,虽然其家庭氛围包容开放,但同样受到魔法世界中根深蒂固的等级划分思想的影响。基于这些"先验性传统",罗恩可以理解海格所面对的种种偏见由何而来。于是,罗恩尽管先行表明了自己的态度——"认识他的人都觉得没关系,因为他们知道他没有危险性"(罗琳,2001:260),但还是委婉地指出海格的巨人血统会被视为凶狠残暴的属性。相比之下,赫敏的麻瓜出身使她同哈利一样，从未受到过魔法世界种族秩序的影响，因而更容易接受与秉持"众生平等"的原则。因此，她在面待这样的偏见和歧视时表现得更为敏锐和激进，不仅坚定地表明自己的立场和态度，更用实际行动来推进偏见的消除和弱势群体权益的保护。罗恩与赫敏对待歧视的不同态度，同样在对待家养小精灵的问题上得到充分呈现。此时，相比于罗恩和赫敏的正面交锋，哈利往往处于一个相对"中立"的位置，认真聆听来自双方的不同见解。虽然他会由于对问题思考的不足或对情况了解的不充分而缺乏迅速和具体的反抗活动，但绝非一个置身事外的旁观者。相反，他始终不忿于海格、卢平、多比等遭受的不公对待，予以他们无限的同情和无私的帮助，并用自己的行为——亲近受歧视的群体来表明自己的立场。究其本质，哈利看似中立的态度所维系的正是一种力图公正的价值标准，尽可能以客观的立场来确认人物的身份属性，"哈利服膺于人类社会的伦理准则，让理性主导自己的行为"。换言之，哈利遵循的是"人类社会以爱、同情和责任感为基本内涵的人道主义伦理原则"（王晓兰，2014：43），这一伦理原则的核心正是道德层面的"善"。在作者的预设中，伦理价值尺度取代了个人出身、地位阶层等固有的划分标准，成为划分人物归属正义或邪恶的重要条件。由此，儿童奇幻小说中的正邪对抗在作者巧妙的叙事设置中，转化成为一个道德层面的问题，并在二者反复的对峙与较量中，最后由"爱"和"善"所代表的正义一方获得了胜利，逐步完成了作者对心中理想伦理世界的建构。作者通过正反双方相互抗衡与对峙的叙事结构反复昭示，对于道德的追求才是解决纷争的关键，更是永恒的胜利者，从而凸显了道德召唤的重要伦理教诲意义。

此外，作者基于这一理想伦理世界而设置的正面人物，尽管带有各种缺点或弊病，但由于其向善或有爱的一面，同样能够获得读者的包容、接受与认可。最具代表性的便是始终与主人公处于看似对立状态的斯内普教授。斯内普对于包括哈利在内的格兰芬多学生始终抱有敌意，因此成为哈利早期最讨厌的角色之一。特别是当哈利目睹斯内普杀死邓布利多之后，哈利对他的厌恶之情达到顶峰并转化为强烈的憎恨。而伴随斯内普的慷慨赴死，所有的真相被逐一揭示，读者与哈利才意识到他的行为都是源于对哈利母亲真挚而热烈的爱意，于是便迅速推翻了自己对他的全部误解和谬见，转而将其置于尤为崇高的地位。由此不难看出作者的叙事逻辑，即道德的第一性问题。通过将诸多如斯内普一般具有崇高品质的形象塑造为道德榜样，以获得读者对于伦理角色的认同，从而对涉世未深的儿童进行道德层面的伦理教诲，同样成为作者在"哈利·波特"系列作品中巧妙处理文本伦理主题的特殊叙事策略，以增强读者对文本伦理叙事的理解与接受。

在"哈利·波特"系列作品对正邪对抗的叙事进程之下，同样饱含着多条隐性叙事进程，二者共同构成了文本复杂的叙事脉络。"在含有一种以上叙事进程的作品中，从标题到正文都沿着不同的轨道运行，在互动中产生文学作品特有的矛盾张力，表达出丰富的主题内涵，塑造出不同的人物形象，邀请读者做出复杂的反应。"（申丹，2020：462）这些丰富的叙事层次，围绕作为全书核心的善恶斗争展开，使人物真实立体、情节惊险刺激和主题丰富多元，更在多重叙事中形成的结构性张力之下，投射出对儿童读者的道德教育和人文关怀。因此，"哈利·波特"系列不仅是一部具有娱乐性的儿童历险小说，更由于其中包含的丰富现代伦理指向性，而具有一定的道德教育意义和伦理指导价值。同样，学者姜淑芹在关注"哈利·波特"系列的这一双重叙事运动过程中，提出文本的叙事主体哈利在每一学年中面对的客体，其实是"反对者"的不同变体，并在面对不同客体的过程中，获得不同"帮助者"的帮助。这些"帮助者"的出现，不仅使故事情节更加丰富多样、精彩纷呈，更引入了许多现代社会中普遍存在的伦理危机和伦理问题，使文本的思想意蕴更加丰富多元，对儿童读者展开的伦理教诲也更加丰富，最终"使'哈利·波特'系列具备传统语言所不具备的深度和广度，超越了简单的善恶争斗母题，也超越了通俗悬疑故事单纯制造刺激的叙事效果，迫使读者走向关于道德选择的深层思考"（姜淑芹，2010：81）。不难看出，在"哈利·波特"系列作品中，作者不仅对伦理问题进行了深入而多维的探讨，更借助不同叙事形态的呈现，时刻注重对儿童读者的伦理教诲，有效凸显了文学作品对伦理教诲的价值。

"儿童文学的道德取向在于其对文学和文化传统的继承与延期，对社会意识形态和伦理价值观的塑造。"（张生珍、刘晓书，2021：127）儿童文学对于伦理道德主题的表达，已然成为一种文化传承，贯穿儿童文学创作过程的始终，或隐或显而又十分广泛地出现在儿童文学作品之中。"通过文学创作向少年儿童传递特定社会的核心价值观念，让他们了解特定历史时期特定民族的价值诉求，这是儿童文学的重要价值。"（王晓兰，2016：112）创作于20、21世纪之交的"哈利·波特"系列作品通过采用多种叙事框架结构的方式，以道德寓言的形式展开伦理教诲，意图对儿童价值观和生活方式进行重新塑造，进而完成对青少年儿童具有国民性的道德培养，力图实现对民族精神、民族意志、民族文化的传承与发展。相比于维多利亚时期英国殖民主义社会价值取向对青少年读者有意识的行为引导，在新的时代背景和社会环境下，英国儿童文学中的公民意识已不再是鼓励和引导其为帝国事业"开疆拓土"或"传播文明"，而是面对全球一体化的社会环境，如何与不同民族、不同文明、不同命运共同体之间进行交流与互助成为时代主流，更是作者基于对本民族悠久历史和璀璨文化的思考之后，意图引导作为国家未来接班人关注和思索的重要议题。于是，作者借助正义与邪恶之间的二元对峙过程，书写对于道德的强烈召唤，重点强调以包容的心态来共同追求平等、自由、博爱，力图推动社会的道德化进步。"哈利·波特"系列作品在全世界范围内受到的广泛欢迎和产生的深远影响，不仅表现出这部作品在艺术审美维度的独特价值，更实现了其道德主题和伦理教诲的传播与延展。

总的来说，"哈利·波特"系列作为一部奇幻小说的典型代表，通过使用能够为儿童读者所认可和接受的特殊叙事策略，在一定程度上揭示出英国儿童文学创作的伦理道德价值旨归，意图实现对儿童的伦理道德培养和民族精神传承。根据接受美学的观点，文学作品是为读者而存在的，只有在被读者理解和接受之后，其社会功能美学价值才得以实现。因此，儿童文学叙事策略的选择，最终指向的正是其伦理秩序的有机建构以及儿童读者对其伦理主旨的接受。在以"哈利·波特"系列为代表的儿童文学作品中，作者运用适合儿童心智能力、符合儿童审美意趣的叙事策略，通过叙事视角的择取、叙事空间的建构和叙事结构的搭建，完成对以善恶观为核心主题的深度阐释，从而重塑个人对现实生活的认知与思考，呈现自身对美丑、善恶、好坏的价值评判和伦理选择，

第 5 章　外国儿童文学叙事研究

将其作为儿童自身道德标准建构的参照，对儿童读者展开伦理教诲，从而有效实现儿童文学作品进行公民教育和道德教育的创作意图，最终引导读者实现"童心"与"伦理"的回归和统一。

通过叙述策略、人物塑造和价值立场等的综合运用，儿童文学得以将儿童既作为故事中的人物又作为读者加以建构，因为儿童拒绝任何政治，无论是个体间的政治还是社会的政治。叙事聚焦、叙事视角以及态度的切换、移动和跳跃等技巧被嵌入意识形态的假想和构想，以建构共享这些假想和构想的隐含读者。儿童文学揭示出如何对隐含儿童读者进行意识形态建构，其中一些文本尤为擅长揭示意识形态冲突，与文本创作时期的主导意识形态背道相驰。通过研究年轻读者从阅读中实际获取的意义可以探索文本具有的多义性以及背后的运行机制。经典文本常被认为充斥着复杂性和含混性的矛盾和张力，而通俗文本被认为不具备复杂的意识形态张力，但事实证明并非如此。儿童文学以明确的意识形态教化读者，以进入并认同主导话语体系，包括等级秩序、父权制度以及种族主义等，这就需要读者以鲜明的意识来抵抗性地阅读文本、解构文本，以便揭露文本潜在的意识形态。读者不是简单地被阅读内容所决定，相反，在决定论和行动论之间存在着一种辩证关系。个人身份与意识形态之间的辩证关系，既存在于儿童文学内部，也存在于文本与读者之间。

第6章
多元视野下的儿童文学批评研究

在新的社会环境与文化氛围下，儿童文学研究呈现出多元创新发展的态势。比较研究、跨学科研究、后现代批评、生态批评等视野不仅拓展了儿童文学的研究边界，更展现出了儿童文学的广度和深度。基于此，本章分别从比较儿童文学研究、儿童文学跨学科研究、生态批评、跨界文学研究、审查制度、馆藏研究等领域，对儿童文学不同研究范式的发展进程和内在特质进行梳理，综合阐发新时代外国儿童文学批评多元发展的繁荣局面。

6.1 比较儿童文学研究

在过去的几十年里，包含儿童文学在内的儿童文化最显著的变化是它的商业化和全球化。少数几家大型媒体集团正渐趋控制美国儿童图书业这一主要市场，而出版运营只是这些娱乐企业的一小部分业务。正如丹尼尔·哈德（Daniel Hade）观察到的那样："大众市场有权选择哪些书能够留下来，因此儿童读物不再是文化和知识的对象，而是成为寻求大众关注的娱乐读物"（Hade, 2002：511）。这些多媒体巨头生产了大量的儿童文学，将其远销境外并进一步改变区域性儿童文化，使其走向全球化。在这一背景下，研究跨文化和跨语言现象以及特定社会、文化和语境的比较儿童文学研究应运而生。

解决和剖析儿童文学的全球化以及随之而来的全球本土化问题，是比较儿童文学面临的一个挑战。一方面，全球本土化辩证地存在全球性现象与统一性之间；另一方面，全球本土化是一种地方性现象的复苏。为了应对这一挑战，安娜·卡特琳娜·古蒂雷兹（Anna Katrina Gutierrez）通过重述塞维里诺·雷耶斯（Severino Reyes）小说《罗拉·巴斯扬的故事》（*Mga Kuwento ni Lola Basyang,* 1925）中"巴斯扬祖母的故事"里的四个菲律宾童话，在图画书中探索了全球本土化与国家认同的形成之间的关系。她展现了这些故事是如何延续了挪用和再创造的传统，通过重述将这些故事从后殖民文本转变为全球本土化文本，从而为本土儿童发声。

如何定义比较儿童文学以及比较文学的起始时间都成为学界探究的问题。1932年，比较研究领域的领军人物保罗·哈泽德（Paul Hazard）出版了一部有关儿童文学的著作《书，儿童与成人》（*Les Livres, les Enfants et les Hommes*），呼吁儿童有权阅读富有想象力的、非说教性的书籍，并将他对文学教育的重视与欧洲叙事传统相结合。哈泽德的研究虽然尚未将儿童文学成功确立为比较文学学者的合法研究对象，但已然触及了比较文学跨语言、跨文化和跨历史方面的关键研究领域。

专为青少年读者设计的书籍最早产生于18世纪的欧洲，并且儿童文学不是从国家范式而是从国际范式演变而来的，所以学术研究不应该局限于"地理内部的文本和创作这些文本的作家们"（Bouckaert-Ghesquière, 1992: 93）。从这一层面而言，儿童文学早已跨越了语言和国家的界限，并且显然与比较文学综合不同学科方法和主题的研究范式保持着一定的同步。即便如此，在比较文学研究中，儿童文学仍然没有得到足够的关注和重视。如果说当代比较文学是"一种研究文学的方法……它突出了读者的功能，但也考虑到了进行写作和阅读的历史背景"（Bassnett, 2006: 7），或者说当代比较文学是一种"知识和制度空间，不是真的比较文学作品的地方，而是产生与人文学科未来相关的实验思维的地方"（Gumbrecht, 1995: 401），那么当代比较文学就不能一直忽视儿童文学这一肩负着为后代塑造文化审美重要使命的领域。儿童文学为小读者提供了他们需要的词汇以获取认知世界的有效路径，或显或隐地反映了占主导地位的社会和文化规范，并向世界的未来主人传递信息、信仰和习俗。儿童文学作为一种代际交流方式，体现出群体归属感，是承载国家、地区或民族集体记忆和文化传统的宝库。因此，儿童文学是比较文学研究领域里一个极具价值、影响深远的审视对象。

第6章 多元视野下的儿童文学批评研究

比较儿童文学对儿童文学的体系、传播结构以及发展儿童文学的经济、社会和文化条件提出了质疑。只有当不同的传统相互冲突对立时,不同的儿童文学才会显现出自己的独特性以及它们之间的共同性。比较儿童文学研究主要聚焦不同领域的儿童文学形式及其不同的文化和教育功能,如与主流文学相比较,考察跨越特有文学边界的现象,并将这些现象置于语言、社会文化和文学语境中进行探讨。比较儿童文学也研究跨文化现象,如文学之间的联系和转换,以及自我和他者形象在特定语言书写的文学中的表现。学界通过关键术语来认识比较儿童文学这一新兴学科,通过列出可以挖掘的领域和可提的问题来阐明比较儿童文学的丰富性,探究这一学术领域的严肃性。

比较儿童文学的一般理论基础是必须在成人和儿童之间架起一座桥梁,进而审视儿童不同发展阶段迥异的语言运用、生命体验、社会地位等问题在文学中的呈现。此外,考察不同国家、语言和文化的儿童文学间存在的各类文化交流,包括联系、转换(通过翻译、改编或其他方式)、接受、多元文化影响等,均为比较儿童文学研究的关涉领域。在这一视野下,文化产品的流向、儿童文学翻译的平衡等问题,如哪些作品得到翻译,哪些没有翻译,以及哪些因素决定了翻译与否等,都成为迫切需要思考的问题。在欧美之外的文化中,供儿童阅读的书籍有70%—90%出自欧洲作家或美国作家之手,而非欧及非美作家创作的儿童书籍很少能跨越语言、政治和文化的鸿沟进入西方出版阅读市场。在英美国家的儿童书籍中,非欧和非美作家的译著仅占2%左右。在主流英语文化中,对他国文学的排斥态度只是阻碍翻译的众多决定因素之一,经济才是主导因素。如今,随着意识形态差异的凸显和审查制度的发展,适应文化语境、译者地位等问题成为人们关注的中心,并引发人们对翻译批评的兴趣。

儿童文学从一开始就是一种改编和重述的互文性文学,因此互文性研究成为比较儿童文学研究的重要维度。部分早期儿童读物是根据已有的成人读物改编而成的,最为典型的例证便是《鲁滨孙漂流记》和《格利佛游记》。"互文性研究的主题包括重述、戏仿,以及不同语言的文学和文化之间简单、微妙和复杂的互动形式。"(O'Sullivan,2011:192)对典型互文性实例分析时,前文本和互文文本之间呈现了明晰的联系，如科尔斯滕·波伊（Kirsten Boie）的连载故事集《海鸥街区的孩子们》（*Wir Kinder aus dem Möwenweg*, 2000）就是对阿斯特丽德·林格伦（Astrid Lindgren）的《喧闹村的孩子们》（*Alla vi Barn i Bullerbyn*, 1946）的互文。波伊呼应了林格伦《布勒布吕的孩子们》（*Wir Kinder aus Bullerbü*, 1947）这一标题，目标是承继林格伦原作的精神、风格和结构，同时将20世纪初瑞典的乡村环境和社会条件替换成21世纪初的德国城市背景。一些其他的互文性例子则不那么容易察觉，如克里斯朵夫·海因（Christoph Hein）的《瓷砖炉下的野马：雅各布·博格和他朋友们的一本漂亮厚书》（*Das Wildpferd unterm Kachelofen: Ein Schönes Dickes Buch von Jakob Borg und Seinen Freunden*），这部小说于1984年在东德出版，讲述的是成年男人和未成年男孩分享苏醒的玩具的故事。这个故事在结构、情节元素、人物塑造以及友谊和想象的主题上都与艾伦·米尔恩的《小熊维尼》相呼应。通过互文性研究，人们可以探索文本丰富的审美价值。

比较文学一直致力于研究和比较不同的文化符号，如视觉艺术、舞蹈、音乐、电影和戏剧等。儿童文学和儿童文化比成人文学和成人文化更具有媒介间性。在儿童文学和儿童文化中，最初出现在印刷品上的故事和人物，与它们其后转化的跨媒介形式之间存在着一种协同关系，跨媒介形式包括电影、视频、DVD、音频改编、基于文本设计的玩具和日用品（如书中角色的服装、道具等）、计算机程序和主题公园等。儿童文学研究中的媒介间性研究，不仅要考察媒介变化的形式和影响，还可以从主题、形式和审美层面审视和评判新媒体对儿童文本的影响。多媒体和跨媒介现象对儿童文学研究提出了新的挑战，批评家们正在质疑捆绑销售是否真正地改变了儿童的阅读方式（O'Sullivan, 2005）。

儿童文学比较研究也重视形象学研究，如文化间的相互认知、形象和自我形象在文学中的表现。形象学研究"一方面研究了文学话语之间的复杂联系，另一方面也关注民族身份构建"（Leerssen, 2000: 270）。形象学研究可以分析儿童文学中具有文化特异性的地形（如阿尔卑斯山脉、花园、森林或内陆地貌）、家园形象以及文化、国家或地区身份是如何与景观联系在一起的，甚至研究翻译过程中国家形象的建构是如何起到过滤作用的。露西·英德·蒙哥马利（Lucy Maud

第 6 章　多元视野下的儿童文学批评研究

Montgomery）所著的加拿大经典儿童文学《绿山墙的安妮》(Anne of Green Gables, 1908）尽管在许多国家都大受欢迎，但直至 20 世纪 80 年代中期才被译成德语，而且译本是以电影版本为基础的。在此之前，加拿大几乎被忽视的原因与德国文化中的加拿大形象有关，玛蒂娜·塞弗特（Martina Seifert）认为加拿大是男人和男孩居住的荒野。塞弗特发现《绿山墙的安妮》中女性化的小镇世界"根本不能代表德国出版商在引进加拿大文学时所寻求的东西"（Seifert, 2005：235）。目标文学中某个国家的形象对选择和翻译该国图书，以及如何进行营销等方面起着决定性作用。形象学研究也考察了外国人的审美特征和形象，证明作者如何运用刻板印象来确证或反驳读者的预期，读者预期如何忽视了这些刻板印象，或者读者如何以一种有趣的方式颠覆这些刻板印象。例如，第一次世界大战前，昂西·弗舍尔（Hansi Fisher）在图画书中对阿尔萨斯乡村生活的展现，既有正面的阿尔萨斯人和法国人，又有反面的德国人。明显的民族刻板印象，以及某些群体在一段时间内由于历史条件的变化而表现出的一致性或变化，都是形象学研究进一步考察的对象。

校园故事、女孩小说或冒险小说等儿童文学类型是如何在国际传统背景下发展起来的，同样引发了比较儿童文学研究的兴趣。例如，已经成为重要儿童文学类型的奇幻文学产生于德国作家恩斯特·霍夫曼的《胡桃夹子》(Nußknacker und Mausekönig, 1816）,但其后在其他国家和地区得到更为迅猛的发展。19 世纪初，汉斯·克里斯汀·安徒生最早把德国浪漫主义传统的奇幻文学融入丹麦儿童文学。19 世纪中期，随着乔治·麦克唐纳、刘易斯·卡罗尔以及随后伊迪丝·内斯比特作品的出现，英国的奇幻文学发展到新高度。受英国黄金时代的影响，瑞典同样涌现出像《长袜子皮皮》这样的奇幻小说，并通过 1949 年的德语译本，为德国儿童接受和作家创作奇幻文学创造了一个积极的环境。之后德国作家米切尔·恩德（Michael Ende）和科妮莉亚·芬克（Cornelia Funke）更进一步推动了奇幻文学的繁荣，美国作家厄休拉·勒古恩则把奇幻文学推到了新的高度。

此外，儿童文学史以及儿童文学发展所必需的文化、社会、经济和教育条件等议题，也进入了儿童文学比较研究的范畴。近年来，一些儿童文学符号学模式假设儿童文学在所有文化中都遵循相似的模式，或普遍地从道德说教向多样性的方向发展。然而，儿童文学的比较史必须考虑到鼓励发展或阻碍发展的社会经济和文化条件，以记录独特的后殖民儿童文学史与基于西北欧国家（英国、德国、法国）的假定标准模式有何不同。虽然彼得·亨特的《世界儿童文学百科全书》中有关国家和地区的研究为儿童文学比较研究提供了恰当的起点，但这类研究的组织结构并不利于对相关信息进行系统的比较研究。儿童文学比较史的一个主要问题来自儿童文学史在各个国家或地区被记录的程度及其组织方式的不同。儿童文学史可以根据体裁、主题、作者或历史时期进行编辑，也可以从文学史、教育史、书籍史或图书馆研究等学科角度进行编写。反过来，这些角度可能也反映了不同国家的研究状况。儿童文学比较史是儿童文学比较研究的重要维度，旨在考察儿童文学研究的关注点以及着眼点如何决定了研究焦点。这一研究自然而然地受到不同文化中学科制度建立方式的影响。例如在法国，儿童文学研究被当作通俗文学或准文学（副文学，paraliterature）的一部分；在德国，20世纪60年代以前关于儿童文学的讨论几乎完全局限于教育部门，如教师培训中心；而长期以来，英、美等国儿童文学的主要特色或功能就是培训图书馆员。

  正如保罗·哈泽德的"儿童共和国"概念所示，儿童文学文本往往跨越了文化和语境边界，展现出对世界理解和无限交流的美好愿景，并已然发展为一种意识形态。对于儿童而言，与全世界的同伴相互交流，似乎并没有受到语言、文化、宗教或种族问题的限制。虽然这一浪漫构想显然忽视了不同地区儿童的真实情况，更高估了儿童跨越国界与同龄人交流的可操作性。但仍需承认的是，通过文本所处的历史和文化语境并探索其可转换模式或不可转换模式，比较儿童文学不仅能解释国际儿童文学中普遍存在的浪漫主义观念，还有益于更准确地呈现当代儿童文学全球化的现象。

6.2 儿童文学批评的跨学科研究

  在当今世界，无论是自然科学还是社会科学，人类各个学科领域的专业知识精细程度之高，远非日常体验所能涵盖。与此同时，为了拓

第 6 章　多元视野下的儿童文学批评研究

展研究的广度与深度，文学研究不仅可以吸收其他人文科学的认知话语和研究范式，还需要向自然科学借鉴话语和范式。儿童文学的跨学科研究更是时代的呼唤和需求。儿童文学的学科研究包括儿童文学的本体研究和跨学科研究。无论是儿童文学的本体研究还是跨学科研究，它们不仅涉及文学、艺术、哲学、美学、语言学、心理学、神话学、宗教学、政治学、社会学、人类学等，还包括自然科学，并特别关注相关学科的知识结构与相应话语体系。根据儿童文学的基本特质，无论是本体研究还是跨学科研究都应指向童年精神的文学表达，指向从低幼到青少年阶段的未成年人这样一组变体。从儿歌歌谣、普及读物到长篇叙事系列，儿童文学本体的文体问题也需要进一步澄清。相较于成人文学常见的"诗歌、小说、散文、戏剧"文体分类法，儿童文学的文体分类显得愈加驳杂，不仅分类宽泛、概念颇多重合，而且题材及主题意识往往大于文体意识。从故事、寓言、童话三类文体，到科学文艺、儿童戏剧与影视、儿童歌曲与韵文等单列文体，再到科幻文学、成长小说、青春文学及动物文学等交叉样态的文学样式，从简易单纯到复杂多样，它们在阅读和接受的复杂性与难易程度上形成一个特殊的连续体，这些需要研究者抓住事物的本质，进行学科层面的归纳，给予实质性的解答。

从维多利亚时代的两部"爱丽丝"小说到当代的"哈利·波特"系列小说，儿童文学的跨学科研究揭示了儿童文学经典具有的丰富的、多层面的认知性和文学审美性，也为研究者提供了更为开阔的阐释空间。自"爱丽丝"小说问世以来，研究者先后从文学、心理学、社会政治学、哲学、数学、语言学、符号学甚至医学等视阈去审视和研究，不断揭示其文本所蕴含的丰富的人文哲思和文化因素，因此各种理论阐释与发现层出不穷。正如数学家马丁·加德纳（Martin Gardner）在论及"爱丽丝"小说的阐释性时所述，"与荷马史诗、圣经以及所有其他伟大的幻想作品一样，两部'爱丽丝'小说能够让人们进行任何类型的象征性阐释，包括政治层面、形而上层面，或者弗洛伊德式的"（Gardner, 1974: 8）。

至于"哈利·波特"系列小说引发的跨学科研究热潮，更是延伸到诸多自然科学领域，包括高度专业化的化学、物理学、心理学等学科。不同的学科领域都发表了有分量的学术专著，如《哈利·波特与心理学》(The Psychology of Harry Potter, 2006)的作者尼尔·墨霍兰德（Neil Mulholland）是一名精神病学高级心理咨询师，他从心理学视角探寻作家 J. K. 罗琳的"密室"深处，揭示在小说情节和人物背后显露的人性与动机，以及这些因素如何使这一幻想小说系列成为不朽的畅销之作。罗杰·赫菲尔德（Roger Highfield）的《哈利·波特的魔法与科学》(The Science of Harry Potter, 2003)探讨"哈利·波特"系列小说的魔法世界所包含的科学原则、科学理论和假设，它对于读者来说是一本颇具启发性和趣味性的著述，并向身为父母的成人读者介绍，如何通过"哈利·波特"系列小说引导孩子们进入自然科学的奇境世界，进而了解和认识科学观念。大卫·巴格特（David Baggett）和肖恩·克莱因（Shawn E. Klein）主编的《哈利·波特的哲学世界：如果亚里士多德掌管霍格沃茨》(Harry Potter and Philosophy: If Aristotle Ran Hogwarts, 2004)从多个层面阐释了"哈利·波特"系列小说中隐含的哲学问题。与此同时，教育领域围绕"哈利·波特"系列开设了相关课程，如美国的弗罗斯特堡州立大学专门开设"'哈利·波特'与科学"（"The Science of Harry Potter"）课程，任教老师为物理学教授乔治·普利特尼克（George Plitnik），他带领学生们检验在罗琳书中出现的各种魔法事件，并运用物理学原理对那些看似非常奇异的现象进行科学解释。"哈利·波特"系列小说与当代科学界的关系也成为令人关注的现象。当今的许多自然科学家和社会科学学者将"哈利·波特"系列小说纳入他们的研究视野，使之成为严肃的学术研究课题。在包括《自然》杂志在内的生物学和医学研究的学术期刊上，研究者们同样发表了大量有关"哈利·波特"系列小说的学术论文。这表明作为幻想文学作品的"哈利·波特"系列与科学这一命题得到了科学共同体的关注，也成为自然科学和人文社会科学领域专题研究的组成部分。

当然，儿童文学的跨学科研究还要注意相关性和适应性。恰如比较文学研究中，无论跨越了什么学科，运用了什么学科的话语和认知逻辑，其研究的最终指向还是要通往文学本体，否则就失去了根基，不复存在了。儿童文学的跨学科研究也一定不能偏离儿童文学的本体属性。儿童文学面对的主体对象是儿童和青少年，从童年到青少年的人生阶段意味着从迷茫和混沌走向道德和智力的成长与成熟，进入认知和审美的更高层次的成长阶段。优秀的儿童文学作品要体现对儿童及青少年成长的意义和价值，满足不同年龄层次的儿童读者的认知需求和审美需求。儿童文学是童年的文学表达，其基本诗学命题无疑指向"儿童与儿童的精神世界"以及"童年与成长"的文学表达。作为人类个体生命中一段特殊的初始阶段，童年本身具有与成年迥然不同的特殊性，尤其体现在生理发育程度、心智与精神活动的差异等方面。根据当代童话心理学的研究，在人类的幼年期，儿童的内心感受和体验缺乏逻辑秩序和理性秩序，因此不宜过早让儿童进入现实，像成人一样理解现实。本着这样的认识，人们会发现 20 世纪 70 年代以来出现的童话心理学研究具有特殊的相关借鉴意义。童话心理学、童话政治学和童话语言学等研究学派就是心理学、社会政治学和语言学与儿童文学研究跨学科交叉的结果，是推动和深化儿童文学学科研究的重要力量。

6.3　后人文主义视野下青少年小说中的科技与身份

"后人文 / 人类"（post-human）中的"后"意味着对过去的拒绝和超越。"后人类"的首次使用追溯到莫里斯·帕马利（Maurice Parmelee）的《贫困与社会进步》（*Poverty and Social Progress*, 1916）中关于优生学的讨论。后人文主义是对后人类主体或状态进行质疑的批判性话语。文化评论家伊哈布·哈桑（Ihab Hassan）在 20 世纪 70 年代首次使用后人文主义来描述"五百年的人文主义……即将结束"这一阶段（Hassan, 1977: 843）。与备受争议的后人文主义相比，人文主义已不再指代一种同质的意识形态，而是颂扬人类统一、超越、理性和开明的特点，最重要的是区别于世界上其他物种的主体。人文主义主体致力于在自身和他者之间划清界限，不仅在人类和他者之间，而且在人类自身内部强化二元对立，因此它不可避免地用等级秩序来描述差异。与此相反，后人文主义的主体拒绝以人为本质的人类中心主义世界观，无论是基于物种的还是性别的术语，而是将人类视为一个"集合"（Nayar, 2014: 4），与技术、其他物种和环境纠缠在一起，作为共享的、共同进化星球的一部分。因此，后人类并不一定设想一个字面意义上的后人类未来，即科技替代人类。与此相反，后人类对长期以来越来越式微的人文主义构想进行了探索和批判。"后人类"这个关键词为人们提供了一个理解宇宙的模型，这个模型的视角不是将"我们"从众多"他们"中区分出来，而是将人类与更大范围的身体生态系统相连，比如既有生态的也有机械的身体。

儿童文学研究一直关注边界，特别是儿童与成人之间明显的差异，同时也在提醒人们不要视孩子为"他者"，将其与成人完全割裂（Gubar, 2013）。童年是一种强大而独特的状态，因此更容易接受"界限的混淆所产生的快乐"（Haraway, 1994: 83）。儿童文学的乐趣在于想象和优先考虑非人类的主体性，因此为后人类思维提供了一个至关重要的场域，向年轻读者介绍那些在主流人文主义意识形态边缘造成困扰的思想，不管这种困扰有意与否。

21世纪以儿童和青少年为目标读者的文学作品的主题涉及技术对人类和社会的影响。儿童作家对于科技的态度有所转变，试图以一种更加鼓舞人心和积极的方式创作关于科技的故事。这种范式的转变，削弱了对高科技未来主义小说世界的反乌托邦渲染，同时与后人文主义日益高涨的学术兴趣相符合，这表明儿童文学作家正有意识地在作品中注入更多反映社会变化的元素。基于电脑、平板和手机是现代儿童和青少年最为普遍的娱乐和消遣方式这一事实，这种转变也与现代儿童在现实生活中的科技使用体验相匹配，可以说是相当积极的。

因此儿童文学中出现了很多对科技问题的反思，在一定程度上纠正了现实与叙事之间的明显脱节，是儿童和青少年在现实生活中对科技真实体验与反乌托邦超技术未来的叙事再现之间不对等的反映。尽管反乌托邦元素仍频繁出现在一些青少年读物的相关叙述中，但这些小说在构建人与科技关系的方式时有明显变化，它们开始在文中展现科技对儿童和青少年的积极影响。玛丽·皮尔森（Mary Pearson）的《詹娜·福克斯的崇拜》（*The Adoration of Jenna Fox*, 2008），科里·多克托

第6章　多元视野下的儿童文学批评研究

罗（Cory Doctorow）的《安达的游戏》(Anda's Game, 2004)和《弟弟》(Little Brother, 2008)，以及罗宾·沃瑟曼（Robin Wasserman）的《剥皮》(Skinned, 2008)都是这类青少年文学的典型代表，它们挑战了青少年文学流派中盛行已久的反科技主题。这些作品在承认科技具有威胁人类生存的风险性的同时，肯定了年轻人能够掌握技术与科学，以让其服务于人类的需求。这些小说并非以生物技术、虚拟现实或人工智能等令人害怕或不安的叙事主题作为切入点，而是从极具创造力的半机械人形象入手，并在构建半机械人主体能动性的过程中关注人类和机械的动态互动，这不但描绘了虚拟网络的友好、支撑性以及合作性特质，同时展示了入侵所谓安全计算机系统所需的创新和专业知识。综上所述，当代青少年文学表明后人类不一定要被视作对人类统治或主体性的威胁；相反，它们将后人类当作理解人类自身和历史的新方式，强调后人类主体性的多元化和碎片化，顺应利他主义主导下的集体概念和网络化的发展趋势。

充满忧患意识的后人类概念在儿童文学中得到一定的呈现，特别是在青少年文学中想象人类社会衰亡的可能性。诺加·阿普尔鲍姆（Noga Applebaum）意识到了"儿童小说中日益增长的技术恐惧症"（Applebaum, 2009：15）。克莱尔·布拉德福德（Clare Bradford）和他的同事们大胆地指出："到目前为止，儿童文学对后人类未来的展望总是与反乌托邦的概念相关联，这反映了人文主义对信息理论和控制论发展表现出的犹豫或者迟疑态度"（Bradford et al., 2008：155）。这类文本虽然都描绘了后人类的未来，但没有反映出后人文主义的核心原则。维多利亚·弗拉纳根（Victoria Flanagan）认为，"作家以更加肯定生活和积极的方式来思考技术"（Flanagan, 2014：2），但同时强调这种变化是缓慢的，这个主题自21世纪以来只在少数文本中出现。这些论证呼应了长期以来儿童文学植根于人文主义传统的观点。

青少年文学创作者摒弃既定模式的意愿日益强烈，他们不愿在构建未来科技世界时继续使用反乌托邦主义的表现模式。相反，当代作家却认为科技在构造主体性和创建现代数字时代中有着至关重要的作用。文学具有帮助读者适应社会发展新环境的重要功能，它能带领人们探索虚拟世界，以想象的方式体会各种情境，并且研究这如何在微观和宏观层面产生影响，如以富有想象力的方式测试各类场景，并研究科技如何对个人产生影响并波及整个人类社会。后人文主义批判的杰出支持者南希·凯瑟琳·海尔斯（Nancy Katherine Hayles）认为，"文学文本不是被动的社会现实渠道，而是在文化语境中积极塑造了技术和科学理论的意义"（Hayles，1999：21）。

部分文学作品构建了科技成熟的虚拟未来，并在向儿童介绍科技进步带来的影响方面发挥着独特作用，如科技发展的道德和伦理力量可能会影响人类的生存方式等。儿童文学积极尝试将读者进行社会化与本土化培养，提倡特定形式的主观性和身份构建，达成主题意义和叙事闭合的效果。因此，在儿童文学中提供技术表征的重要考量因素之一就是其是否赋予或剥夺了儿童主体权利。在21世纪以前，诸多书籍对科技成熟后的未来世界并不抱有期待，甚至给出了负面评价。在面向所有年龄段儿童的文学作品中都可以找到对科技的描述，这在一定程度上是因为几乎只有科幻小说是以丰富的想象力来探索科技对人类社会的影响，而这类文学作品对读者的要求较高。法拉·门德尔松（Farrah Mendlesohn）将科幻小说描述为一种"外向型"文学体裁（Mendlesohn，2009：17），以此将科幻小说与其他儿童文学体裁区分开来。研究者也认为把后人文主义视作分析青少年文学作品中相关叙述的批判框架的理念，更适用于青少年文学研究，因为它涉及对个人主体性和社会关系的反思，以及文学本身的未来发展趋势。

围绕后人类主义这一主题，研究者观察到后人类思想、感知和意识的表达是如何偏离了传统的人文主义叙事模式和观察视角的。以著名的青年科幻作家泰尼斯·李（Tanith Lee）的两部小说为例，可以看出20年来人们对科技的态度发生的剧烈转变。李于1981年首次出版的《银色金属情人》（*The Silver Metal Lover*），以及令人们期待许久的续集《金属之爱》（*Metallic Love*, 2005），这两部作品虽然同样讲述了人类女孩和她的机器人情人之间的爱恋故事，但对这一题材的处理方式截然不同。《银色金属情人》中体现出后人类意识形态，尽管其主题仍停留在自由人文主义层面；《金属之爱》虽然延续了这个名为"银"的机器人的故事，但对原初小说做出了较大的改变——不仅仅体现在情节方面，还在塑造故事及其意义的叙事话语方式上有所不同。《银色金属情人》中的机器人完全能够回应人类的爱情，这种乌托邦式浪漫故事并不存在于《金属之爱》所描绘的社会中。人类和机器人之间的二元区别消失殆尽，以至于人类因其精英主义意识以及脆弱性带来了新的社会问题。

青少年未来幻想小说中科技对人类主体性及社会的影响，也体现在对女性身体和女性主体性的刻画上。斯科特·韦斯特菲尔德（Scott Westerfeld）的《丑人》（*Uglies*, 2005）和玛丽·皮尔森的《詹娜·福克斯的崇拜》等作品通过科技的多样形式来突出女性身体如何发挥主体性作用，以及叙事方式如何在科技与女性主体性之间构建起意识形态的关联。

《喂养》（*Feed*, 2002）以及"饥饿游戏"系列所反映的无处不在的文化焦虑，直指人们对科技的日益依赖导致他们变得冷漠无情、缺乏社会参与的现状。这些现实主义文本包括科里·多克托的《弟弟》《为了胜利》（*For the Win*, 2010）、《海盗剧院》（*Pirate Cinema*, 2012）、《家园》（*Homeland*, 2013）等，"鼓励读者质疑既有的知识，提倡独立思考，反对用简单方式解决复杂问题"（Mickenberg & Nel, 2005：353）。"后人类理想的愿景就是拥抱信息技术带来的机遇，而不被描绘的无限的力量以及不具实体的永恒不朽的幻想所诱惑，以及承认并赞美人类的有限性。"（Hayles, 1999：5）在现实生活中，这些文本将促使读者辨识、反思他们在现实生活中发现的有问题的意识形态和权力结构，并对此做出反应。相关研究将会让研究者进一步思考，虚构激进主义以何种方式将21世纪的数字公民带入现实世界行动主义的活动之中。

6.4 后现代批评视野下的绘本研究

"后现代"作为一个专业术语，首次进入学术领域是在20世纪50年代末。英国历史学家阿诺德·汤因比（Arnold Toynbee）作为史上最早使用该术语的研究者之一，在其专著《历史研究》（*A Study of History*, 1947）中，用"后现代"来描述西方历史的巨大变化。阿瑟·伯杰（Arthur Berger）等评论家都赞同后现代主义意味着和现代主义的决裂，并纷纷注意到在20世纪60年代前后，从现代主义过渡到后现代主义的过程中，人们的情感发生了"巨变"，而这种变化在建筑家、作家和艺术家的作品中都得到了反映。克里斯托弗·巴特勒（Christopher Butler）在谈及从现代主义到后现代主义的运动时，指出在第二次世界大战之后"我们可以感觉到和现代派的一种决裂"，并认为"新观点的气候已经形成，新的情感也随之而来"（Butler，2003：5）。同时，他警告在从现代主义到后现代主义的转变中，并没有找到一条单一的发展路线，而是多种联系和破坏构成了这种转变。但由于后现代主义这一术语在使用过程中被不加分辨地过度阐释，该术语的界定很难达成普遍性的共识。琳达·哈琴认为在所有的术语中，"后现代主义被过度定义且未能形成统一的定义，将其统摄在一个包罗万象的定义中绝非易事"（Hutcheon，1988：3）。该术语的语义不稳定或者意义变动不居就是对其自身不确定性、不可靠性的最好阐释。"后"字准确使用的模糊性也促成了围绕后现代主义的激烈争辩（Jameson，1991）。很多学者认为后现代的使用意味着"非现代"，隐含之意是对抗所有现代主义的东西，但也有学者认为后现代主义超越了现代主义，它与现代主义有关联且两者之间有一定的连续性，例如查尔斯·詹克斯（Charles Jencks）就宣称"后现代主义有双重含义：对于现代主义的延续和超越"（Jencks，1991：5）。伊哈布·哈桑认为，后现代主义代表人们处理自我与社会、他人的关系时的"一种看待世界的方式，一种审视历史、理解现实、看待自我的滤镜"（Hassan，2001：9）。后现代主义进一步可以理解为对过去两个世纪以来西方文明所建构的大部分文化可靠性的扬弃。这种扬弃造成了对权威、所学智慧以及启蒙运动以来的文化政治传统的质疑，同时影响了生活的各个方面，包括建筑、文学、时尚和媒体以及人们看待社会主流群体的政治和文化实践。而乌苏拉·海斯（Ursula Heise）尝试提供了一系列关于后现代主义的用法，即按照时间顺序将后现代主义定义为在当代艺术作品和文学文本中表现出的一种特殊风格，这一划分方式在一定程度上更新了人们对语言、知识以及身份等问题进行理论思考的方式。

当后现代文本挑战自由人本主义社会的主流意识形态时，越来越多的研究者将注意力转向后现代主义的意识形态和实践以及后现代性的形成条件。蒂姆·伍兹（Tim Woods）认为在20世纪80年代，由所谓的"X一代"或"新星帮"等小说家创作的成人文学并没有明显地采用颠

第6章 多元视野下的儿童文学批评研究

覆性的叙事策略,但仍被贴上"后现代"标签。这些文本"与其说是后现代小说,不如说是关于后现代存在的小说"(Woods,1999:62)。后现代文学是对后现代主义影响的批判,特别对其政治和文化形式,如全球化、大众媒体和消费主义的批判等领域(Geyh,2003)。

此外,20世纪末至21世纪初期,儿童文学领域竞争激烈,新作家若想要开辟出属于自己的独特文化空间,就必须考虑年轻人所接触的电影、电视、电脑游戏、DVD、网站等种类繁多的媒介,从而吸引消费者的注意力。为了赢得自己的一席之地,作者和绘画家就需要找到讲故事的新方式,将他们的叙事策略陌生化。德波拉·史蒂文森(Deborah Stevenson)认为,尽管流行文化已经融入绘本中,但相比于书籍,"电视、电影音乐影像等媒介将年轻人与后现代流行文化联系得更为紧密"(Stevenson,1994:32)。当下流行文化的驱动力是图像。在视觉文化盛行的时代,科技使复制和挪用变得容易,作家和绘画家通过拼贴、合成等表现方式,和其他文本形成相互指涉。

正是在这一文化氛围与创作意图的共同作用下,后现代主义儿童绘本应运而生,成为一种独特的表达形式,并迅速得到读者和研究者的高度关注。儿童文学绘本对于后现代技巧的使用最早于1963年出现在莫里斯·桑达克(Maurice Sendak)的《野兽家园》(*Where the Wild Things Are*)中,并盛行于20世纪70、80年代,成为一种极富文化内涵的表达形式。

从历史的维度来看,儿童文学可以有效反映一定的社会价值、观念以及历史知识,因此它肯定会受到当下文化的影响。同样,后现代的影响不仅出现在以成年人为目标读者的文本中,也已经渗透到儿童文学的叙事、情节结构以及相关主题中。儿童文学作家以及绘画家对于这些问题的关注,表明了他们身处由后现代主义产生的文化和知识氛围中,并借助儿童绘本的方式对所处的社会和文化氛围进行回应。在过去30年里,绘本作家以及绘画者回应时代主旋律的方式是有意或者无意地将后现代主义的方法、技巧以及情感应用于创作之中。佩里·诺德曼认为电子游戏、动画片、玩具、电影等流行文化产品以充满想象力的游戏和天马行空的故事讲述吸引着这个时代的儿童,而正是这些产品帮助塑造了儿童接触绘本的方式。在追溯后现代主义对绘本的影响以及探讨后现代主义绘本的构成问题时，研究者应该时刻谨记这些文化元素。这些文化视角及其差异不仅有助于读者理解绘本，而且有助于他们熟悉绘本所处的文化语境。

此外，这些创作于 21 世纪以来的后现代绘本，对传统儿童文学的创作过程及其表达的主流观点和价值观提出质疑，开始审视后现代主义对社会、政治和经济结构的影响。其中一些绘本采用元小说策略，在注重故事线性发展并达成某种结局的同时，结合了诸多后现代性和后现代语境进行展开。例如陈志勇（Shaun Tam）的作品《丢失的东西》（The Lost Thing, 2000），就糅合了现代主义、后现代主义等多重元素，探讨了诸如全球化以及与之相关的大众传媒和消费主义等与后现代性相关的问题。后现代文本不仅关注世界的本体地位，而且关注文学文本本身的本体地位。通过对不同世界的建构以及展现不同世界的冲突，后现代绘本突出了不同世界的边界，瓦解了文字作为文本中心的本体存在。这种本体的多元性或者不稳定性是大多数后现代儿童文学作品的主要运作机制。实际上，这种变化是否涵盖了所有儿童文学的作品还不能确定，因为在许多后现代和传统绘本中儿童仍将自己视为他们所处世界的中心。

由此可见，后现代绘本拒绝墨守成规，采用拼贴的风格使文本结构呈现出"嬉戏"的态度。为了强化阅读体验，这类绘本通过挑战、"戏弄"读者等方式帮助他们看到文本中（甚至封面上）的典故、戏仿以及其他文本游戏。在后现代绘本中，传统小说的推测、期待以及完满结局都受到挑战（O'Connor, 2004），绘本的虚构性和结构均受到质疑。尽管所有叙事之间都会存在空白，但是很多后现代绘本故意凸显空白，却拒绝泄露叙事信息或者使用与书写文本相互矛盾的插图文本。这些策略因其关注文本的建构性本质，而被看作呈现元小说的特征。为了摒弃绝对主义，诸多后现代叙事呈现不确定性，如缺失结局或清晰可靠的意义。大卫·刘易斯（David Lewis）指出："后现代小说对传统小说提供给读者的满足和安慰毫无兴趣，它只对小说的本质以及故事讲述的过程感兴趣，它使用元小说的策略，试图瓦解传统小说带给读者不加反思以及幼稚的阅读体验"（Lewis, 2001：93-94）。尽管大多数儿童文学还是遵守传统的现代主义方法，但后现代主义儿童绘本产生的深远影响仍值得

第 6 章　多元视野下的儿童文学批评研究

探索。值得注意的是，尽管后现代绘本的主要目标读者依然是儿童，但由于"嬉戏"这一特质，往往会吸引不同年龄的读者，即由成人和儿童构成的双重读者。相对而言，它对包括青少年以及成人在内的、年龄稍长的读者的吸引力主要在于其讽刺和戏仿的特色，而对儿童的吸引力还是其显而易见的"嬉戏"特色。

在探寻后现代主义对于绘本创作的影响时，研究者重点关注它在具体文化语境中的应用以及与具体文本直接相关的一系列特征。后现代文学的创作动力之一就是要挑战现实主义文学，挑战现实主义文学文本中的意识形态，以及挑战现实主义小说如何使用各种叙事策略和手法使文本中呈现的观点和价值自然化。而在后现代叙事中，读者经常被提醒他们所参与的阅读过程，并不像现实主义作家认为的是要阐明他们所处的世界，而是要将其卷入文本所表征的问题之中。后现代文本不是建立确定性，而是关注差异，创造出质疑不同文化边界以及确定性的条件。反映在具体儿童文学文本中的不确定性，就表现为抵制用确定、完整的故事情节给读者提供安慰的传统叙事；与此相反，它们带给读者的是充满不确定性、缺少结局的故事。

后现代主义对于文学和艺术的影响似乎行将结束，并且学界已然出现了新的发展趋势。尽管目前研究者对于后现代之后走向何方并没有形成统一的认识，但通过审视后现代文学，不难发现一个特殊的方向已初见端倪——身份政治。获得话语权的领域包括后殖民理论、酷儿理论、后女性主义、自传文学以及后人类小说，这些领域已经取代了后现代文学的地位。显然，自 20 世纪 90 年代起，后现代主义的"后"已经实现了某种程度的自主权，这或许预示着后现代主义已经超越了其和现代主义的连接，从而进入了后现代主义的新阶段。艾伦·吉尔伯特（Alan Gilbert）认为"当文学脱离了后现代主义时代后，更加有价值多元主义的可能性"（Gilbert, 2006: 82–83）。

后现代因素同样反映在绘本叙事中，如《不要打开这本书》(*Do Not Open This Book,* 2016)、《一本未完成的精灵故事》(*An Undone Fairy Tale,* 2005)等作品。前者的插图并不完整，后者的故事也未完成，这两本书甚至还直接告诉读者不要打开绘本或翻动页面。尽管使用了诸如直接称呼、改变字体和插画风格等元小说叙事策略，这些文本似乎没有超越刚开始"不要翻动页面"的笑话。伊哈布·哈桑指责后现代主义影响下的文化已经变得"枯燥乏味、装模作样、花里胡哨、滑稽可笑等"（Hassan, 2001: 5）。这类绘本似乎也具有这些特征。甚至有学者采取了一种极端立场，认为后现代主义唯一存在的地方是在诸如《怪物史莱克》（Shrek, 2001）和《超人特工队》（The Incredibles, 2004）等儿童卡通片中。即便如此，为了吸引家长陪同孩子观看，这两部作品做了某种妥协，却在某种程度上忽视了儿童绘本丰富的文化内涵（Kirby, 2006）。

总的来说，虽然自20世纪80年代末期开始，后现代主义就已经进入儿童文学，特别是儿童绘本的创作之中，但所受影响最为深刻的无疑是20世纪90年代的作品。后现代风格文本主要吸收创作于新千年之后的文本风格，表现了后现代主义内部发生的变化。后现代绘本不是儿童图书的静态组成部分，而是能够对影响其产生的文化政治状况做出回应的动态形式。由于各种文化、社会和政治的影响，后现代绘本的形态和内容等在不断地发生变化。在此过程中，后现代绘本理论始终伴随左右，为探索文学如何不断塑造和重塑自身提供了全新的批评话语范式。

6.5　从生态批评到生态教育

对环境问题的关注及生态批评理论的建构发端于自然写作领域，如亨利·梭罗（Henry Thoreau）的《瓦尔登湖》（Walden; or, Life in the Woods, 1854）和雷切尔·卡森（Rachel Carson）的《寂静的春天》（Silent Spring, 1962）。诸多研究都对生态批评的发展产生了深远的影响，如劳伦斯·比尔（Lawrence Buell）的《环境想象：梭罗、自然写作与美国文化的形成》（The Environmental Imagination: Thoreau, Nature Writing, and the Formation of American Culture, 1995），谢丽尔·格罗特费尔蒂（Cheryll Glotfelty）和哈罗德·弗洛姆（Harold Fromm）合著的《生态批评读者：文学生态学的里程碑》（Ecocriticism Reader: Landmarks in Literary Ecology, 1996），格雷格·杰拉德（Greg Garrard）的《牛津生态批评手册》（The Oxford Handbook of Ecocriticism, 2014）等。生态批评的方法和理念对儿童文学也产生了深远的影响，并为生态教育铺平了道路。

第6章　多元视野下的儿童文学批评研究

儿童文学中的自然、动物、植物等元素，同样成为生态批评重要的研究话题。其中，动物研究主要聚焦儿童文学文本中人与动物之间的交流与互动，以及人类与动物之间的跨物种现象所引发的物种关系问题。凯瑟琳·埃利克（Catherine Elick）的《儿童小说中会说话的动物》（*Talking Animals in Children's Fiction*, 2006）将动物自传作为一种特殊的体例进行讨论，探究动物如何通过人类语言传递思想和情感，并借此关注儿童与动物的身份认同。该书提出了一种悖论：既要求孩子们认识真实和虚构的动物，又同时把它们当作人来看待。这一悖论同样涉及动物研究的重要议题，即动物在儿童文学和儿童文化中的呈现，以及人类与动物的情感交流等。芬兰作家杰姆·凡斯顿（Jem Vanston）的图画书《一只叫狗的猫》（*A Cat Called Dog*, 2015）讲述了一只猫为了寻找自己的身份而离开了森林家园，来到芬兰南部的首都赫尔辛基的故事。澳大利亚作家约翰·马斯登（John Marsden）的图画书《兔子》（*The Rabbits*, 1998）被解读为人类中心主义的寓言，讲述了在虚构的人类纪中，技术如何永远地改变了历史，并警示人们关注自然与文化二元对立可能带来的可怕后果。而在泰德·休斯（Ted Hughes）为儿童创作的动物诗歌及其插图中，动物形象结合了拟人化的动物特征，反映出对人与动物、人与自然关系的认识。另有一些研究基于媒介理论和后人文主义理论，凸显诗歌中的非人类与人类之间的跨物种关系。近年来，文学评论家越来越关注文学中的植物研究。从理论上讲，植物研究借鉴了浪漫自然哲学和经典田园修辞理论中有关田园以及生态批评的视角。兰迪·莱斯特（Randy Laist）在《植物与文学：关键植物研究》（*Plants and Literature: Essays in Critical Plant Studies*, 2013）一书中提出，植物在所有文化中都扮演着至关重要的角色，它不仅是一种带有文化隐喻意味的符号，更应被视为人类的同伴。帕特里夏·维埃拉（Patricia Vieira）在《绿线：与植物世界的对话》(*The Green Thread: Dialogues with the Vegetal World*, 2015）一书中就专门讨论了"魔戒"系列小说中的植物感知能力、种子银行，以及植物在电影和文学中所呈现的身份角色等问题。

从整体上看，儿童文学旨在激发读者思考自然在文学文本中的表达和呈现，思考人与自然的关系，如当代文本是否继承了之前的价值体系，即将儿童置于自然田园诗般的浪漫关系中；文本中表达的观点是否与今天面临的环境和生态挑战（极端天气、物种灭绝、过度消费等）相一致；儿童文学与大众文化对处理环境危机问题产生了何种影响；儿童和青少年文学研究与哲学、教育和伦理学等相关学科的跨学科研究，为解决环境问题带来何种有益启示；从"景观"的角度审视田园风光和反乌托邦景观，是否同样具有一定的现实意义；等等。在儿童文学创作中，如何表现自然和儿童的关系，以及是否支持生态公民的塑造或教育等问题，仍然值得进一步的思考与探讨。

6.5.1 反乌托邦青少年小说中的生态危机

联合国曾提出："到20世纪中叶，情况变得越来越清楚……'全球变暖'的进程正在加速。几乎所有的科学家都同意，我们必须立即停止并扭转这一进程，否则将面临一系列毁灭性的自然灾害，会改变我们所知的地球上的生命"（United Nations，2022）。气候变化是对人类而言最严重的威胁之一。著名环保主义者比尔·麦克基本（Bill McKibben）在《地球：在艰难的新星球上生存》（Eaarth: Making a Life on a Tough New Planet, 2010）一书中甚至宣称，人们应该给地球重新取名为"Eaarth"（McKibben，2011：15），因为过去适宜物种生存的栖息地"地球"，已经逐渐变得不再适合居住了。极地融化、森林消失、海水侵蚀、太阳风暴扫射等，这些黑暗的未来都出现在为青少年创作的反乌托邦小说中。萨西·劳埃德（Saci Lloyd）的《碳日记2015》（The Carbon Diaries 2015, 2008）和续集《碳日记2017》（The Carbon Diaries 2017, 2009）带领读者进入未来的伦敦，进入一个气候迅速恶化的时代。主人公劳拉·布朗看到的是风险社会，一个由共同的生态和经济风险连接起来的跨国全球社区，人们不得以受到其他地方发生的潜在威胁或真实破坏的影响。劳埃德向人们展示了在不久的将来，英格兰可能会先出现类似危机，进而迅速在全球蔓延开来。这种反乌托邦式的情景与人们从气候学家、社会学家和政治学家处听到的有关气候变化和资源枯竭可能带来的负面影响相一致。"碳日记"系列阴郁地展示了严峻且棘手的社会和生态问题，巧妙地将反乌托邦和乌托邦融合在一

第6章　多元视野下的儿童文学批评研究

起。德国哲学家恩斯特·布洛赫把"希望的原理"视为乌托邦的核心，而露丝·莱维塔斯（Ruth Levitas）则在《乌托邦的概念》（*The Concept of Utopia*, 1990）中明确指出："乌托邦的基本要素并不是希望，而是期盼更好的生存方式"（Levitas, 2010: 221）。学者和作家们普遍认为，面向年轻读者的反乌托邦文本应提供一丝希望，因为人们不仅需要扣人心弦的故事，而且在寻求一个更美好的世界。从这一层面看，"碳日记"系列确实提供了这种美好的承诺。虽然劳埃德笔下的未来世界是黑暗且痛苦的，经常存在威胁，人们也失去了诸多东西，但与此同时，重视差异且富有意义的生态社会的建构成为可能，催生了全新的生存模式。

由此可见，反乌托邦青少年作品的主题和充满希望的结局之间仍然存在着矛盾。凯·桑贝尔（Kay Sambell）看到了这类文学作品存在的矛盾：一方面，它意在警告年轻读者当前人类行为可能带来的可怕后果；另一方面，它又抱有希望，提倡迫切的社会变革。"面向成人读者的反乌托邦作品的功能依赖于其警示作用，而面向青少年读者的反乌托邦小说往往以犹豫、摇摆和模棱两可等为特征。"（Sambell, 2003: 163-164）与成人反乌托邦作家不同，青少年文学作家不会让占据道德制高点的英雄遭遇失败，也不会任由故事朝着更悲观的结局发展。也就是说，在创作过程中，作者必须设置破坏力极大的灾难性场景，从而创造出完全现实的反乌托邦世界，但同时必须具有足够的可挽救性，让主角能够在这些改变的条件下生存下来，这种平衡和博弈极有可能会破坏反乌托邦叙事的合理性。甚至在一些极端情况下，反乌托邦小说的故事结局令人窒息，如科马克·麦卡锡（Cormac McCarthy）的"普利策奖"获奖小说《路》（*The Road*, 2005）的结局，看似为故事中的男孩面对非人道世界提供了希望，但其实前景黯淡、令人悲观。《路》中的未来之所以如此激进，是因为它展示了因破坏而导致了大自然的不可修复性。又如安德鲁·斯坦顿（Andrew Stanton）的动画大片《机器人总动员》（*WALL·E*, 2008）的结局，想象的世界里只有一只蟑螂和一个机器人可以生存，人们难以置信被垃圾覆盖的星球会因植物复活产生的能量而挽救他们的生命。换句话说，这些故事中极端的后末日叙事打破了任何希望。

但是，凯莉·欣茨（Carrie Hintz）和伊莱恩·奥斯特里（Elaine Ostry）在 2003 年出版的《儿童与青少年的乌托邦与反乌托邦写作》(Utopia and Dystopian Writing for Children and Young Adults)中指出，"针对年轻人的反乌托邦主题的作品数量惊人，涉及灾后和环境挑战场景"（Hintz & Ostry, 2003：12）。他们预计这种体裁将会越来越受欢迎，因为它提供了一个富有成效的方式来解决年轻读者感兴趣的社会问题。阿德里安·斯托滕堡（Adrien Stoutenburg）的《在那里》(Out There, 1971)、罗伯特·奥布莱恩（Robert O'Brien）的《撒迦利亚的Z》(Z for Zachariah, 2007)和罗伯特·斯温德尔的《土地上的兄弟》(Brother in the Land, 1984)等作品，便是生态反乌托邦青少年小说的典型例证。除此之外，苏珊·贝丝·普费弗（Susan Beth Pfeffer）的"最后的幸存者"系列（Last Survivors, 2008—2010）、雅各布·萨克（Jacob Sackin）的《岛屿》(Islands, 2008)、苏珊娜·温（Suzanne Weyn）的《空》(Empty, 2009)、保罗·巴奇加卢皮（Paolo Bacigalupi）的《破船者》(Ship Breaker, 2010)、卡梅隆·斯特拉彻（Cameron Stracher）的《水之战》(The Water Wars, 2011)、凯特·汤普森（Kate Thompson）的《白马戏法》(The White Horse Trick, 2010)、朱莉·伯塔尼亚（Julie Bertagna）的"出埃及记"三部曲（Exodus Trilogy, 2002—2011）等文本，则进一步证明了环境和生态话题在反乌托邦青少年小说中的受欢迎程度。虽然这些小说中描绘的未来场景很凄凉，涉及气候变化、资源枯竭、物种灭绝等严峻的生态危机，但故事结尾没有让年轻读者失去希望。事实上，这种即使在最黑暗的未来场景中也保留一丝希望的做法在反乌托邦作品中很普遍。"伊希斯三部曲"（The Isis Trilogy, 1980—1982）的作者莫妮卡·休斯（Monica Hughes）认为，即使是反乌托邦青少年文学也必须保留希望，这样做既是为了吸引年轻读者，也是作家的社会责任。正如《记忆传授人》的作者洛伊丝·劳里认为的一样，虽然反乌托邦世界令人兴奋，但最终指向的结果不应是提倡虚无主义，而是要让年轻读者看到希望。

除此之外，许多青少年小说虽然并未公开、明确地宣扬"环保主义"，但是以一种更为隐蔽的方式对人类破坏自然环境的行为进行批判。

"后末世"（post-apocalyptic）和"后灾难"（post-disaster）两个术语都呈现了世界范围内文化范式被大规模破坏后如何复原的景象。部分小说创作以美国、英国、澳大利亚和南非等国家的现实问题为背景，帮助青少年读者审视当代的环境危机问题。危机小说（crisis novel）描绘了充满衰败景象的末世惨状，而"地球诗学"（poetics of the Earth）的提法旨在强调人类与地球的分离和异化。在末世小说中，星球异位是因为人类超越了常规社会和生存环境的边界点。这一异位将地球视作"封闭空间"，即缺乏自决权的文化生产场域。环境危机则隐喻着青少年的身份危机，因为他们将在后自然世界中长大成人。这一危机反映在青少年主人公与社会生态环境之间的关系中，这种关系在其自身身体话语范式中得以复现。而在将进步科技视作空洞世界之佐证的小说里，作家们将女性身体和后人类身体看作控制的焦点和潜在反抗的载体，揭示出当下全球变暖、气候变化和自然灾害频发等严峻的生态问题，并提出科学技术是解决地球灾难的可行性方案。

从生态批评角度审视青少年小说、关注全球化进程中地球所遭受的破坏以及审视西方世界中大自然的世俗化，无疑可以借助自然和儿童之间建立起的浪漫主义想象，将人类行为置于生态环境的背景下进行重构与解读，从而重新找回自然景观所具有的神圣性，并在一定程度上调整人类和自然的关系，实现对人类生存家园及自身的救赎。这种用生态主义对抗霸权主义的理念，对处于成年边缘并即将进入权力和管理体系的年轻人尤为重要，至少在理论上这种理念能够实质性地引导青少年朝着积极的方向进行改变。

6.5.2 从生态批评走向生态教育

谢丽尔·格罗特费尔蒂等将生态批评定义为"文学与自然环境的关系研究"（Glotfelty, 1996: xviii–xix），并进一步阐释其研究对象，如考察自然和环境价值在文学文本中的体现、探索自然与文化的内在联系、探索如何应对环境问题并为环境的修复做出贡献等。1992年，文学与环境研究协会的成立被认为是生态批评的正式开端。随后，协会期刊《文学与环境的跨学科研究》(Interdisciplinary Studies in Literature and Environment)的创立以及谢丽尔·格罗特费尔蒂和哈罗德·弗洛姆两人的选集《生态批评读者：文学生态学里程碑》的出版，更是推动了这一批评范式的迅速成长与广泛传播。1999年，在该协会的双年会上，"多元化核心小组"正式成立，以鼓励非白人生态批评学者、环境作家和艺术家积极发声。最初的组织者主要是协会里白人和中产阶级的生态批评家和生态女权主义者，他们同时是积极的反种族主义者，致力于使该领域朝着多元化的方向发展。此外，他们的观点丰富，由"自然写作"延展到"环境写作"，不仅包括散文、小说和诗歌等传统文体类型对自然的描写，更涵盖了推理小说、科幻小说、访谈、社论和其他形式的媒体，从而从根本上改变了生态批评研究的范围。这一转变普及了生态批评，同时催生出一套新的生态批评教育方法——生态教育法，即强调公民参与是生态批评课堂的基本组成部分。不仅如此，该多元化核心小组的早期领导人雷切尔·斯坦（Rachel Stein）和乔尼·亚当森（Joni Adamson）一同出版的《环境正义读本》(The Environmental Justice Reader, 2002)和《环境正义新视角》(New Perspectives on Environmental Justice, 2004)等都有意地突出了环境正义和行动主义的重要性。

　　生态批评的理论应与实践相统一。生态教育明显区别于想要在全球新自由主义框架下寻求一席之地的环境教育，而是倡导可持续发展。理查德·卡恩（Richard Kahn）提出，人们应为"发展更加公正、民主和可持续的地球文明的生态教育学而努力"（Kahn, 2008：8）。除此之外，生态教育学旨在建立起对地方、区域和全球生态互动方式的理解。环境正义和生态女权主义对儿童文学的批评也阐明并呼应了这种生态教育理念。卡玛拉·普莱特（Kamala Platt）选择研究旨在促进环境健康和社会正义、揭露环境种族主义以及与地球退化密切相关的文本，将环境正义儿童文学定义为"研究人权和社会正义问题如何与生态问题相联系、环境退化如何影响人类社区，以及一些人类群落如何长期维持与其地球栖息地的共生关系的儿童故事"（Platt, 2004：184）。

　　生态教育和生态批评的交融结合，同样为儿童环境文学及其发展，特别是消解异化提供了新的研究路径。谢尔·希尔弗斯坦（Shel

第6章 多元视野下的儿童文学批评研究

Silverstein)所著的《给予之树》(*The Giving Tree*, 1964)就是典型的借助生态文体探讨人物自我异化的故事。主人公小男孩向自己的一棵树索取一切：最开始只是一个秋千，再是砍掉树枝，最终到砍掉树干。在这种对人与自然压迫性关系的设想中，树代表了异性恋父权文化中牺牲一切的母亲，而这个自恋的小男孩便是人类的缩影，他不断向自然（树）索取更多，直到什么都不剩。这篇故事认为人与自然的角色不是互惠的，但是小男孩从不质疑自己是否有要求更多的权利，也从不质疑自己与树及其背后大自然的关系。相比之下，约翰·伯宁罕（John Burningham）《喂！下车》(*Oi! Get off Our Train*, 1994)中的主人公小男孩会与自然沟通，并通过对话改变自己的行为。故事中，小男孩梦到自己登上了一列夜车，他和自己的狗需要应付濒危动物们提出的一个个要求——从最初的拒绝到主动与它们交流，再到最终被说服，决定带它们上路。在这个故事中，小男孩在意识到这些动物的命运与自己的命运息息相关后，他做出的决定促进了"生态民主"，"人类主体开始倾听非人类世界的声音……儿童被构建为一个环境主体，可以通过互动和共情接受重塑和改变"(Gaard, 2008: 16)。

许多传递生态思想的儿童文学主要聚集于对生态危机的阐释，而缺少能够有效解决这些危机的政治方案或集体行动。在苏斯博士（Dr. Seuss)《老雷斯的故事》(*The Lorax*, 1971)中，读者可以明显注意到故事中严峻的生态问题和实际解决方案之间存在严重的脱节。由于受工业资本主义利润的驱动，森林砍伐、物种灭绝、环境污染、自然资源过度损耗等生态问题十分严重，而在故事的结局处，仅通过企业家老万和环保男孩之间的私人对话，即老万把最后一棵绒毛树的种子交给男孩，便象征性地"解决"了这些生态问题，但这显然无法真正解决自然资源过度消耗的问题。更令人感伤的是，虽然老万对由自己行为引发的后果感到痛苦，但除把纠正自己错误的责任转交给一个小男孩以外，他并没有展现出任何的个人转变。

除此之外，正如理查德·卢夫（Richard Louv）在《森林中的最后一个孩子》(*Last Child in the Woods*, 2005)中证明的那样，大自然缺失症（nature deficit disorder）在城市儿童身上日益严重，"那些没有在野外玩耍过的孩子缺少与自然接触的经历，不会产生对自然的依恋"(Louv,

2005：2）。儿童环境文学致力于解决儿童的情感问题，鼓励儿童对人与自然的关系进行思考。

生态教育强调行动、承诺和立即改革的必要性，这一点对于儿童环境文学来说毋庸置疑。生态批评不应仅仅停留在学术研究，还必须致力于教导青少年儿童关注地球上的所有生命，要关心地球及其居民的健康。传递生态教育理念的儿童文学可能会促使儿童有意识地去抵制文化、经济等领域对生态环境的破坏。因此，引导儿童去阅读和体悟有关生态保护、社会正义与环境正义的文学，无疑具有重要的价值意义。

6.6　跨界文学研究

"跨界"（crossover）这一术语本身是一个十分复杂的概念，它在不同的语境中具有不同的含义。在跨文化研究中，跨界强调的是文化的转向；在性别研究中，跨界呈现的则是性别视角的转换。这一术语在儿童文学研究中则用来指代"跨越年龄界限"，指能够吸引成人读者阅读的儿童文学作品。此种"跨界"并不是一个全新的文学现象，许多经典成人文学既吸引成人读者又吸引儿童读者。例如卡洛·科洛迪（Carlo Collodi）的《木偶奇遇记》、刘易斯·卡罗尔的《爱丽丝梦游奇境记》和安徒生的童话故事，从一开始就同时面向两种或多种类型的读者或被两种或多种类型的读者阅读。罗斯玛丽·萨克利夫为儿童和青少年创作的历史小说同样吸引了成年读者，因为她为"9岁到90岁的所有年龄段儿童"写作。但直至20世纪90年代，J. K. 罗琳的"哈利·波特"系列小说取得巨大成功，研究者们才开始采用"跨界文学"这一术语来指代能够吸引不同年龄段读者阅读的儿童文学作品，这一现象也才受到人们的普遍关注。跨界文学主要包含"跨界阅读"（cross-reading）和"跨界写作"（cross-writing）两个方面：跨界阅读指的是能够同时吸引不同年龄层群体阅读的儿童文学作品；跨界写作一般是指作家既为儿童创作也为成人创作，或指某位作家的创作吸引了不同年龄层的阅读群体。

随着对跨界文学研究的大量涌现，研究者们试图将跨界文学视为一类独特的文学样式，梳理其起源并界定其概念。佐哈尔·沙维特

第6章 多元视野下的儿童文学批评研究

等研究者从叙事学视角出发，讨论儿童和成人谁才是此类小说的隐含读者。桑德拉·贝克特的《全球和历史视阈下的跨界小说》一书以1997—2007这十年间的跨界小说为研究对象，指出新的文学类型的出现与文化变迁、社会转型等现实因素相关，跨界小说的出现源于成人文化与儿童文化之间界限的模糊所带来的焦虑，成人文化失去了优越地位，甚至开始受到儿童文化的影响。贝克特将跨界小说置于广泛的文学与文化史背景下，尝试廓清这一文学现象产生的根源与发展，试图使跨界文学成为跨年龄、跨民族、跨语言、跨文化的世界文学范式。

6.6.1 "哈利·波特"系列引发的跨界小说思考

近来出现的越来越流行的"全年龄"文学类别中，最突出的例子是J. K. 罗琳的"哈利·波特"系列。世界各地的读者，包括儿童和成人都在积极阅读并热烈讨论这部作品。突然之间，每个人都在谈论儿童书籍，不仅仅是幻想类代表"哈利·波特"系列小说，各种各样的儿童小说都得到了人们的普遍关注。"哈利·波特"系列和其他许多儿童读物确实对成人读者有着吸引力，由此形成的跨界影响在英国前所未见。虽然罗琳的作品在成人读者中取得成功只是一个特殊例子，但是说明在这十年间，新的和经典的儿童文学正在转变为文学主流。2001年，菲利普·普尔曼的《琥珀望远镜》获得了"惠特布莱德儿童图书奖"。罗琳和普尔曼的成功激励了其他儿童和青少年幻想作家的创作，如约恩·柯尔弗（Eoin Colfer）、安东尼·霍洛维茨（Anthony Horowitz）、加斯·尼克斯（Garth Nix）、G. P. 泰勒（G. P. Taylor）以及丽安·赫恩（Lian Hearn）等都在儿童和成人小说市场上成为畅销书作家。刘易斯·卡罗尔的"纳尼亚传奇"系列等经典儿童奇幻小说再次推出了新版，其中一些是为成人读者量身定做的。

随着儿童市场的商业潜力得到作家和出版商的一致认可，儿童文学出版界获得了新生。正如安妮·费恩（Anne Fine）所说，"在'哈利·波特'热潮之前，这里曾是一片寂静的死水，现在却突然成为主流。"

（Fine，2006）儿童写作不仅在一定程度上摆脱了边缘化的处境，甚至被提升到了成人小说的地位。儿童文学和儿童作家长期以来一直被主流文学评论家所忽视，但现在他们在文学领域获得了尊重，在媒体中享有了更高的知名度，成为享有盛誉的主流文学奖的有力竞争者。儿童文学的新地位和跨界文学的普遍现象是我们这个时代最显著、最重要的文化标志之一。但在十年前，很少有人能预见到儿童文学的繁荣。在20世纪90年代中期，没有人能预料到儿童文化中最引人注目的人物会是一个文学人物，或者世界上最著名的人物之一是儿童作家。

跨界文学有不同的形式。作家们可能会被儿童文学明显的质朴特色所吸引，从而选择它作为为成人书写童年故事的媒介，如安东尼·德·圣–埃克苏佩里（Antoine de Saint-Exupéry）的《小王子》。有些书虽然一开始是为成人创作的，但它们的影视改编本是专门针对儿童的，比如费利克斯·萨尔登（Felix Salten）的《小鹿斑比》（Bambi, 1923）。1942年，迪士尼公司拍摄了同名动画，该书由此成为家喻户晓的儿童文学作品。此外，从一种语言翻译到另一种语言的过程中，书籍发行的受众也会发生变化。儒勒·凡尔纳（Jules Verne）的多部小说在翻译成英语后，大受青少年读者喜爱，几乎成为青少年文学市场上的专属。而安妮·费恩面向青少年读者作品的《窈窕奶爸》（Madame Doubtfire, 1987），其德文译本则以成人读物的形式发行。跨界作家（cross-writers）也随跨界现象的出现而受到关注，如米歇尔·图尼埃（Michel Tournier）等作家，他们通常既为儿童创作，也为成人创作。甚至有些作家的作品在出版时便推出了成人版和儿童版，但两种版本的内容完全相同，只是封皮和价格有所差异。

6.6.2 跨界小说的成因

关于为什么在进入千禧年后的十年中有数百万成年人开始阅读儿童文学，人们提出了各种各样的解释，但到目前为止没有一个能完全解释这个问题的复杂性。最常见的观点是儿童文学作品的跨界阅读是成年人"幼稚化"的标志。面对"成人幼稚化"的指责时，除应当认识到成人

第6章　多元视野下的儿童文学批评研究

小说并不比儿童小说更具有严肃性这一事实之外，人们还应该肯定儿童文学比以往任何时候都更深入地融入流行文化这一事实。正如杰克·齐普斯指出的那样，能吸引大量儿童读者的书籍很可能会吸引更多拥有相同品味的成人读者。许多评论家认为成人阅读儿童书籍是出于怀旧，这些书唤醒了他们的童年记忆，使他们联想到自己喜爱的童年读物。一些学者将这种广泛的怀旧归结于社会全球化现象。还有学者认为许多成年人之所以被儿童小说吸引，是因为他们觉得自己失去了田园诗般的童年，渴望回到一种天真和无知的状态。杰奎琳·罗斯（Jacqueline Rose）在1984年的研究《以〈彼得·潘〉为例或儿童小说中的不可能性》(The Case of Peter Pan, or, the Impossibility of Chidren's Fiction）中指出，儿童书籍并不真是为儿童写的，而是由怀旧的成年人写成的。同样，目前的跨界趋势被一些人归因于某种"彼得·潘综合征"。跨界小说中的"共同的过去"把这一代的儿童、青少年和成年人联系在一起。

随着人们对童年、成年和青春期认识的转变，许多复杂、发人深思的儿童小说开始走向成人读者的世界。20世纪，童年作为一个受保护的空间的概念遭到破坏，奇幻文学被公认为是成年人的合法读物，所以才能使如理查德·亚当斯的《兔子共和国》或"哈利·波特"系列既面向成人读者又面向儿童读者的条件变得有利。反过来，这意味着儿童读物和成人读物之间的界限变得特别模糊，成年人可以阅读最初为6岁儿童创作的奇幻小说，如《小熊维尼》。而当今的经典儿童书目通常都包含了专门针对成人的书，如《哈克贝利·费恩历险记》或"福尔摩斯"故事系列。跨界文学既吸引着青年读者也吸引着成人，因为它聚焦于从儿童到青年的转变，是关于生活变化和成长的故事，对青少年、中年人或老年人同样重要。也许，与过去几十年相比，当今社会对改变和成熟的承认和接受并不只局限于青少年，因此有研究者把跨界现象归因于这样一个事实：随着儿童和青少年变得越来越"世故"，儿童小说正变得越来越"成熟"。实际上，跨界小说中所呈现的远超于童年的纯真与美好，相反，故事中充满着成长的疼痛。在此类文学中，青春期的到来和尝试理解错综复杂的成人世界是常见的主题。

在一些跨界文学中，跨界作者一直在要求年轻读者反思几代人所面临的具有挑战性的哲学问题，如《爱丽丝梦游奇境记》《兔子共和国》

《老鼠父子历险记》(*The Mouse and His Child*, 1967) 和《小王子》等。许多当代跨界作品中都涉及精神层面的内容，并且含有一些富有挑战性的形而上学和存在问题等内容，评论家普遍将成年人对此类书籍的偏好归结于其中所蕴含的深刻的哲学内容，而当今的年轻读者普遍比过去的读者拥有更高的文学素养。实际上，一些年轻读者并不理解文本中的全部内容，也并不在意一本书是为成人还是为儿童写作的，他们只会去读那些有趣且具有吸引力的作品。此外，成年人从传统上会对不是完全"写给成人"的书感到不适。但是，成年人也可以阅读《小熊维尼》。没人规定歌德的《少年维特的烦恼》(*The Sorrows of Young Werther*, 1779) 或詹姆斯·乔伊斯的《一个青年艺术家的肖像》(*A Portrait of the Artist as a Young Man*, 1916) 只能让成年人阅读，而保尔·托马斯·曼（Paul Thomas Mann）的《魂断威尼斯》(*Der Tod in Venedig*, 1912) 或马塞尔·普鲁斯特（Marcel Proust）的《追忆似水年华》(*A la Recherche du Temps Perdu*, 1913) 只有迟暮的老人才能读。

此外，跨界小说和跨界阅读的兴起不能归结为某个特定作者或文学流派的流行。虽然罗琳作品"哈利·波特"系列的巨大成功提供了一个重要的催化剂，但儿童小说在成人市场的扩张最终被证明是因为当代文学更加多元和包容的发展。不仅是幻想小说，还有现实主义小说，以及许多创造性地结合不同题材的混合作品，均受到了广泛的、来自不同年龄层次读者的欢迎。虽然跨界小说得益于日益复杂的营销手段，但从社会结构的广泛变化中，人们同样可以解释为什么儿童小说能受到成人读者如此热烈的欢迎。科学和技术的进步使人们能普遍感受到生物年龄群的流动性，使成人的愿望与儿童的愿望之间的差别日趋模糊。在某些方面，跨界阅读可以理解为童趣的延伸，是强调速度和灵活性的资本周转对青年文化的一种广泛支持。但是在其他方面，它可以被理解为资本主义的对立面：一种渴望内在根本的表达，一种更稳定的、共有的信仰和真理的表达。

当今儿童文学涉及的题材范围很广，且常常引起争议。许多作者将自己从长期统治儿童文学的固化道德标准和社会禁忌中解放出来，不再创作千篇一律的童书。儿童文学选题的眼界越来越宽，儿童图书和成人图书之间的界限开始变得模糊，这就促成了跨界写作的双向发展。如

第6章 多元视野下的儿童文学批评研究

今,青少年图书中基本没有禁忌话题,成人小说就更容易跨界到童书领域。从某种意义上讲,这似乎回到了儿童文学被单独划分出来之前的情况。成年人开始在童书中重新发现阅读好故事的乐趣,而童书也更重视对故事的讲述了。"越来越多的成年人发现许多童书作家提供了成人作家没有的东西,这些东西被定义为'叙事的力量'。"(Rees,2003)他还补充道,这是一种能够保证读者继续读下去的力量。跨界作者都把故事看作吸引全年龄读者的有效因素。乔纳森·斯特劳德(Jonathan Stroud)用故事区分成人小说和儿童小说:"许多成人小说没有如此强烈的叙事动力。成功的童书必须有强大的叙事……孩子们不会被悲剧、荒谬和华丽的东西吸引,而成年人往往喜欢这些东西"(Rees,2003)。人们认为最好的小说作品既有令人满意的叙事,又能带来深刻的心理和哲学思考;最成功的跨界小说作者既能提供远离俗世的乐趣,又要含有严肃的价值内核,向孩子们传达他们认为重要的事情,比如爱、忠诚、宗教、科学、道德等。

6.6.3 跨界文学的影响

跨界现象对儿童文学领域的影响是不可估量的。跨界书籍突破了当前小说市场公认的界限,证明了叙事形式具有跨世代的卓越能力,从而可以忽略以往对作家、读者和文本的分类。时至今日,在科学技术的推动下,传统意义上儿童与成人之间的年龄界限和差异变得逐渐模糊。电视制片人、电影制片人和游戏设计者正致力于创作全年龄的娱乐方式。正如他们一样,作家和出版商现都在拒绝在儿童书籍和成人书籍、儿童读者和成人读者之间做比较。人们现在不再武断地定义某些材料适合或不适合某个年龄段,而是承认能够欣赏某一作品的受众来自不同年龄段。儿童、青年和成人已经成为一体,年龄已不再重要。从书籍、电影、电视节目和电子游戏来看,同一作品已被证明对儿童、青年和成年人具有同样的吸引力和意义。与此同时,人们普遍认为这对出版业来说是一个非常激动人心的时期,而这在很大程度上是由于跨界图书的出现。跨界文学继续在文学和出版界开辟新天地,它正在悄然改变文学体系、文学标准、文学奖项、畅销书排行榜、读者概念、作者地位、出版业和图书销售过程等。

跨界文学的出现，不仅意味着儿童文学从边缘走向文学中心，更意味着儿童文学被重新定义，成为典范的世界文学范式。受惠于后现代主义思潮，儿童被给予了平等话语权，儿童文学的边缘化地位受到重视。研究者们将应用于成人文学的批评方法应用于儿童文学研究中，如心理分析、后殖民理论、文化研究、跨学科研究等。同时，复杂的文学批评也作用于儿童文学创作，儿童文学逐渐摆脱一些传统限制，甚至开始触及有违道德规范和伦理禁忌的话题，为儿童读者提供了曾是成人文学中才会涉猎的主题，如哲学、政治、文化和经济等问题。除去主题的复杂化，儿童文学在语言、内容、叙事手法等方面也日趋多元，许多儿童文学作家运用复杂的叙事策略进行讲述，如复调、元小说、互文性、反讽、狂欢化等。跨界文学使人们重新审视儿童文学的边界及其审美内涵，打破成人与儿童二元对立局面，为成人与儿童平等对话提供了一个想象空间。童话和图画书等儿童文学形式不仅突破了年龄界限，也破除了不同文化间的文化壁垒，因此儿童文学成为跨语言、跨民族、跨文化的世界文学范式，为构建人类命运共同体提供有利契机。

6.7 儿童文学领域的审查制度

"审查制度"一词源自拉丁语 *censor*，指古罗马政府官员，其职责为登记公民户口、评估财产数额、考核公众道德与管理公款等，其后逐渐演变成为"检查"之意。在文学、出版等领域，道德审查为最主要的审查动机，目的是通过检查来消除被认为有道德问题的内容。审查制度不仅要限制某个人的阅读，而且要剥夺所有人阅读某类书籍的权利。个体或者组织皆可利用审查制度从学校或者图书馆的书架上移除某类书籍。文学领域的审查主要关注意识形态领域，如宗教、性、种族等敏感问题，或者引起不安、可能造成不良影响的话题和内容等。根据美国图书馆协会官网的统计，2019 年禁书榜单排名前十的书目中，八部作品被认为有性少数群体描写或暗示，排在第九名的是《哈利·波特与魔法石》，第十名是《使女的故事》(*The Handmaid's Tale,* 1985)。

第 6 章 多元视野下的儿童文学批评研究

在美国,为数不少的审查者扮演成儿童的守护者,试图阻止儿童阅读一些特定书籍。这些人强调某些有意识形态问题的书籍会误导儿童和青少年,因此这些书籍应当至少要远离儿童的视线或者接受审查(张生珍,2021a)。早期对儿童文学的审查大多都建立在"童年纯真"观点的基础之上,让·雅克·卢梭是这一观点最早的支持者之一,他在出版于1762年的《爱弥儿》一书中阐述了自己的观点:"让我们确立一条无可争议的规则,即本性最初的冲动总是正确的;人的心中并没有无来由的罪恶,每一种罪恶的出现都能够追溯到根源"(Rousseau,1979:92)。卢梭认为书籍会加快儿童的堕落,这解释了他认为不宜教不满十岁的儿童阅读的原因。他还认为应严格限制儿童的阅读范围,并在《爱弥儿》中阐述了自己的观点:"我讨厌书,因为它们只教我们谈论我们一无所知的事情……既然我们必须要有书,在我看来,有一本书绝佳地论证了自然教育的真谛。这将是爱弥儿的第一本书,并且在很长一段时间里,这将成为他图书馆里唯一的书……这本精彩的书是什么?亚里士多德的著作吗?……不是,是《鲁滨孙漂流记》"(Rousseau,1979:184)。

19世纪初,在英国和美国仍有很多人赞同卢梭关于"童年纯真"的观点,认为孩子们应该远离书籍。在他们看来,书籍会污染儿童。例如,19世纪美国审查制度倡导者安东尼·康斯托克(Anthony Comstock)认为,廉价小说(多为言情或探险故事)应当被禁止,因为儿童阅读了这类书后会变成罪犯;20世纪50年代的弗雷德里克·魏特汉(Fredric Wertham)针对漫画书也提出了相似的观点。

在"童年纯真"理念的指导下,儿童文学作家形成了自我审查的传统。自19世纪早期到20世纪,大多数儿童文学作家都竭力确保自己的作品中不包含任何可以被视作腐化、堕落的内容。这些作者自然而然地认为自己不能提及性问题或某些身体部位,不能形象地描述暴力行为,不能从负面的角度描述成人,不能使用脏话,不能批评权威人物或提及有争议的社会问题,并对儿童教育与儿童文学的这种关系达成广泛共识。反过来,这种共识的形成离不开儿童书籍出版和消费领域的人们思想意识的普遍一致性(张生珍,2021a)。

自20世纪60年代中期以来,这种和谐被打破,此前对儿童文学漠不关心的各类组织开始意识到图书的社会和政治影响力。随着社会的发展和人们儿童观的变化，儿童文学与成人文学的边界变得模糊，之前只在成人文学中出现的内容已经进入儿童及青少年文学之中。当代儿童文学的审查主要由"宗教正确"和"政治左派"的倡导者发起。左派人士发起的审查主要涉及种族主义、性别主义、其他令人反感的言论及刻板印象等。进入审查名单的儿童文学被认为使用了攻击性语言，或呈现了暴力主题、性问题和同性恋主题、撒旦主义暗示、某种特定宗教等不一而足。现在人们熟知的大量经典儿童及青少年文学作品都曾遭受过审查，如《雾都孤儿》（因对教会的批判）、《局外人》（*The Outsiders*，1967；因呈现了美国普遍存在的校园暴力）、"哈利·波特"系列（因魔幻和巫术）、《爱丽丝梦游奇境记》和《哈克贝里·费恩历险记》（因塑造了反叛、能独立思考的青少年）等。自 1960 年出版以来，《杀死一只知更鸟》（*To Kill a Mockingbird*）频繁进入禁书榜，审查者认为该作品中屡屡出现粗鄙、冒犯性的语言，并且具有种族主义倾向。自麦卡锡主义盛行时期至今，《麦田里的守望者》（*The Catcher in the Rye*, 1951）也经常进入美国学校和图书馆的审查名单，因为该书涉及的性内容以及粗鄙的语言会对青少年读者产生负面影响。2020 年，"国际安徒生奖"作家奖得主杰奎琳·伍德森（Jacqueline Woodson）的多部作品就曾因呈现种族问题和同性恋问题等引起广泛争议。虽然伍德森的作品贴近儿童生活的现实，对这些人物的刻画既现实又可信，但是审查者认为这些话题不应出现在儿童及青少年文学中，他们尤其对伍德森笔下的同性恋人物感到不满（张生珍，2021 c）。

与其他几部"哈利·波特"系列小说一样，《哈利·波特与魔法石》自出版以来，在美国和其他地区都曾遭到限制、禁读甚至焚烧。"哈利·波特"系列小说改变了美国学校和公共图书馆的审查重点。在 1998 年之前，审查重点是性描写或者不体面的语言等方面的问题。随着"哈利·波特"系列小说的热销，审查重点发生了转移：审查者认为"魔法"和"超能力"容易误导孩子，引起其模仿的冲动；他们还关注暴力行为以及后续作品中对"黑暗势力"的揭露。但是审查者对"哈利·波特"系列小说最多的指责却聚焦于宗教问题，认为作品隐含"撒旦主义"，不仅与基督教教义不符，还冒犯了其他的宗教信仰。

西奥多·苏斯·盖塞尔（Theodor Seuss Geisel），即苏斯博士的六部

第 6 章　多元视野下的儿童文学批评研究

童书因涉及种族主义、冷漠麻木意向而受到出版的限制。这六部作品分别为《绿鸡蛋和火腿》(Green Eggs and Ham, 1960)、《老雷斯的故事》《我在桑树街上看到的一切》(And to Think That I Saw It on Mulberry Street, 1937)、《如果我来经营动物园》(If I Ran the Zoo, 1950)、《麦克莱格的水池》(McElligot's Pool, 1947)、《斑马之外!》(On Beyond Zebra! 1955)、《超级炒蛋!》(Scrambled Eggs Super! 1953) 以及《猫的提问者》(The Cat's Quizzer, 1976)。近年来的研究表明，苏斯博士创作或所做插图的不少图书作品被种族主义的宣传、讽刺漫画以及毒害性的刻板印象所笼罩 (Wilkens，2017)。除此之外，其他许多受欢迎的儿童系列书籍也因涉嫌种族主义而受到批评。作为作家和教育家的赫伯特·科尔（Herbert Kohl) 在 2007 年出版的《销毁大象巴巴?》(Should We Burn Babar?) 一书中辩称，《大象巴巴》(Babar the Elephant, 1931) 这本书讲述了大象巴巴如何离开丛林，后来又回去"教化"同伴的故事，因此被视为对殖民主义的庆祝活动。其中一本名为《巴巴游记》(Babar's Travels, 1931) 的书因涉嫌对非洲人存在成见于 2012 年被英国图书馆下架。此外，因书中讲到白人带非洲猴子回家这一细节，批评家们还批判了玛格丽特·雷（Margret Rey）和 H. A. 雷（H. A. Rey）的《好奇的乔治》(Curious George, 1941) 这本书。劳拉·英加尔斯·怀尔德（Laura Ingalls Wilder）因其《草原上的小房子》(Little House on the Prairie, 1932—1943) 小说中对美国原住民（印第安人）的负面刻画而备受指责，以至于美国图书馆协会在 2018 年将她的名字从每年颁发的终身成就奖中除掉。

"尽管人们意识形态各异，却一直试图控制儿童的阅读，因为他们都相信书籍会影响儿童价值观的形成，因此成人必须掌控儿童阅读，以防止书籍带来的危害。"(West，1996：506-507) 那些试图审查儿童书籍的人都坚称，他们想保护儿童免受"毒害"。这些所谓的"毒害"各不相同，但跨越了各种政治分歧的审查者对这些"毒害"的处理策略高度一致，即限制孩子接触某类书籍，尤其是反映特定政治或宗教观点的书籍。审查者以保护儿童为幌子，发起对儿童文学的审查，但其背后的主要动机是出于宗教或者政治目的。在激进人士看来，把白人塑造为信奉基督教、维护现行体制的正面形象的文学作品才能被奉为经典，其他任何"越轨"的写作都可能会引发争议、批评，甚至是封杀。

事实上，美国的自由主义者和激进分子并不是个例情况，在英国也曾有类似的限制。例如，一些英国女权主义者发起过一场运动，禁止罗尔德·达尔的《女巫》进入学校图书馆，因为该书中的女巫形象被描绘得过于负面。在讨论这个案件的过程中，达尔富有见地地观察到儿童文学审查这一现象："在我看来，在英国，来自左翼的审查压力比来自右翼的要大。我们有一些城市是由左翼组织管理的，这些人经常试图从学校移除某些书。当然，右翼人士同样不宽容。通常都是两方极端人士想要禁止书籍"（West，1988：73）。达尔发现审查者往往是极端分子，这一观点既适用于美国，也适用于英国。

儿童文学领域的审查制度一再成为备受争议的话题。纵观儿童文学的历史，这些试图审查儿童书籍的人，尽管他们的意识形态存在差异，但他们都对书籍的力量抱有相当浪漫的看法。他们相信，或至少声称相信，书籍对孩子价值观和态度的形成起着至关重要的作用，因此成年人需要密切关注孩子们读到的几乎每一个字。由于审查制度的支持者赋予书籍如此大的权力，他们反对让孩子接触各种各样的书籍这一观点以及反对孩子们能自主选择书籍这一想法，并认为这些想法过于危险。这些试图审查儿童书籍的人可能并不宽容，但在他们自己看来，他们是在保护无辜的儿童，是在造福社会。然而，当下的审查制度以政治正确为前提，背离其保护儿童的初衷，成为另一种形式的意识形态控制，儿童文学甚至成为不同意识形态和党派交锋的战场。纵观儿童文学史，一般来说，被青少年广泛阅读和喜爱的书会引起审查者的警觉；让孩子开心的书常会引起审查者的怀疑；培养孩子独立思考能力、质疑权威的书籍，也屡屡被审查。"不同的观念"被审查者视为洪水猛兽，他们不希望孩子们接触到与自己相左的观念，因为他们才是正确的。

许多学者和作家反对无休止、以政治导向为准则的过度审查，认为21世纪的儿童和青少年见多识广，他们跟成人一样受到文化和图书市场的影响，同样会被书籍吸引并通过阅读形成自己的价值判断，比如一个十岁的孩子可能会津津有味地阅读"魔戒"系列小说并且能理解其中的含义。年轻读者并不在意一本书的读者定位，他们只会去读那些有趣并有吸引力的作品，无论它是否出现在审查名单上。因此，成人应该相信儿童和青少年，鼓励他们阅读各类图书，尤其是经典作品，而不是限制他们阅读，更不应该期望他们认同所有的观点。唯有如此，儿童文学才能保持其活力，并呈现出多元化、开放包容的生态景象。

6.8 儿童文学与馆藏研究

"档案"（archive）是一个定义模糊的术语，它可以指存放物质的地方，如一个珍本图书馆，也可以指物质本身。该词的希腊词根发生了从 arkheia（公共记录）到 arkhe（政府）的演变，使这一单词蕴含了巨大的张力。"档案"首次出现于 17 世纪，指的是一个保存公共记录的地方。虽然图书馆可能存有档案，但只有在档案中才可能找到原始故事。

儿童文学和物质文化可以为了解社会、文化和文学历史提供一个路径，因为它们有一个共同点，即所有的成年人都曾是儿童。但保存下来的东西取决于其被保存的重要性。1908 年，丹麦欧登塞成立的汉斯·克里斯汀·安徒生博物馆，出发点是纪念这位享有国际盛誉的作家，但之后该博物馆却成为民族文化的重要符号。1963 年成立于德国法兰克福的歌德大学图书馆肩负着更大的文化使命，即服务于在国际背景下开展的德国儿童文学与文化研究，馆中藏有哲学家沃尔特·本杰明（Walter Benjamin）个人收藏的儿童书籍，真切展现了"过去痕迹存在于现时的关系，彰显了档案的独特价值"（Paul, 2021: 18）。儿童文学研究很大程度上要归功于 20 世纪中期收藏家的先见之明，其中的杰出代表如艾奥娜·奥佩和彼得·奥佩把自己的图书馆卖给了牛津大学的伯德雷恩图书馆；埃德加·奥斯本（Edgar Osborne）把个人收藏捐给了多伦多公共图书馆；露丝·鲍德温（Ruth Baldwin）把个人收藏捐给了佛罗里达大学。

在文化遗产的大背景下，人们越来越认识到儿童物质文化的价值。位于英格兰纽卡斯尔的七个故事（Seven Stories）创建于 1996 年。作为全国儿童图书中心，该机构积极参与保护那些可能会消失的材料。七个故事将自己视为英国儿童文学遗产的保护者，现已收藏了英国部分重要作家和绘画家的档案，如约翰·阿加德（John Agard）、大卫·阿尔蒙德、艾丹·钱伯斯（Aidan Chambers）和迈克尔·莫尔普戈（Michael

Morpurgo)等。事实上，档案馆不仅仅是保护文化历史的地方，也收藏了一些人们不愿言明的资料记载。因为访问权限受限，这些被收藏的物质可能会撤出公共流通领域而被湮没。"十个小黑鬼"（Ten Little Niggers）就是一个很好的例子，它最开始是一首超级流行歌曲，之后衍生出好几个版本，这首曾经红极一时的流行歌曲现在被人们当作种族主义的象征。人们只有通过学者们的工作才有可能发现那些隐藏在档案馆黑暗角落里的书籍。

历史上，包括书籍、玩具和游戏等在内的物质档案往往都需要指定的存储空间。随着文本生产方式的变化，对文本的存储要求也随之变化。从20世纪80年代末开始，作者们开始从纸质格式转向数字格式，因此读者看到作品不同版本草稿的机会也越来越少。"数字文本""云存储"等全新的存储模式使数字化连接的档案成为可能。

儿童文学作品既是知识和传承的艺术品，又能促进全新的学术发现。儿童文学的馆藏在"公共"与"私人"、"国家"与"国际"、"教学"与"知识"、"历史"与"可能性"之间占据着重要而有趣的空间。纵观历史，馆藏品的创作一直与文化或文学的价值话语紧密联系在一起，并可被视为促进儿童文学经典形成的重要力量。馆藏和保存过去及当今的书籍，以供子孙后代使用，这一过程赋予特定藏书中的文本以及藏书本身独特的价值和学术地位。研究表明，儿童文学馆藏不仅以不同的方式成为文学、教育、文化、国家和国际资源，也成为当代文学评论、版本修订和学术变革的催化剂。通过审视五个世纪以来出版的儿童书籍，研究者们发现儿童文学馆藏有助于阐释在馆藏、图书馆学、教育和儿童文学研究方面取得的进步。

存在了数个世纪的儿童文学馆藏已被儿童文学研究广泛应用。沃尔特·本杰明、雅克·德里达（Jacques Derrida）和米歇尔·福柯夫（Michel Foucault）曾就档案的文学和文化意义以及它们在知识考古学中的地位等问题进行了探讨。然而，除包括安妮·伦丁（Anne Lundin）和肯尼斯·基德（Kenneth Kidd）在内的少数人之外，很少有评论家研究儿童文学馆藏在这一论述中的作用。伦丁详述了馆藏的建设和研究涉及的合作过程，并认为特殊馆藏"体现了文本的多样性，展现了对印刷文化历史的日益关注，不仅能引发人们对流行文化的最新认识，也能激发人们

第6章 多元视野下的儿童文学批评研究

对如何生产和接受文化的社会历史的兴趣"(Lundin,1998:309)。事实上,儿童文学馆藏研究不仅能加强人们对文学遗产的认识,还能提升儿童文学研究的学术地位。

试以爱尔兰儿童文学研究的发展与儿童文学馆藏之间的共生关系为例。为了促进馆藏研究,由政府资助的爱尔兰国家儿童图书馆藏项目,以都柏林五家图书馆的儿童文学藏品中的文学文本和教育文本为对象展开深入考察。纳入研究领域的图书馆包括爱尔兰教会教育学院图书馆、三一学院图书馆、圣帕特里克学院克雷根图书馆、都柏林城市图书馆和档案馆以及爱尔兰国家图书馆。2016年,爱尔兰教会教育学院和圣帕特里克学院并入都柏林城市大学,图书馆藏书于是转移到都柏林大学图书馆。进入项目范围的馆藏包括基尔代尔地方社会档案、爱尔兰教会教育学院图书馆的巴特利特海雀馆藏、三一学院图书馆的波拉德儿童藏书、圣帕特里克学院克雷根图书馆的特别馆藏、帕特丽夏·林奇馆藏和帕特瑞克·科伦馆藏。都柏林城市图书馆和档案馆中的儿童书籍馆藏丰富,藏有自18世纪起的珍贵文本资料;爱尔兰国家儿童图书馆的馆藏资料也十分丰富。馆藏研究中核心目录的创建,旨在方便专业人士和普通读者方便快捷地获取儿童文学资料,从而使该项目涵盖的图书馆资源平民化、便民化。爱尔兰国家儿童图书馆藏目录包括署名藏书以及各图书馆目录中的图书,标题涵盖了自16世纪至21世纪的文本,使用了90多种语言,如英语、爱尔兰语、法语、德语、意大利语、拉丁语、古希腊语、西班牙语以及其他欧洲语言等。特别数据库则提取各大图书馆中的特殊文献,配以文本和图像说明,便于读者阅读和使用。

馆藏研究成为爱尔兰儿童文学研究的里程碑,通过提供新的研究范式,它为本国和国际学者、教育者和学生提供借鉴和参考,也为爱尔兰儿童文学研究的重要地位做出了不可替代的贡献。研究者和读者可以访问爱尔兰国家儿童图书馆藏项目所覆盖的图书馆中保存的超过25万册的儿童文学研究资料。

爱尔兰国家儿童图书馆藏项目支持相关领域的专家与图书馆建立起联系。学者们不同的学科背景如历史、教育、图书馆学等共同促进了跨学科、多维度成果的产出。这些研究促进了有关馆藏的辩论,尤其在其出处、内容、学术价值以及更广泛的文化意义等领域。虽然有些研究没有直接涉及爱尔兰文本,但它们强调了特殊馆藏的重要价值。这也证明了这类馆藏研究不仅对爱尔兰本身有重要价值,而且对儿童文学馆藏研究具有不可替代的意义。不仅如此,儿童图书馆藏研究力图超越目录和数据库视野,将各类文本置于批判性语境之中,通过探讨如何使用藏书来丰富人们对经典文本的认识,同时发掘出鲜为人知的文本和作家,以开拓研究视野和研究路径。因此,该项目鼓励研究者借助新方法,从历史和经典、作者和文本、理念和机构等维度深入挖掘书籍和馆藏之间的关系。

儿童书籍馆藏不可避免地陷入了历史和经典形成的讨论之中。玛丽·肯尼迪(Máire Kennedy)在探讨儿童作为读者的历史时,不仅考察了儿童书籍生产的早期历史,也探索了诸如书籍历史、图书销售、图书进出口和翻译等领域的问题。肯尼迪以对都柏林市图书馆和档案馆馆藏资料的分析为核心,提出都柏林的儿童能够阅读多样性的儿童读物,其中包括现在被视为儿童文学经典的作品,如约翰·纽伯瑞图书以及欧洲作家德根尼斯夫人、勒普兰斯·德博蒙夫人(Madame Leprince de Beaumont)和阿诺·贝奎因(Arnaud Berquin)等翻译的作品。研究者安妮·马基(Anne Markey)认为直到1810年,爱尔兰儿童读物主要从其他国家和地区引进,但是这一时期正是爱尔兰本土儿童文学的起点。詹姆斯·德拉普(James Delap)的《哈里·斯潘塞的历史》(*The History of Harry Spenser*, 1794)被认为是由爱尔兰作家创作、出版于爱尔兰的最早的儿童读物。马基同时考察了1794年之前出版的文本,并提出以撒·杰克逊(Isaac Jackson)应被誉为"爱尔兰儿童文学之父"。另一位研究者西亚拉·博伊兰(Ciara Boylan)探索了教育文本的历史以及教育文本如何呈现爱尔兰的历史。博伊兰考察了1900—1971年间英语历史教科书中的"大饥荒"(1845—1852),并审视了官方传播以及民族和公民身份的建构。从1922年开始,教育成为爱尔兰宣传自由思想的重要工具,它尤其促进了以天主教为基础的民族主义意识的建立,从而为新国家的成立确立了意识形态基础。博伊兰认为,爱尔兰历史教学的目的是满足这个新国家的需求,异己政党的观点并未出现在公立小学使用的教科书中。西亚拉·加拉格(Ciara Gallagher)关于早期爱尔兰裔美国儿童文学中爱尔兰移民身份形成的研究也具有特别的价值。加拉格聚焦于

第6章　多元视野下的儿童文学批评研究

玛丽·萨德利尔（Mary Sadlier）和玛丽·曼尼科斯（Mary Mannix）的作品，并将其置于19世纪下半叶儿童文学的大发展背景之下进行精心梳理和考察。加拉格认同爱尔兰裔美国天主教儿童文学发端的重要价值：在这类文学作品中，美国被认为是爱尔兰人冒险的乐园。加拉格全新的阐释，为国际背景下研究特定的爱尔兰儿童文学提供了重要的启示和借鉴。

部分研究者对特定作者的特定文本进行了仔细研究，涉及从时间表征到地域特殊性等诸多问题。在于国际背景下，研究者运用独特方法审视具有开拓创新精神的爱尔兰作家和他们的作品，同时审视创作过程中隐含儿童读者的重要地位。艾琳·道格拉斯（Aileen Douglas）通过对玛丽亚·埃奇沃斯（Maria Edgeworth）的研究，探讨了"循序渐进"的教育原则和对孩子的尊重是如何体现在文学作品中的，以及此类教育思想反过来会对儿童读者产生何种影响。S. C. 霍尔夫人（Mrs. S. C. Hall）在《祖母的口袋》（*Grandmamma's Pockets*, 1849）中对爱尔兰"大饥荒"的描述成为贾拉斯·基琳（Jarlath Killeen）和马里恩·杜宁（Marion Durnin）的研究重点。他们指出，19世纪40年代的文学作品中缺乏对饥荒的描述，并暗示S. C. 霍尔夫人于伦敦创作的作品再现了这段苦难历史，并间接地批评了当权者，从而引发读者的思考。托马斯·克罗克（Thomas Croker）的《爱尔兰南部的童话传说与传统》（*Fairy Legends and Traditions of the South of Ireland*, 1825）把超文本元素的分析放在多重读者身份背景之下，认为自1825年以来版本改写的目的是吸引多元化的读者群。这些研究把儿童文学置于大的历史背景之下，以发掘其重要价值和意义。

在基斯·奥沙利文（Keith O'Sullivan）等人编著的《儿童文学馆藏：研究方法》（*Children's Literature Collections: Approaches to Research*, 2017）一书中，便收录了多位研究者对爱尔兰儿童文学馆藏研究的论述。学者苏珊·帕克斯（Susan Parkes）探索了在教育和图书创作领域，秉持人文理想的人士如何促进了爱尔兰儿童图书的发展。帕克斯强调了基尔代尔地方社会档案馆藏与爱尔兰教会教育学院之间的关系，认为基尔代尔地方社会档案的创新教学方法及其保持"中立性"（就爱尔兰身份和宗教说服力而言）的图书，成为其在爱尔兰和国外的（非宗派）教育中得到广泛认可的重要因素。研究者朱莉·史蒂文斯（Julie Stevens）还强调了教育机构与图书馆藏历史的重要联系。她认为，承继盎格鲁-爱尔兰传统的丽城大厦、圣帕特里克学院等机构，其历史和起源或许应该被20世纪爱尔兰儿童文学研究者所认可。史蒂文斯探索了青少年作品系列，如索菲亚·普拉格（Sophia Praeger）以及帕德里克·哥伦（Padraic Colum）等的系列作品，认可新教家庭（例如萨默维尔家族和普拉格家族）对爱尔兰思想的贡献，尤其是19世纪末的女权主义者，如普拉格作品中的儿童形象就体现出类似思想。史蒂文斯认为普拉格本人对20世纪早期爱尔兰民族主义新兴儿童文学的影响，在其早期与杰克·叶芝（Jack Yeats）合作的帕德拉克·哥伦的《艾琳的男孩》（*A Boy in Eirinn*, 1913）中也有所呈现。研究者基斯·奥沙利文借鉴了爱尔兰教会教育学院的巴特利特海雀馆藏资源，着重研究影响深远的"海雀"系列（Puffin Books）儿童书籍。奥沙利文认为，两位编辑埃莉诺·格雷尔姆（Eleanor Graham）和凯伊·韦伯（Kaye Webb）的哲学和文学素养体现在这一系列图书之中。奥沙利文也重视著名儿童幻想作家的贡献，指出"海雀"图书通过平装书的形式，成功地普及了儿童文学，使儿童文学经典化，并进一步强调了有关文学经典性、文学质量、大众文学和馆藏意义的问题。学者瓦莱丽·科兰（Valerie Coghlan）对玛丽·波拉德（Mary Pollard）在1914年以后继续收藏图书的动机进行研究。波拉德收藏中经典图画书的缺失，引发科兰对馆藏丰富性和局限性的思考，也引发了有关经典生成的讨论。科兰的研究以绘本、印刷技术的革新为切入点，提出了20世纪英文绘本发展的新路径，引发了关于收藏、保存、馆藏扩展等领域的争论，并阐述了图书馆员、教育者和文学奖项如何发挥作用、识别有价值的藏书。

爱尔兰图书馆藏研究为相关领域的学者提供了对儿童图书馆藏进行深入研究的典范。人们对图书馆藏的重视，不仅仅是因为馆藏资源本身，更是因为人们对部分书籍的重视。在图书馆员和收藏家发现书籍、获得新书或者洞察到某些书籍缺席的过程中，人们阅读书籍或者与藏书打交道的方式在发生变化。鉴于文学领域的不断发展，从馆藏的角度研究儿童文学，有助于为对儿童图书馆藏感兴趣的研究人员提供丰富的资料和研究路径，以不断发现和重获书籍。

第 7 章
外国儿童文学代表性评论家研究

20世纪后半叶以来被称为理论爆炸的年代。在这一时期，文学批评理论空前活跃，各种批评模式及批评方法争相亮相，更新了儿童文学理论研究的气象，令人耳目一新。叙事学批评、生态批评、女权主义批评、后殖民批评、新历史主义批评、后人文主义批评、改编与跨媒介的方法等都拓展了外国儿童文学批评视野，带给人们全新的认识和思考。当代儿童文学研究的开放性和多样性也为中国学界的研究提供了借鉴意义。

本章围绕彼得·亨特、约翰·斯蒂芬斯、杰克·齐普斯、凯伦·科茨、桑德拉·贝克特和爱玛·奥沙利文等六位英语儿童文学研究领域的重要学者展开评述，尝试勾勒出儿童文学发展全貌，并借此探究儿童文学发展新动向。这六位研究者既有对儿童文学概念及其审美特质等问题的宏观把控，亦有对经典儿童文学的重读和对儿童与成人关系的深入阐释，从而发掘出符合儿童文学特质的批评范式，不断推动儿童文学从文学场域的边缘走向中心。

7.1 英国儿童文学批评家：彼得·亨特

彼得·亨特出生于1945年，是英国当代最具影响力的儿童文学研究者之一。亨特毕业于英国威尔士大学，后任教于英国卡迪夫大学，是英国最早在大学开设"儿童文学研究"课程的学者。亨特主要关注儿童文学作品研究和儿童文学批判理论的建构，相关研究成果十分丰硕，包括《批评、理论与儿童文学》《儿童文学导论》（*An Introduction* to Children's Literature, 1994）、《奇幻小说中的另类世界》(Alternative Worlds in Fantasy Fiction, 2001）、《〈柳林风声〉的形成》(The Making of The Wind in the Willow, 2018）、《"爱丽丝"系列的形成》(The Making of the Alice Books, 2020）等儿童文学综论著述。他曾主编或参与编写儿童文学研究著述20余本，发表了超500篇儿童文学研究相关的论文和评述文章。2004年，亨特编写的《世界儿童文学百科全书》由劳特利奇出版社出版，全书前半部分对主要的儿童文学流派进行梳理和介绍，后半部分则从儿童文学批评理论及方法、发展背景与脉络、研究范式的具体应用等维度，在尊重多元文化的基础上对全球儿童文学进行宏观整合和专业审度。除此之外，亨特还曾创作过六部具有先锋性的儿童文学小说作品。

1995年，国际奇幻艺术协会授予亨特杰出学者奖，以表彰他在儿童文学研究领域做出的卓越贡献。2013年，亨特获得由国际儿童文学馆颁发的"国际格林奖"，对其儿童文学理论研究与国际影响力予以充分肯定。亨特的著作曾被翻译成汉语、阿拉伯语、日语、葡萄牙语、丹麦语、波斯语等多种语言，为世界打开了一扇了解西方儿童文学研究理论的窗户。

亨特的学术专著同样在中国儿童文学研究领域具有一定的知名度。2010年4月，由郭建玲、周惠玲和代冬梅翻译的《理解儿童文学》(Understanding Children's Literature, 2010）一书由少年儿童出版社出版。该书由亨特主编，摘选了《世界儿童文学百科全书》中14篇具有代表性的文章，在一定程度上反映出当代西方儿童文学研究的整体面貌。2019年8月，由韩雨苇翻译的《批评、理论与儿童文学》作为"国际格林奖儿童文学理论书系"之一，由华东师范大学出版社出版。书中亨特对儿童文学的发展历史进行简单梳理，并在此基础上对儿童文学研究的重要研究方法和切入角度展开细致解读，勾勒出一幅精细而丰富的儿童文学"批评的地图"，具有重要的启发性。2019年，国家社会科学基金重大项目"《世界儿童文学百科全书》翻译及儿童文学批评史研究"立项，旨在通过对《世界儿童文学百科全书》及相关研究成果的译介，推动中国儿童文学研究打开国际视野和建构话语体系。

第 7 章　外国儿童文学代表性评论家研究

7.1.1 "儿童文学"概念的界定

文学在某种程度上可以被视为一种"阶级的产物",它是由特权阶级所操控,用来推广和维护意识形态的工具。受制于特殊的艺术风格,儿童文学长期以来被视为一种"边缘化"的文学类型,其重要性和影响力长期被低估。因此,儿童文学并没有被某一个群体所"私有化",而是仍然保持着相对客观、独立和高尚的艺术属性,并获得全民族、各阶级的认同与肯定。换言之,儿童文学受到一种全方位的"关心",不论是作为教育工具还是作为娱乐手段,教育行业、娱乐行业、媒体、出版行业等都对其格外关注。基于此,亨特提出要严肃且审慎地对待儿童文学,特别是要从文学的层面出发,建构一个全新的、独特的、与一般文学相平行的话语体系来观照儿童文学。只有这样,才能准确把握这一特殊文体形式的独特艺术特质。

在彼得·亨特的研究体系中,对"儿童文学"这一基本概念的界定无疑是最为基础且重要的内容。亨特将眼光放在全球范围内,强调儿童文学与文学整体的联系,要将儿童文学放在宏大的文学背景下。基于此,"儿童文学"的界定绝非易事;相反,它是在儿童与成人之间相互交流、相互抗争的过程中综合形成的,具有复杂而丰富的文化内涵。所以,在界定什么是儿童文学时,最为主流也最为合理的方式便是考虑它的受众,即真正的儿童,而不是童年、文本形式、文本内容等维度。于是,为了尽可能减少争执和歧义,亨特认为可以将"儿童文学"定义为"为儿童设计的文本"(text designed for children)。基于这一定义,亨特同样对儿童文学的基本特征进行整体把握:内容相对轻松浅显且充满童趣;冒险主题颇为流行;人物形象性格鲜明;常常采用循环叙事的结构等。除此之外,亨特还提出了儿童文学的跨学科属性和国际性特征。因此,亨特认为儿童文学里应该受到足够的认真对待,并择取与之相适配的研究方法展开具体的批评实践活动。

在亨特之前,虽然也有一些研究者试图对"儿童文学"进行界定,但他们往往基于创作视角、文体形式、精神内涵甚至是政治活动等维度展开,并且忽视了读者对于这一文体类型的重要影响,因此他们得出的结论颇为冗杂宽泛,且充满歧义。亨特准确把握了"儿童"与"儿童文学"之间的重要联结之处，使"为儿童设计的文本"这一原则超越了历史、时空、民族、文化的限制，更在一定程度上对儿童文学的创作和研究发挥相应的指导性和规范性作用。

7.1.2 "儿童主义批评"的提出

儿童文学作为一种独特的叙事及视觉艺术，不仅对儿童读者具有强烈的吸引力和娱乐性，更能够对儿童读者产生深远而广泛的影响，帮助他们学习和了解社会运行方式，培养认知与审美能力。甚至可以说，儿童文学是提升人类幸福感的关键元素之一。因此，贴近儿童文学创作的真实意图、准确把握文本的表达方式以及深刻挖掘作品的内在意蕴，要求人们发掘出专属于儿童文学的批评方法与研究方式。基于这一目的，亨特颇具洞见地提出"儿童主义"这一理念，结合儿童文学独特的审美属性，展开对儿童文学的系统化、科学化和规范化的批评。早在 1984 年，亨特就曾明确提出"儿童主义批评"（childist criticism）这一研究范式，认为想要真正把握儿童文学的艺术形式和审美价值，就需要从儿童主义的视角对文本进行解读，即"像孩子一样看书"（Hunt, 1984: 192）。此后，儿童主义的原则一直贯穿于亨特儿童文学批评的始终，成为其关于儿童文学研究理论的重要成果之一。

儿童主义的核心，在于平衡儿童文学活动中成人与儿童之间的关系。亨特敏锐地注意到，面对儿童文学作品，具有一定生活经验和阅读经验的成人读者对于文本的理解，显然与经验相对匮乏的儿童读者有所差异。一些对于成人读者而言显而易见的问题，似乎并不能够为儿童读者所理解；同样，成人读者无法全然掌握儿童读者的关注点。因此，想要真正把握"为儿童设计的文本"就应该格外关注那些专属于儿童读者的信息和技巧，以此来衡量儿童文学的价值与质量。

具体而言，亨特认为主要可以从文化（culture）、阅读（reading）和书籍（the book）三个维度，对儿童文学进行儿童主义批评，特别是探讨儿童文学中儿童与成人之间的关系。所谓"文化"层面，主要关注的是成人文化和儿童文化之间的关系。在亨特看来，儿童在文化关系中

第 7 章 外国儿童文学代表性评论家研究

往往处于弱势地位，因此儿童需要适应以成人文化为代表的主流文化（normal culture）。而"阅读"层面则提出依照"对位阅读"（counter-reading）来审视儿童文学的阅读活动。亨特以罗尔德·达尔的《查理和巧克力工厂》和约翰·伯宁罕的《莎莉，离水远一点》（*Come Away from the Water, Shirley*, 1977）为例，详细来说明儿童与成人的阅读差别。他指出，人们应当思考《查理和巧克力工厂》是否真的从儿童视角来创作的。大众历来认为这部作品体现了由成人塑造的儿童视角，但学术圈普遍认为这部作品体现的是一种能够被成人所接受的"温和的反叛"。除此之外，亨特还特别注意到为儿童创作的图书中同样会带有一定的政治和社会隐喻，具有高度的象征意义，而这些内容可能同样会以潜移默化的方式在儿童的成长过程中发挥某种影响和作用。同时，亨特基于儿童文学的阅读情况，结合"隐含读者"（implied reader）与"实际读者"（actual reader）理论，拓展出三种专属于儿童文学的阅读情境：成人读成人书籍、成人读儿童书籍和儿童读儿童书籍，同时直接指向儿童文学书籍层面的分析。其中，亨特特别强调的是成人阅读儿童书籍的情境，并将其进一步细分为五种阅读方式：成人视角阅读、成人与其他成人讨论、作为隐含读者阅读、回归个人童年身份阅读和代表某一个儿童阅读。这些方式可能会同时存在，影响成人对文本的理解和评价，并最终会影响儿童阅读活动的进行，无疑展现出了成人与儿童之间难以避免的"权力关系失衡"。

从整体上看，亨特的儿童主义批评理念源于儿童读物，反映的正是儿童文学的独特属性。这一批评风格和研究特质，同样在他主编的《世界儿童文学百科全书》中得到充分体现，并成为当代儿童文学研究的重要参考范式。儿童主义批评理念一经推出便成为西方儿童文学研究颇具代表性的重要成果，在全球范围内产生了广泛而深远的影响。

7.1.3 经典儿童文学作品的重读

亨特明确提出，对儿童文学的认知取决于特定的历史和文化语境。因此，在不同的时代背景下，对儿童文学的考量和探讨所得出的结论自然也不尽相同。在亨特看来，全球化和商业化的巨大影响同样在儿童文学领域得到了充分的体现。一方面，大量以儿童为目标受众的出版物已然形成了一条相对完整的流水线，受资本的主导与操纵，显现出商品化的特质；另一方面，儿童获得信息并提升自身认知能力的途径越来越广泛，甚至在某种程度上可以绕开成人的主观引导和规约，这导致儿童与成人之间的界限越来越模糊，"童年的消逝"成为一种不可避免的现象。因此，模糊成人与儿童之间的边界、由儿童与成人共同担任阅读受众的儿童文学成为一种全新的发展趋势，以"哈利·波特"系列为代表的"跨界小说"（crossover fiction），不仅改变了人们关于童年的态度，更影响了儿童文学研究的方式与方法。而后现代主义的文学创作方式，同样被带入儿童文学的创作之中，先锋性和实验性的儿童文学写作同样对经典儿童文学发出了挑战。因此，结合当代儿童文学创作和批评的新风尚对经典儿童文学作品进行重新解读，特别是关注儿童文学中隐含的成人生活、成人现象和成人问题，无疑同样改变了读者对文本的本质理解，也成为亨特当下的重点研究方向。

其中，以亨特的《〈柳林风声〉的形成》和《"爱丽丝"系列的形成》两本新著最具代表性。亨特认为，肯尼斯·格雷厄姆的作品《柳林风声》是一部比较复杂的小说，一直以来人们将它看作是一部给儿童阅读的成人小说，但实际上，这部作品既不是动物小说，也不是儿童文学。在亨特看来，这本书讲述的是一群生活在乡村的中年男人的故事。他们泛舟、游泳和开车，甚至抽烟、喝酒和逃狱，对下层社会的人们展示自己的权力，书中所展现的角色、场景、氛围和元素显然与儿童的日常生活方式大相径庭。同时，整本书中隐含的生活态度并非仅仅是回归童年与自然，而在某种程度上时刻流露出"害怕改变""害怕女人"和"对他人施加限制，将其固定在一个社会群体中"的观念，而非传统意义上的儿童主题或主旨。因此，如果单纯从儿童的角度解读这部作品，无疑会忽略很多直抵文本精神内核的象征性文化特质，从而折损其艺术价值。值得注意的是，这种对儿童文学中成人问题的关注，并不是对儿童主义批评的否定；相反，这正是在当代全新创作风尚与批评视野下，围绕处于核心位置的"儿童"进行的明确的辨析和指认，更在一定程度上是对儿童主义批评的拓展、丰富与补充。

毫无疑问,在21世纪特殊的政治与文化背景下,儿童文学文本反映出的文化内涵及意识形态随之发生了巨大的变化,对儿童文学作品的解读自然也更为复杂而多元。基于复杂的社会、历史和文化背景,亨特并不满足于自身批评家的身份,而是综合不同角度对儿童文学活动进行综合考量,因此他对儿童文学理论体系的建构产生了巨大的影响,成为当代最具代表性的、最杰出的儿童文学批评家之一。

7.2 美国儿童文学批评家:杰克·齐普斯

杰克·齐普斯生于1937年,是美国童话研究和儿童文学研究领域的权威学者,曾是《新德国评论》(New German Critique)的联合创办人,也曾担任儿童文学杂志《狮子与独角兽》的主编。2008年退休后,齐普斯成为明尼苏达大学德语与比较文学系终身名誉教授。齐普斯曾求学于德国慕尼黑大学和图宾根大学,深受法兰克福学派理论的影响。在之后的童话文学研究中,齐普斯借助法兰克福学派的文化工业理论构建自己的理论框架,辅以布洛赫的希望哲学、弗洛伊德心理学、关联理论(relevance theory)、社会达尔文主义(social Darwinism)、进化心理学(evolutionary psychology)、语言学等理论,发展了童话政治学,并探索文明进程中童话的发展演进历程。

7.2.1 幻想的工具化:童话乌托邦的幻灭

《奇迹和传说》(Marvels & Tales)杂志在2002年曾推出一期有关齐普斯童话研究的特刊,主题为"杰克·齐普斯与童话社会历史研究"(Jack Zipes and the Sociohistorical Study of Fairy Tales),以感谢齐普斯为童话研究提供的社会历史研究视角,实现了童话研究的全球化。齐普斯延续了法兰克福学派的批评传统,将西方童话置于社会、政治和文化语境之下,使童话与现实之间形成一种对话关系,从而找出文本的症候所在。齐普斯的研究更多的是"针对西方社会的普遍趋势,关注的是幻想的工具化现象——这种工具化具有淡化、消解所有严肃童话故事的解放性魔力的威胁"(齐普斯，2010：12)。齐普斯致力于破除文化工业在乌托邦想象中投射的"魔法符咒"，恢复童话故事对官僚体系和意识形态等的批判功能。

齐普斯撰写了一系列关于童话研究的书籍，探究文化工业如何消解童话对社会现实的批判功能，并利用童话故事塑造虚假的乌托邦想象，以实现控制民众思想的目的。齐普斯强调，在阅读文化工业统一产出的童话故事时，读者要努力冲破这些"魔法符咒"的束缚，重新认识故事表现出的社会文化现实。这一系列著作包括：《冲破魔法符咒：探索民间故事和童话故事的激进理论》《从此就幸福地生活下去：童话、儿童和文化产业》《魔幻银幕：童话电影的未知历史》(*The Enchanted Screen: The Unknown History of Fairy-tale Films*, 2011)等。

齐普斯区分了民间故事与童话的区别，用"童话政治学"这一概念来阐释两种体裁都应具备的再现和批判现实的功能。无论是民间故事还是童话，它们通常描述的都是当前社会下层群众所遭受的剥削、饥寒和不公正对待，故事中的"魔法"可被视为下层人民美好乌托邦愿望的投射。通过对《六条好汉闯天下》(*How Six Made Their Way in the World*, 1812)、《汉歇尔和格蕾特尔》等经典格林童话故事的分析，齐普斯指出故事中人物拥有的本领象征着普通人身上的巨大潜能，或者说代表了小人物们的力量。下层民众利用这些力量来争取公平待遇，显示出民众力量的伟大。齐普斯肯定了这些故事对社会现实的呈现，以及下层人民对合理政治诉求的想象，"童话故事记录了一个旧世界体系的分崩离析，记录了混乱、迷茫以及追寻一个可能容纳更加人性化的人类行为的新世界的愿望"(齐普斯，2010：46)。但齐普斯将这一类童话故事归结为"强权创造公理"，下层民众通过童话故事将生活中受到的经济和政治等多重压迫以想象的方式获得解决，即以更强的力量来赢得压迫者的财富，占据权力结构的上层。实际上，这些故事反映的只是下层民众希望在世界上出人头地，获得同君主一样的绝对权力的欲求，而不是反映社会关系的改变。齐普斯虽然肯定童话的政治化表现，但也明确提出，"政治化目的是反映现实的不公，表现人民的美好生活愿望"(黎潇逸，2016：5)，而童话故事永远幸福快乐的结局只是给予了人们不切实际的

第7章 外国儿童文学代表性评论家研究

幻想,因此读者要透过美好的想象认清潜藏其后的社会和阶级矛盾。

随着全球化的出现和大众传媒的形成,文学创作的条件发生了变化,齐普斯关注的文化工业成为童话故事传播的一个决定性因素,由此形成的"魔法符咒"在迅速传播。文化工业使童话被当成疯狂获取商业利益的工具,并为大众构建了一个"拟真"的乌托邦世界,为公众提供的是可望而不可即的虚假快乐,诱惑大众接受封建道德立场,步入虚伪的消费陷阱。在此意义下,迪士尼公司的童话电影成为齐普斯批判的主要对象。齐普斯批判迪士尼童话电影以及由此衍生的系列书籍、音像制品、文化服装、系列玩具、主题公园等文化产品,认为这些文化产品通过大众传媒的手段得到大肆传播,向公众宣扬某种封建意识形态和价值观念,让人们不自觉地陷入被奴役的角色。在齐普斯看来,《白雪公主和七个小矮人》《皮诺曹》(Pinocchio, 1940)、《灰姑娘》(Cinderella, 1950)、《睡美人》(Sleeping Beauty, 1959)等经典迪士尼童话电影运用固定的制作和表现模式来展现迪士尼公司的技术资本,以获得更多商业资本。此外,迪士尼童话电影的人物形象刻板统一,向公众传递落后的道德思想,主张"年轻女性重新拥护父权话语和父权世界秩序"(Zipes, 2008:112),如男性通过勤劳和努力可以打败对手,从而获得美丽的妻子以及想要的权力和地位。这些父权制思想在大量的音乐和笑话,以及迪士尼公司设计的滑稽角色等的掩盖下被观众所接受,并带给迪士尼公司巨大的经济利益。

在文化工业的影响下,童话不仅形成了同质化文化,更是消解了其本身的严肃性,转而向公众传递虚假的乌托邦想象。例如,现代的迪士尼动画延续了童话故事的幸福结局,却放弃了对现实生活不合理现象的批判,利用轻松的故事表现形式消解童话故事的严肃性。童话电影《狮子王》(The Lion King, 1994)传递出的主题思想是只有依赖英雄式人物,才能使紊乱的王国恢复秩序。国家政治体制和经济结构矛盾在该电影中被简单归因于领导者的个人行为,国家的兴衰繁荣成为领导者个人决策的结果。在齐普斯看来,"科技从政治和社会意义上削弱了批判性思考和自主性决定,这种科技对文化的全面渗透导致了一个理性的极权主义社会。从这方面来说,大众传媒的作用是抑制了创造性艺术的解放性潜能,而且它能够被用于使幻想工具化"(齐普斯,2010:125)。因此,文化产业的盲目发展只会让人们对文化商品价值进行追逐，而不能引导人们去质疑背后的价值观念。齐普斯还分析了《洛奇》（Rocky, 1976）这部描写现代社会梦想的影片，指出整部影片都在利用种族歧视，将其作为卖点：白人代表善良和正直，黑人代表邪恶和欺骗，最终白人战胜黑人。在整部电影中，"洛奇在尽力证明美国梦的商业性浅薄"（齐普斯，2010：149），证明像洛奇这样的弱者可以在资本主义体制之内展示自己的长处，获得出人头地、成为英雄的机会。

齐普斯对童话的研究并未止步于童话政治学，他在《童话与颠覆的艺术：一种儿童文学经典文类与文明化进程》《童话为何长盛不衰：一种文类的演进及其意义》等著作中进一步探讨被意识形态覆魅的童话文学被人类普遍接受的原因。齐普斯借用理查德·道金斯（Richard Dawkins）提出的"模因"（meme）理论，将童话文学的发展视为文学进化的过程：《小红帽》《青蛙王子》《灰姑娘》等经典童话成为类似人类基因的模因，某些文化特质打破时空局限传递至今。随着文化关系的演变，这些故事被改编为符合其时代特征的文学内容。《青蛙王子》这一经典童话故事，包含着人类性选择的主题。随着时代的发展，这一主题虽然保留至今但已发生改变。在女性主义浪潮的影响下，追求女性独立和平等成为这一童话改编的主题。在面向儿童读者时，该童话故事规避了性选择问题，更为关注青蛙对自我身份的认同。齐普斯将打破工业文化"魔法符咒"的希望寄托在重构乌托邦精神之上，提出只有激发出人类的能动性潜能，才能解放童话。

7.2.2　解放童话：重构乌托邦精神

作为历史悠久、最受儿童喜爱的儿童文学形式之一，童话在沟通儿童与他人、世界之间的关系中起到重要作用。童话通过想象为人们提供解决现实问题的可能方法，并帮助人们"适应日常生活中的荒谬与平庸"（Zipes, 2006: xii）。因此，齐普斯用"解放童话"这一概念指出，现代童话更应聚焦于凸显童话的解放性力量，推动儿童读者展开自我反思。

值得注意的是，齐普斯认为任何童话改编都是文化场域的一部分，

第7章 外国儿童文学代表性评论家研究

会与其他文化力量在这一场域中构成一种对话关系,当代童话作为一种解放性的文化力量被读者所接受。齐普斯所说的解放童话,一般指的是20世纪的现代童话。这些童话故事既延续着传统童话的叙事情节,又融入了许多现代主义元素。"解放童话的品质不能用读者接受它的方式来判断,而是以它独特的方式来批判不良的社会关系,并迫使读者质疑自己。"(Zipes,1982:322)在齐普斯看来,童话的解放性应包含两个层面:童话不仅仅是对生活现实不满的弥补,还要为改变不良社会关系提供具体解决方案。在此基础上,童话要能够引导读者,尤其是儿童读者对所讨论的社会问题进行思考。

齐普斯归纳了20世纪以来经典童话的改编形式,共两种。第一种是对经典童话的"变形"(transfiguration)。所谓"变形"并不是重写经典童话,而是保留其原有的思想价值,通过改编抵消经典童话中的消极影响。齐普斯列举了哈丽雅特·赫尔曼(Harriet Herman)对《长发公主》(*Rapunzel*, 1975)的改编,该故事结尾不再是完满的幸福结局——因国王不肯改变对女性的认识,长发公主逃离了黄金城堡。这样的故事结局促使读者反思现实生活中的境遇以及幸福结局缺失的现实原因。第二种是把经典童话的故事结构与现代背景和故事情节相结合,这种结构设计能够吸引读者的好奇心和阅读兴趣。齐普斯列举了《小红帽》的几个改编故事,在这些故事中狼摆脱了"掠夺者"的形象,成为绅士,帮助小红帽摆脱了外婆的虐待。还有些改编故事讲述的是小红帽和狼后代的故事,讽刺了人类文明进程的危险。

齐普斯对童话故事的研究主要基于恩斯特·布洛赫的希望哲学:布洛赫借助童话研究表达自己对人类改变社会现实、实现乌托邦理想的乐观愿景。布洛赫的希望原理是一种"尚未存在的"状态,指的是目前尚未生成但在未来可能实现的理想,这一理想要靠人类自身的积极行动来实现。齐普斯从文学本体论功能出发,将童话与乌托邦精神融合:人们对此在世界的不满促使人们创作文学作品,获得乌托邦想象,以此弥补自己对现实世界的失落。齐普斯强调,17世纪至19世纪的童话故事虽然反映了人们最真实的生活状态和最本真的愿望诉求,但这些童话故事表现的仍是精英主义霸权思想,人们只是想改变现有的阶级和地位,并不渴望改变社会关系。齐普斯将人的能动性视为改变社会关系的可能性。在米切尔·恩德的《毛毛》（Momo, 1973）这一现代童话中，小主人公运用自己的能力夺回了属于人们的时间，恢复了世界的秩序，以一种更为含蓄的方式批判了工具理性对人的束缚与迫害。但审查制度却限制这类故事的传播，认为它们并不适合儿童读者阅读。而齐普斯认为这些正是儿童读者应该阅读的童话，它们既弥补了经典童话故事中的价值缺陷，又打破了文化工业所塑造的统一意识形态，为儿童读者提供了真正的乌托邦想象。

齐普斯的"魔法符咒"主要关涉两层含义。一是童话文学表现出的集体乌托邦想象掩盖了最初口头文学中的政治和阶级矛盾。因此，只有打破童话文学中永远幸福的"符咒"，将其置于社会、历史和文化语境之下，才能真正理解童话的意涵。二是文化工业为童话文学塑造的同一意识形态，如迪士尼童话电影。这一"符咒"在齐普斯看来更具隐蔽性，因此他强调要努力挖掘当代童话的解放性力量，并指出这种解放性力量应为儿童读者所获得，以帮助其树立正确的人生观和价值观。

7.3 澳大利亚儿童文学批评家：约翰·斯蒂芬斯

约翰·斯蒂芬斯出生于 1944 年，是澳大利亚儿童文学批评家。在获得麦考利大学的博士学位后，他留校任职于艺术学院英语系，现已退休。1997—1998 年，他曾担任国际儿童文学学会主席；2008 年至今，担任《国际儿童文学研究》（*International Research in Children's Literature*）杂志主编。自 20 世纪 90 年代起，斯蒂芬斯便通过出版个人专著、编辑论文集和发表学术论文等方式发表个人研究成果，产生了广泛而深远的国际影响力。2007 年，凭借丰硕的儿童文学研究成果，斯蒂芬斯获得第十一届"国际格林奖"。2014 年，斯蒂芬斯因其影响广泛的个人专著、与学生和学者的广泛合作、编辑的国际儿童文学期刊和对国际社会的积极贡献，获得"安妮·德菲若·乔丹奖"，成为第一位获得这一荣誉的澳大利亚学者。2015 年，为表彰其在儿童文学研究领域做出的卓越贡献，国际儿童文学学会任命斯蒂芬斯为终身会士。

第7章 外国儿童文学代表性评论家研究

7.3.1 儿童文学主体性叙事中的意识形态

1992年，斯蒂芬斯出版了个人代表性学术专著《儿童小说中的语言与意识形态》（Language and Ideology in Children's Fiction）一书，创造性地运用"主体性"和"意识形态"的概念来解读儿童文学，成为儿童文学意识形态、读者定位以及话语分析研究标准性的参考文献。时至今日，这本书仍然为全世界范围内的儿童文学研究者高度认可并广泛引用，被称为20世纪90年代儿童文学批评实践领域最具国际影响力的书籍之一。在该书中，斯蒂芬斯注意到儿童文学中的意识形态问题。意识形态作为一种企图宣扬或强加的某种社会政治态度，反映出的是一种社会文化价值，它既有文化传统，又包括当今社会普遍认同和接受的道德伦理，还有对人类现实及未来发展的理想化描绘，同时反映出作者自身有意无意的观念意识和信仰问题。这种基于社会伦理的意识形态问题同样充斥在儿童文学作品之中，作为文本中公开或明确的重要构成要素，流露出作者的社会、政治或道德方面的观念与信仰。基于此，斯蒂芬斯重点分析作者在儿童文学中"无意识"地进行意识形态表达的原因，并指出由于儿童文学这一文体类型天然带有对儿童读者的教育功用，其中意识形态的表达在某种程度上比一般的成人文学更为典型。除此之外，斯蒂芬斯还着重分析了一些比较普世的、共性存在的意识形态和价值取向在儿童文学作品中的反复出现，如独立、自由、平等、利他、民主、爱等。这些内容同样成为儿童文学精神内核的重要构成，使其超脱特定的时代背景被不同国别、不同民族、不同时代、不同成长经历和不同认知能力的读者所认可和接受。因此，斯蒂芬斯从经典文本、历史小说、奇幻小说以及图画书等不同的文体类型中，抓取"主体性"这一概念对文本意识形态展开考察，以此来具体论证意识形态在不同文体类型中独特的表现过程和表现方式。他认为儿童文学作品正是借助叙事的力量，通过对主体地位的确认和表达来完成对内在叙事形态的阐释。而在具体的儿童文学创作中，这种主体性不仅是聚焦文本中的儿童主角来表现他的个人成长以及个人能动性，更是重点关注了读者的特殊地位，通过确认读者与文本之间互为主体与客体的关系，帮助读者与角色之间产生共情，进而在无意识的状态下接受作者在意识形态维度对其施加的影响。

斯蒂芬斯在《儿童小说中的语言与意识形态》一书中，把具体的儿童文学文本作为理论的基础，将主体性作为把握其意识形态表达的重要方式以及具体的呈现形态。

斯蒂芬斯关于儿童文学中主体性和意识形态问题的探讨在《儿童小说中的意识形态》一书中得到充分的阐释，因此该书成为他学术研究的重要基石和指引方向。随后，斯蒂芬斯继续以儿童主体性和意识形态作为重要参照，深入阐释儿童文学的叙事特征。1994 年，斯蒂芬斯与肯·沃森（Ken Watson）共同编辑出版了《从图画书到文学理论》（*From Picture Book to Literary Theory*），他们在书中将图像小说、电影等艺术形式纳入儿童文学研究对象范围内，从形式和体裁维度对儿童文学的叙事研究和批评进行了拓展。1998 年，斯蒂芬斯与罗宾·麦考伦共同编辑出版了《故事重讲、框架形成中的文化：儿童文学中的传统故事和元叙事》，探讨为儿童读者转述和复述传统故事、传说的过程，进而形成了儿童文学改编问题的理论体系建构。除此之外，在他与凯伦·科茨等人主编的《儿童与青少年小说指导手册》（*Handbook of Research on Children's and Young Adult Literature*, 2011）、与大卫·鲁德（David Rudd）等人主编的《劳特利奇儿童文学手册》（*The Routledge Companion to Children's Literature*, 2010）以及文章《由儿童写作，为儿童写作——图式理论、叙述话语和意识形态》（"Writing by Children, Writing for Children: Schema Theory, Narrative Discourse and Ideology", 2002）等作品中，斯蒂芬斯继续围绕这一问题进行了补充和论述。

7.3.2 新世界秩序下的儿童文学视域拓展

2002 年，斯蒂芬斯编辑出版了《成为男性的方式：儿童文学和电影中的男性气质》（*Ways of Being Male: Representing Masculinities in Children's Literature and Film*），以儿童文学、青少年小说以及电影中的男性形象为样本，审视儿童文学中的男性形象与男子气概，不仅探讨了在传统文化和社会环境的影响下，男性形象及其内涵应该如何建构并成为一种约定俗成的文化标记，更关注了当下现实社会中的性别问题，特别是跨性别群体"男性身份"的建构与确认。

此后,斯蒂芬斯进一步探讨了在新的社会环境和时代风尚下,儿童文学中丰富的文化意蕴。2008年,斯蒂芬斯与克莱尔·布拉德福德、克里·马兰(Kerry Mallan)、罗宾·麦考伦共同编辑出版了《当代儿童文学中的新世界秩序》(*New World Orders in Contemporary Children's Literature*),聚焦在"冷战"结束之后提出的"新世界秩序"这一概念对儿童文学研究的影响。在该书中,斯蒂芬斯对儿童文学的考量主要基于20世纪80年代末全球政治剧变的背景,儿童文学和虚构文学对世界未来发展方向的重新思考,特别是面对宇宙大灾难威胁时催生出的后灾难虚构文学中多元文化问题的观照,同样取得了颇多富有见地的研究成果。这一研究不仅将澳大利亚儿童文学纳入西方话语体系之中,通过挖掘其独特的审美特质来推动澳大利亚儿童文学的全球影响,更将其作为一个典型的研究案例,树立起一个新世界秩序下对儿童文学中诸多问题的全新研究范式(Bradford et al.,2008)。与此同时,在对新世界秩序的探讨过程中,斯蒂芬斯融合生态批评的研究视角和研究方法,从儿童文学中自然观的视角继续探讨儿童文学的主体性问题,相继发表了《从伊甸园到乡村:论儿童文学中的自然观》("From Eden to Suburbia: Perspectives on the Natural World in Children's Literature",2006)、《儿童多模态生态话语中的人类中心主义与自然和谐》("Anthropocentrism and the Haecceitas of Nature in Multimodal Ecological Discourses for Children",2008)等文章,综合探讨生态批评视域下的儿童文学。

7.3.3 世界儿童文学的多元聚焦

约翰·斯蒂芬斯的研究范围十分广泛,不仅将为儿童创作的电影、图画书等多种传播媒介的儿童文学"泛文本"纳入研究视域中,进行叙事学理论、文化批评、生态批评的童年研究,更将目光延伸至英语儿童文学之外,关注多民族、多文化、多语种背景下的儿童文学创作和批评理论,特别是日本、韩国及其他地区带有民族特色和文化差异的儿童文学活动。结合自身对亚洲儿童文学研究的了解,斯蒂芬斯认为当下以英语为中心的西方主流期刊缺乏对亚洲儿童文学作品的关注,往往仅停留在对图画书、动漫以及电影的关注上;提出"东西方儿童文学学者之间的文学理论和方法的相互交流仍处于初级阶段,并且仍然受到西方话语主导地位的影响以及东方地方传统缺失或不可见的阻碍"(Stephens,2013b:7),而这主要是由于很少有学者能够真正地把握东方文学独特的叙事模式及审美特质。面对这一情况,西方学者应该放下固有的思维定式,更好地去认识和理解东方风格(eastern styles),因为它所凸显和体现的正是其主体性的问题。换言之,儿童文学的主体性问题可以在一定程度上有效避免文化差异所造成的文本误读。于是,斯蒂芬斯在2013年出版的《亚洲儿童文学和电影中的主体性》(*Subjectivity in Asian Children's Literature and Film*)一书中,以个案分析的形式介绍了亚洲九个国家和地区在儿童文学文本与儿童电影中对主体性的独特呈现。他提出,虽然亚洲大部分国家和地区的儿童文学批评理论鲜有涉及主体性的相关概念,但不可否认的是,无论是儿童文学创作还是研究,其中都或隐或显地与意识形态问题有所关联,进而指向对儿童主体性的观照。《亚洲儿童文学和电影中的主体性》一书则首次明确地从主体性的维度展开对亚洲儿童文学的阐释和挖掘,重点探讨了儿童文学主体性概念在亚洲儿童文学创作和研究中的呈现特征,具有一定的首创性和指导性。同样,斯蒂芬斯还关注到儿童文学研究中的"西学东渐"现象,即采用西方主流的、通用的、常见的以英语儿童文学批评为范本的研究范式对亚洲各国家、民族和地区的不同儿童文学进行研究,并敏锐地注意到,用西方文体中常见的策略文体来分析东方故事会不可避免地显示出西方思维的"入侵",因此需要注意儿童文学的主体性在不同文化中的独特呈现。总的来说,斯蒂芬斯以亚洲儿童文学作品及电影为样本,对英语世界之外地区的文本中的主体性问题进行了进一步的论证与发展,使其超脱单一民族、国家和语言的创作特征,而是作为一种独特的文体特征,阐释世界儿童文学的叙事策略和叙事效果,具有重要的理论建构价值。

斯蒂芬斯在打开自身儿童文学研究视野的过程中,同样注意到了中国儿童文学创作的独特之处。他探讨了东西方儿童文学创作之间的共性和差异,关注西方中心主义下的儿童文学研究对东方儿童文学的

第7章 外国儿童文学代表性评论家研究

影响,并以主体性为标尺,有意识地找寻适合中国儿童文学研究的思维模式和理论方法。《亚洲儿童文学和电影中的主体性》一书中同样收录了中国学者李利芳教授的文章《中国儿童文学的主体性与文化意识》("Subjectivity and Culture Consciousness in Chinese Children's Literature", 2012)。

　　随着译介传播的发展,中国儿童文学研究已经注意到约翰·斯蒂芬斯的研究成果,积极与之展开交流和互动,将其带入中国儿童文学批评的语境之中,从而进行深入的探讨与交流。2002年9月,斯蒂芬斯在北京师范大学进行访学交流,与王泉根、舒伟等中国儿童文学研究者共同商讨编辑和出版"当代西方儿童文学新论译丛",后由安徽少年儿童出版社于2010年出版了包括约翰·斯蒂芬斯的《儿童小说中的语言与意识形态》在内的六部儿童文学批评理论经典著作。"当代西方儿童文学新论译丛"的译介,无疑为中国儿童文学研究和批评打开了新的大门,帮助本土研究者对西方儿童文学批评理论有了更加综合、立体的认知和理解。与此同时,斯蒂芬斯的多篇研究成果被翻译成中文并发表。2007年,《重庆社会科学》发表了斯蒂芬斯的《从伊甸园到乡村:论儿童文学中的自然观》一文,探讨了儿童文学中折射出的自然观念,以及这些描绘自然世界的文本对儿童读者有关自然问题、环境问题的积极引导和自觉培养。2015年,《东方宝宝(保育与教育)》刊发了斯蒂芬斯的《由儿童写作,为儿童写作——图式理论、叙述话语和意识形态》一文,对儿童文学中常见的图式形态、叙述话语及其指涉的意识形态问题进行归纳和概述。2019年,《南京师范大学文学院学报》发表了由张梦铃翻译的斯蒂芬斯论文《情感策略、情绪模式和共情结局——塞尔克故事和文学批评之旅》("Affective Strategies, Emotion Schemas and Empathic Endings: Selkie Girls and a Critical Odyssey"),以"塞尔克"(selkie)这一常见的民间故事类型及其改编情况为中心,分析这一故事类型的叙事特征、情感核心及其文本与读者之间的互动关系。2019年,南京师范大学的谈凤霞教授曾前往麦考瑞大学进行学术交流,与斯蒂芬斯就当代儿童文学研究问题进行对话,后将对话整理形成《当代国际儿童文学研究动态——与约翰·斯蒂芬斯教授访》和《约翰·斯蒂芬斯 vs 谈凤霞:关于当代世界儿童文学创作现象与问题的对话》两篇访谈文章,围绕当代以英语为中心的西方儿童文学创作和研究中的独特想象和热点问题进行深入交流,在阐释斯蒂芬斯对于当代世界儿童文学的整体评价之余,更综合呈现斯蒂芬斯个人的儿童文学批评观。透过中国对斯蒂芬斯儿童文学研究成果的译介不难看出,国内更为推崇和倾向的是斯蒂芬斯对儿童文学研究方法和文本理论的关注,而关于其在新世纪秩序下对儿童文学的多元探究,包括对澳大利亚儿童文学、电影、图画书、男子气概等问题的探究,仍鲜有关注。

除此之外,斯蒂芬斯曾多次前往中国并举办讲座,为中国儿童文学研究者和爱好者奉上一道道精彩的文化大餐。2015年3月19日,斯蒂芬斯在南京师范大学做了题为"儿童文学批评概念的演变(1990年至今)"的演讲。2015年3月23日,斯蒂芬斯于中国海洋大学做了题为"儿童文学批评概念的演进"的学术报告,从儿童文学研究方法论的高度介绍了从1999年至今西方儿童文学批评概念的演变,并结合具体的儿童文学作品对多元文化论、表演性、全球本土化、认知诗学等重要概念进行阐释。2018年5月14日至16日,斯蒂芬斯前往东北师范大学,分别以"日韩动漫与电视电影中非人形象的他者书写""儿童文学与儿童电影中哥特幻想模式"和"从空白和残缺看读者幻想认知图的建构:尼尔·盖曼的'民间传说'叙事"为题举行讲座。作为对中国儿童文学研究具有重要影响力的当代外国儿童文学批评家之一,斯蒂芬斯对中外儿童文学研究的对话和交流起到了巨大的推动作用。

7.4　美国儿童文学批评家:凯伦·科茨

凯伦·科茨出生于1963年,是美国当代著名的儿童文学研究者。1998年8月,科茨入职美国伊利诺伊州立大学英语学院,从事儿童文学方向的学术研究和教育教学工作。2019年8月,科茨进入英国剑桥大学,担任教育学院儿童文学研究中心主任。同时,她是《儿童文学》杂志以及"儿童文学与文化系列书籍"(Children's Literature and Culture Series)的编辑。科茨的研究主要关注儿童文学与文化理论、认知诗学与儿童诗歌、多元文化儿童文学文本分析、儿童文学精神分析理论等方向。迄今为止,科茨出版了三本个人专著,编撰了四部论文集,共发表了 40 余篇学术论文。2000 年，她的文章《P 代表父权：重新想象字母表》("P Is for Partiarchy: Re-imaging the Alphabet") 一文，成为国际儿童文学学会儿童文学批评荣誉文章；2016 年，科茨主编的图书《儿童和青少年文学中的母亲：从 18 世纪到后女性主义》(*Mothers in Children's and Young Adult Literature: From the Eighteenth Century to Postfeminism*) 获得儿童文学协会"编辑图书奖"；2021 年，她的文章《图画书中的视觉概念隐喻：对社会公正的影响》("Visual Conceptual Metaphors in Picturebooks: Implications for Social Justice") 获得国际儿童文学学会年度论文奖。

7.4.1 儿童主体性的显现与在场

科茨于 2004 年出版的《镜子与永无岛：拉康、欲望及儿童文学中的主体》的阅读对象主要是儿童文学的研究者。在该书中，科茨运用拉康关于个体认同的精神分析来解读一些经典儿童文学作品中的个体成长过程，不仅展现出人物精神发展的过程，同样揭示出人的成长经历中包含着隐含的身份阉割内容，对于建构人的社会身份以及塑造无意识具有重要作用。除结合拉康的认知理论对儿童文学进行分析研究之外，科茨在该书中同样对人在成长过程中遇见的一些种族、性别问题进行探讨。正是基于这样的特征，该书不仅成为儿童文学研究领域中的一本经典论著，同样为一些用精神分析理论分析文学作品的研究者提供重要的研究范式。2010 年 1 月，安徽少年儿童出版社出版了由赵霞翻译的《镜子与永无岛：拉康、欲望及儿童文学中的主体》中文版，引发了中国研究者的广泛关注，并获得了普遍认可。

在《镜子与永无岛：拉康、欲望及儿童文学中的主体》一书中，科茨重点关注了儿童主体的显现与在场问题。她运用拉康的主题理论来探讨童书如何实现对儿童主体的建构，以及包括图画书在内的儿童文学如何参与到主体意识的发展过程中。在科茨看来，身份是"自我"更加公开化、社会化的呈现，也是相对而言更容易被自我掌控和形塑的部分，因此身份的形成同样是对自我认知的重要构成。主体性不仅是身份，还是个体"掌控物"和"掌控者"之间的交互运动。由于童年时期接触的文学是塑造人类的关键，在这一过程中，儿童文学对于儿童主体的建构具有重要的作用，它将表述和意象以儿童可感知的方式呈现，将其置于儿童对现实的认知之中，从而实现儿童对自我的把控。基于此，科茨提出儿童对自我的认知源自于对他者的认识。因此，儿童文学中大多数的成长都是从某种分离开始的，特别是与母亲的分离。儿童成长往往意味着脱离母亲，并确立与父权相关的立场，而"封闭"则意味着异性恋婚姻、安全的性别角色，以及按照社会预期走向特定的结局，最终转变为"男性化的成年主体"。科茨借助拉康的精神分析方法和认知理论对儿童文学文本展开分析，所探讨的正是儿童文学如何帮助读者在辨识和指认他者的过程中完成对自身主体性的建构，进而探讨儿童文学中指涉的诸多深刻而复杂的文化意蕴，为儿童文学的审美性、社会性和文化性进行有效拓展。值得注意的是，在以《镜子与永无岛：拉康、欲望及儿童文学中的主体》为代表的论述中，科茨有意识地呈现了对教学现场的还原，并通过第一人称的频繁出现，对自己的个人身份及批评立场进行明确揭示，即中产阶级、白人和女性，以此来表达学术研究的主观性特征。在科茨看来，完全中立的科学思维并不如预期的学术立场一般客观、权威，研究者学术写作背后的"无我"状态实际上并无意义。这种对于写作立场的关注，同样使科茨的研究更具个性且颇为生动。

7.4.2 儿童诗歌与认知诗学

科茨对儿童文学研究的学术贡献，还体现在其对认知诗学与儿童诗学的理论性整合上。科茨明确提出当下儿童面临着移情与共鸣的匮乏，这在很大程度上是源于儿童早期缺乏足够的文本阅读。因为儿童和语言之间原本可交流的、亲密的、美妙的关系正在日益疏远，让位于看电子屏幕的娱乐时间，于是在忙碌和消遣中，语言变成了工具性和功能性的存在。通过对个体发展的情况以及人类历史的审视，科茨提出"每个人在童年时期都经历过一段象征意义上的极度匮乏的时期，而诗歌试图解决和修正这一情况"（科茨，2019：35）。因此，科茨提出儿童诗歌源于

"身体与身体之间亲密的交流",这种交流在音乐、韵律和节拍中将信息进行编码,成为一门独特的语言。儿童在对自己所处世界进行理解和认知的过程中,同样将这种身体的语言延伸至对整个世界的体验和交流之中,使带有韵律、节奏和象征意义的语言同样产生一定的意义,从而成为诗歌最基本的构成和形态。所以,即便是最简单的儿童诗歌,同样可以建构起一个包含视觉、触觉和嗅觉的感知空间和寓言化的符号指涉,为儿童读者带来感官和象征层面的双重乐趣。在另外一篇文章《儿童诗歌意义的认知研究》("The Meaning of Children's Poetry: A Cognitive Approach",2013)中,科茨则探讨了儿童诗歌批评话语中存在的前提条件和矛盾问题,并主张通过认知诗学来看待儿童诗歌的独特认知功能,而不是通过其与成人诗歌的比较。她还提出,儿童诗歌保留了语言中身体的节奏和乐趣,促进了儿童与他人的情感和身体协调。同时,科茨在这篇文章中重点探讨了儿童诗歌如何在创造语言的过程中,对儿童管理感官环境所起的帮助作用,从而调节他们的神经功能,缓解他们的生存焦虑,并引导他们参与到社会交往活动之中。

7.4.3 儿童文学中的文化批评

2016年,科茨与莉莎·罗伊·夫拉斯蒂诺(Lisa Rowe Fraustino)共同编写了《儿童和青少年文学中的母亲:从18世纪到后女性主义》一书,收录了13篇儿童文学和青年文学学者的文章。该书聚焦了包括青少年文学在内的儿童文学中"母亲"这一形象的各种呈现方式及背后的文化内涵,分为对母亲形象的历史性追溯、现代性呈现、母子关联以及后现代背景下的母亲形象四个部分。此外,该书收录了科茨与劳伦·考西(Lauren Causey)共同创作的文章《文化历史活动理论与黑人母爱的扩张循环》("Cultural-historical Activity Theory and the Expansive Cycle of Mothering While Black")。

与此同时,科茨还特别关注到一些"不同寻常"的儿童文学作品的独特审美价值。这些作品的故事主题、叙事模式和情感趋向与以往赞扬美好、和平和希望的童话故事不尽相同,带有鲜明的后现代特质。2008年，科茨与安娜·杰克逊（Anna Jackson）和罗德·麦吉尔（Roderick McGillis）共同编辑的《儿童文学中的哥特式：萦绕在边境》（*The Gothic in Children's Literature: Haunting the Borders*）由劳特利奇出版社出版，汇集了来自新西兰、加拿大和美国不同学者的相关见解，反映了不同地域和文化背景下哥特式儿童文学的缘起，以及对当代儿童文学文本的影响和思考。该书同样收录了由科茨撰写的《在恐怖、幽默和希望之间：尼尔·盖曼和哥特式小说的心灵作品》("Between Horror, Humor and Hope: Neil Gaiman and the Psychic Work of the Gothic")一文。在科茨看来，所有的儿童文学，甚至是所有文学的模式，实际上都是人们关于世界的认识与愿望之间的一场商榷。相较而言，儿童文学的模式强调的更是一种"愿望"，从人类对世界的理想化认知开始，最后以对世界的美好期许结束。而这些"不同寻常"的儿童文学一方面探讨的是生活中某些冷峻的现实，另一方面则带有某种幽默的愉悦感。科茨认为儿童文学需要承认恐怖事物的真实性，但不能深陷其中无法自拔，而是可以用一些幽默的陈述来消解，通过语言或态度上的掌控感来正面地、积极地应对这些严肃的问题，并获得令人产生冷峻、恐惧和痛苦感受的相对控制权。关于这些"不同寻常"的儿童文学的创作与接受情况，它们构成了科茨对儿童文学多元性文化探讨与审美回归的研究，并取得了诸多具有一定影响力的研究成果。

7.4.4 儿童文学研究与教育

科茨对儿童文学文本及其文化属性的研究批评，同样延伸至儿童文学的教育教学层面，并针对不同类型的阅读群体编写了指导手册和理论著作。2011年，科茨与谢尔比·伍尔夫（Shelby Wolf）、帕特丽夏·恩西索（Patricia Enciso）和克莉丝汀·詹金斯（Christine Jenkins）共同编写的《儿童和青少年文学研究手册》（*Handbook of Research on Children's and Young Adult Literature*）由劳特利奇出版社出版，该书主要在跨学科背景下全面介绍了青年文学的历史、形式、体裁和理论问题。在2013年出

第7章 外国儿童文学代表性评论家研究

版的《儿童文学与发展中的读者》(Children's Literature and the Developing Reader)一书中,科茨用多元文化框架来展示视觉、手势、听觉、口语、触觉等多模态文本如何促进读者认知能力的提升,以及优秀儿童文学如何能够支撑这些文化的发展。2017年布鲁姆斯伯里出版社出版的《布鲁姆斯伯里儿童与青少年文学导论》(The Bloomsbury Introduction to Children's and Young Adult Literature)一书,没有采用常见的儿童文学概念界定和史学梳理的写作方式,而是结合儿童文学的不同体裁对儿童文学的具体研究方法和研究思路进行指导。该书不仅向读者介绍儿童文学的基本情况,由此诠释这一文体类型特殊的建构方式、艺术价值和教育意义,更为儿童文学研究者和教育者提供新的视角和方法。透过全书的研究问题和结构设置,可以发现科茨对儿童文学这一学科具有整体性的宏观把控、开阔的理论视野和独到的审美判断,所以它是一本个性鲜明、内容丰富、对各年龄段及各研究背景的读者均十分友好且具有一定指导性的儿童文学研究手册。同时需要注意的是,虽然在该书中科茨特别强调自己的研究立场是个人化的立场,与一般意义上的"白人男性"立场相比是一个更非主流、个性化的立场,但事实上,这一视角仍然是以欧美为中心的,这正是作者努力回避但始终无法避免的客观存在。

科茨的诸多成果同样被引入中国,并得到普遍的认可与肯定。科茨的《镜子与永无岛:拉康、欲望及儿童文学中的主体》作为"当代西方儿童文学新论译丛"之一,由安徽少年儿童出版社出版。2021年,方卫平和赵霞发表了《文化视角与童年立场——当代西方儿童文学研究中的文化批评》一文,两位作者对科茨的这一专著进行评述,认为科茨就儿童文学对于建构社会身份以及塑造无意识的重要性"做出了有价值的分析,从而大大加强了传统儿童文学批评在同一话题上的分析深度"(方卫平、赵霞,2011:111)。2016年7月13日,科茨受邀来到中国,参加中国海洋大学举办的首届国际儿童文学论坛暨第三届中美儿童文学论坛,就"看不见的蜜蜂:一种儿童诗歌理论"一题进行发言。这篇文章后由谈凤霞翻译,发表于《南京师范大学文学院学报》2019年第3期。2020年4月17日,科茨接受浙江师范大学赵霞的访问,访谈内容分别发表于2020年6月4日《文学报》和2020年7月10日《文艺报》。

7.5　加拿大儿童文学批评家：桑德拉·贝克特

桑德拉·贝克特，1953年2月4日生于加拿大安大略省，主要从事法国儿童文学、童话和跨界小说等研究。在研究法国作家米歇尔·图尼埃的过程中，贝克特发现图尼埃是一位既为儿童读者创作也为成人读者创作的"跨界作家"。自此，贝克特开始在儿童文学研究视阈下探究跨界小说独有的文学特质和审美内涵，并尝试将其界定为一类独特的文学样式，挖掘其具体的文学表征。贝克特认为童话和图画书是诠释跨界小说的最好例证，这两种体裁不仅跨越年龄界限，被不同年龄层的读者群体接受，也跨越了文化、语言、民族等界限，成为世界文学的典范。

7.5.1　全球视野下的跨界文学

"跨界"是贯穿桑德拉·贝克特整个学术生涯的关键词。自1993年起，贝克特就致力于跨界现象的研究。2009年，贝克特出版了《跨界小说：全球和历史视野》一书，将跨界小说置于广泛的文学与文化史背景下，尝试廓清这一文学现象产生的根源与发展。然而，贝克特对跨界小说的理论构建并未得到研究者们的普遍认可，他们指责其过于注重文本例证的搜集，忽视了对这些文本的学理性阐释："贝克特的书除作为世界儿童作家资源之外，几乎没有别的用处。它主要以类似列表的方式编写，通常只是简单地从一个作者跳到另一个作者，从一个例子跳到另一个例子"（McGee, 2009: 400）。除此之外，研究者们否定了贝克特提出的市场营销在跨界小说形成中起到的关键作用，认为这无形中将儿童文学经典化的成因与市场运作关联，儿童文学经由跨界沦为文化产品。研究者们的论述虽颇有见地，但都未真正理解贝克特的研究意图，贝克特的目标是使跨界小说跨出英语文学局限，成为一种世界文学范式。

贝克特对跨界小说的研究源于对儿童文学的重新审视。《反思改变：1945年以来的儿童文学》（*Reflections of Change: Children's Literature Since 1945*）一书是贝克特于1997年编纂的一本论文集，呈现了自1945年以来儿童文学以及儿童文学理论和批评发生的变化。在这本论文集的前言中,贝克特谈到了自己对跨界现象的认识,认为跨界现象的出现意味着儿童文学边界的变化。

儿童文学的这些变化导致其与成人文学的边界逐渐变得模糊,这一现象引发了一些评论家的担忧:儿童文学从边缘走向中心是否标志着儿童文学的消亡。加上尼尔·波兹曼(Neil Postman)等研究者对童年观变化的消极认识,似乎儿童文学被成人文学吸收和接纳是必然趋势。但贝克特从读者接受的角度指出,儿童文学不会消亡,儿童文学与成人文学的界限模糊恰恰意味着更成熟的儿童读者的出现,原有的幼稚化儿童文学内容已经无法满足当代儿童读者的阅读品味。反之,儿童阅读品味的提升也在促进儿童文学的不断深化。贝克特使用"跨界"一词来阐释儿童文学与成人文学之间的变化,既没有将儿童文学的跨界现象视为一种文化威胁,或认定为成人文化危机,也没有悲观地认为儿童文学已彻底沦为成人文学的附属品,甚至丧失了自身的独特价值。她将跨界现象视为儿童文学的延伸,是儿童文学内涵和外延不断变化的产物,从而将儿童文学的地位提升为一种无边界的全年龄文学。

在此基础上,贝克特探究构成跨界小说的重要因素,认为跨界写作是其构成的首要因素。1999年,贝克特在《跨越边界:面向儿童和成人双向读者的写作》(*Transcending Boundaries: Writing for a Dual Audience of Children and Adults*)一书中收录了来自世界各国的14位儿童文学评论家的文章,从叙事学视角出发详细阐释了跨界写作形成的过程、种类、变化等。贝克特也是首位从跨界写作角度探讨跨界小说本质的理论家,她重新审视了成人作者与儿童读者之间的关系,并提出儿童作家的创作应同时面向儿童读者和成人读者(cross-writing child and adult)的创作理念。但研究者们忽视了贝克特的这一贡献,仍将跨界小说的内涵仅局限于跨界阅读层面。贝克特的跨界写作研究主要是基于芭芭拉·沃尔和佐哈尔·沙维特的研究。沃尔和沙维特都注意到儿童文学中叙事声音的矛盾性,认为儿童文本自身就存在着一种矛盾性,这一矛盾性是由隐藏于文本之后的成人作者带来的。贝克特并未局限于这两位理论家的研究,而是指出成人创作儿童文学只是跨界写作的一个方面,跨界写作应包含更为丰富复杂的类型。贝克特将跨界写作大致分为六种类型:成人作家转向儿童文学创作；儿童文学作家转向成人文学创作；既为儿童读者又为成人读者创作的作家；面向某一受众的文学作品在改编过程中转向了另一受众；作者在创作作品时设定了理想的读者群体，但由于文本自身体现的矛盾性而成为跨界小说；针对某一受众的作品，在传播至另一国家时，受这一国家的文化影响而吸引了另一阅读群体。

贝克特坚持利用文本例证来代替深入阐释，这必然会造成一种局面：她虽然努力将跨界小说整合为一类有着悠久文学传统的小说类型，但却始终未能对其进行精准定义，也未能概括其独有的文学特征。此外，贝克特从作者创作的角度出发，试图用跨界写作来定义跨界小说。贝克特的研究的确为跨界小说研究开辟了新的研究路径，帮助研究者们摆脱狭隘的跨界阅读研究，拓宽了研究的理论与文化视野，但她急于扩大跨界小说视阈的目的反而使这一研究陷入矛盾之中。贝克特认为的跨界小说应打破儿童文学与成人文学的界限，最终形成无边界的文学样态，这一目标只有同时为儿童和成人创作的跨界作家才能实现。不过贝克特也认识到，不预设目标读者群体的作家几乎不存在，因此她扩大跨界作家范畴，将只要为儿童创作过故事的作家都包含在内。这样的扩展与贝克特定义跨界小说的初衷相背，因为这些跨界作家创作的跨界小说仍清晰地区分了儿童和成人的差异，两者的二元对立关系只会愈发紧张。

贝克特在《全球和历史视阈下的跨界小说》一书中指出构成跨界小说的第二个重要因素：跨界阅读。她认为跨界小说并不是在"哈利·波特"热潮出现之后才产生的，跨界现象始终存在，主要可以分为两类：儿童阅读的成人小说（adult-to-child crossover fiction）和成人阅读的儿童小说（child-to-adult crossover fiction）。在贝克特看来，最早的跨界现象表现为儿童阅读成人小说这一行为。在自觉的儿童观念形成之前，市场上并没有专为儿童创作的文学作品，儿童和成人阅读相同的文学作品。《鲁滨孙漂流记》和《堂吉诃德》（*Don Quijote de la Mancha*, 1605）一经问世便在当时引起轰动，许多缩略版本和改编版本随之出现，这些版本成为儿童的阅读材料。至19世纪，越来越多的成人小说跨界进入青少年小说领域。这些小说的作者并非有意去吸引儿童读者，但其传递的宗教信仰、爱国主义和道德价值观念也被儿童所接受，从而成为承载

第7章　外国儿童文学代表性评论家研究

成人说教意图的工具，如沃尔特·司各特（Walter Scott）爵士的历史小说、艾米莉·勃朗特（Emily Brontë）的《呼啸山庄》（*Wuthering Heights*, 1847）和夏洛蒂·勃朗特（Charlotte Brontë）的《简·爱》（*Jane Eyre*, 1847）等。

关于成人阅读儿童文学的原因，贝克特给出了极具说服力的解释，即儿童对自己所读文学缺少选择权力。一部儿童文学作品要经过父母、图书馆员、教师等成人的审查才能被交到儿童读者手中。此外，许多儿童文学奖项是由成人来评选的，因此儿童文学必须要能够吸引成人读者。正如佐哈尔·沙维特在《儿童文学诗学》中论述的那样："儿童文学作家可能是唯一需要在吸引某一特殊受众的同时还吸引另一受众的作家"（Shavit, 1986: 37）。贝克特指出，成人读者在阅读儿童文学的过程中不仅仅起到审查人的作用，也是一位文学作品消费者。贝克特对成人阅读儿童小说这一现象进行详细分类，并在分类过程中再一次触及成人读者的矛盾身份。在"全年龄寓言"一类中，贝克特指出寓言通常与政治性相关，由于儿童文学的地位较低，它通常被视为一种娱乐性较强的文学形式，因此"许多作家用单纯的儿童故事作掩护，发表政治寓言，从而避免或试图避免意识形态审查"（Beckett, 2009: 98）。贝克特的论述其实暗暗将此类跨界小说受众分为三类：儿童、成人和审查者。成人读者和成人审查者并不完全重合，成人审查者受到作者"愚弄"，被儿童文学表象迷惑，只有成人读者才能读懂讽喻性的内涵。但这类儿童文学创作引发了一种困境，即儿童文学的真正受众若是成人读者，那么儿童文学是否存在？贝克特并没有给出解答，只是含混地将这类作品归为被成人读者阅读的儿童文学。贝克特将成人阅读儿童文学的第二个原因归为时代因素：在不同时代，儿童文学和成人文学之间的关系会发生变化。例如，路易莎·梅·奥尔科特的《小妇人》在19世纪的美国被视为成人文学，而进入20世纪后，这部小说被划为儿童文学行列，成为一部典型的跨界小说。贝克特提到的第三个原因是政治原因，也就是审查制度。她主要列举了苏维埃政权统治下的儿童文学，认为那一时期多是隐藏在儿童文学之下的政治讽喻寓言。

除前面提到的"全年龄寓言"之外，贝克特还将成人阅读儿童文学这一跨界现象划分为"从儿童杂志到跨界小说"（from children's magazine to crossover novel)、"成人作家创作的经典跨界小说"（classic child-to-adult crossovers by major adult authors）、"拥有成人追随者的儿童书籍"（children's books with an adult following）等。

7.5.2 多面《小红帽》

贝克特认为童话故事是跨界小说中最重要的一个类别，她在众多的童话故事中选取《小红帽》的故事来展开详细论述。贝克特的童话研究继承了齐普斯的童话政治学，认为资本主义权力运作使童话故事丧失了对不合理秩序的批判精神，成为维护资产阶级秩序的文化工具。在贝克特看来，资本与文化之间的权力运作导致价值观念的同质化，无论是儿童还是成人，他们阅读某一童话故事时都会得到相同的理解和阐释，这会阻碍跨界文学的形成。因此，贝克特选取了迪士尼改编程度最低的童话故事：《小红帽》。这一童话故事至今仍在流传，甚至出现了多种改编形式，并且这些改编都还保留着童话故事原有的批判倾向。贝克特认为童话故事改编应符合现有社会和文化的发展规律，满足当代读者的审美阅读需求，"古老的故事有一种惊人的适应新社会和新文化语境的能力，只要新故事被写下来，经典文本就在被重塑和修订，以反映这些变化"（Beckett，2002：xvi）。

贝克特梳理了《小红帽》故事的改编发展过程。最早形成文字的《小红帽》故事出于夏尔·贝洛之手，这一故事具有警示性，告诫女性不要与掠夺成性的男性为伴。还有学者将《小红帽》视为一个关于强奸的寓言故事。贝克特认为，这些研究注意到了《小红帽》故事中的警示性，但这一研究视角属于成人视角，儿童读者并不能读出这一故事内涵，这种成人阐释使童话故事实现了跨界。对《小红帽》故事的改编包含对"狼"这一角色的重新塑造，比如颠覆其诱惑者和性掠夺者的形象，使其成为被诽谤的追求者或被背叛的情人；小红帽则被塑造为与狼为伍的角色形象，成为狼的驯服者或自己化身为狼。

贝克特想要在齐普斯童话理论的基础上证明，经过文化工业加工的童话并不一定会形成一个统一的意识形态，而是会形成满足当前文化需求的童话文学。但在贝克特的所有论述中,人们看到的仍是各国大量有关《小红帽》故事改编的实例。在《全球小红帽改编》(*Revisioning Red Riding Hood Around the World*, 2013)一书中,贝克特搜集了40多个国家、20多种语言、200多个《小红帽》改编故事,这一创举让人们看到童话故事的确是一种跨语言、跨文化、跨年龄的文学存在形式,进而思考这些改编故事如何满足了当代读者的阅读需求。

7.5.3 面向全年龄读者的图画书

图画书是贝克特详细阐释的第二种跨界文学类型,甚至被她认为是最具跨界特征的文学类型。图画书能够同时吸引儿童读者和成人读者的原因既源于其自身特质,也在于出版商等外界力量的推动。从传统意义上看,图画书始终被认为是幼儿读物,因此图画书尽管早在"哈利·波特"系列出现之前就已存在,但遭到了人们的忽视,被排斥在跨界现象之外。贝克特认为图画书的跨界魅力在于:首先,文本与图像之间的互动关系构成了复杂的叙事结构,由此体现出的实验性和激进性对儿童和成人具有同样的吸引力;其次,图画书为儿童和成人提供了一个共享阅读体验的机会,"因此与其他叙事形式相比,图画书赋予儿童和成人这两类受众更平等的权利"(Beckett, 2012:2);最后,出版商在标题、题词、序言和后记等部分指出图画书是面向跨界受众的。

贝克特将跨界图画书分为五类:艺术家的书、无字图画书、内含典故的图画书、跨时代主题的图画书和名人图画书。这一分类其实存在许多不合理之处。例如,按照开篇对图画书的界定,贝克特研究的图画书应该是一种图文结合的形式,即必须包含文字和图片两种因素,但在列举具体例证时,贝克特将无字图画书列为一种重要类型,这就造成论证与举例之间存在巨大分歧,也使读者对其研究对象充满困惑。不过,无字图画书确实构成了跨界现象,因为全球各国读者都能跨越语言障碍理解图片中表达的意思,而不同的文化语境使不同读者做出符合自身理解的阐释。此外,名人图画书这一类并不具备典范性,因为它的产生主要依赖名人效应，其读者群体虽然包含儿童和成人，但只局限于粉丝范围，这一范围之外的读者很少阅读这类图画书。而且，名人图画书是否具有文学价值也有待考量。

　　此外，贝克特尽管不断提到图画书是一种独特的叙事方式，但却并未对图画书的叙事结构进行合理解释。又如，虽然她提到在图画书中图画与文字之间会形成复杂的互动关系，但两者之间如何互动以及产生怎样的影响均未涉及。事实上，图画书的流行仍然受到后结构主义思潮的影响，打破了传统意义上文字优于图像的认识。让-弗朗索瓦·利奥塔（Jean-Francois Lyotard）在《话语·图形》（*Discourse, Figure*, 1971）一书中旨在批判结构主义，他认为自柏拉图以来，人们崇尚抽象性思维，贬低感性经验；书面文本被视为抽象理性思维的体现，而图形图像则是感性经验的表达。儿童往往被认为是不具有理性思维的、受感性经验控制的不成熟存在。因此，儿童与图形和图像联系紧密，被认为只适合阅读图示类作品。在后现代主义思潮的推动下，图形与话语获得了同等重要的地位，感性思维与理性思维也获得了同样的关注。这一时期的儿童被证明能够理解复杂深奥的语言文字，成人同样会受到图片的吸引。图画书实际上为这两种思维模式提供了一个融合的机会，也颠覆了长久以来理性至上的思维模式。

　　贝克特致力于为跨界小说勾画出清晰的边界，但其努力遭到研究者们的误解，他们指责其研究仅是作品梳理而缺乏理论深度。实际上，人们应该肯定贝克特发掘出的构成跨界小说的两个重要因素：跨界阅读和跨界写作，这为跨界小说研究提供了两个重要维度。贝克特对跨界小说的研究与肯定，回应了20世纪末理论家们对儿童文学消亡的忧虑，不仅将跨界小说的出现视为儿童文学从边缘走向文学中心的例证，更显现了儿童文学被重新定义的必然趋向。跨界小说使人们重新审视儿童文学的边界及审美内涵，打破了成人与儿童的二元对立局面，为二者之间的平等对话提供了一个想象空间。童话和图画书等儿童文学形式不仅仅突破了年龄界限，也破除了不同文化间的文化壁垒，因此儿童文学成为跨语言、跨民族、跨文化的世界文学范式。

7.6 德国儿童文学批评家：爱玛·奥沙利文

爱玛·奥沙利文生于爱尔兰，是德国著名的儿童文学研究学者，现为德国吕讷堡大学的英语文学教授。1999年博士后出站后，奥沙利文留在德国法兰克福大学任教；2004年，她受聘于吕讷堡大学并一直工作至今。奥沙利文主要致力于爱尔兰儿童文学研究、比较儿童文学研究和儿童文学翻译研究。她尝试厘清爱尔兰儿童文学发展脉络及其现代发展，并在此基础上聚焦于爱尔兰和其他英语国家儿童文学的发展差异，开始构建比较儿童文学理论体系，从而拓宽了儿童文学研究范式。在比较儿童文学研究中，奥沙利文格外关注翻译在儿童文学中的重要作用。

7.6.1 爱尔兰儿童文学研究

爱尔兰国家发展史基本是一部被侵略史。爱尔兰人民一直在积极寻求摆脱英国殖民统治的途径，开展民族独立运动。1948年，虽然爱尔兰宣布脱离英联邦，但英国仍管辖其北部的六个郡，由此可见谋求国家发展仍是爱尔兰一个悬而未决的难题。

奥沙利文指出爱尔兰面临的后殖民问题、语言困境和民族身份认同等难题都映射在爱尔兰儿童文学中，认为解决这些问题的关键在于如何处理"两种语言、两种文学"（two languages, two literatures）的局面。长久以来，爱尔兰语在英语的强烈冲击下逐渐失去了母语地位：每个孩子都会说英语，爱尔兰语反而成为第二语言。奥沙利文认为要使爱尔兰儿童文学重新焕发生机，就应重视爱尔兰语儿童文学的发展，使其摆脱英国儿童文学的影响，形成自身独特的儿童文学特质，为儿童读者呈现"爱尔兰特色"，让他们在阅读爱尔兰儿童文学作品时能够立即知道这部作品"出自爱尔兰"。奥沙利文认为在当今时代，推动爱尔兰儿童文学发展的创作者主要有两类。第一类是土生土长的爱尔兰作家，他们将故事发展置于爱尔兰文化背景之下。例如，北爱尔兰作家柯林·贝特曼（Colin Bateman）在创作时一般会将故事发生的地点设在北爱尔兰，他在2007年出版的小说《泰坦尼克2020》（*Titanic 2020*）中将这艘游船的建造地点定在贝尔法斯特。另一类是定居在英国的爱尔兰移民作家，他们向世界展示了一个真实的爱尔兰，打破了人们对爱尔兰的刻板印象。西奥翰·多德（Siobhan Dowd）的青少年小说作品《疾哭》(*A Swift Pure Cry*, 2006) 获得了"布兰福德·博厄斯奖"，该作品以1980年发生在爱尔兰的两桩真实丑闻为蓝本，讲述了一位丧母的青少年女孩挣扎成长的故事，含有堕胎、宗教、青少年性行为等主题，打破了人们对淳朴的爱尔兰人的想象。

奥沙利文认为除恢复爱尔兰语母语地位之外，还应加强本国儿童文学产业的发展。在她看来，英国的宗教和殖民压迫等因素都对爱尔兰儿童文学的发展产生了不可磨灭的影响，尤其是殖民因素导致爱尔兰儿童文学因过于依赖英国儿童文学而发展滞后的局面。通过借用德国学者霍斯特·普利茨尼兹（Horst Prießnitz）的"互文史学模型"（intertextual historiographical model)，奥沙利文指出"在创作殖民文学时，作者使用的英语语言和文学形式会加深同殖民国家文学之间的联系"（O'Sullivan, 1996: 192）。而要摆脱这一困境，爱尔兰政府应扩大本国儿童文学的产出。首先，国家应限制过度进口英语儿童图书，以保证爱尔兰语儿童文学作品的发行。爱尔兰艺术委员会由此成立，用来推动人文艺术发展，如资助部分爱尔兰语儿童书籍的出版。其次，国家应为儿童文学创作者提供更多出版机会。20世纪80年代，爱尔兰国内曾有多达十家专门从事儿童文学出版的机构，爱尔兰的儿童文学迎来了短暂的"黄金时期"。但在90年代，受到经济形势和国内市场萎缩的影响，大多儿童文学出版机构倒闭，仅剩奥布莱恩出版社（The O'Brien Press）这家老牌儿童文学出版机构存活至今，儿童文学创作者们只能纷纷前往海外寻求出版机会。2010年，小岛出版社（Little Island）出现在大众视野中，这家出版社由爱尔兰第一位儿童桂冠诗人西柏罕·帕金森（Siobhán Parkinson）所创办。奥沙利文十分欣赏帕金森的出版和翻译理念，认为小岛出版社的作品体现了他对童书创作和出版的热爱，并为爱尔兰未来的儿童文学出版业指明了方向。奥沙利文也十分认同帕金森的办社理念："若要建立起与世界儿童文学的联结，需要做的是勇敢走出去，积极参与国际活动，如国际童书展或加入国际童书组织"（Parkinson, 2013: 154）。

第7章 外国儿童文学代表性评论家研究

奥沙利文旨在将爱尔兰儿童文学独立于英国儿童文学之外，并与其形成平等的对话关系，从而成为世界儿童文学不可或缺的重要组成部分，这一努力引发了她对比较儿童文学的思考。

7.6.2 比较儿童文学研究

奥沙利文于2000年出版了德语版《比较儿童文学》（*Comparative Children's Literature*）一书。第二年，该书获得国际儿童文学学会颁发的"杰出研究奖"，随后这部作品相继出版了英语、希腊语、波斯语等版本，"该书是国际上第一部从理论构建的角度系统阐述比较儿童文学的专著"（蒲海丰，2020：210）。

在《比较儿童文学》一书中，奥沙利文旨在构建一个跨越语言、文化和媒介阻碍的比较儿童文学理论体系。她指出，法国比较儿童文学先驱保罗·哈泽德提出的"普遍童年共和国"（Universal Republic of Childhood）是对儿童文学的一种理想化设想，不同国家的儿童文学在保有民族特色的基础上，超越了政治和语言界限，形成了一个文化共同体。奥沙利文认为这一理想忽略了在实际交流过程中，世界各国儿童面临的阅读资源不均等现象。在欠发达或发展中国家，部分儿童只能接受最基本的教育，甚至连阅读一本儿童书籍的机会都没有。奥沙利文认为要想真正实现"普遍童年共和国"的愿景，需要借鉴比较文学的研究方法来构建比较儿童文学，但在这一过程中应充分关注儿童文学不同于成人文学的独特审美特质。因此，"比较儿童文学必须关照儿童文学的一般理论问题，尤其是与其自身系统、交流结构，以及实现其自身发展所必需的社会、经济和文化条件相关联"（O'Sullivan，2005：11）。儿童文学存在的最核心问题便是交流的不对称，因为儿童文学虽被冠以儿童之名，但它的创作和传播过程却离不开成人，成人读者可能才是隐藏的成人作者想要传递信息的真正接收者。因此，这种不对称现象就愈发明显。奥沙利文借助八种方法来实现交流的对称：沟通与转换研究、比较诗学、互文性研究、媒介研究、形象学研究、比较体裁研究、比较儿童文学编年史和儿童文学研究比较史。

沟通与转换研究主要关注不同国家的儿童文学之间形成的各式文化交流，包括翻译、改编和其他媒介形式。奥沙利文主要将目光放在德语外译或译成德语的经典儿童文学作品中存在的翻译问题，以及其反映的现实问题。比较诗学主要研究儿童文学中的美学发展以及在不同文化中儿童文学形式和功能的变化。奥沙利文肯定玛丽亚·尼古拉耶娃在《儿童文学的成长》(*Children's Literature Comes of Age*, 1996)一书中提出的儿童文学进化模型，即所有国家的儿童文学发展都会至少经历四个阶段：第一阶段是改编成人文学或民间故事；第二阶段是为儿童创作以教育为目的的文本；第三阶段是经典化儿童文学；第四阶段是复调儿童小说，"主要特点是体裁的融合，这使儿童文学更接近通常被称为的现代主义文学或后现代主义文学"(Nikolajeva, 1996: 9)。互文性研究主要指的不是一部作品内部的互文，而是不同时代作品的相互照应。"互文性研究的主题包括重述、戏仿，以及不同语言的文学和文化之间简单、微妙和复杂的互动形式"(O'Sullivan, 2011: 192)，例如出版了儿童改编本的成人读物，这些不同版本之间自然形成了互文关系。有些作品的互文关系则较为隐蔽，在故事结构、情节、人物和主题上与之前的文学作品相呼应。媒介研究主要聚焦于不同文化形式之间的关联。奥沙利文认为，随着媒介形式的多样化发展，儿童文学比成人文学更易与其他媒介形式产生交互作用，许多儿童文学作品已经改编成电影形式，如由"哈利·波特"系列引发的全球化现象展现了儿童文学走向多元文化形式的可能。形象学研究主要关注的是跨文化关系，"包括相互认知、形象和自我形象在文学中的表现"(O'Sullivan, 2005: 33)。在《比较儿童文学》中，奥沙利文指出形象学研究的主要目的是"通过提出关于文化、文学因素以及它们之间相互关系的理论观点来检视其他国家、文化或族群的文学形象是否合理"(O'Sullivan, 2005: 33)。比较体裁研究主要研究各类儿童文学体裁在世界各国的发展状况。奥沙利文主要探讨了校园故事、女孩小说或冒险小说等小说类型是如何在国家和国际背景下发展的。她以女孩小说中的玩偶故事为例，指出该体裁起源于法国，后于19世纪传入德国，随后在德国发展壮大，已经完全看不出法国文化的影子，这说明同一体裁在不同国家的发展不尽相同。比较儿童文学编年史主要关注儿童文学史的书写标准。儿童不是一个独立的群体，儿童

第 7 章　外国儿童文学代表性评论家研究

文学也不可能独立发展，二者都离不开社会、经济和政治因素的影响。通过关注儿童文学编年史的编纂标准和记录方式，奥沙利文整理了不同国家的儿童文学研究情况。儿童文学研究比较史主要关注儿童文学批评发展状况，这是儿童文学研究的一个重要维度。奥沙利文通过考察不同文化中儿童文学的发展研究状况，为未来的儿童文学研究打下坚实基础。

在出版《比较儿童文学》之后，奥沙利文继续深化自己提出的比较儿童文学研究理论，对上述领域展开进一步探究，例如她在比较诗学、形象学研究以及翻译相关的研究领域都进行了更为详尽的阐释。在《比较儿童文学》中，虽然奥沙利文更多的是关注德国儿童文学的发展状况，较少涉及其他国家的儿童文学作品，但其对比较儿童文学理论体系的构建加深了人们对儿童文学的认识。

7.6.3　儿童文学翻译研究

翻译是不同文化间交流互动的重要媒介手段。奥沙利文认为儿童文学是一个复杂的文学类型混合体，读者范围从蹒跚学步的幼儿到青少年，不同年龄段的儿童读者阅读的儿童文学类型并不相同，因此儿童文学体裁丰富多样，包含纸板书、图画书、诗歌、童话故事、心理小说、青少年小说等。针对不同的小说类型，译者需要采用不同的翻译策略。

奥沙利文主张儿童文学翻译应以儿童为中心。她推崇丽塔·奥伊蒂宁（Riitta Oittinen）提出的对话结构理念，即好的翻译是目标语读者、源语作者和译者共同参与的三方对话。在对话结构中，奥特南认为译者需要做的是倾听，与儿童读者形成互动，并向他们学习。奥沙利文十分认同奥伊蒂宁提出的"为儿童翻译"（translating for children）的观点，即将目光放在儿童读者身上，拒绝权威和说教。她指出在翻译童书时，译者会因个人对童年这一概念理解的不同而产生不同的翻译，因此需要更多考虑目标语儿童的接受情况。奥沙利文延伸了米哈伊尔·巴赫金（Mikhail Bakhtin）的对话理论，认为在翻译每个文本时都会出现多个声音——来自故事角色、源文本的叙事者和译者，因此译者在翻译过程中需要对每个声音进行考虑和权衡。

奥沙利文认为儿童文学翻译最重要的是把握平衡。一般而言，引进童书可以丰富译入语国家的儿童文学，让儿童有机会接触更多的外国文化，但实际上儿童可能无法理解其中的文化含义，因此在翻译过程中，许多源语作品中的文化意象会被删掉或用译入语国家儿童更好理解的方式进行表达。这引发了儿童文学翻译中对儿童理解能力的讨论，奥沙利文认为人们不应该将儿童读者孤立出来，而是要将他们统称为"读者"。她认为阅读理解能力不取决于年龄，而是由读者的个人经历和社会背景决定的，年轻读者对这个世界的理解是儿童文学翻译的重要影响因素。奥沙利文还指出，翻译的过程就是在儿童理解能力和保留原作文化元素之间进行平衡。

在研究爱尔兰儿童文学的发展时，奥沙利文注意到翻译给爱尔兰儿童文学带来的影响。关于用英语翻译儿童文学导致越来越多的爱尔兰儿童忽视爱尔兰语这一现象，她提倡爱尔兰作家、翻译家和出版商都应竭力维护爱尔兰语的地位。奥沙利文还指出翻译作品应将原著中不符合本国文化利益的内容进行改编。在一篇讨论海因里希·霍夫曼（Heinrich Hoffman）《蓬头彼得》（*Struwwelpeter*, 1845）英译本的文章中，奥沙利文指出这一译本之所以在翻译时出现对位错误，是因为译者使用的不是德语原文，而是不同的英译版本。她还提到了另一部作品《坏蛋弗里德里希的故事》（*Die Geschichte vom bösen Friederich*, 1876）的不同译本对食物的不同改编情况，例如故事里的狗在原著中是吃"德国香肠"，在英译本中却变成了"喝红酒吃面包"。此外，她还指出译者的翻译语气存在过度引导读者的问题。2012年，在国际童书委员会组织的伦敦会议上，奥沙利文在演讲中指出，儿童文学作品在译介的过程中常常面临过度归化甚至内容阉割的问题，并以《长袜子皮皮》为例对此进行了详细的说明。在法语版《长袜子皮皮》中，皮皮从能举起一匹马（horse）变成了只能举起一匹小马驹（pony），面对这一争议，法国出版商给出的答案是法国的儿童只能举起小马驹，这样的解释显然过于牵强。奥沙利文因此强调译者应将原著直接翻译为爱尔兰语，减少借由英语的二次翻译。

奥沙利文还观察到翻译研究自身的不均衡发展。相对于小说类叙事

第 7 章　外国儿童文学代表性评论家研究

文本，翻译研究较少关注儿童戏剧和儿童诗歌。相较于成人诗歌，儿童诗歌中会涉及童谣、大量拟声词和口传诗歌，因此如何将儿童诗歌中的韵律和节奏译出往往成为译者面临的最大挑战。除儿童戏剧和儿童诗歌之外，奥沙利文还提及翻译研究应额外关注信息类书籍（information books）。这类书籍通常被称为"非虚构类书籍"，在儿童文学中占据较大比例，旨在向读者介绍真实世界，包括人物、地点、历史、艺术、科学、环境、思想等内容。随着媒介形式的多样化发展以及更为精细的印刷技术和造纸技术的出现，信息类书籍的风格出现了多元形式，吸引了越来越多的儿童读者阅读。但是，译者在翻译此类儿童书籍时存在许多谬误，加上它们在儿童文学研究中并未占有一席之地，因此并未受到批评家们应有的关注。

在奥沙利文看来，儿童文学翻译研究至关重要，它的任务不仅仅是为儿童文学研究提供参考文献和历史文献，更重要的是承载着世界儿童文学一体化的使命。因此，理想的儿童文学翻译研究应将不同语言和文化置于源语言的发展语境中，借助各种策略、标准和方法对其进行系统的、历史的考察。

在儿童文学研究领域，爱玛·奥沙利文将目光从爱尔兰儿童文学投向更广阔的比较儿童文学范围。她将爱尔兰儿童文学发展史置于一个更明晰的框架中，将爱尔兰儿童文学定义为英语国家儿童文学中一个新的充满活力的分支。与此同时，她对比较儿童文学领域的开拓在国际上产生了较大反响，部分中国学者对此做出积极回应。她将翻译视为儿童文学传播与发展的重要媒介，提倡重视儿童读者，为儿童赋权。奥沙利文的研究中贯穿了一种平等的理念，比如她一直关注英语对非英语国家儿童文学作品的不平等输出，还用一种客观、理性和比较的眼光来分析儿童文学在不同地区的发展不平衡现象。奥沙利文始终坚持以儿童为中心，用国际视野和史学的眼光进行儿童文学相关研究，并以爱尔兰儿童文学研究为立足点，对世界儿童文学研究做出巨大的贡献。

结　　语

　　新时代外国儿童文学研究关乎中国走向世界的思考。21 世纪以来，中外文化教育交流的历史潮流继续汹涌澎湃，儿童文学的交流和研究亦是迎来了属于自己的春天。儿童文学作为一种表达人类最基本、简单、纯粹和美好的情感和想象的文学样式，蕴含着全人类普遍认可的价值取向与理想追求，往往能够超越不同国家、民族、文化之间的重重壁垒，获得普遍性的认同与接纳，从而将全人类紧密地联结在一起。因此，儿童文学的演变和发展轨迹可以提供一种独特的方式，直接进入世界文学的开放视域之中。站在中国立场凝视外国儿童文学及儿童文学批评在新时代展现出的独特风貌，同样能够提供一条迅速步入世界文学审美视域和发展前沿的有效路径，加深本土对世界审美价值发展趋势的精准把握，并在一定程度上引领中国文学及文化进入世界文化之林。

　　想要深入挖掘并贴近当下外国儿童文学研究的理论分析和建构方式，以拓展外国文学研究的格局，就需要研究者们尊重、还原和阐发儿童文学研究的文学性、社会性与文化实践特质，系统梳理和阐释儿童文学演进过程中不同价值主体所理解的儿童文学的意识形态功能、认知功能和审美功能，阐明长期以来人文知识界围绕"儿童问题""童年问题"和"成长问题"等相关命题形成的多元认知形态。因此，本书从中国学者的视野出发，在学术思想形态层面考察外国儿童文学批评演进的主体脉络，聚焦影响与规约外国儿童文学批评走向的重要思想和理论问题，廓清儿童文学作为一个独特的文学门类伴随社会现代化进程发展的脉络；并在此基础上，追寻学术思潮变迁，挖掘和勘探外国儿童文学批评史的学科与学术走向的内在规律、学科属性与价值功能，以此观照外国儿童文学批评及其学术思想在近现代社会历史演进中的功能、意义和局限，为中国当代儿童文学批评提供相关的学术参考和理论资源。

儿童文学的研究既依赖于传统文学的研究路径，也离不开对外来学术思想及方法的借鉴、吸收。特别是被称为"理论大爆炸时期"的20世纪后半叶，文学批评理论空前活跃，各种批评模式及批评方法争相亮相，并在研究的深度和广度方面令人耳目一新，这同样影响了儿童文学批评领域，对儿童文学理论研究的视野和深度具有重要的启示意义。这一理论空前活跃的发展态势同样延续到了21世纪，并形成了开放、多样、繁荣的儿童文学批评现场。遗憾的是，相比于世界儿童文学批评史的学科发展与批评研究，中国学界迄今为止尚未形成受到普遍认可的儿童文学批评研究体系，中国儿童文学学科建设过程中仍存在一系列急需填补的空白。对此，秉承中国立场，运用唯物辩证法思想武器，从思维方式、方法论和价值观等纬度对以外国儿童文学批评为代表的发展动态和前沿问题进行整合性梳理和深入性剖析，成为本书最为主要的阐发路径。一方面，本书考察基于不同发展时期的儿童文学主潮的时代语境、思想观念和意识的碰撞与交锋，特别是新时期儿童文学研究在哪些社会文化话题与文学议题上获得新的突破，并且通过何种理论和方法论得以实现；另一方面，在当代批评学派和思潮之间的联动及互融性分析的基础上，本书充分探讨外国儿童文学批评史的学术品性和研究成果主要体现在哪些层面，主要借鉴了哪些跨学科的理论资源，以及儿童文学批评史的学科与学术批评研究如何促进儿童文学的社会文化价值的实现。除此之外，本书进行的外国儿童文学批评研究在聚焦文本与研究的同时，更多关注其创作与批评的时代意义和现实意义，并自觉参与到对重大理论问题和现实问题的讨论之中，注重总结国外的经验和教训，进行学术观点的创新性思考，故而能够在此基础上发现中国儿童文学创作及研究过程中存在的问题和困境并积极谋求解决方案，为中国儿童文学学科建设、儿童文学创作和儿童教育等重要领域提供意见和建议。事实表明，世界儿童文学创作与研究成果的交流互鉴和互融，能够对中国儿童文学的发展壮大产生积极的影响，更可以为中国儿童的成长与发展提供必要、有效的引领与辅助。

儿童教育和儿童发展是关乎民族发展的头等大事，儿童文学的发展与繁荣同样承载着人类对美好未来的殷切盼望。结合本国创作理念和价值追求，吸收他国儿童文学批评的丰富资源和最新成果中的有益养分，

结语

推动本土儿童文学不断提升研究水平、丰富批评方式和完善话语体系，不仅可以实现各民族儿童文学之间广泛而深切的交流，更是一条文化互鉴的必经之路，一种总结人类精神文明传承发展脉络的历史担当，一个有助于世界未来走向团结、友爱、互助的神圣使命。在中外文学交流日益频繁的今天，倡导打造人类命运共同体的中国思考、中国理念和中国价值，同样可以借助儿童文学的力量建造中国思想、中国故事和中国书写与世界文化、民族故事和人类精神的桥梁，实现多元文化背景下人类理解包容、团结友爱、和谐发展的崇高理想追求。基于这一美好愿景，聚焦当下外国儿童文学创作与研究的前沿动态，从理论的高度探究世界儿童文学的传播与发展脉络，审视多元文化背景下儿童文学的深度哲思，无疑对中国儿童文学作家及作品迅速走向世界，在世界文学和文化版图中赢得一席之地，具有重要的时代意义和现实价值。相信随着国内外儿童文学批评的不断发展，越来越多的人会注意到儿童文学的深远影响，积极投身于发展和壮大儿童文学的队伍之中，共同推进这一纯真美好的文学净土走向世界，走向繁荣，走向美好而光明的未来！

参考文献

阿尔蒙德（大卫·）. 2017. 吃火的人. 谢丽莎，译. 北京：人民文学出版社.
巴格特（大卫·），克莱因（肖恩·）. 2010. 哈利·波特的哲学世界：如果亚里士多德掌管霍格沃茨. 于霄，刘晓春，译. 上海：生活·读书·新知·三联书店.
巴里（詹姆斯·）. 2018. 彼得·潘. 马爱农，译. 北京：人民文学出版社.
崔筱. 2015.《哈利·波特》：极具"史诗"意味的后现代主义叙事艺术. 文艺评论，（9）：91–97.
崔昕平. 2016. 儿童文学批评现场. 太原：北岳文艺出版社.
段枫. 2016.《快乐王子》中的双重叙事运动：不同解读方式及其文本根源. 外国文学评论，（2）：177–190.
方卫平，赵霞. 2011. 文化视角与童年立场——当代西方儿童文学研究中的文化批评. 文艺争鸣，（7）：109–113.
格兰杰（约翰·）. 2012. 哈利·波特的书架. 马爱新，译. 北京：人民文学出版社.
亨特（彼得·）. 2017. 批评、理论与儿童文学. 韩雨苇，译. 上海：华东师范大学出版社.
惠海峰. 2019a. 曹文轩儿童文学作品在英语世界的译介与阐释. 小说评论，（3）：42–51.
惠海峰. 2019b. 英国经典文学作品的儿童文学改编研究. 北京：北京大学出版社.
江建利，徐德荣. 2018. 文学伦理学批评视角下《臭烘烘先生》中的道德榜样研究. 外国语文，（3）：54–59.
姜淑芹. 2009. 并置与戏仿：析《哈利·波特》的魔法世界. 东北师大学报（哲学社会科学版），（5）：147–150.
姜淑芹. 2010. 论"哈利·波特"系列的叙事结构. 外国文学研究，（3）：76–82.
姜淑芹. 2020. "哈利·波特"系列的双重叙事运动. 外国语文，（6）：32–38.
科茨（凯伦·）. 2010. 镜子与永无岛：拉康、欲望及儿童文学中的主体. 赵萍，译. 合肥：安徽少年儿童出版社.
科茨（凯伦·）. 2019. "看不见的蜜蜂"：一种儿童诗歌理论. 谈凤霞，译. 南京师范大学文学院学报，（3）：34–40.
科茨（凯伦·），赵霞. 2020a. "不同寻常"的意义——关于当代西方儿童文学创作与批评新趋向的对话. 文艺报，6月4日.
科茨（凯伦·），赵霞. 2020b. 文化研究的反思与审美批评的在探索——关于当代西方儿童文学研究现状与趋向的对谈. 文学报，7月10日.
黎潇逸. 2016. 权力·工具·幻想——杰克·齐普斯童话批判理论三个维度. 文艺

评论，（4）：4-8.

李丽. 2010. 生成与接受：中国儿童文学翻译研究. 武汉：湖北人民出版社.

李利芳. 2021. 儿童文学跨学科研究：现状、趋势与方法论. 西南民族大学学报（人文社会科学版），（3）：167-174.

刘江，张生珍. 2022a. 菲利普·普尔曼"黑暗物质"三部曲中的双重叙事进程. 上海交通大学学报（哲学社会科学版），（3）：134-142.

刘江，张生珍. 2022b. 跨界小说：面对儿童与成人的共同喜爱. 博览群书，（1）：19-22.

罗琳（J. K.）. 2000. 哈利·波特与魔法石. 苏农，译. 北京：人民文学出版社.

罗琳（J. K.）. 2001. 哈利·波特与火焰杯. 马爱新，译. 北京：人民文学出版社.

罗琳（J. K.）. 2003. 哈利·波特与凤凰社. 马爱新，译. 北京：人民文学出版社.

罗琳（J. K.）. 2005. 哈利·波特与混血王子. 马爱农，马爱新，译. 北京：人民文学出版社.

罗琳（J. K.）. 2007. 哈利·波特与死亡圣器. 马爱农，马爱新，译. 北京：人民文学出版社.

墨霍兰德（尼·）. 2014. 哈利·波特与心理学：大难不死的男孩和他的小伙伴们. 穆岩，译. 北京：电子工业出版社.

聂珍钊. 2014a. 文学伦理学批评导论. 北京：北京大学出版社.

聂珍钊. 2014b. 文学伦理学批评：论文学的基本功能与核心价值. 外国文学研究，（4）：8-13.

聂珍钊，王松林. 2020. 文学伦理学批评理论研究. 北京：北京大学出版社.

诺德曼（佩里·）. 2014. 隐藏的成人：定义儿童文学. 徐文丽，译. 北京：中国社会科学出版社.

潘纯琳. 2020. "儿童"的发现与发明：作为文化概念的"儿童"对中国现代文学的全面形塑. 探索与批评，（2）：84-105.

蒲海丰. 2020. 比较儿童文学、世界文学与"普遍童年共和国"——爱玛·奥沙利文《比较儿童文学》介评. 中国比较文学，（4）：210-214.

普尔曼（菲利普·）. 2019. 黑暗物质：精灵守护神. 周景兴，译. 上海：上海文艺出版社.

普尔曼（菲利普·）. 2020. 黑暗物质：没有精灵的世界. 陈俊群，译. 上海：上海文艺出版社.

齐普斯（杰克·）. 2008. 作为神话的童话/作为童话的神话. 赵霞，译. 上海：少年儿童出版社.

齐普斯（杰克·）. 2010. 冲破魔法符咒：探索民间故事和童话故事的激进理论. 舒伟，译. 合肥：安徽少年儿童出版社.

桑德斯（安德鲁·）. 2000. 牛津简明英国文学史（修订本）. 谷启楠，译. 北京：人民文学出版社.

申丹. 2019. 西方文论关键词：隐性进程. 外国文学，（1）：81-96.

申丹. 2020. 不同表意轨道与文体学研究模式的重构. 外语教学与研究，（3）：461-463.

申丹. 2021. 双重叙事进程研究. 北京：北京大学出版社.
申丹. 2022a. 叙事学的新探索：关于双重叙事进程理论的国际对话. 外国文学，（1）：82–113.
申丹. 2022b. "隐性进程"与双重叙事动力. 外国文学，（1）：62–81.
申丹，王丽亚. 2010. 西方叙事学：经典与后经典. 北京：北京大学出版社.
申富英. 2022. 论双重叙事进程理论的概念建构、理论建构及批评实践价值. 外国文学，（1）：126–134.
舒伟. 2005. 童话心理学的童话艺术观. 西南民族大学学报（人文社科版），（7）：160–165.
舒伟. 2011a. 论《柳林风声》的经典性儿童文学因素. 贵州社会科学，（12）：16–19.
舒伟. 2011b. 走进童话奇境：中西童话文学新论. 北京：外语教学与研究出版社.
舒伟. 2014. 从"爱丽丝"到"哈利·波特"：现当代英国童话小说创作主潮述略. 山东外语教学，（3）：84–91.
舒伟. 2015a. 从工业革命到儿童文学革命：现当代英国童话小说研究. 北京：中国社会科学出版社.
舒伟. 2015b. 英国儿童文学简史. 长沙：湖南少儿出版社.
舒伟. 2016. 中西童话研究. 长春：吉林大学出版社.
舒伟. 2017. 社会转型期的童年叙事经典：论维多利亚时期英国儿童和青少年文学叙事共同体. 社会科学研究，（2）：177–185.
舒伟. 2019. 在童话里品读人生. 中国教育报，4月1日.
舒伟. 2020a. 19世纪英国儿童文学的黄金时代与20世纪以来的世界儿童文学研究. 社会科学研究，（5）：41–51.
舒伟. 2020b. 探索与使命：儿童文学演进的历史进程及学科研究考察. 社会科学研究，（5）：38–41.
舒伟，丁素萍. 2001. 20世纪美国精神分析学对童话文学的新阐释. 外国文学研究，（1）：123–128.
斯蒂芬斯（约翰·）. 2007. 从伊甸园到乡村：论儿童文学中的自然观. 史菡菡，高峰，梁冰，译. 重庆社会科学，（2）：46–49+54.
斯蒂芬斯（约翰·）. 2010. 当代西方儿童文学新论译丛·儿童小说中的语言与意识形态. 张公善，黄惠玲，译. 合肥：安徽少年儿童出版社.
斯蒂芬斯（约翰·）. 2015. 由儿童写作，为儿童写作——图式理论，叙述话语和意识形态. 谈凤霞，译. 东方宝宝（保育与教育），（2）：13–16.
斯蒂芬斯（约翰·）. 2019. 情感策略、情绪模式和共情结局——塞尔克故事和文学批评之旅. 张梦婷，译. 南京师范大学文学院学报，（3）：41–48.
斯蒂芬斯（约翰·），谈凤霞. 2019. 关于当代世界儿童文学创作现象与问题的对话. 文艺报，4月17日.
谈凤霞. 2021. 西方华裔儿童文学的跨文化和多维度研究. 西南民族大学学报（人文

社会科学版），（3）：183–188.

谈凤霞，斯蒂芬斯（约翰·）. 2019. 当代国际儿童文学研究动态——与约翰·斯蒂芬斯教授访. 昆明学院学报，（4）：1–9.

唐澜. 2014.《哈利·波特》：后现代的魔幻乌托邦. 黑龙江教育学院学报，（11）：119–121.

王泉根. 2017. 百年中国儿童文学编年史. 长沙：湖南少年儿童出版社.

王晓兰. 2014.《哈利·波特》中的善恶斗争与斯芬克斯因子博弈. 南昌工程学院学报，（5）：36–43.

王晓兰. 2016. 英国儿童小说的伦理价值研究. 武汉：华中师范大学出版社.

吴笛. 2021. 文学法律批评 vs 法律与文学. 外国文学研究，（5）：33–42.

夏妙月，姜淑芹. 2018. 社会历史批评视域下的"黑暗物质"三部曲尘埃意象解读. 浙江社会科学，（3）：144–150+161.

徐德荣，姜泽珣. 2018. 论儿童文学翻译风格再造的新思路. 中国翻译，（1）：97–103.

亚里士多德. 1996. 诗学. 陈中梅，译. 北京：商务印书馆.

张生珍. 2020. 帮助孩子认识世界的多样性. 人民日报，12月13日.

张生珍. 2021a. 除了笑声，儿童文学还应带给孩子些什么. 光明日报，8月25日.

张生珍. 2021b. 改编潮与粉丝文化：书业如何塑型流行文化. 中华读书报，2月3日第6版.

张生珍. 2021c. 美国儿童文学的"审查制度". 博览群书，（3）：27–29.

张生珍. 2022. 西方文论关键词：跨界小说. 外国文学，（2）：98–106.

张生珍，霍盛亚. 2020. 当代美国儿童文学：批评与探索. 社会科学研究，（5）：52–57.

张生珍，刘晓书. 2021. 英国儿童文学中的国家想象. 中文学术前沿，（1）：127.

张生珍，马库斯（雷纳德·）. 2020. 儿童文学的发展与挑战：雷纳德·马库斯访谈录（英文）. 外国文学研究，（5）：1–15.

张诗情，张生珍. 2020. "地海传奇"三部曲中生态平衡思想研究. 浙江外国语学院学报，（5）：96–101.

周小仪. 2022. 双重叙事进程理论与马克思主义文学批评. 外国文学，（1）：114–125.

朱自强. 2016. "理论"与"实践"交织的儿童文学研究. 文艺报，7月13日.

Abate, M. A. 2010. *Raising Your Kids Right: Children's Literature and American Political Conservatism*. New Brunswick: Rutgers University Press.

Adams, C. J. 1993. *Ecofeminism and the Sacred*. London: Continuum.

Adams, R. 2007. The ends of America, the ends of postmodernism. *Twentieth Century Literature*, 53(3): 248–272.

Ahlberg, A., & Ingman, B. 2011. *Previously*. Somerville: Candlewick.

Ahlberg, J., & Ahlberg, A. 1986. *The Jolly Postman, or, Other People's Letters*. New York: Little, Brown and Company.

Allan, C. 2012. *Playing with Picturebooks: Postmodernism and the Postmodernesque*.

New York: Palgrave Macmillan.

Alm, R. S. 1995. The glitter and the gold. *The English Journal*, 44(6): 315–350.

Alvstad, C., & Rosa, A. A. 2015. Voice in retranslation: An overview and some trends. *Target*, 27(1): 3–24.

Anatol, G. L. 2011. Children's and young adult literatures. In M. Graham & J. W. Ward Jr. (Eds.), *The Cambridge History of African American Literature*. Cambridge: Cambridge University Press, 621–654.

Anderson, M. T. 2012. *Feed*. Somerville: Candlewick.

Andrew, L. 2017. *The Boy Detective in Early British Children's Literature: Patrolling the Borders Between Boyhood and Manhood*. New York: Springer.

Applebaum, N. 2009. *Representations of Technology in Science Fiction for Young People*. New York: Routledge.

Arasu, P. 2018. Philip Pullman's His Dark Materials: Recreating paradise lost as a narrative of adolescence. *ESharp*, 26: 43–52.

Arbuthnot, M. H. 1965. *Children and Books* (3rd ed.). Chicago: Scott, Foresman and Company.

Ariès, P. 1962. *Centuries of Childhood: A Social History of Family Life* (R. Baldick, Trans.). New York: Alfred A. Knopf.

Arnett, J. J. 2000. Emerging adulthood: A theory of development from the late teens through the twenties. *American Psychologist*, 55(5): 469.

Arnett, J. J. 2007. Emerging adulthood: What is it, and what is it good for? *Child Development Perspectives*, 1(2): 68–73.

Austin, L. M. 2003. Children of childhood: Nostalgia and the romantic legacy. *Studies in Romanticism*, 42(1): 75–98.

Bakker, K., & Bridge, G. 2006. Material worlds? Resource geographies and the matter of nature. *Progress in Human Geography*, 30(1): 5–27.

Banaji, S., & Buckingham, D. 2013. *The Civic Web*. Cambridge: MIT Press.

Barry, P. 1992. Censorship and children's literature: Some post-war trends. In P. Hyland & N. Sammells (Eds.), *Writing and Censorship in Britain*. London: Routledge, 234–238.

Bassnett, S. 2006. Reflections on comparative literature in the twenty-first century. *Comparative Critical Studies*, 3(1–2): 3–11.

Bassnett, S., & Lefevere, A. 1998. *Constructing Cultures: Essays on Literary Translation* (Vol. 11). Bristol: Multilingual Matters.

Beckett, S. L. (Ed.). 1999. *Transcending Boundaries: Writing for a Dual Audience of Children and Adults*. New York: Routldge.

Beckett, S. L. 2002. *Recycling Red Riding Hood*. New York: Routledge.

Beckett, S. L. 2009. *Crossover Fiction: Global and Historical Perspectives*. New York: Routledge.

Beckett, S. L. 2012. *Crossover Picturebooks: A Genre for All Ages*. New York: Routledge.

Beckett, S. L. 2021. Crossover literature. In P. Nel, L. Paul, & N. Christensen (Eds.), *Keywords for Children's Literature* (2nd ed.). New York: New York University Press, 47–50.

Beeler, K., & Beeler, S. (Eds.). 2014. *Children's Film in the Digital Age: Essays on Audience, Adaptation and Consumer Culture*. Jefferson: McFarland.

Beery, T. H. 2013. Nordic in nature: Friluftsliv and environmental connectedness. *Environmental Education Research*, 19(1): 94–117.

Benítez-Rojo, A. 1997. *The Repeating Island*. Durham: Duke University Press.

Benjamin, W. 1999. Unpacking my library: A talk about collecting. *Selected Writings*, (2): 594–637.

Bennett, T., Grossberg, L., & Morris, M. (Eds.). 2013. *New Keywords: A Revised Vocabulary of Culture and Society*. Hoboken: John Wiley & Sons.

Berger, A. A. 2003. *The Portable Postmodernist*. Walnut Creek: Altamira.

Bergthaller, H., Emmett, R., Johns-Putra, A., Kneitz, A., Lidstrom, S., McCorristine, S., Ramos, I. P., Phillips, W. D., Rigby, K., & Robin, L. 2014. Mapping common ground: Ecocriticism, environmental history, and the environmental humanities. *Environmental Humanities*, 5(1): 261–276.

Bernard, E. 2011. Prologue: The riddle of race. *Patterns of Prejudice*, 45(1–2): 4–14.

Best, S. 1991. *Postmodern Theory: Critical Interrogations*. London: Bloomsbury.

Best, S., & Kellner, D. 1991. *Postmodern Theory: Critical Interrogations*. New York: Guilford.

Betjeman, J. 1994. *The Illustrated Summoned by Bell*. London: John Murray.

Bettelheim, B. 1976. *The Uses of Enchantment: The Meaning and Importance of Fairy Tales*. New York: Random House.

Bettelheim, B. 1983. *Freud and Man's Soul*. London: Hogarth.

Bettelheim, B. 1991. *Freud's Vienna and Other Assays*. New York: Random House.

Bhabha, H. K. 2002. *Translation Studies*. New York: Routledge.

Bhabha, H. K. 2012. *The Location of Culture*. New York: Routledge.

Bhabha, J. 2004. The mere fortuity of birth? Are children citizens? *Differences: A Journal of Feminist Cultural Studies*, 15(2): 91–117.

Bingham, J., & Scholt, G. 1980. *Fifteen Centuries of Children's Literature: An*

Annotated Chronology of British and American Works in Historical Context. Santa Barbara: Greenwood.

Bird, H. S. 2014. *Class, Leisure and National Identity in British Children's Literature, 1918–1950*. New York: Springer.

Bishop, M. 1999. Confessional realities: Body-writing and *The Diary of Anne Frank*. In I. Gammel (Ed.), *Confessional Politics*. Illinois: Southern Illinois University Press, 13–28.

Bishop, R. S. 2012. Reflections on the development of African American children's literature. *Journal of Children's Literature, 38*(2): 5.

Blake, A. 2002a. *J. R. R. Tolkien: A Beginner's Guide*. London: Hodder & Stoughton.

Blake, A. 2002b. *The Irresistible Rise of Harry Potter*. Miamisburg: Verso.

Bleich, D. 1978. *Subjective Criticism*. Baltimore: Johns Hopkins University Press.

Bloch, E. 1986. *The Principle of Hope* (Vol. 1) (N. Plaice, S. Plaice, & P. Knight, Trans.). Cambridge: MIT Press.

Bloch, E. 2000. *The Spirit of Utopia* (A. A. Nassar, Trans.). Stanford: Stanford University Press.

Boellstorff, T. 2015. *Coming of Age in Second Life: An Anthropologist Explores the Virtually Human*. Princeton: Princeton University Press.

Boswell, J. 2018. *Boswell's Life of Johnson*. Boston: B&R Samizdat Express.

Bouckaert-Ghesquière, R. 1992. Cinderella and her sisters. *Poetics Today, 13*(1): 85–95.

Bourdieu, P. 1993. *The Field of Cultural Production* (R. Johnson, Trans.). New York: Columbia University Press.

Boyd, D. 2020. *It's Complicated: The Social Lives of Networked Teens*. New York: Yale University Press.

Bradbury, M. 2005. *The Modern British Novel 1878–2001*. Beijing: Foreign Language Teaching and Research Press.

Bradford, C. (Ed.). 1996. *Writing the Australian Child: Texts and Contexts in Fictions for Children*. Perth: University of West Alabama Publishing.

Bradford, C. 2007. *Unsettling Narratives: Postcolonial Readings of Children's Literature*. Waterloo: Wilfrid Laurier University Press.

Bradford, C. 2011. Children's literature in a global age: Transnational and local identities. *Barnboken, 34*(1): 20–34.

Bradford, C. 2013. *Reading Race: Aboriginality in Australian Children's Literature*. Carlton Victoria: Melbourne University Publishing.

Bradford, C., Mallan, K., Stephens, J., & McCallum, R. 2008. *New World Orders* in *Contemporary Children's Literature: Utopian Transformations*. New York: Palgrave Macmillan.

Braidotti, R. 2013. *The Posthuman*. Hoboken: John Wiley & Sons.

Brand, J. 1872. *Observations on the Popular Antiquities of Great Britain: Chiefly Illustrating the Origin of Our Vulgar and Provincial Customs, Ceremonies, and Superstitions* (Vol. 3). London: Henry G. Bohn.

Brezenoff, S., & DeLisle, A. 2014. *Guy in Real Life*. New York: Balzer Bray.

Briggs, K. M. 2002. *The Fairies in Tradition and Literature*. East Sussex: Psychology.

Bristow, T. 2015. "Wild memory" as an Anthropocene heuristic: Cultivating ethical paradigms for galleries, museums, and seed banks. In P. Vieira, M. Gagliano, & J. C. Ryan (Eds.), *The Green Thread: Dialogues with the Vegetal World*. Washington: Lexington Books, 81–106.

Brookover, S., Burns, E., & Jensen, K. 2014. What's new about new adult? *Horn Book Magazine*, 90(1): 41–45.

Browne, A. 1986. *Piggybook*. London: Walker Books.

Browne, A. 1999. *Voices in the Park*. London: Picture Corgi Books.

Browne, A. 2001. *Willy's Pictures*. London: Walker Books.

Browne, A. 2013. *A Walk in the Park*. Boston: Boston Press.

Buckingham, D. 2007. *Youth, Identity, and Digital Media*. Cambridge: MIT Press.

Burke, E. 1958. *A Philosophical Enquiry into the Origin of Our Ideas of the Sublime and Beautiful*. New York: Columbia University Press.

Burke, P. 2009. *Popular Culture in Early Modern Europe*. Farnham: Ashgate.

Burningham, J. 1992. *Come Away from the Water, Shirley*. London: Random House.

Burton, A. (Ed.). 2020. *Archive Stories: Facts, Fictions, and the Writing of History*. Durham: Duke University Press.

Butler, C. 2003. *Postmodernism: A Very Short Introduction*. Oxford: Oxford University Press.

Butler, J. 1995. Burning acts: Injurious speech. In A. Parker & E. K. Sedgwick (Eds.), *Performativity and Performance*. London: Routledge, 197–227.

Cannon, H. M., & Yaprak, A. 2002. Will the real-world citizen please stand up! The many faces of cosmopolitan consumer behavior. *Journal of International Marketing*, 10(4): 30–52.

Canty, C. M. 2004. Third-wave feminism and the need to reweave the nature/culture duality. *NWSA Journal*, 16(3): 154–179.

Card, O. S. 1985. *Ender's Game*. London: Atom.

Carlassare, E. 2000. Socialist and cultural ecofeminism: Allies in resistance. *Ethics & the Environment*, 5(1): 89–106.

Carpenter, H. 1985. *Secret Gardens: A Study of the Golden Age of Children's Literature*. Boston: Houghton Mifflin.

Carpenter, H., & Prichard, M. 1984. *The Oxford Companion to Children's Literature*. Oxford: Oxford University Press.

Carr, N. 2020. *The Shallows: What the Internet Is Doing to Our Brains*. New York: W. W. Norton & Company.

Carroll, J. S. 2012. *Landscape in Children's Literature*. New York: Routledge.

Carter, A. 2008. *The Fairy Tales of Charles Perrault by Angela Carter*. New York: Penguin Modern Classics.

Champion, T., & Singleton, G. 2008. *Cindy-Ella*. Sydney: Scholastic.

Chatman, S. 1978. *Story and Discourse: Narrative Structure in Fiction and Film*. Ithaca: Cornell University Press.

Chedgzoy, K., Greenhaigh, S., & Shaughnessy, R. (Eds.). 2009. *Shakespeare and Childhood*. Cambridge: Cambridge University Press.

Child, L. 2000. *Beware of the Storybook Wolves*. London: Hodder Children's Books.

Child, L. 2003. *Who's Afraid of the Big Bad Book?* London: Orchard Books.

Chinen, A. B. 1993. *Beyond the Hero Classic Stories of Men in Search of Soul*. New York: G. P. Putnam's Sons.

Clark, B. L. 1993. Fairy godmothers or wicked stepmothers? The uneasy relationship of feminist theory and children's criticism. *Children's Literature Association Quarterly*, 18(4): 171–176.

Clark, B. L. 2005. *Kiddie Lit: The Cultural Construction of Children's Literature in America*. Baltimore: Johns Hopkins University Press.

Cline, E. 2011. *Ready Player One*. New York: Crown Publishers.

Clinton, K., Jenkins, H., & McWilliams, J. 2013. New literacies in an age of participatory culture. In H. Jenkins & W. Kelley (Eds.), *Reading in a Participatory Culture: Remixing Moby Dick in the English Classroom*. New York: Columbia University Press, 3–25.

Coats, K. 2000. P is for partiarchy: Re-imaging the alphabet. *Children's Literature Association Quarterly*, 25(2): 88–97.

Coats, K. 2004. *Looking Glasses and Neverlands: Lacan, Desire, and Subjectivity in Children's Literature*. Iowa: University of Iowa Press.

Coats, K. 2006. The role of love in the development of the self: From Freud and Lacan to children's stories. In P. C. Vitz & S. M. Felch (Eds.), *The

Self: Beyond the Postmodern Crisis. Wilmington: Intercollegiate Studies Institute Books, 45–61.
Coats, K. 2011a. Identity. In P. Nel & L. Paul (Ed.), *Keywords for Children's Literature*. New York: New York University Press, 109–112.
Coats, K. 2011b. Young adult literature: Growing up, in theory. In S. A. Wolf, K. Coats, P. Encisco, & C. A. Jenkins (Eds.), *Handbook of Research on Children's and Young Adult Literature*. London: Routledge, 315–329.
Coats, K. 2013a. *Children's Literature and the Developing Reader*. Clinton: Bridgepoint Education.
Coats, K. 2013b. The meaning of children's poetry: A cognitive approach. *International Research in Children's Literature*, 6(2): 127–142.
Coats, K. 2017a. *The Bloomsbury Introduction to Children's and Young Adult Literature*. New York: Bloomsbury.
Coats, K. 2017b. The gothic in American children's literature. In J. A. Weinstock (Ed.), *The Cambridge Companion to Gothic Literature*. Cambridge: Cambridge University Press, 171–183.
Coats, K. 2018. Lacanian psychoanalytic criticism. In D. H. Richter (Ed.), *A Companion to Literary Theory*. Hoboken: Wiley Blackwell, 385–395.
Coats, K. 2019. Visual conceptual metaphors in picturebooks: Implications for social justice. *Children's Literature Association Quarterly*, 44(4): 364–380.
Coats, K. 2020. Diverse identity in anxious times: Young adult literature and contemporary culture. In A. Bernier (Ed)., *Transforming Young Adult Services* (2nd ed.). Chicago: ALA Neal-Schuman, 17–26.
Coats, K., & Sands, F. N. 2016. Growing up Frankenstein: Adaptations for young readers. In A. Smith (Ed.), *The Cambridge Companion to Frankenstein*. Cambridge: Cambridge University Press, 241–255.
Code, L. 1999. Flourishing. *Ethics & the Environment*, 4(1): 63–72.
Code, L. 2006. *Ecological Thinking: The Politics of Epistemic Location*. Oxford: Oxford University Press.
Cole, B. 1986. *Princess Smartypants*. London: Hamilton.
Coleridge, S. T. 1984. *The Collected Works of Samuel Taylor Coleridge: Marginalia II*. New York: Routledge and Kegan Paul.
Coles, E. (Ed.). 1682. *Nolens Volens: Or You Shall Make Latin Whether You Will or No*. London: Oxford University Press.
Collins, F. M., & Ridgman, J. 2006. *Turning the Page: Children's Literature in Performance and the Media*. Lausanne: Peter Lang.
Collins, P. H. 2002. *Black Feminist Thought: Knowledge, Consciousness, and the*

Politics of Empowerment. New York: Routledge.
Connor, S. (Ed.). 2004. *The Cambridge Companion to Postmodernism*. Cambridge: Cambridge University Press.
Cordingley, A., & Manning, C. F. 2017. *Collaborative Translation from the Renaissance to the Digital Age*. London: Bloomsbury.
Corsaro, W. A. 1997. *The Sociology of Childhood*. Ventura County: Pine Forge.
Cosslett, T. 2006. *Talking Animals in British Children's Fiction, 1786–1914*. Farnham: Ashgate.
Côté, J., & Bynner, J. M. 2008. Changes in the transition to adulthood in the UK and Canada: The role of structure and agency in emerging adulthood. *Journal of Youth Studies, 11*(3): 251–268.
Cross, G. S. 1999. *Kids' Stuff: Toys and the Changing World of American Childhood*. Cambridge: Harvard University Press.
Cross, G. S. 2004. *The Cute and the Cool: Wondrous Innocence and Modern American Children's Culture*. Oxford: Oxford University Press.
Crowley, J. D. (Ed.). 1998. *Robinson Crusoe*. Oxford: Oxford University Press.
Cudworth, E. 2005. *Developing Ecofeminist Theory: The Complexity of Difference*. New York: Palgrave Macmillan.
Cuomo, C. 2002. On ecofeminist philosophy. *Ethics & the Environment, 7*(2): 1–11.
Curry, A. 2013. *Environmental Crisis in Young Adult Fiction: A Poetics of Earth*. New York: Springer.
Cusick, J. M. 2010. *Girl Parts*. Somerville: Candlewick.
Darton, H. 2011. *Children's Books in England: Five Centuries of Social Life*. Cambridge: Cambridge University Press. (Original work published 1958)
Davis, P. 2007. *The Oxford English Literary History (Vol. 8): The Victorians 1830–1880*. Oxford: Oxford University Press.
Davis, T. S. 2009. *Mare's War*. New York: Alfred A. Knopf.
de Certeau, M. 1986. *Heterologies: Discourse on the Other* (B. Massumi, Trans.). Manchester: Manchester University Press.
de Certeau, M. 1988. *The Practice of Everyday Life* (S. Rendall, Trans.). Berkeley: University of California Press.
Deahl, R., & Rosen, J. 2012. New adult: Needless marketing-speak or valued subgenre? *Publishers Weekly, 259*(51): 4–5.
Delgado, R., & S, Jean. 2017. *Critical Race Theory: An Introduction*. New York: New York University Press.

Derrida, J. 1996. *Archive Fever: A Freudian Impression* (E. Prenowitz, Trans.). Chicago: University of Chicago Press.

Doctorow, C. 2007. *Overclocked: Stories of the Future Present*. Philadelphia: Running.

Doctorow, C. 2008a. Anda's game. In J. Strahan (Ed.), *The Starry Rift: Tales of New Tomorrows*. London: Penguin, 173–206.

Doctorow, C. 2008b. *Little Brother*. New York: Tor Books.

Doctorow, C. 2013. *Homeland*. New York: Tor Books.

Doctorow, C. 2015. About Cory Doctorow. *Craphound*. Retrieved May 25, 2015, from Craphound website.

Doctorow, C., & Wang, J. 2014. *In Real Life*. New York: First Second.

Donald, S. H. 2005. *Little Friends: Children's Film and Media Culture in China*. Lanham: Rowman Littlefield.

Downard, B. 2008. *The Race of the Century*. New York: Simon & Schuster.

Drabble, M. (Ed.). 2000. *The Oxford Company to English Literature*. Oxford: Oxford University Press.

Drout, M. D. C. (Ed.). 2006. *J. R. R. Tolkien Encyclopedia: Scholarship and Critical Assessment*. New York: Routledge.

Duffy, C. (Ed.). 2017. *Romantic Norths: Anglo-Nordic Exchanges, 1770–1842*. New York: Springer.

Dunn, P. 2014. *Rebels by Accident*. Naperville: Sourcebooks.

Eagleton, T. 2006. *Criticism and Ideology: A Study in Marxist Literary Theory* (2nd ed.). Miamisburg: Verso.

Ewers, H. H. 2002. Children's literature research in Germany. *Children's Literature Association Quaterly*, 27(3): 1–14.

Fairlie, H. A. 2014. *Revaluing British Boys' Story Papers, 1918–1939*. New York: Springer.

Falconer, R. 2008. *The Crossover Novel: Contemporary Children's Fiction and Its Adult Readership*. New York: Routledge.

Featherstone, M. 2007. *Consumer Culture and Postmodernism*. London: SAGE.

Fimi, D. 2017. *Celtic Myth in Contemporary Children's Fantasy: Idealization, Identity, Ideology*. New York: Springer.

Fine, A. 2006. The big picture. *British Council Arts*. Retrieved April 25, 2006, from British Council Arts website.

Fish, S. 1980. *Is There a Text in This Class? The Authority of Interpretive Communities*. Cambridge: Harvard University Press.

Flake, S. G. 1998. *The Skin I'm In*. New York: Hyperion Paperbacks for Children.

Flanagan, V. 2014. *Technology and Identity in Young Adult Fiction: The Posthuman Subject*. New York: Springer.

Flegel, M., & Parkes, C. (Eds.). 2018. *Cruel Children in Popular Texts and Cultures*. New York: Springer.

Flynn, R. 2016. What are we talking about when we talk about agency? *Jeunesse: Young People, Texts, Cultures, 8*(1): 254–265.

Foucault, M. 1972. *The Archaeology of Knowledge and the Discourse on Language* (A. M. S. Smith, Trans.). New York: Pantheon Books.

Frank, L. 2014. *Two Girls Staring at the Ceiling*. New York: Schwartz & Wade.

Fraustino, L. R., & Coats, K. (Eds.). 2016. *Mothers in Children's and Young Adult Literature: From the Eighteenth Century to Postfeminism*. Jackson: University Press of Mississippi.

Fritzell, P. 1989. *Nature Writing and America: Essays upon a Cultural Type*. Ames: Iowa State University Press.

Gaard, G. 2008. Toward an ecopedagogy of children's environmental literature. *Green Theory & Praxis: The Journal of Ecopedagogy, 4*(2): 11–24.

Gaard, G., & Murphy, P. D. (Eds.). 1998. *Ecofeminist Literary Criticism: Theory, Interpretation, Pedagogy* (Vol. 13). Champaign: University of Illinois Press.

Gardner, M. (Ed.). 1974. *The Annotated Alice: Alice's Adventures in Wonderland and Through the Looking-Glass by Lewis Carroll*. London: Penguin.

Gardner, M. (Ed.). 1999. *The Annotated Alice:* Alice's Adventures in Wonderland and Through the Looking Glass *by Lewis Carroll* (The Definitive Edition). New York: W. W. Norton & Company.

Garrard, G. 2004. *Ecocriticism*. London: Routledge.

Garrard, G. 2014. *The Oxford Handbook of Ecocriticism*. Oxford: Oxford Handbooks.

Garrard, G. 2016. *Teaching Ecocriticism and Green Cultural Studies*. New York: Springer.

Gates Jr., H. L. 2014. *The Signifying Monkey: A Theory of African American Literary Criticism*. Oxford: Oxford University Press.

Geyh, P. E. 2003. Assembling postmodernism: Experience, meaning, and the space in-between. *College Literature, 30*(2): 1–29.

Gibson, J. J. 1986. *The Ecological Approach to Visual Perception*. Hillsdale: Lawrence Erlbaum.

Gilbert, A. 2006. *Another Future: Poetry and Art in a Postmodern Twilight*. Connecticut: Wesleyan.

Gillis, J. R. 2002. Birth of the virtual child: Origins of our contradictory images of children. In J. Dunne & J. Kelly (Eds.), *Childhood and Its Discontents: The First Seamus Heaney Lectures*. Dublin: The Liffey, 31–50.

Glotfelty, C. 1996. Introduction. In C. Glotfelty & H. Fromm (Eds.), *The Ecocriticism Reader: Landmarks in Literary Ecology*. Athens: University of Georgia Press, xv–xxxvii.

Glotfelty, C., & Fromm, H. (Eds.). 1996. *The Ecocriticism Reader: Landmarks in Literary Ecology*. Athens: University of Georgia Press.

Godfrey, P. C. 2008. Ecofeminist cosmology in practice: Genesis farm and the embodiment of sustainable solutions. *Capitalism Nature Socialism*, 19(2): 96–114.

Goga, N., Guanio-Uluru, L., Hallås, Bjørg O., & Nyrnes, A. 2018. *Ecocritical Perspectives on Children's Texts and Cultures*. London: Palgrave Macmillan.

Gold, R. 2012. *Being Emily*. Tallahassee: Bella Books.

Greenhalgh, S. 2009. Introduction: Reinventing Shakespearean childhoods. In K. Chedgzoy, S. Greenhaigh, & R. Shaughnessy (Eds.), *Shakespeare and Childhood*. Cambridge: Cambridge University Press, 117–136.

Grieve, A. 1993. Postmodernism in picture books. *Papers: Explorations into Children's Literature*, 4(3): 15–25.

Grieve, A. 1998. Metafictional play in children's fiction. *Papers: Explorations into Children's Literature*, 8(3): 5–15.

Griffith, J. W., & Frey, C. H. (Eds.). 1987. *Classics of Children's Literature*. New York: Palgrave Macmillan.

Grimes, N. 2003. *Bronx Masquerade*. New York: Penguin.

Gruen, L. 2009. Attending to nature: Empathetic engagement with the more than human world. *Ethics & the Environment*, 14(2): 23–38.

Gruner, E. R. 2019. *Constructing the Adolescent Reader in Contemporary Young Adult Fiction*. London: Palgrave Macmillan.

Gubar, M. 2010. *Artful Dodgers: Reconceiving the Golden Age of Children's Literature*. Oxford: Oxford University Press.

Gubar, M. 2013. Risky business: Talking about children in children's literature criticism. *Children's Literature Association Quarterly*, 38(4): 450–457.

Gumbrecht, H. U. 1995. The future of literary studies? In H. Birus (Ed.), *Germanistik und Komparatistik: DFG Symposium, 1993*. Stuttgart: Metzler, 399–416.

Guy, R. 1992. *The Music of Summer*. New York: Delacorte.

Hade, D. 2002. Storytelling: Are publishers changing the way children read? *The Horn Book Magazine*, 78(5): 509–517.

Hadley, T. 2014. *The Children Act* by Ian McEwan review—the intricate workings of institutionalized power. *The Guardian*. Retrieved October 08, 2014, from The Guardian website.

Halsdorf, T., & Butler, C. 2014. *Philip Pullman: His Dark Materials*. New York: Palgrave Macmillan.

Handy, B. 2017. *Wild Things: The Joy of Reading Children's Literature as an Adult*. New York: Simon & Schuster.

Haraway, D. J. 1991. *Simians, Cyborgs, and Women: The Reinvention of Nature*. London: Free Association Books.

Haraway, D. J. 1994. A manifesto for cyborgs: Science, technology, and socialist feminism in the 1980s. In S. Seidman (Ed.), *The Postmodern Turn: New Perspectives on Social Theory*. Cambridge: Cambridge University Press, 82–118.

Haraway, D. J. 2007. *When Species Meet*. Minneapolis: University of Minnesota Press.

Harvey, R. 2008. *In the City: Our Scrapbook of Souvenirs*. Crows Nest: Allen & Unwin.

Hassan, I. H. 1977. Prometheus as performer: Toward a posthumanist culture? *The Georgia Review, 31*(4): 830–850.

Hassan, I. H. 2001. From postmodernism to postmodernity: The local/global context. *Philosophy and Literature, 25*(1): 1–13.

Hateley, E. 2009. *Shakespeare in Children's Literature: Gender and Cultural Capital*. New York: Routledge.

Haydu, C. A. 2014. *Life by Committee*. New York: Harper Collins.

Hayles, N. K. 1993. The seductions of cyberspace. In V. A. Conley (Ed.), *Rethinking Technologies*. Minneapolis: University of Minnesota Press, 173–190.

Hayles, N. K. 1999. *How We Became Posthuman: Virtual Bodies in Cybernetics, Literature, and Informatics*. Chicago: Chicago University Press.

Heath, M. B. 2013. "Oh, Golly, What a Happy Family!": Trajectories of citizenship and agency in three twentieth-century book series for children. *Jeunesse: Young Peoples, Texts, Cultures, 5*(1): 38–64.

Heath, S., MacCabe, C., & Riley, D. 1984. *Jacqueline Rose,* The Case of Peter Pan *or* The Impossibility of Children's Fiction. New York: Palgrave Macmillan.

Heise, U. 1997. *Chronoschisms: Time, Narrative, and Postmodernism*. Cambridge: Cambridge University Press.

Hengst, H. 2005. Complex interconnections: The global and the local in children's minds and everyday worlds. In J. Qvortrup (Ed.), *Studies in Modern Childhood: Society, Agency, Culture*, New York: Palgrave Macmillan, 21–38.

Herles, C. 2000. Muddying the waters does not have to entail erosion: Ecological feminist concerns with purity. *International Journal of Sexuality and Gender Studies*, 5(2): 109–123.

Herman, E. 1995. *The Romance of American Psychology: Political Culture in the Age of Experts*. Berkeley: University of California Press.

Highfield, R. 2003. *The Science of Harry Potter: How Magic Really Works*. London: Penguin.

Hintz, C., & Ostry, E. (Eds.). 2003. *Utopian and Dystopian Writing for Children and Young Adult*. New York & London: Routledge.

Hooks, B. 2006. *Outlaw Culture: Resisting Representations*. London: Routledge.

Hubler, A. E. 2016. *Little Red Readings: Historical Materialist Perspectives on Children's Literature*. Jackson: University of Mississippi Press.

Hunt, P. 1988. Dialogue and dialectic: Language and class in *The Wind in the Willows*. *Children's Literature*, 16(1): 159–168.

Hunt, P. 1994. *An Introduction to Children's Literature*. Oxford: Oxford University Press.

Hunt, P. 2002. An adults' book, a children's book, a palimpsest: *The Wind in the Willows* and *Three Men in a Boat*. *New Review of Children's Literature & Librarianship*, 8(1): 177–187.

Hunt, P. 2018. *The Making of The Wind in the Willows*. Oxford: Bodleian Library.

Hunt, P. 1984. Narrative theory and children's literature. *Children's Literature Association Quarterly*, 9(4): 191–194.

Hunt, P. 1991. *Criticism, Theory, and Children's Literature*. Hoboken: Blackwell.

Hunt, P. 1992. *Literature for Children: Contemporary Criticism*. London: Routledge.

Hunt, P. 2004. *International Companion Encyclopedia of Children's Literature*. London: Routledge.

Hunt, P., & Butts, D. (Eds.). 1995. *Children's Literature: An Illustrated History*. Oxford: Oxford University Press.

Hutcheon, L. 1988. *A Poetics of Postmodernism: History, Theory, Fiction*. London: Routledge.

Hutcheon, L. 1988. *A Poetics of Postmodernism: History, Theory, Fiction*. New York: Routledge.

Hutcheon, L., & O'Flynn, S. 2013. *A Theory of Adaptation*. London: Routledge.

Jackson, A., Coats, K., & McGillis, R. 2008. *The Gothic in Children's Literature: Haunting the Borders*. New York: Routledge.

Jameson, F. 1991. *Postmodernism, or the Logic of Late Capitalism*. Miamisburg: Verso.

Jencks, C. 1991. Postmodernism versus late modernity. In I. Hoesterey (Ed.), *Zeitgeist in Babel: The Postmodernist Controversy*. Bloomington: Indiana University Press, 4–8.

Jenkins, H. 2004. Game design as narrative architecture. In N. Wardrip-Fruin & P. Harrigan (Eds.), *First Person: New Media as Story, Performance, and Game*. Cambridge: MIT Press, 118–130.

Jenkins, H. 2006. *Fans, Bloggers, and Gamers: Exploring Participatory Culture*. New York: New York University Press.

Jenkins, H. 2009. *Confronting the Challenges of Participatory Culture: Media Education for the 21st Century*. Cambridge: MIT Press.

Jenkins, H. 2020. Transmedia storytelling. *Confessions of an Aca-Fan: The Official Weblog of Henry Jenkins*. Retrieved May 21, 2020, from Confessions of an Aca-Fan website.

Jenkins, R. Y. 2016. *Victorian Children's Literature: Experiencing Abjection, Empathy, and the Power of Love*. New York: Springer.

Jenks, C. 2005. *Childhood* (2nd ed.). London: Routledge.

Johansson, B. 2009. *Beyond the Competent Child: Exploring Contemporary Childhoods in the Nordic Welfare Societies*. Roskilde: Roskilde University Press.

Johnson, D. 1990. *Telling Tales: The Pedagogy and Promise of African American Literature for Youth*. Connecticut: Greenwood.

Kahn, R. 2008. From education for sustainable development to ecopedagogy: Sustaining capitalism or sustaining life? *Green Theory & Praxis: The Journal of Ecopedagogy*, 4(1): 1–14.

Kelly, M. 2015. *Who R U Really?* New York: Simon & Schuster Books for Young Readers.

Kérchy, A. 2016. *Alice in Transmedia Wonderland: Curiouser and Curiouser New Forms of a Children's Classic*. Jefferson: McFarland.

Kérchy, A., & Sundmark, B. (Eds.). 2020. *Translating and Transmediating Children's Literature*. New York: Springer.

Kidd, K. 2011a. *Freud in Oz: At the Intersections of Psychoanalysis and Children's Literature*. Minneapolis: University of Minnesota Press.

Kidd, K. 2011b. The child, the scholar, and the children's literature archive. *The Lion and the Unicorn, 35*(1): 1–23.

Kidd, K., & Dobrin, S. I. 2004. *Wild Things Children's Culture and Ecocriticism*. Detroit: Wayne State University Press.

King, R. J. H. 1999. Narrative, imagination, and the search for intelligibility in environmental ethics. *Ethics & the Environment, 4*(1): 23–38.

Kirby, A. 2006. The death of postmodernism and beyond. *Philosophy Now, 58*: 34–37.

Kojève, A. 1980. *Introduction to the Reading of Hegel: Lectures on the Phenomenology of Spirit* (J. Nichols, Trans.). Ithaca: Cornell University Press.

Kokkola, L. 2013. *Fictions of Adolescent Carnality: Sexy Sinners and Delinquent Deviants*. Amsterdam: John Benjamins.

Kokkola, L., & Bossche, S. 2019. Cognitive approaches to children's literature: A roadmap to possible and answerable questions. *Children's Literature Association Quarterly, 44*(4): 355–363.

Kristeva, J. 1991. *Strangers to Ourselves*. New York: Columbia University Press.

Laist, R. (Ed.). 2013. *Plants and literature: Essays in Critical Plant Studies* (Vol. 1). Leiden: Rodopi.

Langacker, R. W. 1987. *Foundations of Cognitive Grammar: Theoretical Prerequisites* (Vol. 1). Redwood City: Stanford University Press.

Lee, T. 1999. *The Silver Metal Lover*. New York: Bantam.

Lee, T. 2005. *Metallic Love*. New York: Bantam.

Leerssen, J. 2000. The rhetoric of national character: A programmatic survey. *Poetics Today, 21*(1): 267–292.

Lefebvre, B. (Ed.). 2013. *Textual Transformations in Children's Literature: Adaptations, Translations, Reconsiderations*. New York: Routledge.

Leitch, T. (Ed.). 2017. *The Oxford Handbook of Adaptation Studies*. Oxford: Oxford University Press.

Lendler, I., & Martin, W. 2005. *An Undone Fairy Tale*. New York: Simon & Schuster Books for Young Readers.

Lerer, S. 2009. *Children's Literature: A Reader's History, from Aesop to Harry Potter*. Chicago: University of Chicago Press.

Lesnik-Oberstein, K. 1999. Essentials: What is children's literature? What is childhood? In P. Hunt (Ed.), *Understanding Children's Literature*. London: Routledge, 15–29.

Lester, J. 2006. *Day of Tears*. Maryland: Recorded Books.

Levitas, R. 2010. *The Concept of Utopia*. New York: Peter Lang.

Lewis, B. 2005. Postmodernism and fiction. In S. Sim (Ed.), *The Routledge Companion to Postmodernism* (2nd ed.). London: Routledge, 111–112.

Lewis, C. S. 1980. On the three ways of writing for children. In S. Egoff, G. Stubbs, R. Ashley, & W. Sutton (Eds.), *Only Connect: Readings on Children's Literature*. Oxford: Oxford University Press, 212–213.

Lewis, D. 1990. The constructedness of texts: Picture books and the metafictive. *Signal*, 62: 131.

Lewis, D. 2001. *Reading Contemporary Picturebooks: Picturing Text*. East Sussex: Psychology.

Locke, J. 1970. *Some Thoughts Concerning Education*. Wirksworth: Scholar.

Lofting, H. 1924. World friendship and children's literature. *The Elementary English Review*, 1(6): 205–207.

Louv, R. 2005. *Last Child in the Woods: Saving Our Children from Nature-deficit Disorder*. Chapel Hill: Algonquin.

Lundin, A. H. 1998. A dukedom large enough: The de Grummond collection. *The Lion and the Unicorn*, 22(3): 303–311.

Lundin, A. H. 2004. *Constructing the Canon of Children's Literature: Beyond Library Walls and Ivory Towers*. London: Routledge.

Lurie, A. 1990. *Don't Tell the Grown-ups: Subversive Children's Literature*. Boston: Little, Brown and Company.

Lyotard, Jean-F. 1993. Excerpts from the postmodern condition: A report on knowledge. In J. Natoli & L. Hutcheon (Eds.), *A Postmodern Reader* (G. Bennington & B. Massumi, Trans.). Albany: State University of New York Press, 71–90.

Macaulay, D. 1990. *Black and White*. Boston: Houghton Mifflin.

MacCann, D. 2002. *White Supremacy in Children's Literature*. London: Routledge.

Mackey, M. 2002. *Literacies Across Media: Playing the Text*. London: Routledge.

Mackey, M. 2011. *Narrative Pleasures in Young Adult Novels, Films, and Video Games*. New York: Springer.

Mallan, K. 2013. *Secrets, Lies, and Children's Fiction*. New York: Springer.

Mancini, M. 2016. 10 popular children's books that have been translated into Latin. *Mentalfloss*. Retrieved Jan. 11, 2020, from Mentalfloss website.

Mancusi, M. 2008. *Gamer Girl*. New York: Dutton.

Manlove, C. N. 2003. *From Alice to Harry Potter: Children's Fantasy in England*. Christchurch: Cybereditions.

Manlove, C. N. 2020. *The Fantasy Literature of England*. Oregon: Wipf and Stock Publishers.

Manning, S. 2012. *Adorkable*. London: Little, Brown and Company.
Manovich, L. 2007. Understanding hybrid media. *Manovich*. Retrieved Dec. 21, 2021, from Manovich website.
Marshall, I. S. 1996. The Lorax and the ecopolice. *Interdisciplinary Studies in Literature and Environment*, 2(2): 85–92.
Marshall, P. D. 2004. *New Media Cultures*. London: Hodder Arnold.
McDowell, M. 1973. Fiction for children and adults: Some essential differences. *Children's Literature in Education*, 4(1): 50–63.
McGee, C. 2009. Crossover fiction: Global and historical perspectives / The crossover novel: Contemporary children's fiction and its adult readership (review). *The Lion and the Unicorn*, 33(3): 397–401.
McGillis, R. (Ed.). 1999. *Voices of the Other: Children's Literature and the Postcolonial Context*. New York: Garland.
McGonigal, J. 2011. *Reality is Broken: Why Games Make Us Better and How They Can Change the World*. New York: Penguin.
McGovern, C. 2015. *Say What You Will*. New York: HarperTeen.
McHale, B. 1987. *Postmodernist Fiction*. New York: Routledge.
McKibben, B. 2011. *Eaarth: Making a Life on a Tough New Planet*. New York: St. Martin's Griffin.
McLeish, K. 1996. *Myths and Legends of the World Explored*. London: Bloomsbury.
Megarrity, D., & Oxlade, J. 2007. *The Empty City*. Sydney: Hachette Livre Australia.
Mellor, M. 2000. Feminism and environmental ethics: A materialist perspective. *Ethics & the Environment*, 5(1): 107–123.
Mendelson, M. 1992. The fairy tales of George MacDonald and the evolution of a genre. In R. McGillis & N. J. Metuchen (Eds.), *For the Childlike: George MacDonald's Fantasies for Children*. Lanham: Scarecrow, 31–49.
Mendelson, S. 2016. Hunger Games' Box Office: Why $101M Weekend For "Mockingjay 2" May Be Cause for Despair. *Forbes*. Retrieved Jan. 27, 2016, from Forbes website.
Mendlesohn, F. 2009. *The Inter-galactic Playground: A Critical Study of Children's and Teens' Science Fiction*. Jefferson: McFarland.
Mendlesohn, F. 2020. *Creating Memory*. New York: Springer.
Meyer, M. 2012. *Cinder*. London: Puffin.
Meyer, M. 2013. *Scarlet*. London: Puffin.

Meyer, M. 2014. *Cress*. London: Puffin.
Mickenberg, J. L., & Nel, P. (Eds.). 2008. *Tales for Little Rebels: A Collection of Radical Children's Literature*. New York: New York University Press.
Mickenberg, J. L., & Nel, P. 2005. What's left? *Children's Literature Association Quarterly*, 30(4): 349–353.
Mickenberg, J. L., & Nel, P. 2011. Radical children's literature now! *Children's Literature Association Quarterly*, 36(4): 445–473.
Mills, C. 1993. Toward global community: The twins series of Lucy Fitch Perkins. *Children's Literature Association Quarterly*, 18(1): 4–9.
Mitchell, W. J. T. 1994. *Picture Theory: Essays on Verbal and Visual Representation*. Chicago: University of Chicago Press.
Morrison, T. 1992. *Playing in the Dark: Whiteness and the Literary Imagination*. London: Vintage.
Morrison, T. 1999. *The Bluest Eye*. London: Vintage.
Morse, R. 2004. Children's hours: Shakespeare, the lambs, and French education. In L. B. Lambert & B. Engler (Eds.), *Shifting the Scene: Shakespeare in European Culture*. Newark: Delaware University Press, 193–204.
Moruzi, K. 2005. Missed opportunities: The subordination of children in Philip Pullman's His Dark Materials. *Children's Literature in Education*, 36(1): 55–68.
Moruzi, K., Smith, M. J., & Bullen, E. (Eds.). 2017. Affect, emotion, and children's literature: Representation and socialization. *Texts for Children and Young Adults*. London: Routledge.
Mosley, W. 2005. *47*. New York: Little, Brown and Company.
Moss, E. 1980. The seventies in British children's books. In N. Chambers (Ed.), *The Signal Approach to Children's Books*. London: Kestrel, 48–82.
Müller, A. (Ed.). 2013. *Adapting Canonical Texts in Children's Literature*. London: Bloomsbury.
Muntean, M., & Lemaitre, P. 2006. *Do Not Open This Book!* New York: Scholastic.
Musgrave, M. L. 2016. *Digital Citizenship in Twenty-first-century Young Adult Literature: Imaginary Activism*. New York: Springer.
Myracle, L. 2004. *ttyl*. New York: Harry N. Abrams.
Naidoo, B. 2005. One fragile world: Boundaries and crossings as reader and writer. In E. O'Sullivan, K. Reynolds, & R. Romøren (Eds.), *Children's Literature Global and Local: Social and Aesthetic Perspectives*. Brussels: Novus, 240–251.

Natov, R. 2003. *The Poetics of Childhood*. London: Routledge.
Naughton, J. 2014. New adult matures. *Publishers Weekly, 261*(28): 20–26.
Nayar, P. K. 2014. *Posthumanism*. Massachusetts: Polity.
Nel, P., & Paul, L. (Eds.). 2011. *Keywords for Children's Literature*. New York: New York University Press.
Nel, P., Paul, L., & Christensen, N. (Eds.). 2021. *Keywords for Children's Literature* (2rd ed.). New York: New York University Press.
Neri, G. 2014. *Knockout Games*. Minneapolis: Carolrhoda Lab.
Nikolajeva, M. 1996. *Children's Literature Comes of Age: Toward a New Aesthetic*. New York: Garland.
Nikolajeva, M. 2014. *Reading for Learning: Cognitive Approaches to Children's Literature*. Amsterdam: John Benjamins.
Nikolajeva, M., & Scott, C. 2001. *How Picturebooks Work*. London: Routledge.
Nodelman, P. 1992. *The Pleasures of Children's Literature*. New York: Longman.
Nodelman, P. 2008. *The Hidden Adult: Defining Children's Literature*. Baltimore: Johns Hopkins University Press.
Nodelman, P. 2017. *Alternating Narratives in Fiction for Young Readers: Twice upon a Time*. New York: Palgrave Macmillan.
O'Conor, J. 1995. *The Gingerbread Man Meets Dali: Postmodernism and the Picture Book*. Victoria: State Library of Victoria.
O'Conor, J. 2004. The gingerbread man meets Dali: Postmodernism and the picture book. *State Library of Victoria*. Retrieved Jan. 12, 2022, from State Library of Victoria website.
O'Malley, A. 2012. *Children's Literature, Popular Culture, and Robinson Crusoe*. New York: Routledge.
O'Sullivan, C. 2013. Introduction: Multimodality as challenge and resource for translation. *The Journal of Specialised Translation, 20*: 2–14.
O'Sullivan, E. 1996. The development of modern children's literature in late twentieth-century Ireland. *Signal, 81*: 189–211.
O'Sullivan, E. 2001. *Kinderliterarische Komparatistik*. Heidelberg: Winter Verlag.
O'Sullivan, E. 2005. *Comparative Children's Literature*. London: Routledge.
O'Sullivan, E. 2010. *Historical Dictionary of Children's Literature*. Lanham: Scarecrow.
O'Sullivan, E. 2011. Comparative children's literature. *Publications of the Modern Language Association of America, 126*(1): 189–196.
O'Sullivan, E., & Immel, A. (Eds.). 2017. *Imagining Sameness and Difference in Children's Literature: From the Enlightenment to the Present Day*. New York:

Springer.

O'Sullivan, K., & Whyte, P. (Eds.) 2017. *Children's Literature Collections: Approaches to Research*. New York: Palgrave Macmillan.

Oittinen, R. 2000. *Translating for Children*. New York: Garland.

Ørjasæter, K. 2013. Wild nature revisited: Negotiations of the national self imagination. In C. Kelen & B. Sundmark (Eds.), *The Nation in Children's Literature: Nations of Childhood*. London: Routledge, 39–49.

Owen, G. 2015. Toward a theory of adolescence: Queer disruptions in representations of adolescent reading. *Jeunesse*, 7(1): 110–134.

Panlay, S. 2016. *Racism in Contemporary African American Children's and Young Adult Literature*. New York: Springer.

Parkes, C. 2012. *Children's Literature and Capitalism: Fictions of Social Mobility in Britain, 1850–1914*. New York: Springer.

Parkinson, S. 2013. English that for me! Publishing children's books in translation. In N. Maguire & B. Rodgers (Eds.), *Children's Literature on the Move: Nations, Translations, Migrations*. Dublin: Four Courts, 151–160.

Pattee, A. 2017. Between youth and adulthood: Young adult and new adult literature. *Children's Literature Association Quarterly*, 42(2): 218–230.

Patterson, E. L. 1956. The junior novels and how they grew. *English Journal*, 45(7): 381–387+405.

Paul, L. 2021. Archive. In P. Nel, L. Paul, & N. Christensen (Eds.), *Keywords for Children's Literature* (2nd ed.). New York: New York University Press, 17–19.

Pegrum, M. 2009. *From Blogs to Bombs: The Future of Digital Technologies in Education*. Perth: University of West Alabama Publishing.

Perrault, C. 1977. *The Fairy Tales of Charles Perrault* (A. Carter, Trans.). London: Victor Gollancz.

Peters, J. A. 2004. *Luna*. New York: Little, Brown and Company.

Peters, J. A. 2010. *By the Time You Read This, I'll Be Dead*. New York: Hyperion.

Platt, K. 2004. Environmental justice children's literature: Depicting, defending, and celebrating trees and birds, colors and people. In S. I. Dobrin & K. Kidd (Eds.), *Wild Things: Children's Culture and Ecocriticism*. Michigan: Wayne State University Press, 183–197.

Plotz, J. 2001. *Romanticism and the Vocation of Childhood*. New York: Palgrave Macmillan.

Preston, M. J. 1995. Rethinking folklore, rethinking literature: Looking at *Robinson Crusoe* and *Gulliver's Travels* as folktales: A chapbook-inspired inquiry. In C. L. Preston & M. J. Preston (Eds.), *The Other Print Tradition: Essays on Chapbook, Broadsides, and Related Ephemera*. New York: Garland, 19–73.

Prout, A. 2005. *The Future of Childhood: Toward the Interdisciplinary Study of Children*. East Sussex: Psychology.

Pullman, P. 2017. Children's literature without borders. In S. Mason (Ed.), *Daemon Voices: On Stories and Storytelling*. New York: Alfred A. Knopf.

Pullman, P. 2022. The Republic of Heaven. *Unitarian Congregation of West Chester*. Retrieved Jan. 1, 2003, from Unitarian Congregation of West Chester website.

Putri, R. S., Purba, R., & Imelda, D. 2020. Harry Potter and moral values learning: A qualitative study of the response of children aged 11–13 years against J. K. Rowling books. *Dinasti International Journal of Education Management and Social Science*, 1(3): 282–305.

Quinn, F., Castéra, J., & Clément, P. 2015. Teachers' conceptions of the environment anthropocentrism, nonanthropocentrism, anthropomorphism and the place of nature. *Environmental Education Research*, 22(6): 1–25.

Rana, M. (Ed.). 2018. *Terry Pratchett's Narrative Worlds: From Giant Turtles to Small Gods*. New York: Springer.

Ratelle, A. 2014. *Animality and Children's Literature and Film*. New York: Springer.

Rees, J. 2003. We're all reading children's books. *Daily Telegraph*. Retrieved Nov. 17, 2003, from Daily Telegraph website.

Reimer, M., & Snell, H. 2015. YA narratives: Reading one's age. *Jeunesse*, 7(1): 1–17.

Reimer, M., Ali, N., England, D., & Unrau, M. D. (Eds.). 2014. *Seriality and Texts for Young People: The Compulsion to Repeat*. New York: Springer.

Richetti, J., Bender, J., David, D., & Seidel, M. (Eds.). 1994. *The Columbia History of the British Novel*. New York: Columbia University Press.

Rousseau, Jean-Jacques. 1979. *Emile, or on Education* (A. Bloom, Trans.). New York: Basic Books.

Rousseau, Jean-Jacques. 2010. *Emile, or on Education (Includes Emile and Sophie, or the Solitaries)* (Vol. 13). Lebanon: University Press of New England.

Rowell, R. 2013. *Fangirl*. New York: St. Martin's Griffin.

Rozett, M. T. 1994. *Talking Back to Shakespeare*. Newark: Delaware University Press.

Rushdie, S. 1990. *Haroun and the Sea of Stories*. London: Granta Books.

Rushdie, S. 2010. *Luka and the Fire of Life*. New York: Random House.

Rushdie, S. 2012. *Joseph Anton: A Memoir*. New York: Random House.
Ryan, P. J. 2008. How new is the "new" social study of childhood? The Myth of a Paradigm Shift. *The Journal of Interdisciplinary History, 38*(4): 553–576.
Said, E. W. 2013. *Reflections on Exile and Other Literary and Cultural Essays*. London: Granta Books.
Salleh, A. 2005. Moving to an embodied materialism. *Capitalism Nature Socialism, 16*(2): 9–14.
Sambell, Kay. 2003. Presenting the case for social change: The creative dilemma of dystopian writing for children. In C. Hintz & E. Ostry (Eds.), *Utopian and Dystopian Writing for Children and Young Adults*. New York & London: Routledge, 163–164.
Sanders, J. S. 2011. *Disciplining Girls: Understanding the Origins of the Classic Orphan Girl Story*. Baltimore: Johns Hopkins University Press.
Sands-O'Connor, K. 2017. *Children's Publishing and Black Britain, 1965–2015*. New York: Springer.
Sands-O'Connor, K., & Frank, M. (Eds.). 2014. *Internationalism in Children's Series*. New York: Springer.
Sapphire. 1996. *Push*. New York: Vintage Contemporaries.
Schulte, R. 2021. Translation and reading. *UT Dallas*. Retrieved May 3, 2021, from UT Dallas website.
Scieszka, J. 1992. *The Stinky Cheese Man and Other Fairly Stupid Tales* (L. Smith, Illus.). New York: Viking Books for Young Readers.
Seamer, M. 1899. *Shakespeare's Stories Simply Told*. New York: Thomas Nelson and Sons.
Segal, R. A. 2015. *Myth: A Very Short Introduction*. Oxford: Oxford University Press.
Seifert, M. 2005. The image trap: The translation English-Canadian children's literature man. In E. O'Sullivan, K. Reynolds, & R. Romören (Eds.), *Children's Literature, Global and Local: Social and Aesthetic Perspectives*. Boston: Novus, 227–239.
Sekeres, D. C. 2009. The market child and branded fiction: A synergism of children's literature, consumer culture, and new literacies. *Reading Research Quarterly, 44*(4): 399–414.
Sendak, M. 1963. *Where the Wild Things Are*. New York: Harper & Row.
Shavit, Z. 1986. *The Poetics of Children's Literature*. Georgia: University of Georgia Press.
Shershow, S. C. 1995. *Puppets and "Popular" Culture*. Cornell: Cornell University Press.

Sim, S. 2005. Postmodernism and philosophy. In S. Sim (Ed.), *The Routledge Companion to Postmodernism* (2nd ed.). London: Routledge, 3–12.

Sipe, L. R. 1998. How picture books work: A semiotically framed theory of text-picture relationships. *Children's Literature in Education*, 29(2): 97–108.

Sipe, L., & Pantaleo, S. (Eds.). 2008. *Postmodern Picturebooks: Play, Parody, and Self-referentiality*. London: Routledge.

Smith, C., & Stead, L. (Eds.). 2013. *The Boundaries of the Literary Archive: Reclamation and Representation*. California: Surrey.

Smith, K. C. 2002. The landscape of ethnic American children's literature. *MELUS*, 27(2): 3–8.

Smith, M. 2011. *Empire in British Girls' Literature and Culture: Imperial Girls, 1880–1915*. New York: Springer.

Smith, S. E. 2014. The real story behind the war over YA novels. *Daily Dot*. Retrieved Dec. 5, 2021, from Daily Dot website.

Starobinski, J. 1966. The idea of nostalgia (W. S. Kemp, Trans.). *Diogenes*, 54: 81–103.

Stephens, J. (Ed.). 2002. *Ways of Being Male: Representing Masculinities in Children's Literature and Film*. New York: Routledge.

Stephens, J. 1992. *Language and Ideology in Children's Fiction*. London: Longman.

Stephens, J. 1995. Writing by children, writing for children: Schema theory, narrative discourse and ideology. *Revue Belge de Philologie et d'Histoire*, 73(3): 853–863.

Stephens, J. 1996a. Children's literature, interdisciplinarity, and cultural studies. In C. Bradford (Ed.), *Writing the Australian Child: Texts and Contexts in Fictions for Children*. Crawley: University of Western Australia Press, 161–179.

Stephens, J. 1996b. Gender, genre, and children's literature. *Signal*, 79: 17–30.

Stephens, J. 2006. From Eden to Suburbia: Perspectives on the natural world in children's literature. *Explorations into Children's Literature*, 16(2): 40–45.

Stephens, J. 2008. Anthropocentrism and the Haecceitas of nature in multimodal ecological discourses for children. In L. Unsworth (Ed.), *New Literacies and the English Curriculum: Multimodal Perspectives*. London: Continuum, 69–88.

Stephens, J. 2010a. Impartiality and attachment: Ethics and ecopoiesis in children's narrative texts. *International Research in Children's Literature*, 3(2): 205–216.

Stephens, J. 2010b. Narratology. In D. Rudd (Ed.), *The Routledge Companion to Children's Literature*. London & New York: Routledge, 51–62.

Stephens, J. 2011. Schemas and scripts: Cognitive instruments and the representation of cultural diversity in children's literature. In K. Mallan & C. Bradford (Eds.), *Contemporary Children's Literature and Film: Engaging with Theory*. Basingstoke: Palgrave Macmillan, 12–35.

Stephens, J. 2013a. Editorial: Thinking in other ways. *International Research in Children's Literature*, 6(2): v–xi.

Stephens, J. 2013b. *Subjectivity in Asian Children's Literature and Film*. New York & London: Routledge.

Stephens, J., & Coats, K. 2011. *Handbook of Research on Children's and Young Adult Literature*. New York & London: Routledge.

Stephens, J., & McCallum, R. 1998. *Retelling Stories, Framing Culture: Traditional Story and Metanarratives in Children's Literature*. New York: Garland.

Stephens, J., & McCallum, R. 2010. Ideology and children's books. In K. Coates, S. Wolf, P. Enciso, & C. Jenkins (Eds.), *Handbook of Research on Children's and Young Adult Literature*. New York & London: Routledge, 359–371.

Stephens, J., Mallan, K., & Bradford, C. 2008. New world orders and the dystopian turn: Transforming visions of territoriality and belonging in recent Australian children's fiction. *Journal of Australian Studies*, 32(3): 349–359.

Stephens, J., Watson, K., & Parker, J. (Eds.). 1994. *From Picture Book to Literary Theory*. Sydney: St. Clair.

Stevenson, D. 1994. If you read this last sentence, it won't tell you anything: Postmodernism, self-referentiality, and the stinky cheese man. *Children's Literature Association Quarterly*, 19(1): 32–34.

Stewart, E. 2014. *Blue Gold*. Toronto: Annick.

Stockwell, P. 2002. *Cognitive Poetics: An Introduction*. London: Routledge.

Suggs, J. C. 2010. African American literature and legal history. *Law and Literature*, 22(2): 325–337.

Sulc, B. A. 2022. Most controversial Dr. Seuss books for kids. *Family Minded*. Retrieved May 1, 2021, from Family Minded website.

Takiuchi, H. 2017. *British Working-class Writing for Children*. New York: Palgrave McMillan.

Talley, L. 2011. Young adult. In P. Nel & L. Paul (Eds.), *Keywords for Children's Literature*. New York: New York University Press, 228–232.

Tashjian, J. 2001. *The Gospel According to Larry*. New York: Henry Holt.

Tenngart, P. 2012. Barnlitteraturens kognitiva värden [The cognitive values of children's literature]. In S. Kärrholm & P. Tenngart (Eds.), *Barnlitteraturens värden och värderingar* [*Children's Literature's Values and Evaluations*]. Lund: Studentlitteratur, 23–38.

Thacker, D. C., & Webb, J. 2002. *Introducing Children's Literature: From Romanticism to Postmodernism*. East Sussex: Psychology.

The Official Home of Harry Potter. 2021. *Wizarding World*. Retrieved May 1, 2021, from Family Wizarding World website.

Thorburn, D., & Jenkins, H. (Eds.). 2004. *Rethinking Media Change: The Aesthetics of Ttransition*. Cambridge: MIT Press.

Tolkien, J. R. R. 2008. *Tolkien on Fairy-stories* (Expanded Edition, with Commentary and Notes) (V. Flieger & D. A. Anderson, Eds.). New York: Harper Collins Publishers.

Tolkien, J. R. R., & Beagle, P. S. 1966. *The Tolkien Reader*. New York: Ballantine Books.

Townsend, J. R. 1996. *Written for Children: An Outline of English-language Children's Literature*. Maryland: Rowman & Littlefield.

Trites, R. S. 2000. *Disturbing the Universe: Power and Repression in Young Adult Literature*. Iowa: University of Iowa Press.

Trites, R. S. 2007. *Twain, Alcott, and the Birth of the Adolescent Reform Novel*. Iowa: University of Iowa Press.

Trites, R. S. 2014. *Literary Conceptualizations of Growth: Metaphors and Cognition in Adolescent Literature*. Amsterdam: John Benjamins.

Turkle, S. 2011. *Alone Together: Why We Expect More from Technology and Less from Each Other*. New York: Basic Books.

Turner, B. S. 1987. A note on nostalgia. *Theory, Culture & Society*, 4: 147–156.

Turner, M. 1996. *The Literary Mind: The Origins of Thought and Language*. Oxford: Oxford University Press.

Vermeule, B. 2010. *Why Do We Care About Literary Characters?* Baltimore: Johns Hopkins University Press.

von Franz, Marie-L. 2017. *The Interpretation of Fairy Tales* (Revised Edition). Boulder: Shambhala Publications.

Waldman, K., & Pullman, P. 2015. A Conversation with Philip Pullman. *Slate Culture*. Retrieved Jan. 1, 2021, from Slate Culture website.

Walker, A. 2004. *The Color Purple*. London: Phoenix.

Walkowitz, R. 2013. The location of literature: The transnational book and the migrant writer. In R. Lane (Ed.), *Global Literary Theory: An Anthology*. London: Routledge, 918–929.

Wall, B. 1991. *The Narrator's Voice: The Dilemma of Children's Fiction*. New York: Palgrave Macmillan.
Waller, A. 2019. *Re-reading Childhood Books: A Poetics*. London: Bloomsbury.
Warren, K. J. (Ed.). 1997. *Ecofeminism: Women, Culture, Nature*. Bloomington: Indiana University Press.
Warren, K. J. 1990. The power and the promise of ecological feminism. *Environmental Ethics, 12*(2): 125–146.
Wasserman, R. 2008. *Skinned*. New York: Simon Pulse.
Watson, V. 2000. *Reading Series Fiction: From Arthur Ransome to Gene Kemp*. London: Routledge.
Watt, I. 1967. *The Rise of the Novel: Studies in Defoe, Richardson, and Fielding*. Oakland: University of California Press.
Watt, I. 1996. *Myths of Modern Individualism: Faust, Don Quixote, Don Juan, Robinson Crusoe*. Cambridge: Cambridge University Press.
Weich, D. 2006. The curious irresistible literary debut of Mark Haddon. *Powells*. Retrieved Feb. 21, 2021, from Powells website.
Weikle-Mills, C. 2012. *Imaginary Citizens: Child Readers and the Limits of American Independence, 1640–1868*. Baltimore: Johns Hopkins University Press.
Welberry, K. 2004. *Wild Things: Children's Culture and Ecocriticism*. Detroit: Wayne State University Press.
Wesselhoeft, C. 2014. *Dirt Bikes, Drones, and Other Ways to Fly*. New York: Houghton Mifflin.
West, I. M. 1988. *Trust Your Children: Voices Against Censorship in Children's Literature*. Chicago: Neal-Schuman.
West, I. M. 1996. Censorship. In P. Hunt (Ed.), *International Encyclopedia of Children's Literature*. London: Routledge, 498–507.
West, K. 2020. *Louisa May Alcott and the Textual Child*. New York: Springer.
Westerfeld, S. 2005. *Uglies*. New York: Simon Pulse.
Westling, L. 2014. *The Cambridge Companion to Literature and the Environment*. Cambridge: Cambridge University Press.
Wiesner, D. 2001. *The Three Pigs*. New York: Clarion Books.
Wilkens, J. 2017. Dr. Seuss' racial history draws controversy. *San Diego Union Tribute*. Retrieved Jan. 25, 2022, from San Diego Union Tribute website.
Wilkie-Stibbs, C. 2008. *The Outside Child in and out of the Book*. London: Routledge.
Willett, C. 2014. *Interspecies Ethics*. New York: Columbia University Press.
Winfield, A. M., & Edward, S. 1909. *The Rover Boys on Treasure Isle: Or, the*

Strange Cruise of the Steam Yacht (Vol. 13). New York: Grosset & Dunlap.

Wolf, M. 2016. *Tales of Literacy for the 21st Century*. Oxford: Oxford University Press.

Wolf, S., Coats, K., Enciso, P. A., & Jenkins, C. 2011. *Handbook of Research on Children's and Young Adult Literature*. London: Routledge.

Woods, T. 1999. *Beginning Postmodernism*. Manchester: Manchester University Press.

Woodson J. 2020. *Jacqueline Woodson*. Retrieved Jun. 10, 2020, from Jacqueline Woodson website.

Woodson, J. 1994. *I Hadn't Meant to Tell You This*. New York: Delacorte.

Woodson, J. 2010. *Feathers*. New York: Puffin Books.

Woodson, J. 2016. *Brown Girl Dreaming*. New York: Nancy Paulsen Books.

Wyile, A. S. 1999. Expanding the view of first-person narration. *Children's Literature in Education*, 30(3): 185–202.

Yancy, G. 2016. *Black bodies, White Gazes: The Continuing Significance of Race in America*. Maryland: Rowman & Littlefield.

Young, D. 2017. *The Art of Reading*. Victoria: Scribe.

Younge, G. 2014. Michael Brown jury: Putting a value on a black life in the United States. *The Guardian*. Retrieved Oct., 16, 2021, from The Guardian website.

Zapf, H. 2008. Literary ecology and the ethics of texts. *New Literary History*, 39(4): 847–68.

Zhang, S. Z. 2018a. Chinese children's literary awards and their impact. *Asia Pacific Interdisciplinary Translation Studies*, 6(6) 114–126.

Zhang, S. Z. 2018b. The becoming and developing of British children's literature: Review on from the industrial revolution to children's literature revolution: A study on modern British fairy-tale novels. *Interdisciplinary Studies of Literature*, 1(1): 166–173.

Zhang, S. Z. 2019. The chinese reception of "an ethical Andersen". *Aktualitet: Litteratur, Kultur og Medier*, 13(1): 209–217.

Zhang, S. Z. 2020. Book review on *The ABC of It*: Why children's books matter. *Children's Literature Association Quarterly*, 45(3): 296–299.

Zhang, S. Z., & Paul, Lissa. 2020. Approaches and challenges in children's literature: An interview with Lissa Paul. *Interdisciplinary Studies of Literature*, 4(2): 1–15.

Zipes, J. 1982. The potential of liberating fairy tales for children. *New Literary History*, 13(2): 309–325.

Zipes, J. 1997. *Happily Ever After: Fairy Tales, Children, and the Culture Industry*. New York: Routledge.

Zipes, J. 2001. *Sticks and Stones: The Troublesome Success of Children's Literature from Slovenly Peter to Harry Potter*. London: Routledge.

Zipes, J. 2002a. *Breaking the Magic Spell: Radical Theories of Folk and Fairy Tales*. Lexington: University Press of Kentucky.

Zipes, J. 2002b. Preface to the special issue on "Jack Zipes and the sociohistorical study of fairy tales". *Marvels & Tales, 16*(2): 127–131.

Zipes, J. 2002c. The radical morality of rats, fairies, wizards, and ogres: Taking children's literature seriously. In J. Zipes (Ed.), *Breaking the Magic Spell Radical Theories of Folk and Fairy Tales* (Revised and Expanded Edition). Lexington: University Press of Kentucky, 206–232.

Zipes, J. 2006. *Why Fairy Tales Stick: The Evolution and Relevance of a Genre*. London: Routledge.

Zipes, J. 2008. What makes a repulsive frog so appealing: Memetics and fairy tales. *Journal of Folklore Research, 45*(2): 109–143.

Zipes, J. 2019. *Ernst Bloch: The Pugnacious Philosopher of Hope*. London: Palgrave Macmillan.

Zipes, J., Paul, L., Vallone, L., Hunt, P., & Avery, G. (Eds.). 2005. *The Norton Anthology of Children's Literature: The Traditions in English*. Los Angeles: Recording for the Blind & Dyslexic.

Zunshine, L. 2006. *Why We Read Fiction: Theory of Mind and the Novel*. Columbus: Ohio State University Press.